金乾伟 著

《乐府诗集》中的文学与民俗关系研究

中山大学出版社
·广州·

版权所有　翻印必究

图书在版编目（CIP）数据

《乐府诗集》中的文学与民俗关系研究/金乾伟著．—广州：中山大学出版社，2020.12
ISBN 978-7-306-07068-5

Ⅰ．①乐…　Ⅱ．①金…　Ⅲ．①乐府诗—诗歌研究—中国　②风俗习惯—研究—中国　Ⅳ．①I207.226　②K892

中国版本图书馆 CIP 数据核字（2020）第 228077 号

出 版 人：	王天琪
策划编辑：	嵇春霞
责任编辑：	陈　芳
封面设计：	林绵华
责任校对：	苏深梅
责任技编：	何雅涛
出版发行：	中山大学出版社
电　　话：	编辑部 020-84111996，84113349，84111997，84110779
	发行部 020-84111998，84111981，84111160
地　　址：	广州市新港西路 135 号
邮　　编：	510275　　传　真：020-84036565
网　　址：	http://www.zsup.com.cn　　E-mail：zdcbs@mail.sysu.edu.cn
印 刷 者：	广东虎彩云印刷有限公司
规　　格：	787mm×1092mm　1/16　18.75 印张　317 千字
版次印次：	2020 年 12 月第 1 版　2020 年 12 月第 1 次印刷
定　　价：	62.00 元

如发现本书因印装质量影响阅读，请与出版社发行部联系调换

内容介绍

《乐府诗集》由宋郭茂倩所编，录诗五千余首，由汉魏跨越到唐代，为收集乐府歌辞最完备的一部总集。按照音乐分为十二大类：郊庙歌辞、燕射歌辞、鼓吹曲辞、横吹曲辞、相和歌辞、清商曲辞、舞曲歌辞、琴曲歌辞、杂曲歌辞、近代曲辞、杂歌谣辞、新乐府辞。

本书由民俗与乐府诗之间的关系切入，对《乐府诗集》进行全面、系统、深入的研究。开头是引言，最后是结语，全书研究的内容集中在正文三部分：贵族诗、民间诗、文人诗。

引言部分在概述乐府诗学术研究现状的基础上，打破文学边界，从多种视角探讨乐府诗研究的价值，并概括民俗视角研究的主要内容。

第一部分为贵族诗研究，主要集中在"郊庙歌辞""燕射歌辞"和部分"舞曲歌辞"等篇章。该部分诗由于为朝廷宗庙典章御制之物，古往今来许多学者以为其具有雷同化的主题、模式化的语句而没有文学生气，一般往往视而不见，多采取批评的立场和态度。从礼乐文化的角度审视，发现它们承载了特殊的意义，主要从四个维度进行解读：一是祭祀神祇自然顺应了天命神权的正当性，同时也是为了护佑皇祚万年持久；二是讲究为君者突出美德，为人者体现孝悌，一个是代表皇权保障国家正常的运行，一个是以家庭为单位维系成员间的和乐美满的生活，上下尊卑以德孝建构了家国合体，成为日常伦理必不可少的部分；三是整个天下出现王道仁政，四方各国顺从臣服，国内庶民安居乐业，真正达成万国来朝、天下太平的美好局面；四是渴望实现时间维度上的永生，既然皇帝期待的求仙已由汉代以来无数的事实证明此路不通，就专心期待皇权传承子孙万代无穷。此外，把贵族诗和我国的楹联文化放在一起思考，认为它们在信仰上是相通的，大量骈偶之句的应用体现了庄肃之美、中和之美、典雅之美。

第二部分为民间诗研究。汉代民间诗在民间底层和国家上层的俗与礼的关系上，有统合与错位的状况，歌辞展现了婚姻自主与婚制六礼间的矛盾。此外，也描写了家庭生活中女子担当主角的世风，描写了服饰之美与女子之贞，描写了豪华场面与男子为官的含义，生死叙事揭示婚恋、孝道、人生要义的冲突。南朝民间诗主要集中在"吴声歌""西曲歌"等，以繁荣发达的城市市民文化为背景，特别是男女之间的情歌非常突出，表现出了热烈的情感和浓郁的艳情特色。伴随繁华的都市生活兴起的"吴歌"，当然就有商业气息中男女之情的宣泄，甚至带有娱乐商业的性质，而"西曲"则完全是商品经济的产物。可以说在一定程度上，这些情歌都有商品化的特性。有学者甚至认为这些情歌中有过度的色情渲染，并得出这些诗篇都与妓女有关的结论。本研究认为，这些诗被艳情裹挟着，有突出的色情意味。作为市民经济发展的文化产物，它们正面颂扬了商人的形象，也对商人和歌女之间的爱情做了客观的心理探析，但它们确实不同于男女真情的天然流露。本书分析《华山畿》，认为其是合葬的文学原型，并结合历史的冥婚习俗分析，引出"梁祝"，探讨两者之间的关系。此外，针对王运熙先生考据《神弦歌》，认为主神是太阳神的看法，论证主神为生育女神更为合适。北朝民间诗和南朝风格完全不同，是英雄的文学，主要表现在突出的尚武文化——对刀器的崇拜、对战马的崇拜、对英雄的崇拜，即使是情歌也有自身独特的风格——天然直率、快人快语。

　　第三部分为文人诗研究，时间上跨越汉代、魏晋南北朝、唐代，跨度较大，作品数量极多，诗人可谓灿若星河。结合内容来看，文人诗并没有为民俗而写，从民俗视角切入研究，主要从四个维度组织框架结构：首先是行旅和文人诗。行旅是古人实现身体移动、改变空间位置的行为，出行择吉和避开忌讳之事都是为了顺利平安。行旅则意味着离别，结合文人诗，主要探究游子离家所关涉的父母家人的亲情、男女离别牵涉的佳人无尽的哀怨和相思、生死之别直接关乎人活一世的价值判断。其次是饮酒和文人诗。饮酒造就了名士风流，酒醉的状态和文人对现实生活的真情关切天然吻合，汉代饮酒既体现了开国时的意气风发，又有宫廷骨肉、佳人相残，魏晋南北朝饮酒揭示了名士的内心世界，唐代饮酒再现了少年侠客和大唐气韵的意蕴。再次是相术和文人诗。相术从面相、声音、举止等验证未来的命运，文人叙事诗、抒情诗、哲理诗也是描摹和再现人生命运的感悟。最后是人神信仰和文人诗。人神信仰从西王母、淮南王等神仙信仰，霍嫖姚、刘生等英雄崇拜，西施和张女等女神信仰，神农大神崇拜四个维度解说，揭示审美诗章中存在的文化内蕴。

最后是结语，主要考量《乐府诗集》礼俗互动的关系，认为所呈现的诗、歌、乐、舞等具备了礼制规范的礼乐文化的意义。此外，对贵族诗、民间诗、文人诗做了概括，以为民间习俗与国家礼制之间具有特殊的关系，但就诗歌来讲，发自内心深处的情感、主观的体验又以错位之感呈现出特别的审美效果。

目　　录

引言 ··· 1
 一、选题的缘起 ·· 1
 二、乐府诗的学术研究现状 ·· 4
 三、礼乐文化和乐府诗的民俗研究 ······························· 7

第一部分　贵族诗研究 ··· 14
第一章　天命神权　佑我皇祚 ····································· 15
 一、祭神敬祖 ·· 15
 二、祥瑞乍现 ·· 23
 三、军功护卫 ·· 31

第二章　家国合一　君德子孝 ····································· 39
 一、汉代的德孝 ·· 39
 二、魏晋南北朝的德孝 ··· 42
 三、唐代的德孝 ·· 47

第三章　八方有序　天下太平 ····································· 54
 一、天象：风调雨顺 ·· 54
 二、地上：物产丰富 ·· 59
 三、教化：释奠祭孔 ·· 64
 四、外交：各国来朝 ·· 69

第四章　时间永续　皇位永在 ····································· 74
 一、汉代皇家求仙 ··· 74
 二、魏晋南北朝求长生 ··· 76
 三、唐代皇家求长生 ·· 80
 四、封禅求皇位永续 ·· 83

第五章　桃符、楹联和祭礼诗 ·········· 86
　一、贵族诗和楹联文化 ·········· 86
　二、桃文化民间信仰 ·········· 88
　三、骈偶语句之美 ·········· 91

第二部分　民间诗研究 ·········· 99

第六章　礼俗互动和汉代民间诗 ·········· 100
　一、婚俗和成家之礼 ·········· 100
　二、服饰和人子之礼 ·········· 104
　三、生死和忠贞之道 ·········· 107

第七章　南朝民间诗吴声与西曲比较 ·········· 110
　一、吴声、西曲的文化源流 ·········· 111
　二、吴声和西曲的声节不同 ·········· 116
　三、吴声和西曲的侧重点不同 ·········· 118
　四、吴声和西曲关涉的民俗不同 ·········· 122
　五、吴声和西曲相同的蓄伎习俗 ·········· 129

第八章　《神弦歌》考　生育大神 ·········· 136
　一、明姑：生育女神 ·········· 137
　二、《宿阿曲》：迎神之曲 ·········· 138
　三、《道君曲》：生命勃兴 ·········· 139
　四、《娇女诗》：行不独去 ·········· 140
　五、《白石郎曲》：求雨求欢 ·········· 141
　六、《青溪小姑曲》：独处无郎 ·········· 144
　七、《采莲童曲》《明下童曲》：生育象征 ·········· 146
　八、《同生曲》：祈求长生 ·········· 148

第九章　《华山畿》和冥婚习俗 ·········· 150
　一、《华山畿》与合葬旧俗 ·········· 150
　二、古文献中的冥婚习俗 ·········· 152
　三、"梁祝"纯真的爱情与另类合葬 ·········· 155

第十章　北朝民间诗　异域风情 ·········· 157
　一、尚武文化 ·········· 158
　二、早婚习俗 ·········· 164

三、北朝情歌……………………………………………… 167

第三部分　文人诗研究……………………………………… 171
　第十一章　行旅和文人诗………………………………… 172
　　一、游子行旅和文人诗…………………………………… 172
　　二、佳人离情和文人诗…………………………………… 181
　　三、生死之旅和文人诗…………………………………… 189
　第十二章　饮酒和文人诗………………………………… 197
　　一、饮酒和汉代文人诗…………………………………… 198
　　二、饮酒和魏晋南北朝文人诗…………………………… 203
　　三、饮酒和唐代文人诗…………………………………… 212
　第十三章　相术和文人诗………………………………… 220
　　一、相术和文人叙事诗…………………………………… 221
　　二、相术和文人抒情诗…………………………………… 228
　　三、相术和文人哲理诗…………………………………… 235
　第十四章　人神信仰和文人诗…………………………… 241
　　一、神仙信仰和文人诗…………………………………… 242
　　二、英雄崇拜和文人诗…………………………………… 249
　　三、女性人物传说和文人诗……………………………… 256
　　四、神农信仰和文人诗…………………………………… 262

结语…………………………………………………………… 267
　　一、关于贵族诗…………………………………………… 267
　　二、关于民间诗…………………………………………… 269
　　三、关于文人诗…………………………………………… 271

参考文献……………………………………………………… 275

后记…………………………………………………………… 286

引　言

一、选题的缘起

章炳麟先生指出："文学者，以有文字著于竹帛，故谓之文；论其法式，谓之文学。凡文理、文字、文辞皆称文；言其采色发扬，谓之文。以作乐有阕，施之笔札，谓之章。"① 由此，溯源我国古代文学有两点可以确认：一是魏晋前文学的范围无限大，即有文史哲三位一体之称。鲁迅就说，曹丕的时代可以说是"文学的自觉时代"②。然仔细推敲文学大家的这个说法，发现其与邻国日本学者的研究有个先后关系。从时间看，铃木虎雄（1878—1963年）《魏晋南北朝时代的文学论》发表于1920年10月到次年3月的《艺文杂志》，里面有这样的句子：

> 自孔子以来至汉末，这期间，文学不能离道而存在。文学的价值仅是由于作为道德思想的鼓吹工具而成立的。但魏以后就不然了。这时文学有它本身的价值思想发生了。所以我说魏是中国文学上的自觉时代。③

鲁迅此论发表在1927年，在此倒不是争论"文学自觉论"谁前谁后的问题，而是讨论文学研究在近代以降，日本文学研究的现代化进程早已

---

① 章炳麟：《文学总论》，见《国故论衡》中卷，汉文书屋1933年版，第83页。
② 鲁迅：《魏晋风度及文章与药及酒之关系》，见《鲁迅全集》（第3卷），人民文学出版社2005年版，第526页。
③ ［日］铃木虎雄著：《中国诗论史》，洪顺隆译，台湾商务印书馆1972年版，第34页。该文和发表于同刊的《论格调、神韵、性灵三诗说》《周秦汉诸家对于诗的思想》汇编成《中国诗论史》，由弘文堂书店于1925年出版。

自觉超越中国,就此生发的现代学术探究需要勇气接受全球视野的实际问题。敢于打破国界,直面西学东渐的现实,同时敢于打破学科界限,进行多维视角研究,是看重文学研究的不同视点。刘跃进先生以"文学史研究的多种可能性"作为标题多次发表论文,也是期盼不要画地为牢、作茧自缚,而是勇于提出不同的创见。虽然古代文学从时间维度上讲是非常古老的,但从空间的维度上讲,以国学为载体的文学艺术不仅建构了我们引以为豪的儒家文化圈,今天还伴随着国力增长在全球扩展适合生长的乐土。古代文学研究已没有必要仅仅拘泥于某一类章法,而应该注入新鲜的理念和更加符合时代发展的方法。

二是文学之为文学的问题。这里关联的是学术研究的创新问题,"中国古代的'文学遗产',不仅是中华民族的'文学遗产',也是全世界共同的'文学遗产'"①。王国维、胡适、鲁迅、陈寅恪、钱钟书等学者东学西学融会贯通,自信自如地将华夏文学和西方文学放在同一个学术空间研究,并获得了后世公认的辉煌成果。诗歌是古代文学最早的表现形态,远古时期,诗、歌、舞三位一体,还没有做到非此即彼的独立划分,但是做到了全方位激发人们的情感,以动听的话语、传神的语句、动感的舞蹈,更大程度地满足人的视觉、听觉等接受、反应最为敏感的感觉,以达到赏心悦目、身心融合的全部需要。这就是最好实现聆听天地文字妙音为乐,调和情感、平衡心态,从而成为社会全体成员伦理塑造所需之人。也可以说,古代文学中较早的诗歌承担了礼乐功利目的,以此就可理解我国文学自古就是为"人"的文学:

诗言志,歌永言,声依永,律和声。八音克谐,无相夺伦,神人以和。夔曰:於!予击石拊石。百兽率舞。(《尚书·舜典》)

人们已自觉地视人类为自然界的一类,与天地同归、万物同乐。早在汉代董仲舒之前就已经有了天人合一的意识,并在祭祀、宴饮、礼仪等场合以艺术形式呈现出来,这就是礼乐文化。

这就引来了与此直接相关的以诗歌为载体表现礼乐文化的《乐府诗集》,"《乐府诗集》一百卷,太原郭茂倩集,凡古今号称'乐府'者皆

---

① 廖可斌:《古代文学研究的国际化》,载《文学遗产》2011年第6期,第123页。

在焉"①。宋朝郭茂倩编撰的《乐府诗集》,正是一部上古至唐五代的乐章和歌、谣总集,也是现存成书最早、流行最广最完备的乐府歌诗总集,在中国歌诗、音乐和诗歌史上有着夺目的光彩;该集还辑录了大量的古乐书佚文文献资料。纪昀总结说:"解题征引浩博,援据精审,宋以来考乐府者无能出其范围。"② 作为传统礼乐文化的诗歌载体,它令人感动,因此近人赞曰:"振古之伟业,传世之鸿编。"③ 之所以评价这样高,就是因为它承载了华夏文化变迁的意蕴精髓,特别是诗歌形态的表现更容易达到先人所向往的诗教目的。

《乐府诗集》收录总览:

分　类	数　量
卷数	100 卷
收入诗歌	5290 首
作品题解	923 处
征引书籍	168 种
乐类典籍	43 种

共分十二大类:

名称	郊庙歌辞	燕射歌辞	鼓吹曲辞	横吹曲辞	相和歌辞	清商曲辞
卷次	1—12	13—15	16—20	21—25	26—43	44—51
名称	舞曲歌辞	琴曲歌辞	杂曲歌辞	近代曲辞	杂歌谣辞	新乐府辞
卷次	52—56	57—60	61—78	79—82	83—89	90—100

笔者以《乐府诗集》为研究对象,最终选题确定为《〈乐府诗集〉中的文学与民俗关系研究》,其目的,一是打破纯文学的研究边界。21 世纪

---

① 〔宋〕陈振孙:《直斋书录解题》,上海古籍出版社 1987 年版,第 446 页。
② 〔清〕永瑢等:《四库全书总目》,中华书局 1965 年版,第 1696 页。
③ 傅增湘:《藏园群书题记》,上海古籍出版社 1989 年版,第 911 页。

需要吸纳西方先进的理论思想，在继承古代文学研究的传统方法的基础上寻求新的范式。从民俗的视角解读文本，有望应用民俗学成果研究我国古代文化，打破纯文学研究的边界，以民族的视角获取更多的不同见解。

二是还有想要创新的意味。古代诗歌秉天地之灵气，可以说，诗歌真正做到了无神胜有神的地步。以为乡野村夫或以天下为念的一介书生，睹物思情有感而发，闻声动心发言为声不再是其本人纯粹的个人行为，而是头顶青天、脚踏大地代天地万物传言，也就是说，以个人的创造完成人类情感的传达，而又能以个性化的语言文字成就为最佳的文学形式——诗歌。《乐府诗集》由汉至唐，跨越了我国古代令人怦然心动的两个王朝，优秀华章比比皆是，如此华美的艺术珍品也值得我们踏踏实实、战战兢兢地全身心投入，尽力读透文本，读透汉唐以来的礼乐文化，加以研究并有所创新。

二、乐府诗的学术研究现状

研究乐府诗的古往今来者众矣，研究《乐府诗集》的也较多。"乐府出自民间，多纪事之篇，写社会景况，重绚烂之描绘，其长处为清新、平易、活泼，无高深之意境。"[①] 由民间视角切入，更加符合乐府诗的生发关系，故此，1924年黄节《汉魏乐府诗笺》[②] 在注释相和、杂曲歌辞时特别注重民歌，并在训诂、音韵方面取得进展。1926年陆侃如《乐府古辞考》[③] 以创制的入乐作品为研究对象，体现个人创见。而倡导"平民文学"尊重民众，"白话文学"顺应民众的胡适，1928年发表的《白话文学史》[④]，用新科学方法体系整理、研究古代文学史，高度赞扬了汉乐府民歌。无独有偶，1932年郑振铎《插图本中国文学史》[⑤] 对乐府文学研

---

① 缪钺：《曹植与五言诗体》，见《缪钺全集》（第2卷），河北教育出版社2004年版，第29页。
② 黄节：《汉魏乐府诗笺》，1924年由北京大学出版组印制，1958年3月人民文学出版社重印。
③ 陆侃如：《乐府古辞考》，1926年由商务印书馆出版。
④ 胡适：《白话文学史》1928年6月新月书店初版，至1933年2月印行六版，1934年10月由商务印书馆再版。
⑤ 郑振铎：《插图本中国文学史》，1932年12月北平朴社初版。

究也体现了平民独特的视角。1936 年梁启超《中国之美文及其历史》重点论述的有汉魏乐府，有的学者认为其"足以谳定古代文学史中之悬案"①。许多结论，为现在通行的文学史所采用。

20 世纪三四十年代乐府史的专题研究。1931 年罗根泽的《乐府文学史》②围绕乐府兴起、分类、乐调等，对汉代到中唐时期乐府诗的内容、形式和风格的发展变化进行总结，取得了较高的学术价值，被称为"乐府文学的最佳通史"。1933 年萧涤非完成的《汉魏六朝乐府文学史》③为清华研究院的毕业论文，"于作品之本事及背景，求之不厌其详"④，出版之后就受到学术界重视，至今仍是研究乐府诗的权威专著。同年，王易《乐府通史》⑤以历史的眼光研究乐府。40 年代初，闻一多的《乐府诗笺》⑥笺释汉乐府新解颇多，对今人启发很大。

50 年代，陈寅恪《元白诗笺证稿》⑦涉及社会风俗，余冠英《乐府诗选》《汉魏六朝诗论丛》⑧和王运熙《乐府诗论丛》⑨，都对传统研究有新的突破。

70 年代，台湾地区学者研究乐府的专著值得关注，有潘重规《乐府诗粹笺》⑩、张寿平《汉代乐与乐府歌辞》、陈义成《汉魏六朝乐府研

---

① 葛天民：《全汉诗种类篇数及其作者年代真伪表·叙例》（附刊于梁启超《中国之美文及其历史》，东方出版社 1996 年版，第 158 页）。

② 罗根泽：《乐府文学史》1931 年 1 月北平文化学社初版，1996 年东方出版社据此版编校再版。

③ 萧涤非：《汉魏六朝乐府文学史》1943 年中国文化服务社出版，1984 年人民文学出版社修订再版。迄今多次印刷。台湾长安出版社 1976 年、1981 年分别再版。

④ 萧涤非：《汉魏六朝乐府文学史》，人民文学出版社 1984 年版，第 2 页。

⑤ 王易：《乐府通史》，神州国光社约 1933 年出版，1944 年 12 月上海中国联合出版公司重新出版。

⑥ 闻一多：《乐府诗笺》，最初发表于 1940 年 1 月至 1941 年 1 月的《国文月刊》上，后收入《闻一多全集》（第 4 卷），开明书店 1948 年出版，生活·读书·新知三联书店 1982 年 8 月再版。

⑦ 陈寅恪：《元白诗笺证稿》，上海古籍出版社 1978 年出版。

⑧ 余冠英：《乐府诗选》，人民文学出版社 1953 年 12 月第 1 版；余冠英：《汉魏六朝诗论丛》，古典文学出版社 1956 年 12 月出版。

⑨ 王运熙著《乐府诗论丛》上编"六朝乐府与民歌"、中编"乐府诗论丛"，分别于 1955 年和 1958 年出版过。20 世纪 90 年代，作者又搜罗散篇，新编为下编"乐府诗再论"，三部分构成该书，1996 年由上海古籍出版社出版。

⑩ 潘重规：《乐府诗粹笺》，人生出版社 1963 年出版。

究》、江聪平《乐府诗研究》、胡波《乐府相和歌与清商曲研究》、张清钟《两汉乐府诗之研究》等。

80年代后,姚大业《汉乐府小论》①集中探究汉民歌,王汝弼《乐府散论》②、杨生枝《乐府诗史》③、张永鑫《汉乐府研究》④、赵敏俐《汉代诗歌史论》⑤大都把乐府和社会历史背景联系起来综合研究,应用新的方法、新的理论提出了新的见解。

从海外研究来看,日本学者增田清秀对《郊祀歌》中"邹子乐"和乐府历史进行了研究,泽口刚雄对乐府游仙诗,乐府诗的表现形态、声调、音色以及汉魏乐府的传承等有研究。研究乐府的韩国学者及其著作有金学主《乐府诗与歌舞戏》(1968)和《汉代诗研究》(1974)、徐镜普《乐府诗研究》(1972)、金光照《相和歌辞研究》(1977)等;80年代后有李鲜熙《对乐府拟作的校勘性考察》(1983、1986)等;到了90年代,韩国学者金相镐发表了《汉乐府民歌的概念分类》(1992)、《汉代乐府民歌的形式》(1993)等论文,对乐府进行系统的研究。

2010年吴相洲主编《〈乐府诗集〉分类研究》⑥,该书共9册,200多万字,从文献、音乐、文学三个层面进行全面综合研究,不愧为当代学术界期待的重大成果。就民俗学方法论应用来说,这不是陌生的话题,民俗学作为独立的学科(大约1918年)属于新兴的专业,但在研究上也不存在学术领域的空白,其实有关《乐府诗集》民俗讨论绝大多数以注疏形式保留在历代注本中,20世纪我国学人通融中西方学术开始了有创见的探索,20世纪40年代前应用民俗文化的学术范式,取得了较大的成就,如梁启超《论中国学术思想变迁之大势》(1902)、张采亮《中国风俗史》(1917)、鲁迅《中国小说史略》(1923)、胡适《白话文学史》(1928)、李安宅《〈仪礼〉与〈礼记〉之社会学的研究》(1930)、洪亮《中国民俗文学史略》(1934)、顾颉刚《汉代学术史略》(1935)、郑振铎的《中国俗文学史》(1938)等。

---

① 姚大业:《汉乐府小论》,百花文艺出版社1984年7月第1版。
② 王汝弼:《乐府散论》,陕西人民出版社1984年11月第1版。
③ 杨生枝:《乐府诗史》,青海人民出版社1985年1月第1版。
④ 张永鑫:《汉乐府研究》,江苏古籍出版社1992年6月第1版。
⑤ 赵敏俐:《汉代诗歌史论》,吉林教育出版社1995年12月第1版。
⑥ 吴相洲主编:《〈乐府诗集〉分类研究》,北京大学出版社2010年版。

具体到乐府诗的民俗研究,任半塘1982年出版的《唐声诗》"探索诗调与民俗间的关系"①,王昆吾《隋唐五代燕乐杂言歌辞研究》②(1996)探析乐府诗表演的习俗,2011年刘航《汉唐乐府中的民俗因素解析》③一书出版,以"乐府人物考论""模式化意象与情节杂考""乐府诗与民俗文化综论"三部分考察本事、主旨、人物、意象与民俗的关系。当下,在知网输入"民俗学"搜索硕博士论文,结果达240条之多,这说明在校学习文学专业的学生已经自觉从民俗的视角研究,而乐府诗天然而来的采歌习俗和对礼乐文化的传承,说明民俗学研究有独特的价值和较大的开拓空间。

三、礼乐文化和乐府诗的民俗研究

"夫乐府,国家制作之一端也。盛衰兴废之间固不能外乎国史,而消长去取之际,则惟视当于人心。"④ 人心和礼乐之间能达到一种契合关系,那就是社会所向往的以皇家为代表的威仪贯通天地,获取天下王道:"王者必受命而后王,王者必改正朔,易服色,制礼乐,一统于天下,所以明易性非继仁,通以已受之于天也。"⑤ 具体来说,天下仁义变为现实,古人希望依托礼乐文化来维系,包括天下苍生都要敬仰父母,此为孝悌,并针对整个家庭所有成员。"孝"其实是一个人珍重亲情的表现,这样的人有情有义进而就会效忠于皇帝,《荀子·乐论》中说:

> 故乐在宗庙之中,君臣上下同听之,则莫不和敬。……故听其《雅》《颂》之声,而志意得广焉;执其干戚,习其俯仰屈伸,而容貌得庄焉;故乐者,出所以征诛也,入所以揖让也。征诛揖让,其义一也。出所以征诛,则莫不听从;如所以揖让,则莫不从服。故乐者,天下之大齐也,中和之纪也。⑥

---

① 任半塘:《唐声诗》,上海古籍出版社2006年版,第1页。
② 王昆吾:《隋唐五代燕乐杂言歌辞研究》,中华书局1996年版。
③ 刘航:《汉唐乐府中的民俗因素解析》,商务印书馆2011年版。
④ 王易:《乐府通论》,上海书店1992年版,第18页。
⑤ 〔汉〕董仲舒:《春秋繁露》,中华书局1975年版,第340页。
⑥ 〔清〕王先谦:《荀子集解》,中华书局1988年版,第345页。

被礼乐文化熏陶的人群性情中和，礼貌谦恭，人们按照一定的礼仪实现尊卑有序，众人各司其职，社会井然有序，人与人相处和顺，自然不会生是非，天下融洽美满。这样看来，乐府诗则是礼乐文化的艺术体悟，而集中汇编成书的《乐府诗集》就更有了礼乐文化的诗意呈现。在这种文化背景下做怎样的学术研究呢？这当然还是关乎文学研究的创新问题。

首先，《乐府诗集》研究求新。本书题为《〈乐府诗集〉中的文学与民俗关系研究》，显而易见这是学科交叉的跨文化研究。充满天地灵性的诗歌——乐府诗，其实是裹着礼乐之风历经千百年时间的考验以纯文字的文本形式和后人见面的，而从民俗的视角审视《乐府诗集》，就是要回归本原，从民间更为广阔的群体寻找乐府文化产生的动力，结合华夏礼乐文化的源头探析乐府诗维系的民族情感，贴合当时的原有风俗探索民众的诉求，由民间文学到文人创作明确先后传承创造的关系：

> 中国民俗学的诞生与文学有着深刻的关系。在其它国家，民俗学的研究，像德国的格林兄弟，法国的佩罗之故事研究，都是由口传文艺发展起来的。因此，民俗学与民间文艺之间的关系是非常密切的，这种倾向，也是中国民俗学发展所具有的特点，这是必须注意的一点。①

《乐府诗集》庄重典雅的郊庙歌辞、自然生动的民间歌谣、承袭创新的文人诗在民俗学研究的基础上期待求得新意。

在广西师范大学读书求学，导师们言传身教，已将"创新"真意做了学术研究典范的回答，学术思考要有创新意识。基于此，创新文学研究的期待就是求真。陈寅恪在《冯友兰中国哲学史上册审查报告》中指出："吾人今日可依据之材料，仅为当时所遗存最小之一部，欲借此残余断片，以窥测其全部结构，必须备艺术家欣赏古代绘画雕刻之眼光及精神，然后古人立说之用意与对象，始可以真了解。"② 这里说的是古代哲学，其实文学研究和哲学的道理是一样的，以"真了解"细察古代语境后面的实质。至此，现代人研究古代文学的学术问题，仍然需要钻进故纸堆，

---

① ［日］直江广治著：《中国民俗文化》，王建朗等译，上海古籍出版社1991年版，第174页。
② 陈寅恪：《金明馆丛稿二编》，上海古籍出版社1980年版，第247页。

做好文献查阅工作。葛晓音先生说:"读懂文本为一切学问之关键。"① 唯有如此,才能把握创作者的用心和文本的旨意。

其次,关于论文研究方法。顾名思义,《乐府诗集》的民俗学研究,就是应用民俗学的方法论来探究《乐府诗集》。民俗学不但是一门新兴学科,还能够提供审视乐府诗的独特视角。一是运用民俗学相关资料结合文本一探究竟。郊庙歌辞为朝廷皇室专用诗什华章,普遍不被纯文学研究者看好,但是从民俗学的维度观之,则意味深远、意蕴深厚,围绕天命神权与强化先民思维意识而展开,凡人肉体的皇帝就被巧妙自然地移植到崇拜祖神的序列,同时又创造出了尘世可视可有的祥瑞神秘之论,代行天地最大权责的皇帝又被赋予完美的德治和孝道。解读相关乐府诗就需要借助历史上记载的民俗文献,底层民间积习为俗,其中体味的美好寄托和想象一旦成为社会普遍存在的集体无意识,就会成为官民共同期待的礼俗文化——求雨丰产、亲蚕取丝意图温饱;但皇帝毕竟高高在上,其求仙长生似乎顺应天意,登高封禅更是象征皇族子孙大位永在。国家高雅文化上升为众生遵循的礼制,乐府诗艺术呈现自然体现了礼乐文化的精髓,而生动活泼的艺术形式却是底层民间的俗文化,汉代民间歌谣就存在礼俗两个方面的特殊关系,自由幸福的婚恋与亲情孝道无法调和。南朝市井娱乐艺术——吴声、西曲为当时社会所欣然接受,就两者异同分析,男女情歌的文字力量挡不住城市消费实质的市场需要。对比言之,北朝地域不同,民间歌谣围绕英雄崇拜——尚武、早婚等展开。二是民俗视角。文人诗由汉到唐,属于民间俗文化上升到文人雅文化的成果,创作领域不断拓宽,艺术手法不断更新,各类诗体创新完备,从先民行旅风俗蠡测以游子思乡、佳人离情、生死丧葬为主旨的文人诗;文人激情澎湃,我国古代文学史光彩夺目的章节却与饮酒风俗有关,结合文人诗探讨每个时代的思想内涵;相术由外到内,通过其外表窥探内心世界,由此联系了叙事诗、抒情诗、哲理诗;人神信仰从神仙到人的逻辑思维导出了人的独特价值,英雄崇拜既有风光的从军立功,又有现实失意的悲壮,女性传说人物体现了女性婚恋生活的现实观照,田家劳作与农神崇拜既突出了文人诗对现实的讥讽,又格外关注与女性劳动相关的恋情,真实美好的情感寄托就是文人诗的独到价值。以上所谈的论文方法自然又涉及论文研究的思路。

---

① 葛晓音:《读懂文本为一切学问之关键》,载《羊城晚报》2012年7月8日。

再次，论文研究的主要思路。萧涤非在《汉魏六朝乐府文学史》中概括说："两汉乐府，约可分为三类：曰贵族，曰民间，曰文人。是三类者，亦可视为汉乐府之三个时期。自汉初迄武帝，为贵族乐府时期。自武帝迄东汉中叶，为民间乐府时期。自东汉中叶迄建安，为文人乐府时期。"①受此启发，笔者认为《乐府诗集》收录5000余首诗歌，由汉至唐，也可分为贵族、民间、文人三类，因此，笔者所针对的研究对象主要为三类：贵族诗、民间诗、文人诗。郊庙歌辞和燕射歌辞为宫廷御用，上升到国家礼制的高度，使用者和创作者均为皇帝周围的达官贵人，故此称之"贵族诗"；民间歌曲对应的汉代和南北朝民歌，主要包括汉代乐府采集的民间歌谣和南朝的吴声、西曲及北朝民歌，乐府机构采集民间歌谣存在加工整理的可能，使得原始的民间徒歌转变为高雅文化，后世所见之作更有了文人诗的色彩，因而将民歌称为"民间诗"；民间歌谣与文人诗存在传承关系，民间底层俗文学改良创新成为国家雅文学，文人诗自由书写表现为句式多变，三言、四言、五言、六言、七言等，遣词造句传神生动，富有审美意味，其诗什以更多的社会诉求为旨归。

具体主要内容如下：

第一，从民间视角审视《郊庙歌辞》的"隐太子庙乐章"会有不同的心得。《郊庙歌辞》本不为人所注意，甚至由于过多的皇家气派、主题僵化和句式机械而显得没有什么文学气息。然而《乐府诗集》卷十一的《唐享隐太子庙乐章》居然与"玄武门之变"的隐太子李建成有关，从中已能看出大唐建立之初骨肉相残的悲痛。再结合《唐太宗入冥记》民间文学的文献，就能读出完全不同于正史、正统思想的信息。正像梁启超《中国之旧史》所说，"杂史、传志、札记等记载，常有有用过于正史者"，"常载民间风俗，不似正史专为帝隶作家谱也"。②这就提供了考索真相的线索，明晰唐太宗纠结隐痛的心路历程。这就是天命神权全部的奥妙，借此将"郊庙歌辞""燕射歌辞"和部分"舞曲歌辞"等当作朝廷宗庙典章御制之物，主要用于祭祀、典礼；将其归为贵族诗，从四个维度——天命神权诉求皇权神圣至极、家国合体讲求德孝两全、八方有序渴望天下太平、时间永生期望生命不死皇位永在——进行分析，并进一步联

---

① 萧涤非：《汉魏六朝乐府文学史》，人民文学出版社1984年版，第34页。
② 梁启超：《饮冰室文集·中国之旧史》，中华书局1989年版，第1页。

系楹联文学分析语言特性。

第二，民俗在民间诗中的体现。汉代民间歌谣缘事而发，说明婚姻有一定的自主性，而六礼婚制又强化了婚姻的忠贞观念，成家后的家庭重任倾向由女子担当；将精美服饰与女子之贞、华美服饰与男子为官之道联系起来；民歌生死叙事出现了民间底层需要和上层礼制规范之间的矛盾，礼俗互动统合的同时，有错位之感。《华山畿》当为伴随传奇故事产生的民歌，以死追求不能同日生但愿同日死的爱情，在我国文学史上留下了爱情佳话。其实从民俗视角考察，这是冥婚习俗在文学作品中的反映，成为后世可怕的流俗，特别是明清，生者为女性者甘愿自杀或守寡为早亡的未婚夫守节。而真正的爱情佳话是"梁祝"，两者有相似的渊源关系。南朝和北朝民间诗完全不同，南朝民歌的香艳和热烈，是城市市民享乐生活的体现，吴歌、西曲是城市繁荣、商业活动的产物，带有很浓的艳情味道；比较而言，北朝是英雄的文学，尚武文化体现在刀器崇拜、战马崇拜、英雄崇拜，而北朝民歌更显朴实、直率，其情歌的风格也因北方特别的地域特点完全不同于南朝的缠绵、细腻。这是集中了民间诗研究的主要内容。

第三，民俗视角在文人诗研究中的应用。"乐府出自民间，多纪事之篇，写社会景况，重绚烂之描绘，其长处为清新、平易、活泼，无高深之意境。"[①] 文人诗深受民间乐府诗影响，而民间累积的生活习俗反映了时代需求和社会心理。文人诗并不是为特定的民俗而创作，只是包含了民俗的信息。古人对行旅特别关注，因为身体的移动体现了人的价值，所以，诸如行旅顺利安全至关重要。离别就是行旅的开始，由此引发游子离乡、男女分别、生死永别，文人诗蕴含的情感也就与行旅有了关系。饮酒不仅能调节生活，往往还能寄情，特别是魏晋风度，它无法离开酒。而文人天生敏感，容易激发内心的真性情，故以饮酒解读文人诗是探究诗人内心世界和诗歌塑造的艺术世界的较好的方法。相术是先民期望以一种有效的手段把握未来的命运，从外在的面相到内在的性格，以及言谈举止无不有准确的验证，甚至还能预测国运兴衰，这和文人创作的模拟现实生活的叙事诗、感慨人生各种遭遇的抒情诗、总结社会经验而成的哲理诗有相通之处，都是要把握人生的命运，渴望实现更加美好的未来，从而实现人生命

---

① 缪钺：《曹植与五言诗体》，见《缪钺全集》（第 2 卷），河北教育出版社 2004 年版，第 29 页。

运的好转。人神信仰在文人诗中具体体现为四个维度：其一，西王母、淮南王、王子乔三位神仙，由完全祈求仙桃、仙药到自我炼药修道再到自然悟道飞升，这揭示了由关注天上神灵到关注人间尘世生活的转变，突出了人存在的实际价值；其二，英雄霍嫖姚和《从军行》诗篇与报国立功、个人现状体验直接相关，侠客刘生则有个人复仇和以死赶赴国难之壮举；其三，爱神崇拜借由西施和张女传说探讨女性情爱诗歌，引发了女性捣衣和远征间的诗情思考；其四，神农大神崇拜结合田家种植和女性纺织，既表现了田家生活的艰辛，又抒发了女性借劳作诉求的内心婚恋情感。文人诗研究也就是从行旅、饮酒、相术、人神信仰的视角结合时代习俗加以解读。

最后一部分是结语，就民俗学研究《乐府诗集》，主要还是从贵族诗皇室活动上升到国家礼制，分析天命与皇权之间的关联；民间诗探索汉代民歌与礼俗互动的关系，南朝民间诗吴声与西曲作比，北朝民间诗属于英雄的文学；文人诗与行旅、饮酒、相术与人神信仰等放在一起思考。

以上就是本书主体部分的内容，萧涤非先生曾经将两汉乐府分为贵族、民间、文人三类，受其影响，本书主要内容集中在贵族诗、民间诗、文人诗三块。王国维曾和自己的学生姚名达谈如何做学问，他反复强调说："大抵学问常不悬目的而自生目的，有大志者未必成功，而慢慢努力者，反有意外之创获。"[①] 以此自勉自励，但愿对《乐府诗集》的解读有所助益。

需要说明的是，本书结合古代文学和相关民俗研究《乐府诗集》，属于跨学科研究，难度较大。民俗学虽然先天就与文学存在学科建构的血缘关系，但《乐府诗集》毕竟不是注解汉唐民俗的艺术产物，而是以诗歌形态展现时代风情，尤其是诗体独有的表现形式，以民俗学资料来研究难免有生硬、牵强之嫌。换言之，特别是文人诗根本不会为民俗而写，那么，也只能从民俗视角管窥相关的文人诗。《乐府诗集》5000余首作品，可以说博大精深，乐府诗代表了汉唐诗歌礼乐意义的一大成就，各类诗体具备，六言诗亦有佳作，而相关解读所涉及的文本范围没有那么广，选取诗篇的代表性、广泛性方面明显存在不足。此外，笔者研究精力有限，所掌握的古代文学相关知识、理论等不够扎实，所参阅的文献不多，而对民

---

① 姚名达：《哀余断忆：之二》，载《国学月报》1927年10月。

俗学领域的知识体系、应用方法也同样不够熟悉，且由于自身学力的限制，虽然反复细读文本，查阅相关文献材料，其结构框架几经推翻修改，有关章节推倒重写多次，然仍有诸多不满意之处。

本书力图从贵族诗、民间诗、文人诗三部分入手，用民俗视角贯穿所有内容。正如前面所说，完成的相关研究只能算是初步的、探讨性的，虽然明确了创新定位的研究思路，也认识到了底层民间约定俗成的俗文化上升到国家高层礼制意义的雅文化，但只能说仅仅摸到了礼俗互动探究《乐府诗集》学术价值的脉动，离礼乐文化背景下的完整剖析相差极远，它是笔者今后努力探寻的一个方向。

第一部分　贵族诗研究

第一章研究对象为贵族诗，这主要受先贤萧涤非先生研究成果启发："谓之贵族者，以其内容皆属贵族之事，且非天子不得擅用也。汉贵族乐府之可得而叙述者，厥为汉初三大乐章，即《安世房中歌》《郊祀歌》与《铙歌》是也。是三歌者，性质虽同，而施用则别，《安世房中歌》用之祖庙，《郊祀歌》以祀天神（亦用之祖庙），《铙歌》则凡朝会宴飨，道路从行，及赏赐功臣皆用之。"①《乐府诗集》"郊庙歌辞""燕射歌辞"和部分"舞曲歌辞"等内容，对应的是宗庙郊祀、饮食飨燕之礼，笔者认为其大都是朝廷宗庙典章御制之物，统一作为祭祀、礼仪等功用雅乐，由于创作献乐者和用乐者都是身份高贵之人——要么是皇室成员，要么是朝廷要员，由汉至唐所有收录作品均为国家礼制规范的内容，属于皇室权力体现的礼乐文化，"乐之在耳者曰声，在目者曰容。声应乎耳，可以知，容藏于心，难以貌观。故圣人假干戚羽旄以表其容，发扬蹈厉以见其意，声容选和而后大乐备矣"②。故此，概而言之为贵族诗。

"民俗，即民间风俗，指一个国家或民族中广大民众所创造、享用和传承的生活文化。"③对于崇尚礼乐文化的强化皇权的神圣和独尊，也就是权力体现的国家全部的文化之需要：天命神权、佑我皇祚；家国合一、君德子孝；八方有序、天下太平；时间永续、皇位永在。贵族诗由于往往被理解为歌功颂德，其句式、用语常常出现重复、雷同的现象，缺少文人创作的个性化表现，历来人们持批评态度的多，但是从郊祀应用的目的，祭祀神祇为的是整个天下太平，而桃符信仰也是辟邪保平安，后来演化而来的楹联文学和贵族诗风格极为相似，就其语言进行分

---

① 萧涤非：《汉魏六朝乐府文学史》，人民文学出版社1984年版，第34页。
② 〔宋〕郭茂倩编：《乐府诗集》，中华书局1979年版，第752页。
③ 钟敬文：《民俗学概论》，上海文艺出版社2005年版，第1页。

析可从五个方面进行解读。

第一章　天命神权　佑我皇祚

礼与俗存在移位的特性，民间庶民言行随意，归于俗的范畴，而这些言行一旦为皇室所接受就会上升为国家礼制，各色人等都要符合相应的礼仪。换言之，国家礼制不能逾越。而礼制规范最为神秘的当然也是皇室朝廷，比较而言，郊庙歌辞等歌、舞、乐组合的乐章也就是天下人欣然接受皇帝统治的礼乐文化。

如何强化皇权的礼制呢？奉天承运是王朝皇权上应天神、下达万民的一个完美招牌，是帝国运行、实现天下所有统归上天的代表——天子——皇帝所支配的表现，因为成为天神的代理，哪怕一家之天下，也是家家之天下。故此，皇权为天命所授，理当为天下人人所敬畏朝拜，当与日月同辉，与天地同寿。这种观念不仅存在于头脑里，还要贯彻到人们生活的方方面面。徐复观曾说过："一切民族的文化，都从宗教开始，都从天道天命开始。"① 皇帝拥有代天行使奖惩的权力，会用比较实际的行为表现出来。开国之君功勋可以位列三皇五帝以供人祭拜，甚至可以神化，让天下王公庶民顶礼相拜。一统江山或镇压反抗者的赫赫武功也归于天道使然，《左传·成公十三年》记载："国之大事，在祀与戎。"② 这里，还可以补充一点，为了帝位皇权顺利传承，还有神秘的祥瑞一说，这自然也会被人颂扬礼拜。

一、祭神敬祖

官民均可祭祖，先民自古就有祖先崇拜，就后来的礼制规约来看，只有皇帝才能将先祖列为天神郊祀，普通百姓绝对不能违制，因为礼俗不可

---

① 徐复观：《向孔子的思想性格回归》，转引自方克立、李锦全主编，李维武编撰《现代新儒家学案·徐复观学案》（下册），中国社会科学出版社1995年版，第607页。
② 杨伯峻：《春秋左传注》，中华书局1981年版，第861页。

混淆。钱大昕《十驾斋养新录》云："有神而后有郊社，有鬼而后有宗庙。天统乎地，故言神可以该示（祇）。人死为鬼，圣人不忍忘其亲，事死如事生，故有祭祀之礼。"① 此处神可为上天命运之神，"人死为鬼"，亦是把先祖当作鬼，鬼神祭礼在关乎社稷江山上是一致的。梁启超认为："有人与神与天相接之礼，则祭礼是。故曰'礼所以承天之道以治人之情也'（《礼记·礼运》）。诸礼之中，惟祭尤重。盖礼之所以能范围群伦，实植本于宗教思想，故祭礼又为诸礼总持焉。"② 故此，祭拜天神和祖先可以护佑皇运长久。

（一）皇帝为神

在我国，神和鬼没有严格的界限，甚至人死去可为鬼，也可成为神，但皇帝可以成为礼祀的天神。

1. 汉代礼制，开国皇帝成为天帝中心

> （高帝）二年，东击项籍而还入关，问："故秦时上帝祠何帝也？"对曰："四帝，有白、青、黄、赤帝之祠。"高祖曰："吾闻天有五帝，而有四，何也？"莫知其说。于是高祖曰："吾知之矣，乃待我而具五也。"乃立黑帝祠，命曰北畤。有司进祠，上不亲往。悉召故秦祝官，复置太祝、太宰，如其故仪礼。因令县为公社。下诏曰："吾甚重祠而敬祭。今上帝之祭及山川诸神当祠者，各以其时礼祠之如故。"③

汉郊祀歌《帝临》《青阳》《朱明》《西颢》《玄冥》即为黄、青、赤、白、黑，居中央、东、南、西、北位五帝，亳人谬忌奏祠太一方，曰："天神贵者太一，太一佐曰五帝。古者天子以春秋祭太一东南郊，用太牢，七日，为坛开八通之鬼道。"④ 在这里，皇帝在死后可以享有天神的地位，并且还是显要的中间之位，汉郊庙歌辞颂扬太一之神，《惟泰

---

① 〔清〕钱大昕：《十驾斋养新录》，见《钱大昕全集》，江苏古籍出版社1998年版，第351页。
② 梁启超：《国史研究六篇》，中华书局1947年版，第341页。
③ 〔汉〕司马迁：《史记》，中华书局1959年版，第1378页。
④ 〔汉〕司马迁：《史记》，中华书局1959年版，第1386页。

元》视为天地万物生命最直接的源头：

> 惟泰元尊，媪神蕃釐，经纬天地，作成四时。精建日月，星辰度理，阴阳五行，周而复始。云风雷电，降甘露雨，百姓蕃滋，咸循厥绪。继统恭勤，顺皇之德，鸾路龙鳞，罔不肸饰。嘉笾列陈，庶几宴享，灭除凶灾，烈腾八荒。钟鼓竽笙，云舞翔翔，招摇灵旗，九夷宾将。①

汉代开国之君并非大家贵族，但敢于争霸天下。就上面文献考索，刘邦对成为天帝核心胸有成竹，这不是大胆创造的体现，而是皇权在身为天代言的缘故。由上面诗句可看出不计艰险征服一切、一统河山的王者气概，2000多年后仍透出极强的自信。比较来说，中国大一统的王朝留给国人的汉唐气象，具备自信、大度、包容、开拓的意味，但是有唐一代后来者居上。

2. 唐代礼制，乐舞诗为皇室所规范

《乐府诗集》卷六分别有五郊乐章二十首，以宫、角、徵、商、羽五音配肃和、雍和、舒和，对应黄、青、赤、白、黑五帝，接下来的五章又以迎送神相配成十首乐章，所祭拜的五帝对应五郊，就在一个完全的空间中——立足在大地的皇室庙堂用规范的乐舞配以颂诗整合为祭拜的仪式，"祀黄帝降神奏宫音，皇帝行用《太和》，登歌奠玉帛用《肃和》，迎俎用《雍和》，酌献饮福用《寿和》，送文舞出、迎武舞入用《舒和》，武舞用《凯安》，送神用《豫和》。其《太和》《寿和》《凯安》《豫和》四章，辞同冬至圆丘。祀青帝降神奏角音，祀赤帝降神奏徵音，祀白帝降神奏商音，祀黑帝降神奏羽音"②。皇帝出行也有了相应的乐舞，"皇帝行用《太和》"也同样出现在卷五《唐祀圜丘乐章》《唐封泰山乐章》《唐祈谷乐章》《唐明堂乐章》《唐雩祀乐章》题解中，魏征、褚亮、张说等是御用制作者，这就可以理解在皇帝相关的神圣、世俗两类活动中具备了国家礼制的规章，祭拜祈求上天等为神圣的祭神、会见宴饮等为世俗事务，就在庄严的音乐、专用的舞蹈中唱和御用诗歌，把天命和皇权统合为一，有效

---

① 〔宋〕郭茂倩编：《乐府诗集》，中华书局1979年版，第4页。
② 〔宋〕郭茂倩编：《乐府诗集》，中华书局1979年版，第74页。

地强化了皇权的神圣感。

关于祭祖，这里主要指后人向先皇帝祭祀，卷十收录《唐享太庙乐章》58首，署名为张说的诗篇共25首，其题解引《唐书·乐志》曰："玄宗开元七年，享太庙乐：迎神用《永和》，皇帝行用《太和》，登歌酌瓒用《肃和》，迎俎用《雍和》，皇帝酌醴齐用文舞，献宣皇帝用《光大舞》，光皇帝用《长发舞》，景皇帝用《大政舞》，元皇帝用《大成舞》，高祖用《大明舞》，太宗用《崇德舞》，高宗用《钧天舞》，中宗用《太和舞》，睿宗用《景云舞》……"①下面主要引用大家熟知的唐代几位皇帝所用的乐章，乐舞祭拜仪式化能够让先皇和天神相互认同，皇帝由上天授命，故有天子之说，每一个皇帝都存在这种神圣不可侵犯的法力，从下面乐章词句中就能领会祭祖和天命之间的微妙关系。

《大明舞》祭祀唐高祖李渊，诗云：

> 赤精乱德，四海困穷。黄旗举义，三灵会同。旱（早）望春雨，云披大风。溥天来祭，高祖之功。②

《崇德舞》祭祀唐太宗李世民，诗云：

> 皇合一德，朝宗百神。削平天下，大拯生人。上帝配食，单于入臣。戎歌陈舞，晔晔震震。③

《钧天舞》祭祀唐高宗李治，诗云：

> 高皇迈道，端拱无为。化怀獯鬻，兵赋勾骊。礼尊封禅，乐盛来仪。合位娲后，同称伏羲。④

《大和舞》祭祀唐中宗李显，诗云：

---

① 〔宋〕郭茂倩编：《乐府诗集》，中华书局1979年版，第149页。
② 〔宋〕郭茂倩编：《乐府诗集》，中华书局1979年版，第151页。
③ 〔宋〕郭茂倩编：《乐府诗集》，中华书局1979年版，第152页。
④ 〔宋〕郭茂倩编：《乐府诗集》，中华书局1979年版，第152页。

退居江水，郁起丹陵。礼物还旧，朝章中兴。龙图友及，骏命恭膺。鸣球秉瓒，大糦是承。①

《景云舞》祭祀唐睿宗李旦，诗云：

景云霏烂，告我帝符。噫帝冲德，与天为徒。笙镛遥远，俎豆虚无。春秋孝献，回复此都。②

以上内容均是以皇帝为对象，由高祖皇帝到睿宗李旦无一不拜，因为皇身在此，祭神是顺应天命所在，祭祖又强化天命所授，天神是天人沟通的使者，因此祭拜者再次证明皇权为上天所赐。《礼记·郊特牲》强调礼乐之用，"殷人尚声，臭味未成，涤荡其声。乐三阕，然后出迎牲。声音之号，所以诏告于天地之间也"③。祭神敬祖获得神圣不可侵犯的神力，同时，又自然将皇帝本人神化，尤其是对先皇帝以太庙享祭礼拜，将先皇和天命进一步统合，后代皇帝以传承天命的身份祭神敬祖，再一次把皇权神授天命所为引导为国家礼制，从而使得皇室祭拜合乎天下规范，这种天命思想在我国历史上留下了深深的印记，任何王朝都毫不犹豫地认为帝位是天命所有，并坚信国运亨昌。

（二）皇帝更替

礼制为国家上层文化所支撑，甚至到了神圣不可侵犯的程度。对照历史就不难发现，皇帝不但一家人之间可以替补，就是外姓人也可以获取九五之尊的地位，只要登基称帝，也就获得了至高无上的皇权。正因为如此，王朝兴亡、皇帝更替都能将天命神授合法化，这在短期王朝中更能体现出来。晋傅玄就可以光明正大地讴歌天命，《正德舞歌》赞曰："天命有晋，光济万国。穆穆圣皇，文武惟则。在天斯正，在地成德。载韬政刑，载崇礼教。我敷玄化，臻于中道。"④坚信天命在己，这是每个王朝

---

① 〔宋〕郭茂倩编：《乐府诗集》，中华书局1979年版，第152页。
② 〔宋〕郭茂倩编：《乐府诗集》，中华书局1979年版，第152页。
③ 〔清〕孙希旦撰，沈啸寰、王星贤点校：《礼记集解》，中华书局1989年版，第711页。
④ 〔宋〕郭茂倩编：《乐府诗集》，中华书局1979年版，第976页。

都毫不动摇的地方，《隋圜丘歌》引《隋书·乐志》曰："仁寿元年，诏牛弘、柳顾言、许善心、虞世基、蔡徵等创制雅乐歌辞。"① 其《文舞》云："皇矣上帝，受命自天。……天地之经，和乐具举。"② 神圣的皇权天授就这样在新王朝的礼乐仪式中完成了合法的定性。下面谈南北朝王朝更替、皇帝更换。

1. 南朝颂扬皇命

南朝动荡不安，王朝更替较频繁，但是每个新兴王朝对开国皇帝都是由衷地赞颂。谢朓《齐雩祭乐歌》之《歌世祖武皇帝》："濬哲维祖，长发其武。帝出自震，重光御宇。……我将我享，永祚丰年。"③ 这种自信除了建立在皇帝更替事实的基础上，还出于新兴王朝加强统治的实际需求。

宋王韶之《高祖武皇帝歌》当然也是毫不犹豫地大赞宋皇为天命授权：

> 惟天有命，眷求上哲。赫矣圣武，抚运桓拨。功并敷土，道均汝坟。止戈曰武，经纬称文。鸟龙失纪，云火代名。受终改物，作我宋京。至道惟王，大业有勚。降德兆民，升歌清庙。④

这种天命观在不同王朝有不同的表现，南朝梁礼乐有所改制，《梁郊祀乐章》引《五代会要》曰："梁开平二年正月，太常奏定郊庙乐曲：南郊降神奏《庆和之乐》，舞《崇德之舞》，皇帝行奏《庆顺》，奠玉币、登歌奏《庆平》，迎俎奏《庆肃》，酌献奏《庆熙》，饮福酒奏《庆隆》，送文舞、迎武舞奏《庆融》，亚献、终献奏《庆休》，送神奏《庆和》。"⑤ 从礼制的国家立场制定郊庙乐曲，也是为了强化皇权的合法性，即从上天那里继承而来，因此，萧子云《梁三朝雅乐歌》云：

> 天下为家，大梁受命。眷求一德，惟烈无竞。仪刑哲王，元良诞

---

① 〔宋〕郭茂倩编：《乐府诗集》，中华书局1979年版，第51页。
② 〔宋〕郭茂倩编：《乐府诗集》，中华书局1979年版，第52页。
③ 〔宋〕郭茂倩编：《乐府诗集》，中华书局1979年版，第27页。
④ 〔宋〕郭茂倩编：《乐府诗集》，中华书局1979年版，第117页。
⑤ 〔宋〕郭茂倩编：《乐府诗集》，中华书局1979年版，第105页。

庆。灼灼明两，作离承圣。英华外发，温文成性。立师立保，左右惟政。休有烈光，前星比盛。①

就像梁朝更改礼乐的目的一样，其他新王朝也会这样做，《陈太庙舞辞》引《隋书·乐志》曰："陈初并用梁乐，唯改七室舞辞。皇祖步兵府君、正员府君、怀安府君、皇高祖安成府君、皇曾祖太常府君五室，并奏《凯容舞》，皇祖景皇帝室奏《景德凯容舞》，皇考高祖武皇帝室奏《武德舞》。"②其诗章共七首都是赞颂皇帝为上天授命，成为天下独尊，选其七《武德舞》乐章如下：

烝哉圣祖，抚运升离。道周经纬，功格玄祇。方轩迈扈，比舜陵妫。缉熙是咏，钦明在斯。云雷遘屯，图南共举。大定扬、越，震威衡、楚。四奥宅心，九畤还叙。景星出翼，非云入吕。德畅容辞，庆昭羽缀。於穆清庙，载扬徽烈。嘉玉既陈，丰盛斯洁。是将是享，鸿猷无绝。③

以上王朝有变，唯一不变的是均认为王朝更替是天命所在，每个新兴王朝为了强化这点，还通过更换乐舞形式，对应赞颂的诗章，实现了诗、乐、舞三位一体仪式化的祭祀目的，所谓"乐者为同，礼者为异。同则相亲，异则相敬。……合情饰貌者，礼乐之事也"④，这使得天命神权具备了神秘崇拜、信仰的效果。

2. 北朝颂扬皇命

北朝和南朝地理位置不同，王朝亦不一样，但是对待皇权天命是相同的。《乐府诗集》卷五十二舞曲歌辞曰："雅舞者，郊庙朝飨所奏文武二舞是也。古之王者，乐有先后，以揖让得天下，则先奏文舞，以征伐得天下，则先奏武舞，各尚其德也。"⑤北齐《文舞曲歌》共录四首，均是诉

---

① 〔宋〕郭茂倩编：《乐府诗集》，中华书局1979年版，第202页。
② 〔宋〕郭茂倩编：《乐府诗集》，中华书局1979年版，第129页。
③ 〔宋〕郭茂倩编：《乐府诗集》，中华书局1979年版，第130页。
④ 〔汉〕郑玄注，〔唐〕孔颖达疏：《礼记正义·乐记第十九》，见〔清〕阮元校刻《十三经注疏》，中华书局1980年版，第1529页。
⑤ 〔宋〕郭茂倩编：《乐府诗集》，中华书局1979年版，第753页。

求皇命为上天所授,其中两首如下。

第二首《文舞辞》云:

  皇天有命,归我大齐。受兹华玉,爰锡玄珪。奄家环海,实子烝黎。图开宝匣,检封芝泥。无思不顺,自东徂西。教南暨朔,罔敢或携。比日之明,如天之大。神化之洽,率土无外。眇眇舟车,华戎毕会。祠我春秋,服我冠带。仪协震象,乐均天籁。蹈武在庭,其容蔼蔼。①

第三首《武舞阶步辞》云:

  大齐统历,天鉴孔昭。金人降泛,火凤来巢。眇均虞德,干戚降苗。凤沙攻主,归我轩朝。礼符揖让,乐契《咸》《韶》。蹈扬惟序,律度时调。②

  就其中的首句来看,郊庙朝飨所奏舞曲都是歌颂大齐王朝是天命所归。

  北周庾信创作郊庙歌辞较多,共计42首,所言都是为皇命歌颂,具体是卷四《周祀圜丘歌》12首,第9首《皇夏》云"国命在礼,君命在天"③,《周祀方泽歌》4首,《周祀五帝歌》12首,卷九《周宗庙歌》12首,第9首《皇夏》云"丕哉驭帝箓,郁矣当天命"④,《周大祫歌》2首,其第二首《登歌》云:"神维显思,不言而令。玉帛之礼,敢陈庄敬。奉如弗胜,荐如受命。交于神明,慁于言行。"⑤ 此外,卷十五燕射歌辞收录《周五声调曲》25首,四言、五言、六言、七言无一不有,可以看出诗人创作手法的娴熟,作品可以说尽心尽力为朝廷皇权服务,体现了文以载道的政治色彩,《宫调曲五首》第二首云:

---

① 〔宋〕郭茂倩编:《乐府诗集》,中华书局1979年版,第763页。
② 〔宋〕郭茂倩编:《乐府诗集》,中华书局1979年版,第763页。
③ 〔宋〕郭茂倩编:《乐府诗集》,中华书局1979年版,第47页。
④ 〔宋〕郭茂倩编:《乐府诗集》,中华书局1979年版,第136页。
⑤ 〔宋〕郭茂倩编:《乐府诗集》,中华书局1979年版,第138页。

> 我皇承下武，革命在君临。膺图当舜玉，嗣德受尧琴。沈首多推运，阳城有让心。就日先知远，观渊早见深。玄精实委御，苍正乃皆平。履端朝万国，年祥庆百灵。玉帛咸观礼，华戎各在庭。凤响中夷则，天文正玉衡。皇基自天保，万物乃由庚。①

显然，只要披上龙袍、坐上龙椅面南称帝就享有天命神权。这样看来，礼制是建立在国家最高层面的规范，利用实力规划为天下人的伦理规则就失去了统一性。民俗是长期约定俗成的世风，甚至内化为当地人的行为自觉，而礼制却不然，它在规范的表面下靠着权力支持，带有明显的强制性。

"乐在宗庙之中，君臣上下同听之，则莫不和敬；在族长乡里之中，长幼同听之，则莫不和顺；在闺门之内，父子兄弟同听之，则莫不和亲。故乐者……所以合和父子君臣，附亲万民也。"② 礼重视等级差别、上下秩序，乐则强调内部和谐、上下相安，其功用各不相同，而"乐行而伦清，耳目聪明，血气和平，移风易俗，天下皆宁"③。所以，我国古代十分强调乐的教化作用，礼乐文化其实就是以符合皇权礼制的音乐和诗章来强化天命神权的正当性，让天下归顺、苍生安命。

就以上礼制意义的祭祖郊祀来看，均是虔诚地祭拜皇命，也是祭拜上天赐给的皇位，目的就是把这种独享的皇权凭借礼乐的形式，让天下所有人自觉接受。

二、祥瑞乍现

如果只是单纯的诗歌舞展演就有单向度的自娱自乐之感，智慧的古人为了将抽象的天命具体化，就有了天地人之间具象的灵物：祥瑞。祥瑞又叫作祯祥，《艺文类聚·祥瑞部》引《风角占》曰："福先见曰祥。"又

---

① 〔宋〕郭茂倩编：《乐府诗集》，中华书局1979年版，第211页。
② 〔汉〕郑玄注，〔唐〕孔颖达疏：《礼记正义·乐记第十九》，见〔清〕阮元校刻《十三经注疏》，中华书局1980年版，第1545页。
③ 〔汉〕郑玄注，〔唐〕孔颖达疏：《礼记正义·乐记第十九》，见〔清〕阮元校刻《十三经注疏》，中华书局1980年版，第1536页。

引《字林》曰："祯，祥也，福也。"① 国家将兴，地上就会显现特有的灵物，可以视作上天旨意的呈现。一国之君非同凡人，他们的诞生往往伴随着祥瑞，《尚书·帝命验》就记载了文王诞生时灵物出现的具体详情："春秋之月甲子，赤雀衔丹书入丰，止昌户。"② 其实，这仍是皇权崇拜。

（一）汉代歌辞与祥瑞

扬雄总结了夏、商、周三代的表现："故甘露零其庭，醴泉流其唐，凤凰巢其树，黄龙游其沼，麒麟臻其囿，神雀栖其林。昔者禹任益虞，而上下和，草木茂，成汤好田而天下用足。"③ 甘露、醴泉、凤凰、黄龙、麒麟、神雀显现，视为王朝兴盛的良好征兆，以此激发天下百姓认同当权者的情感，同时也为皇帝自身行使国家权力找到一种坚定的信念。汉代是汉人文化奠基时代，《前汉纪》对符瑞之物系统总结如下：

> 凡《汉纪》十二世，十一帝。通王莽二百四十二年。一祖三宗。高祖定天下，孝惠、高后值国家无事，百姓安集。太宗升平，世宗建功，中宗治平，昭、景称治。元、成、哀、平历世陵迟，莽遂篡国也。凡祥瑞：黄龙见，凤凰集，麒麟臻，神马出，神乌翔，神雀集，白虎仁兽获，宝鼎升，宝磐神光见，山称万岁，甘露降，芝草生，嘉禾茂，玄稷降，醴泉涌，木连理。④

祥瑞动、植物都有，以此代表整个自然界都对社会的最大权力——皇权敬仰。

汉郊庙歌辞汇总了五种祥瑞——天马、宝鼎、灵芝、麒麟、赤雁，赞颂它们，实则是赞颂与祥瑞相对应的皇权，分述如下。

其一，《天马》中的天马子，引《礼乐志》曰：《天马歌》，"元狩三年，马生渥洼水中作"。李斐曰："南阳新野有暴利长，武帝时遭刑，屯

---

① 〔唐〕欧阳询撰，汪绍楹校：《艺文类聚·祥瑞部上》，上海古籍出版社1982年版，第1693页。
② 〔日〕安居香山、中村璋八辑：《纬书集成》，河北人民出版社1994年版，第371页。
③ 费振刚、仇仲谦、刘南平校注：《全汉赋校注》，广东教育出版社2005年版，第254页。
④ 〔汉〕荀悦、〔晋〕袁宏著，张烈点校：《两汉纪》，中华书局2002年版，"汉纪序"第1页。

田敦煌界。数于渥洼水旁见群野马,中有奇者,与凡马异,来饮此水。利长先作土人,持勒靽于水旁。后马玩习。久之,代土人持勒靽,收得其马,献之。欲神异之,云从水中出也。"《西域传》曰:"大宛国多善马,马汗血,言其先,天马子也。"① 歌辞共两首,第二首有"天马徕,从西极,涉流沙,九夷服"②,可见天马出现意味着王道兴、天下平,这里选第一首:

> 太一况,天马下,沾赤汗,沫流赭。志俶傥,精权奇,籋浮云,晻上驰。体容与,迣万里,今安匹,龙为友。③

其二,《景星》中的宝鼎,题解"一曰《宝鼎歌》"。引《汉书·武帝纪》曰:"元鼎四年夏六月,得宝鼎后土祠旁,作《宝鼎之歌》。"《礼乐志》曰:"《景星》,元鼎五年,得鼎汾阴作。"如淳曰:"景星者,德星也。见无常,常出有道之国。"歌辞云:

> 景星显见,信星彪列,象载昭庭,日亲以察。④

其三,《齐房》中的灵芝,题解"一曰《芝房歌》"。引《汉书·武帝纪》曰:"元封二年夏六月,甘泉宫内中产芝,九茎连叶,作《芝房之歌》。"应劭云:"芝,芝草也,其叶相连。"《瑞应图》云:"王者敬事耆老,不失旧故,则芝草生。""内中,谓后庭之室也。"故诏书曰"上帝博临,不异下房,赐朕弘休"是也。《礼乐志》曰:"《齐房》,元封二年,芝生甘泉齐房作。"⑤ 歌辞云:

> 齐房产草,九茎连叶,宫童效异,披图案谍。⑥

---

① 〔宋〕郭茂倩编:《乐府诗集》,中华书局1979年版,第5页。
② 〔宋〕郭茂倩编:《乐府诗集》,中华书局1979年版,第6页。
③ 〔宋〕郭茂倩编:《乐府诗集》,中华书局1979年版,第6页。
④ 〔宋〕郭茂倩编:《乐府诗集》,中华书局1979年版,第7页。
⑤ 〔宋〕郭茂倩编:《乐府诗集》,中华书局1979年版,第7页。
⑥ 〔宋〕郭茂倩编:《乐府诗集》,中华书局1979年版,第7页。

其四,《朝陇首》中的麒麟,题解"一曰《白麟歌》"。引《汉书·武帝纪》曰:"元狩元年冬十月,行幸雍,获白麟,作《白麟之歌》。"颜师古云:"麟,麋身,牛尾,马足,黄色,圜蹄,一角,角端有肉。"① 歌辞云:

  陇首,览西垠,雷电察,获白麟。②

其五,《象载瑜》中的赤雁,题解"一曰《赤雁歌》"。引《汉书·礼乐志》曰:"太始三年,行幸东海,获赤雁作。"③ 歌辞云:

  象载输,白集西,食甘露,饮荣泉。赤雁集,六纷员,殊翁杂,五采文。神所见,施祉福,登蓬莱,结无极。④

这里五首组诗,都是对祥瑞的歌颂,天马、宝鼎、灵芝、麒麟、赤雁这些灵物的出现,意味着征服周边而归于太平、再现天下有道、秩序井然、生活富足。

(二) 魏晋南北朝的祥瑞

这时祥瑞的目的是"象德表功"⑤。祥瑞与皇权存在天人感应,只有仁义道德之君才能得到世上难得的灵物——祥瑞。因此,祥瑞就与皇权在一定程度上有了关联。对于诗文来说,赞颂皇权其实可以赞颂祥瑞,赞颂祥瑞也是歌颂皇权,二者密不可分。

祥瑞既然与王权有直接的关系,魏曹植因为争太子而与曹丕不和,在其兄曹丕称帝后,就用祥瑞诗篇来颂扬其兄,《鼙舞歌·灵芝篇》云:"灵芝生玉地,朱草被洛滨。荣华相晃耀,光采晔若神。"了解他们的都知道权力斗争的险恶,败退后曹植基于现实考虑,大写特写,有讨好曹丕的意思。《大魏篇》云:"大魏应灵符,天禄方甫始。圣德致泰和,神明

---

① 〔宋〕郭茂倩编:《乐府诗集》,中华书局1979年版,第8页。
② 〔宋〕郭茂倩编:《乐府诗集》,中华书局1979年版,第8—9页。
③ 〔宋〕郭茂倩编:《乐府诗集》,中华书局1979年版,第9页。
④ 〔宋〕郭茂倩编:《乐府诗集》,中华书局1979年版,第9页。
⑤ 〔唐〕徐坚等:《初学记》,中华书局1962年版,第367页。

为驱使。……众吉咸集会,凶邪奸恶并灭亡。黄鹄游殿前,神鼎周四阿。玉马充乘舆,芝盖树九华。白虎戏西除,舍利从辟邪。骐骥蹋足舞,凤凰拊翼歌。……"① 当然,也是希望借此缓解兄弟之间的矛盾,故借助赞美祥瑞歌颂皇权的特别多。撰写这类颂扬祥瑞与君王的诗篇,可以说是曹植的无奈之举,从文字内容分析,没有太多的价值。原本属于民间信仰的灵物,因为皇权的关系,成为具有国家意义的礼制的一部分。

祥瑞还与皇权仁政联系起来,对稳定社会秩序来说是很大的积极因素,晋泰始元年(265)冬十二月,"赐天下爵,人五级;鳏寡孤独不能自存者谷,人五斛。复天下租赋及关市之税一年,逋债宿负皆勿收。除旧嫌,解禁锢,亡官失爵者悉复之"。是月,"凤皇六、青龙三、白龙二、麒麟各一见于郡国"。② 晋成公绥《正旦大会行礼歌》云:"……嘉瑞出,灵应彰。麒麟见,凤皇翔。醴泉涌,流中唐。嘉禾生,穗盈箱。降繁祉,祚圣皇。承天位,统万国。受命应期,授圣德,四世重光。宣开洪业,景克昌,文钦明,德弥彰。肇启晋邦,流祚无疆。"③ 三四言并用,直接描述祥瑞的出现,祥瑞仍是皇帝神权的标志。又,晋武帝咸宁五年伐吴,次年即太康元年三月一举攻下石头城,吴主孙皓投降,晋实现了全国统一,而在咸宁五年到太康元年这两年的时间里,"木连理"共出现了6次,这是有一定象征意义的,因为木连理代表着统一,"王者德泽纯洽,八方合为一,则生"④,木连理的频繁出现是对晋武帝军事统一全国政绩的颂扬。

南朝宋当然也是利用祥瑞赞颂皇权的礼乐文化,泰始歌舞曲词《天符颂》云:"天符革运,世诞英皇。在馆神炫,既壮龙骧。六钟集表,四纬骈光。于穆配天,永休厥祥。"⑤ 这里的各类物种都是祥瑞,《乐府诗集》卷十四《宋四厢乐歌》和《齐四厢乐歌》之《食举歌》属于燕射歌辞,其歌辞内容一样:

……体至和。感阴阳。德无不柔。繁休祥。瑞徽璧。应嘉钟。舞灵凤。跃潜龙。景星见。甘露坠。木连理。禾同穗。玄化洽。仁泽

---

① 〔宋〕郭茂倩编:《乐府诗集》,中华书局1979年版,第773—774页。
② 〔唐〕房玄龄等:《晋书·武帝纪》,中华书局1974年版,第51、53页。
③ 〔唐〕房玄龄等:《晋书·乐志上》,中华书局1974年版,第686页。
④ 〔南朝梁〕沈约:《宋书·符瑞志下》,中华书局1974年版,第853页。
⑤ 〔南朝梁〕沈约:《宋书·乐志四》,中华书局1974年版,第638页。

数。极祯瑞。穷灵符。……①

南朝齐谢超宗《嘉胙乐》云："宝瑞昭神图，灵贶流瑞液。我皇崇晖祚，重芬冠往籍。"以祥瑞和皇祚呼应。梁沈约《需雅八首》第三首："九州上腴非一族，玄芝碧树寿华木。"② 祥瑞带有信仰中的神圣意味，把人们心中美好的灵物和尊贵的皇权联系起来，特别是诗篇的祥瑞意象应该说是对天授神权一种智慧的诗意解说。

北朝祥瑞和王朝兴起、国家统一联系在一起。北魏太祖道武帝登国六年十二月，"上猎，亲获鹿一角。召问群臣，皆曰：'鹿当二角，今一，是诸国将并之应也。'"③ 考之史实，从登国三年到登国九年是拓跋珪部落联盟发展的重要时期，也是其统一中原的重要时期，魏与后燕交恶，北征蠕蠕，在铁岐山大败卫辰部，所以"一角鹿"的出现是对道武帝政绩的肯定和颂扬。

北齐《武德乐》云："九功以洽，七德兼盈。丹书入告，玄玉来呈。露甘泉白，云郁河清。声教咸往，舟车毕会。仁加有形，化洽无外。严亲惟重，陟配惟大。"④ 正是"九功以洽，七德兼盈"才会出现"露甘泉白，云郁河清"的景象。因此，祥瑞与德治就有了直接的关联。换言之，赞颂祥瑞不但美化了皇权，同时也是赞颂皇权仁义所在的合法化，《食举乐辞》云：

> 天壤和，家国穆。悠悠万类，咸孕育。契冥化，侔大造。灵效珍，神归宝。兴云气，飞龙苍。麟一角，凤五光。朱雀降，黄玉表。九尾驯，三足扰。化之定，至矣哉。瑞感德，四方来。⑤

(三) 唐代祥瑞

史书与祥瑞记载。《资治通鉴》记载：垂拱四年（688），"武承嗣使

---

① 〔宋〕郭茂倩编：《乐府诗集》，中华书局1979年版，第199页。
② 〔宋〕郭茂倩编：《乐府诗集》，中华书局1979年版，第204页。
③ 〔北齐〕魏收：《魏书·灵征志下》，中华书局1974年版，第2931页。
④ 〔宋〕郭茂倩编：《乐府诗集》，中华书局1979年版，第42页。
⑤ 〔宋〕郭茂倩编：《乐府诗集》，中华书局1979年版，第209页。

凿白石为文曰：'圣母临人，永昌帝业。'末紫石杂药物填之。庚午，使雍州人唐同泰奉表献之，称获之于洛水。太后喜，命其石曰'宝图'。擢同泰为游击将军。五月戊辰，诏当亲拜洛，受'宝图'；有事南郊，告谢昊天；礼毕，御明堂，朝群臣。命诸州都督、刺史及宗室、外戚以拜洛前十日集神都。乙亥，太后加尊号为圣母神皇"①。"圣母临人，永昌帝业。"对此预言，武后大做文章，称之为"'宝图'。同年五月，皇太后加尊号'圣母神皇'。秋七月，大赦天下。改'宝图'曰'天授圣图'，封洛水神为显圣，加位特进，并立庙"②。载初元年（690），有沙门十人伪撰《大云经》，向皇上禀报"盛言神皇受命之事"③。这也是利用祥瑞为皇权天命添加一个砝码。

武后自撰《唐大享拜洛乐章》十五首，巧妙地将祥瑞和皇权融合在一起，以显示其称帝是顺理成章之事，选其中三首加以体会。

第一首《昭和》云：

　　九玄眷命，三圣基隆。奉承先旨，明台毕功。宗祀展敬，冀表深衷。永昌帝业，式播淳风。④

第二首《致和》云：

　　神功不测兮运阴阳，包藏万宇兮孕八荒。天符既出兮帝业昌，原临明祀兮降祯祥。⑤

第六首《显和》云：

　　顾德有惭虚菲，明祇屡降祯符。汜水初呈秘象，温洛荐表昌图。玄泽流恩载洽，丹襟荷渥增愉。⑥

---

① 〔宋〕司马光：《资治通鉴》，中华书局1956年版，第6448页。
② 〔后晋〕刘昫等：《旧唐书·则天皇后本纪》，中华书局1975年版，第119页。
③ 〔后晋〕刘昫等：《旧唐书·则天皇后本纪》，中华书局1975年版，第121页。
④ 〔宋〕郭茂倩编：《乐府诗集》，中华书局1979年版，第87页。
⑤ 〔宋〕郭茂倩编：《乐府诗集》，中华书局1979年版，第88页。
⑥ 〔宋〕郭茂倩编：《乐府诗集》，中华书局1979年版，第88页。

文学和祥瑞虚构。皇帝作为世上最高贵之人，在其降临世间时都有美好的预兆。"景帝梦一赤彘从云中下，直入崇芳阁。景帝觉而坐阁下，果有赤龙如雾，来蔽户牖。宫内嫔御望阁上丹霞蓊蔚而起，霞灭，见赤龙盘回栋间。景帝召占者姚翁以问之，翁曰：'吉祥也，此阁必生命世之人，攘夷狄而获嘉瑞，为刘宗盛主也，然亦大妖。'……十四月而生武帝，景帝曰：'吾梦赤化为赤龙，占者以为吉，可名之吉。'"① 又，《汉武故事》描述了汉宣帝即位时的种种吉瑞：

> 宣帝即位，尊孝武庙曰世宗。奏乐之日，虚中有唱善者。告祠之日，白鹤群飞集后庭。西河立庙，神光满殿中，状如月，东莱立庙，有大鸟迹，竟路，白龙夜见……宣帝亲祠甘泉，有顷，紫黄气从西北来，散于殿前。②

《乐府诗集》卷七《唐享龙池乐章》收录文人创作10首，均是以龙池作为祥瑞书写，有什么背景呢？题解引《唐书·乐志》曰："玄宗龙潜时，宅隆庆坊，宅南坊人所居，忽变为池，望气者异焉。故中宗季年，泛舟池中。玄宗正位，以坊为宫，池水逾大，弥漫数里，因为《龙池乐》以歌其祥。"《唐逸史》曰："玄宗在东都昼寝，梦一女子，容艳异常，梳交心髻，大袖宽衣。帝曰：'汝何人？'曰：'妾凌波池中龙女也，卫宫护驾，妾实有功。今陛下洞晓钧天之乐，愿赐一曲，以光族类。'帝于梦中为鼓胡琴，倚歌为凌波池之曲，龙女拜谢而去。及寤，尽记之，命禁乐，自御琵琶，习而翻之。因宴于凌波宫，临池奏新声。忽池波涌起，有神女出于波心，乃梦中之女也。望拜御坐，良久方没。因置祠池上，每岁祀之。"《会要》曰："开元元年，内出祭《龙池乐》章。十六年，筑坛于兴庆宫，以仲春月祭之。"③ 诗作为七言，选两首为代表。

《第二章》蔡孚云：

> 帝宅王家大道边，神马龙龟涌圣泉。昔日昔时经此地，看来看去

---

① 史仲文主编：《中国文言小说百部经典》，北京出版社2000年版，第125页。
② 鲁迅校录：《古小说钩沉》，齐鲁书社1997年版，第228页。
③ 〔宋〕郭茂倩编：《乐府诗集》，中华书局1979年版，第102页。

渐成川。歌台舞榭宜正月，柳岸梅洲胜往年。莫言波上春云少，只为从龙直上天。①

《第八章》李乂云：

> 星分邑里四人居，水浒源流万顷余。魏国君王称象处，晋家蕃邸化龙初。青蒲暂似游梁马，绿藻还疑宴镐鱼。自有神灵滋液地，年年云物史官书。②

在这里，人的意志和神的意志通过灵物有了联系，此灵物也就是古人看重的祥瑞。把世上成为皇帝的那个人附加在灵物吉兆上，又以适合的乐舞将其艺术化，北魏太常卿祖莹曾在普泰年间上书言乐舞之重要性："……夫乐所以乘灵通化，舞所以象物昭功，金石播其风声，丝竹申其歌咏。郊天祠地之道，虽百世而可知；奉神育民之理，经千载而不昧。……皇魏道格三才，化清四宇，奕世载德，累叶重光，或以文教兴邦，或以武功平乱，功成治定，于是乎在。及主上龙飞载造，景命惟新，书轨自同，典刑罔二，覆载均于两仪，仁泽被于四海，五声有序，八音克谐，乐舞之名，宜以详定……"③让天下之人沉浸在艺术的氛围中，祥瑞为天命神权提供了神秘的呼应，所以，皇权需要祥瑞来扶持，更需要用潜移默化的方式引导民众认可，而乐舞诗就达到了这样的艺术效果。

三、军功护卫

皇权天命可以将九五之尊的天下第一人神化。从我国历史来看，除了带有神话色彩的想象中的禅让，可靠历史记载的新旧王朝的所谓禅让均带有强制性和欺骗性，大多数开国皇帝是在马上争天下，所以，霸业可成之说所内含的就是靠武力获取国家神器，这样就让军功护卫皇权成为现实，因而歌颂军功也是必然之举。

---

① 〔宋〕郭茂倩编：《乐府诗集》，中华书局1979年版，第103页。
② 〔宋〕郭茂倩编：《乐府诗集》，中华书局1979年版，第104页。
③ 〔北齐〕魏收：《魏书·乐志》，中华书局1974年版，第2842页。

（一）汉代军功

汉武帝亲笔写有"天马徕，从西极，涉流沙，九夷服""此龙必至之效也"。① 就是将天马看作"神龙之类"的祥瑞，同时看作对西域的征服，颜师古注曰："言九夷皆服，故此马远来也。"② 诗歌或传言中的东西从现实维度看，是经不起考验的，正如清代学者赵翼在《廿二史札记》中对"两汉多凤凰"的情况也进行了分析，认为"宣帝当武帝用兵劳扰之后，昭帝以来，与民休息，天下和乐，章帝承明帝之吏治肃清，太平日久，故宜皆有此瑞。……而东汉桓帝时，济阴言有五色大鸟见于巳氏，灵帝时河南言凤凰见新城，以衰乱之朝，而凤凰犹见，可知郡国所奏符瑞，皆未必得实也"③。落实天命皇权更重要的是凭借实力，那就是对军功的肯定和赞誉，而时不时借助神秘的符瑞就多少能够掩盖军功夺取王权的悲壮，天命皇权由符瑞灵物决定显得更隐晦一些。

（二）晋代军功

司马懿被追谥为晋宣皇帝，《晋书·武帝纪》对他一生品行评价为"内忌而外宽，猜忌多权变"④。关于他引诱曹爽缴械降服一事，《三国演义》写得很生动："吾与蒋济指洛水为誓，只因兵权之事，别无他故。"⑤后司马懿又将其诛杀，为自己担任丞相、执掌曹魏大权铺平了道路。

现选晋朝文人赞扬司马懿的诗两首。

其一，晋曹毗《歌高祖宣皇帝》云：

> 於赫高祖，德协灵符。应运拨乱，鳌整天衢。勋格宇宙，化动八区。肃以典刑，陶以玄珠。神石吐瑞，灵芝自敷。肇基天命，道均唐虞。⑥

---

① 〔汉〕班固：《汉书·礼乐志》注引，中华书局1962年版，第1061页。
② 〔汉〕班固：《汉书·礼乐志》，中华书局1962年版，第1060—1061页。
③ 〔清〕赵翼：《廿二史札记》，中华书局1963年版，第57页。
④ 〔唐〕房玄龄等：《晋书》，中华书局1974年版，第20页。
⑤ 〔明〕罗贯中：《三国志通俗演义》，上海古籍出版社1980年版，第1042页。
⑥ 〔宋〕郭茂倩编：《乐府诗集》，中华书局1979年版，第114页。

其二，晋傅玄《宣皇帝登歌》云：

> 於铄皇祖，圣德钦明。勤施四方，夙夜敬止。载敷文教，载扬武烈。匡定社稷，龚行天罚。经始大业，造创帝基。畏天之命，于时保之。①

下面来讨论这段历史背景，魏明帝曹叡临终时将曹芳托付给曹真、司马懿、陈群等，司马懿对曹芳可以说是忠心的："每叹说齐王自堪人主，君臣之义定。"② 根据其父子所为，尤其后来逼曹魏禅让皇权，陈寅恪先生也认为"司马懿的坚忍阴毒，远非汉末同时儒家迂缓无能之士所能比"③。托孤为人称道者莫过于刘备将刘禅托与诸葛亮，《三国志》卷三《明帝纪》注引《魏略》及《魏氏春秋》也有其父子情深的记载——"教齐王（曹芳）令前才包宣王（司马懿）颈"，原文如下：

> 《魏略》曰：帝既从刘放计，召司马宣王，自力为诏，既封，顾呼宫中常所给使者曰："辟邪来！汝持我此招授太尉也。"辟邪驰去。先是，燕王为帝画计，以为关中事重，宜便道遣宣王从河内西还，事以施行。宣王得前诏，斯须复得后手笔，疑京师有变，乃驰到，入见帝。劳问讫，乃召齐！秦二王以示宣王，别指齐王谓宣王曰："此是也，君谛视之，勿误也！"又教齐王令前才包宣王颈。
>
> 《魏氏春秋》曰：时太子芳年八岁，秦王九岁，在于御侧。帝执宣王手，目太子曰："死乃复可忍，朕忍死待君，君其与爽辅此。"宣王曰："陛下不见先帝属臣以陛下乎？"④

司马懿死后，其子司马师接掌朝廷大权，因专权被视为飞扬跋扈之人。嘉平六年（254），中书令李丰和皇后父亲张缉等图谋废掉司马师，

---

① 〔宋〕郭茂倩编：《乐府诗集》，中华书局1979年版，第112—113页。
② 〔晋〕陈寿撰，〔南朝宋〕裴松之注：《三国志·毌丘俭传》（注引毌丘俭、文钦等人上表），中华书局1959年版，第763、764页。
③ 万绳楠整理：《陈寅恪魏晋南北朝史讲演录》，贵州人民出版社2007年版，第12页。
④ 〔晋〕陈寿撰，〔南朝宋〕裴松之注：《三国志·明帝纪》（注引《魏略》及《魏氏春秋》），中华书局1959年版，第114页。

结果事情败露，讨伐司马师失败的李丰、张缉等人被腰斩灭族，同年三月又将受其父牵连的皇后张氏废掉，九月上奏皇太后废掉曹芳，立曹髦为帝。后起兵讨伐司马师的毌丘俭与文钦在上表中提到："陛下（高贵乡公曹髦）即祚，（司马师）初不朝觐。陛下欲临幸师舍以省其疾，复拒不通，不奉法度，其罪八也。"① 司马师后被新王朝晋追谥为世宗景皇帝，当然有人作歌赞颂。

晋《歌世宗景皇帝》：

> 景皇承运，纂隆洪绪。皇维重抗，天晖再举。蠢矣二寇，扰我扬楚。乃整元戎，以膏齐斧。亹亹神算，赫赫王旅。鲸鲵既平，功冠帝宇。②

皇权掌管在一人手中，这本身就值得崇拜，因为世上没有其他权力能与之对抗。至于如何得到皇权，是继承皇位，还是发动政变，或是义军讨伐，这些并不重要，只有成为九五之尊才是最重要的。晋代当然也是这样，皇权奠基者就算没有成为真正的皇帝也可以由后代追封，照样能成为诗章歌颂的对象。

(三) 唐代军功

唐代李渊起兵属于义军反抗暴政，所以更值得正面歌颂，武将、文人作品如下。郭子仪《广运舞》云："於赫皇祖，昭明有融。惟文之德，惟武之功。河海静谧，车书混同。虔恭孝飨，穆穆玄风。"③ 这是《乐府诗集》卷十一《唐享太庙乐章》第一首，共收录11首。郭子仪由于是行伍出身，所以很清楚皇权是怎么获得的，认为文治武功卓著的君主方能保天下太平。文人牛僧孺的看法也是如此，其诗云"武烈文经，敷施当宜"④，原因不言而喻。

第六首作者段文昌，其诗《象德舞》云：

---

① 〔晋〕陈寿撰，〔南朝宋〕裴松之注：《三国志·毌丘俭传》，中华书局1959年版，第764页。
② 〔宋〕郭茂倩编：《乐府诗集》，中华书局1979年版，第114页。
③ 〔宋〕郭茂倩编：《乐府诗集》，中华书局1979年版，第154页。
④ 〔宋〕郭茂倩编：《乐府诗集》，中华书局1979年版，第155页。

第一部分　贵族诗研究

> 肃肃清庙，登显至德。泽周八荒，兵定四极。生物咸遂，群盗灭息。明圣钦承，子孙千亿。①

有没有不用刀兵就能获取江山的呢？就大唐来言，高祖李渊将皇位让给李世民，看似实现了不流血的"禅让"，前提却是在"玄武门之变"流血后，626年七月二日李世民等杀死太子李建成和齐王李元吉。七月五日，李世民被立为皇太子；七月十四日，李渊有了禅让的想法，后果然为太上皇；九月三日，李世民登基称帝。秦王李世民变为皇帝后励精图治，善待他人，获得了后人无上的肯定和推崇。

那么，皇家郊庙歌辞是如何书写李世民的这段历史的呢？特别是对开创了"贞观之治"的唐太宗，又如何忠于历史地评判他呢？

《乐府诗集》卷十一《唐享隐太子庙乐章》引《唐书·乐志》曰："贞观中，享隐太子庙乐：迎神用《诚和》，登歌奠玉帛用《肃和》，迎俎用《雍和》，送文舞出、迎武舞入用《舒和》，武舞用《凯安》，送神用《诚和》，词同迎神。"②这里就谈到了用兵的问题，《凯安》云：

> 天步昔将开，商郊初欲践。抚戎金阵廓，贰极瑶图阐。鸡戟遂崇仪，龙楼期好善。弄兵膢震业，启圣隆祠典。③

隐太子是谁呢？《旧唐书》载："太宗即位，追封建成为息王，谥曰隐，以礼改葬。"伏海翔、李超《新见李建成墓志管窥唐太宗的政治主张》指出：2013年3月15日，西安博物院接收李建成墓志，发现"隐"字"磨损痕迹明显，磨损处长5.3厘米，宽4.4厘米，厚0.12厘米，所以此字与整篇志文相比，略显凹陷"。《唐会要》卷八四载："隐（隐，拂不成曰隐，明不治国曰隐，怀情不尽曰隐），赠太子建成（贞观二年三月，有司奏谥息王为戾，上令改谥议。杜淹奏改为灵，又不许，乃谥曰隐）。"隐太子就是李建成，从这里可以看出李世民的矛盾心理。和历史相比，文学可能显示的信息更多，褚人获《隋唐演义》第六十八回：

---
① 〔宋〕郭茂倩编：《乐府诗集》，中华书局1979年版，第155页。
② 〔宋〕郭茂倩编：《乐府诗集》，中华书局1979年版，第165页。
③ 〔宋〕郭茂倩编：《乐府诗集》，中华书局1979年版，第165–166页。

十王闻言伏礼道："……但令兄建成，令弟元吉，旦夕在这里哭诉陛下害他性命，要求质对，请问陛下这有何说？"太宗道："这是他兄弟合谋，要害朕躬……屡次害朕不死，那时又欲提兵殁朕，朕不得已而救死，势不两立，彼自阵亡，于朕何与？昔项羽置太公于俎上以示汉高，汉高曰：'愿分吾一杯羹。'为天下者不顾家，父且不顾，何有于兄弟？愿王察之。"①

文学作品尤其擅长揣摩人物心理，写太子李建成死不甘心，其实也是在文学世界里为其申冤，同时暗示当年玄武门之变的真实情况不一定如史书所写。因为成功者能够主宰历史的进程，那当然也能主宰史书的书写，哪怕真的是兄弟相残，这样的事情也要顺从成功者的心意，进行必要的加工，但是文学艺术能以虚构的名义将其还原。

从这里看得出，由于李世民确确实实开创了一代伟业，史书大多为尊者讳，文学演义也采取了谅解的态度，哪怕他为了继承皇位而杀死兄长。鉴于文学作品不足以真实反映事实，可以借助正史审视李建成的历史功绩：619 年，"诏建成率将军桑显和进击……平之"②；620 年，突厥南下侵犯唐朝边境，"遣皇太子镇蒲州，以备突厥"③；621 年，"命太子安抚北边"④；621 年，稽胡酋帅率领军队数万人侵犯唐朝边境，李渊命李建成前去讨伐，"大破之，斩首数百级，虏获千余人"⑤；622 年，李建成鉴于无大功"以镇服海内"⑥，奏准征刘黑闼，"擒之而旋"⑦。现代学者以为李建成"既具有杰出的政治才能，又有佐理政务的经验"⑧。

由文学作品和历史事实观之，李建成被杀比较冤枉。"此小说记唐太

---

① 〔清〕褚人获：《隋唐演义》，岳麓书社 2005 年版，第 460 页。
② 〔后晋〕刘昫等：《旧唐书》，中华书局 1975 年版，第 2414 页。
③ 〔后晋〕刘昫等：《旧唐书》，中华书局 1975 年版，第 11 页。
④ 〔宋〕司马光：《资治通鉴》，中华书局 1956 年版，第 5960 页。
⑤ 〔后晋〕刘昫等：《旧唐书》，中华书局 1975 年版，第 2414 页。
⑥ 〔宋〕司马光：《资治通鉴》，中华书局 1956 年，第 5783 页。
⑦ 〔后晋〕刘昫等：《旧唐书》，中华书局 1975 年版，第 2415 页。
⑧ 贺润坤：《论李建成在建唐中的历史作用》，载《陕西师范大学学报》（哲学社会科学版）1987 年第 1 期。

宗入冥事"①，残存文献由王国维首次辑录在《敦煌发见唐朝之通俗诗及通俗小说》中。大意讲道李世民生魂被掌管阴阳的崔子玉引到第六曹司内，建成、元吉啼哭诉冤，要和太宗对质，崔子玉见太宗害怕离去，趁出"问头"："为甚杀□□（兄弟）于前殿？囚慈父于后宫？"②问得太宗目瞪口呆。由于"命录"记太宗已寿尽，太宗竟和崔子玉交换条件：崔子玉为太宗延寿，太宗一口答应给其"□卿蒲州刺史兼河北廿四州采访使，官至御史大夫，赐紫□□（金鱼）袋，仍赐蒲州县库钱二万贯，与卿资家"③，崔子玉再要求"陛下出己分钱，抄写大□□（云经）"④。太宗取得崔子玉自抄《大云经》作为范本，并答应还阳后大赦天下，崔子玉替太宗用"大圣灭族□□"⑤六字答"问头"。从这里就看出，通过杀伐获得皇权是天命，亦是天道。

为人君者虽然希望天下苍生笃信皇命天授，但是谋取皇权的过程却坎坷，甚至有无法想象的艰难，不再只是受到外在强力如军事手段、流血死亡等的威胁，还面临子弑父、弟杀兄等伦理道义上的压力。刀兵代表的军功也不得不成为包装的材料，成为祭颂的对象，由此观之，成为皇帝就是天命皇权，至于如何得到就不重要了，骨肉相残、刀兵屠杀都可能成为手段。

（四）军功反思

1. 适度用兵

通过军事手段成为皇帝是最有效的办法，同时也是治理江山、稳定社稷的不二之选，傅玄《晋宣武舞歌》共四首，赞颂适度用兵，就内容来看，诗人用传神的文字描述用兵之道，并上升到礼乐的高度。

《惟圣皇篇·矛俞第一》云：

惟圣皇，德巍巍，光四海。礼乐犹形影，文武为表里。乃作

---

① 王国维：《敦煌发见唐朝之通俗诗及通俗小说》，见姚淦铭、王燕主编《王国维文集》，中国文史出版社2007年版，第23页。
② 王重民等编：《敦煌变文集》，人民文学出版社1957年版，第213页。
③ 王重民等编：《敦煌变文集》，人民文学出版社1957年版，第213页。
④ 王重民等编：《敦煌变文集》，人民文学出版社1957年版，第214页。
⑤ 王重民等编：《敦煌变文集》，人民文学出版社1957年版，第214页。

《巴俞》，肆舞士。剑弩齐列，戈矛为之始。进退疾鹰鹞，龙战而豹起。如乱不可乱，动作顺其理，离合有统纪。①

《短兵篇·剑俞第二》云：

剑为短兵，其势险危。疾逾飞电，回旋应规。武节齐声，或合或离。电发星鹜，若景若差。兵法攸象，军容是仪。②

《军镇篇·弩俞第三》云：

弩为远兵军之镇，其发有机。体难动，往必速，重而不迟。锐精分镈，射远中微。弩俞之乐，一何奇，变多姿。退若激，进若飞，五声协，八音谐，宣武象，赞天威。③

2. 穷兵必危

前面三首倡导用兵，诗人也知道不可过度用兵，第四首《穷武篇·安台行乱第四》则有警戒之意：

穷武者丧，何但败北。柔弱亡战，国家亦废。秦始、徐偃，既已作戒前世。先王鉴其机，修文整武艺，文武足相济。然后得光大。乱曰：高则亢，满则盈，亢必危，盈必倾。去危倾，守以平，冲则久，浊能清，混文武，顺天经。④

宋明帝《治兵大雅》四言诗，立足现实论述治兵有征无战的奥妙，诗云：

王命治兵，有征无战。巾拂以净，丑类革面。王仪振旅。载戢在

---

① 〔宋〕郭茂倩编：《乐府诗集》，中华书局1979年版，第770页。
② 〔宋〕郭茂倩编：《乐府诗集》，中华书局1979年版，第770页。
③ 〔宋〕郭茂倩编：《乐府诗集》，中华书局1979年版，第770页。
④ 〔宋〕郭茂倩编：《乐府诗集》，中华书局1979年版，第770页。

辰。中虚巾拂，四表静尘。①

所以，王命有承当上天的意愿。可以动用军事力量来护卫皇位，但也要认识到用兵应适可而止。

天命皇权由所谓的舆论造神到祥瑞具象呈现，就由高高在上的神祇变为深入民间生活的祥瑞，说明人的意识超越对神的抽象思维，更愿意化为实实在在的可视可听甚至可以触摸的灵物，这就是天人感应，它更好地强化了天命皇权。同时，现实基础上的一切又让军事讨伐不断出现，从兴兵夺取帝位到出兵镇压反抗者，都具有了为皇权服务的必要性，再次以真刀真枪的强硬手段印证了皇权天命不可侵犯。当然站在任何一边，无论是皇命在身的统治者还是普通百姓无一希望战事发生，多是不得已而为之。

第二章　家国合一　君德子孝

家国合一很大程度上是以家的形式表现国家的存在，"国之本在家"②。《周易·序卦》说："有天地然后有万物……有父子然后有君臣。"③ 这就是由家之父子扩展到国之君臣子民。一国之君乃至天下子民皆以孝立身，"君子之事亲孝，故忠可移于君；事兄悌，故顺可移于长；居家理，故治可移于官"④。讲究孝道、德治是我国历史上长期认为有效的礼制手段。

在这儿，民间层面和国家层面高度统一，上层雅文化和底层俗文化完全统合，孝道在礼制和民俗两个层次实现了礼乐教化的目的。

一、汉代的德孝

一国之君和普通百姓毕竟不同，古人以为天和君可以互换，即天祇和

---

① 〔宋〕郭茂倩编：《乐府诗集》，中华书局1979年版，第812页。
② 杨伯峻：《孟子译注》，中华书局2005年版，第167页。
③ 陈成国点校：《四书五经》，岳麓书社2002年版，第209页。
④ 汪受宽译注：《孝经译注》，上海古籍出版社2007年版，第64页。

人君犹如父与子、夫与妻。《白虎通义·天地》云："天者，何也？天之为言镇也。居高理下，为人镇也。"陈立疏证："《尔雅》《释文》引《礼统》对其解释'天之为言镇也，神也，陈也，珍也'。《说文·一部》'天，颠也'。颠为人首，故臣以君为天，子以父为天，妻以夫为天。"① 人君治理国家也是以德治为本，司马迁《史记·天官书》从王朝兴衰总结国君德治效用："国君强大，有德者昌；弱小，饰诈者亡。太上修德，其次修政，其次修救，其次修禳，正下无之。"②

国君强调德治为上，同时他又是人子，当然也要为天下人树立孝道的榜样，就民间百姓来说，重点是孝敬父母。因此，君突出德，子彰显孝。

《汉安世房中歌》第四首就强调了孝德的重要性："王侯秉德，其邻翼翼，显明昭式。清明鬯矣，皇帝孝德。竟全大功，抚安四极。"③ 第六首云："大海荡荡水所归，高贤愉愉民所怀。大山崔，百卉殖。民何贵？贵有德。"④ 以水之归海比喻德治的神奇效果，特别指出了此为贵民、乐民之举。汉武帝元鼎五年（前112）于汾阴得宝鼎，大臣议论此宝鼎是否为周鼎时，吾丘寿王却不以为然，宝鼎为有德者得之，当为汉鼎，"周德始乎后稷，长于公刘，大于大王，成于文武，显于周公，德泽上昭，天下漏泉，无所不通。上天报应，鼎为周出，故名曰周鼎。今汉自高祖继周，亦昭德显行，布恩施惠，六合和同。至于陛下，恢廓祖业，功德愈盛，天瑞并至，珍祥毕见。昔秦始皇亲出鼎于彭城而不能得，天祚有德而宝鼎自出，此天之所以与汉，乃汉宝，非周宝也"⑤。这就是看重皇帝以德治国的重要，孝德合一足以使家庭和睦、国家政治清明。

韩延寿治理颍川就是德治的表现："教以礼让，恐百姓不从，乃历召郡中长老为乡里所信向者数十人，设酒具食，亲与相对……长老皆以为便，可施行，因与议定嫁娶丧祭仪品，略依古礼，不得过法。延寿于是令文学校官诸生皮弁执俎豆，为吏民行丧嫁娶礼。百姓遵用其教，卖偶车马下里伪物者，弃之市道。数年，徙为东郡太守，黄霸代延寿居颍川，霸因

---

① 〔清〕陈立撰，吴则虞点校：《白虎通疏证》，中华书局1994年版，第420页。
② 〔汉〕司马迁：《史记·太史公自序》，中华书局1959年版，第3305页。
③ 〔宋〕郭茂倩编：《乐府诗集》，中华书局1979年版，第110页。
④ 〔宋〕郭茂倩编：《乐府诗集》，中华书局1979年版，第110页。
⑤ 〔汉〕班固：《汉书·吾丘寿王传》，中华书局1962年版，第2798页。

其迹而大治。"①

关于南阳太守召信臣，见《汉书·召信臣传》：

> 信臣为人勤力有方略，好为民兴利，务在富之。躬劝耕农，出入阡陌，止舍离乡亭，稀有安居时。行视郡中水泉，开通沟渎，起水门提阏凡数十处，以广溉灌，岁岁增加，多至三万顷。民得其利，畜积有余。信臣为民作均水约束，刻石立于田畔，以防分争……郡中莫不耕稼力田，百姓归之，户口增倍，盗贼狱讼衰止。吏民亲爱信臣，号之曰召父。②

汉代将忠孝合一的观念灌输给整个社会，在家有孝行，就会忠于国君，并形成极强的舆论攻势，甚至在史书中还有关于孝子的种种神秘的传奇之事，例如：长沙孝子古初，"遭父丧未葬，邻人失火，初匍匐柩上，以身扞（捍）火，火为之灭"③；蔡顺"以至孝称"，"母年九十，以寿终。为得及葬，里中灾，火将逼其舍，顺抱伏棺枢，号哭叫天，火遂越烧它室，顺独得免"④。这样的事情更像虚构的故事，出现在史书中，就是为了加深人们对孝道的信念。

文学作品更能虚构故事，《风俗通义》载有丁兰"刻木事亲"，孝行感动神祇的故事：

> 丁兰……少丧考妣，不及供养，乃刻木为人，仿佛亲形，事之若生，朝夕定省。其后邻人张叔妻从兰妻有所借，兰妻跪报木人，木人不悦，不以借之。叔醉疾来？骂木人，以杖敲其头。兰还，见木人不怿（喜悦之意），乃问其妻，妻具以告之，即奋剑张叔。吏捕兰，兰辞木人去。木人见兰，为之垂泪。郡县嘉其至孝，通于神明，图其形像于云台也。⑤

---

① 〔汉〕班固：《汉书·韩延寿传》，中华书局1962年版，第3210页。
② 〔汉〕班固：《汉书·循吏传》，中华书局1962年版，第3642页。
③ 〔南朝宋〕范晔撰，〔唐〕李贤等注：《后汉书》，中华书局1965年版，第1032页。
④ 〔南朝宋〕范晔撰，〔唐〕李贤等注：《后汉书》，中华书局1965年版，第1312页。
⑤ 〔东汉〕应劭撰，吴树平校释：《风俗通义校释》，天津古籍出版社1980年版，第103页。

在后人看来荒诞不经之事，恰恰证明孝悌在当时十分受重视。官方以种种手段激励子民行孝，甚至曾以制度化管理来奖励孝子孝孙：

> 古之立教，乡里以齿，朝廷以爵，扶世导民，莫善于德。然则于乡里先耆艾，奉高年，古之道也。今天下孝子顺孙愿自竭尽以承其亲，外迫公事，内乏资财，是以孝心阙焉。朕甚哀之。民年九十以上，已有受鬻法，为复子若孙，令得身师（率）妻妾遂其供养之事。①

德治、孝道，从国家和民间两个层面入手，用以强化民间的伦理道德，有助于维护社会秩序、实现天下稳定。

二、魏晋南北朝的德孝

魏晋南北朝在汉代天人感应的基础上也强调皇权和德治相符的关系，包括将符瑞降临视为美德感化的结果，一国之君做事应注重德行，为人子则应遵循孝悌之道，同时以为这是社会伦理要求的做人原则。北魏太宗拓跋嗣在位期间善待百姓，感到"以德见宗，良无愧也"②。刘宋元嘉十八年（441）因"重光嗣服，永言祖武，洽惠和于地络，烛皇明于天区"，所以是宋文帝"王德所罩，物以应显"。③ 德治被放在特别重要的位置。

（一）新政权对德治的需要

魏晋南北朝时期新兴政权总是喜欢改换曲名，如曹魏时缪袭："改《有所思》为《应帝期》，言文帝以圣德受命，应运期也。"吴国人韦昭"改《朱鹭》为《炎精缺》，言汉室衰，孙坚奋迅猛志，念在匡救，王迹始乎此也。……改《有所思》为《顺历数》，言权顺箓图之符，而建大号也。改《芳树》为《承天命》，言其时主圣德践位，道化至盛也"。④

---

① 〔汉〕班固：《汉书》，中华书局1962年版，第156、166页。
② 〔北齐〕魏收：《魏书·太宗明元帝纪》，中华书局1974年版，第64页。
③ 〔南朝梁〕沈约：《宋书·符瑞志下》，中华书局1974年版，第849页。
④ 〔唐〕房玄龄等：《晋书·乐志下》，中华书局1974年版，第701–702页。

晋代傅玄"制为二十二篇，亦述以功德代魏。改《朱鹭》为《灵之祥》，言宣帝之佐魏，犹虞舜之事尧，既有石瑞之征，又能用武以诛孟达之逆命也。……改《上邪》为《大晋承运期》，言圣皇应箓受图，化象神明也。改《君马黄》为《金灵运》，言圣皇践阼，致敬宗庙，而孝道行于天下也。……改《黄爵行》为《伯益》，言赤乌衔书，有周以兴，今圣皇受命，神雀来也"①。

陈为短命王朝，并给人留下昏君无道、啼笑皆非的结局，但是依然赞颂德治，也是当作秉承上天之命，如《陈太庙舞辞》之《凯容舞》第二首云：

　　昭哉上德，浚彼洪源。道光前训，庆流后昆。神猷缅邈，清庙斯存。以享以祀，惟祖惟尊。②

《凯容舞》第四首云：

　　道遥积庆，德远昌基。永言祖武，致享从思。九章停列，八舞回犀。灵其降止，百福来绥。③

《景德凯容舞》云：

　　皇祖执德，长发其祥。显仁茂用，怀道韬光。宁斯闷寝，合此萧芗。永昭贻厥，还符翦商。④

四言诗节奏感强，对德行的呼唤特别强烈，对照陈朝历史，这显得有点儿荒诞，但正是这样更能显示出王朝对德治的需要。

（二）皇帝是家国一体，德孝同构

以皇帝为代表的至尊至贵者和天下庶民在德孝方面没有什么本质区

---

① 〔唐〕房玄龄等：《晋书·乐志下》，中华书局1974年版，第702—703页。
② 〔宋〕郭茂倩编：《乐府诗集》，中华书局1979年版，第129页。
③ 〔宋〕郭茂倩编：《乐府诗集》，中华书局1979年版，第130页。
④ 〔宋〕郭茂倩编：《乐府诗集》，中华书局1979年版，第130页。

别，《三国志·魏书·邴原传》裴注引《邴原别传》载："太子燕会，众宾百数十人，太子建议曰：'君父各有笃疾，有药一丸，可救一人，当救君邪？父邪？'众人纷纭，或父或君。时原在座，不与此论。太子咨之于原，原悖然对曰：'父也！'太子亦不复难之。"① 太子曹丕对此回答无法简单下结论，到底是先君还是先父？只能说孝行是天下普遍奉行的不二之原则。晋武帝为文帝及太后"深衣素冠，降席撤膳"②，服心丧三年，为后世天子礼制第一人。孝已内化为人的自觉意识，《晋书·王戎传》载阮籍"性至孝，母终，正与人围棋，对者求止，籍留与决赌。既而饮酒二斗，举声一号，吐血数升。及将葬，食一蒸肫，饮二斗酒，然后临诀，直言穷矣，举声一号，因又吐血数升。毁瘠骨立，殆致灭性"③。

而王祥就是符合孝行的一个典型社会符号，《晋书·王祥传》载：

> 祥性至孝，早丧亲，继母朱氏不慈，数谮之，由是失爱于父。每使扫除牛下，祥愈恭谨。父母有疾，衣不解带，汤药必亲尝。母常欲生鱼，时天寒冰冻，祥解衣将剖冰求之，冰忽自解，双鲤跃出，持之而归。母又思黄雀炙，复有黄雀数十飞入其幕，复以供母。乡里惊叹，以为孝感所致焉。④

这显然是人为制造的神话，但就是这样的孝行为王祥带来了实际的回报。司马炎下诏曰："古之致仕，不事王侯，今虽以国公留居京邑，不宜复苦以朝请。其赐几杖，不朝，大事皆咨之。赐安车驷马，第一区，钱百万，绢五百匹，床帐簟褥，以舍人六人为睢陵公舍人，置官骑二十人。以公子骑都尉肇为给事中，使常优游定省。又以太保高洁清素，家无宅宇，其权留本府，须所赐第成乃出。"⑤ 死后也是风光无限，享受了丰厚的待遇。皇帝下诏"赐东园秘器，朝服一具，衣一袭，钱三十万，布帛百匹"⑥。

---

① 〔晋〕陈寿撰，〔南朝宋〕裴松之注：《三国志·魏书·邴原传》，中华书局1959版，第353-354页。
② 〔唐〕房玄龄等：《晋书·礼中》，中华书局1974年版，第615页。
③ 〔唐〕房玄龄等：《晋书·阮籍传》，中华书局1974年版，第1361页。
④ 〔唐〕房玄龄等：《晋书·王祥传》，中华书局1974年版，第986页。
⑤ 〔唐〕房玄龄等：《晋书·王祥传》，中华书局1974年版，第988页。
⑥ 〔唐〕房玄龄等：《晋书·王祥传》，中华书局1974年版，第988页。

王祥在临终前给子孙留下的遗训中也对他的处事原则做了总结:

> 夫言行可覆,信之至也;推美引过,德之至也;扬名显宗,孝之至也;兄弟怡怡,悌之至也;临财莫过乎让。此五者,立身之本。①

北魏诸位皇帝中孝文帝堪称孝子的典范,据《魏书》载:"显祖曾患痈,帝亲自吮脓。五岁受禅,悲泣不能自胜。显祖问帝,帝曰:'代亲之感,内切于心。'"②这说明孝文帝很小的时候即有为父分忧尽孝之心。后"文明太后以帝聪圣,后或不利于冯氏,将谋废帝。乃于寒月,单衣闭室,绝食三朝,召咸阳王禧,将立之,元丕、穆泰、李冲固谏,乃止"③。尽管冯太后在孝文帝年幼时有废帝之意,但孝文帝成年后对冯太后并未怨恨,反而以德报怨全力尽孝。史载,冯太后死后,"高祖毁瘠,绝酒肉,不内御者三年"④,并坚持为冯后服三年之丧。孝文帝对待宗室亲属也是尊敬有加,如对叔父齐郡王简,"每见,立以待之,俟坐,致敬问起居,停简拜伏"⑤。以上所载表现均是以孝道为衡量标准。

(三) 社会孝行之效

国家礼制的德孝在民间习俗中也有表现。《梁书》卷四四《世祖二子》中就有宗室大臣践行孝道的记载,梁义安王大昕"年四岁,母陈夫人卒,便哀慕毁顿,有若成人,及高祖崩,大昕奉慰太宗,呜咽不自胜,左右见之,莫不掩泣"⑥。《梁书·武帝纪下》载梁武帝普通二年(521)正月辛巳下诏:"凡民有单老孤稚不能自存,主者郡县咸加收养,赡给衣食,每令周足,以终其身。又于京师置孤独园,孤幼有归,华发不匮。若终年命,厚加料理。尤穷之家,勿收租赋。"⑦敬养老人是最实际的孝行。又陈制"重清议禁锢之科,若缙绅之族犯亏名教,不孝及内乱者,发诏

---

① 〔唐〕房玄龄等:《晋书·王祥传》,中华书局1974年版,第989页。
② 〔北齐〕魏收:《魏书·高祖纪上》,中华书局1974年版,第186页。
③ 〔北齐〕魏收:《魏书·高祖纪上》,中华书局1974年版,第186页。
④ 〔北齐〕魏收:《魏书·皇后列传》,中华书局1974年版,第330页。
⑤ 〔北齐〕魏收:《魏书·齐郡王传》,中华书局1974年版,第528页。
⑥ 〔唐〕姚思廉:《梁书·义安王大昕传》,中华书局1973年版,第618页。
⑦ 〔唐〕姚思廉:《梁书·武帝纪下》,中华书局1973年版,第64页。

弃之，终身不齿"①。

下面就是歌颂骨肉亲情的诗作。张华的《晋宗亲会歌》强调德孝，以骨肉相亲扩散开来，将德孝自然融入其中：

> 族燕明礼顺，馂食序亲亲。骨肉散不殊，昆弟岂他人。本枝笃同庆，《棠棣》著先民。於皇圣明后，天覆弘且仁。降礼崇亲戚，旁施协族姻。式宴尽酣娱，饮御备羞珍。和乐既宣洽，上下同欢欣。德教加四海，敦睦被无垠。②

这样看重孝道，当然会产生很大的社会反响。《南史·孝义传》载以死报孝一事，就可能是传奇故事：余齐人听到父亲去世的噩耗，"四百余里，一日而至。至门，方知父死，号踊恸绝，良久乃苏。问父所遗言，母曰：'汝父临终，恨不见汝。'齐人即曰：'相见何难。'于是号叫殡所，须臾便绝"③。正是这样的背景让歌颂孝道有了用武之地。

隋圜丘歌《皇夏》云：

> 於穆我君，明明有融。道济区域，功格玄穹。百神警卫，万国承风。仁深德厚，信洽义丰。明发思政，勤忧在躬。鸿基惟永，福祚长隆。④

这首诗有赞颂皇权德治的意味。隋朝把孝行上升为用人制度、为官之道和法律行为，《隋书·刑法志》载："士人有禁锢之科，亦有轻重为差。其犯清议，则终身不齿。"⑤ 这就是用庶民遵循的孝道来显示皇帝的德政，结合上面那首诗就更容易领悟了。

---

① 〔唐〕魏征等：《隋书·刑法志》，中华书局1973年版，第702页。
② 〔宋〕郭茂倩编：《乐府诗集》，中华书局1979年版，第193-194页。
③ 〔唐〕李延寿：《南史·孝义上》，中华书局1975年版，第1810-1811页。
④ 〔宋〕郭茂倩编：《乐府诗集》，中华书局1979年版，第51页。
⑤ 〔唐〕魏征等：《隋书·刑法志》，中华书局1973年版，第700页。

三、唐代的德孝

"'德'是先王能配上帝或昊天的理由，因而也是受命以'我受民'的理由，而先王受天之命统治下民，其子孙继序先王的德业，继承先王的权力，则既以孝作为伦理依据，又是孝的具体体现。"① 德孝同样重要，都能感应上天。唐太宗时，褚遂良以"德"来讲"雉"，"昔秦文公时，有童子化为雉，雌者鸣于陈仓，雄者鸣于南阳。童子曰：得雄者王，得雌者霸。文公遂以为宝鸡。后汉光武得雄，遂起南阳而有四海。陛下旧封秦王，故雄雉见于秦地，此所以彰表明德也"②。唐玄宗谒昭陵，至孝，出现甘露和祥烟，"玄宗开元十七年十一月，皇帝初至桥陵，质明，柏树甘露降，曙后祥烟遍空。皇帝谒昭陵，陪葬功臣尽来受飨，凤吹釭釭，若神祇之所集。陪位文武百僚皆闻先圣叹息、功臣蹈舞之声，皆以为至孝所感"③。

（一）文学与德孝

魏征在《隋书·文学传》中说："然则文之为用，其大矣哉！上所以敷德教于下，下所以达情志于上，大则经纬天地，作训垂范，次则风谣歌硕，匡主和民。或离谗放逐之臣，涂穷后门之士，道坎坷而未遇，志郁抑而不申，愤激委约之中，飞文魏阙之下，奋迅泥滓，自致青云，振沉溺于一朝，流风声于千载，往往而有。是以凡百君子，莫不用心焉。"④ 文人雅士讴歌孝行也成为社会风气，文学塑造的孝行意象更具有特殊的感染力。诗人往往将孝上升为对皇帝的忠，张九龄在《和苏侍郎小园夕霁寄诸弟》中说"人伦用忠孝，帝德已光辉"⑤。当然，包括皇帝本人在内的所有人都应做到忠孝两全。忠孝是儒家伦理重要的组成部分，周昙在《章子》中说"在家能子必能臣，齐将功成以孝闻。改葬义无欺死父，临

---

① 侯外庐、赵纪彬、杜国庠：《中国思想通史》，人民出版社1957年版，第92－94页。
② 〔后晋〕刘昫等：《旧唐书·褚遂良列传》，中华书局1975年版，第2732页。
③ 〔后晋〕刘昫等：《旧唐书·礼仪志》，中华书局1975年版，第973页。
④ 〔唐〕魏征等：《隋书·文学传》，中华书局1973年版，第1729页。
⑤ 〔清〕彭定求等编：《全唐诗》，中华书局1960年版，第598页。

戎安肯背生君"①。孝行能成就忠心，忠孝方能两全，这是社会伦理特别是皇权对人的理想的要求。

带有传奇色彩的孝行故事更具有吸引力，《独异志》记载：

> 淄川有女曰颜文姜，事姑孝谨，樵薪之外，归后复汲山泉以供姑饮。一旦，缉筐之下，忽涌一泉，清泠可爱。时人谓之"颜娘泉"，至今利物。②

又载：

> 晋颜含有孝行。兄几服药过多，死于家。含遂开棺，复生。母妻家人尽勤倦，含弃绝人事，侍兄疾十三年，曾无劳怠。③

由上可见，德孝社会风气之炽。统治者实行德治和百姓行孝道成为礼制的内涵，而皇权所有者则要求德孝合一。登基称帝的武后也将德孝作为成就大业的可用资源：

> 先德谦拽冠昔，严规节素超今。奉国忠诚每竭，承家至孝纯深。追崇惧乖尊意，显号恐玷徽音。既迫王公屡请，方乃俯遂群心。有限无由展敬，莫醻每阙亲斟。大礼虔申典册，蘋藻敬荐翘襟。④

罕见的六字一句在语气上一字一顿，节奏单一清楚，更能强调德治、孝行的皇家声势。

（二）母亲身份和社会孝道

谈到唐代郊庙歌辞的孝行，比较突出的就是对母亲身份的抬高。大国气概在唐代得到了完全的呈现，仅仅颂扬男性皇帝只能说是对当时主流文

---

① 〔清〕彭定求等编：《全唐诗》，中华书局1960年版，第8344页。
② 〔唐〕李冗：《独异志》，中华书局1983年版，第40页。
③ 〔唐〕李冗：《独异志》，中华书局1983年版，第56页。
④ 〔宋〕郭茂倩编：《乐府诗集》，中华书局1979年版，第172页。

第一部分 贵族诗研究

化的自动响应，而颂赞皇后等女性则是唐代文化的自我突破和创造。包括男性在内也承认母亲为孝行不能绕开的一部分，只有将以母亲为代表的女性纳入祀拜的范围，孝行才具有真正的社会伦理意义。《乐府诗集》卷十一收录《唐仪坤庙乐章》12 首、《唐仪坤庙乐》2 首、《唐昭德皇后庙乐章》9 首，卷十二收录《唐韦氏褒德庙乐章》5 首，共计 28 首，在所有唐代郊庙歌辞 444 首中所占比例为百分之六。早在南朝宋谢庄就制作了《宋世祖庙歌》中的《宣太后歌》：

> 禀祥月辉，毓德轩光。嗣徽妫汭，思媚周姜。母临万宇，训蔼紫房。朱弦玉籥，式载琼芳。①

该诗情景交融，将太后这一神圣的角色刻画得很成功。孝道在我国最突出且最有实际价值的表现当为敬母。这里不是说不孝敬父亲，而是在古代社会"男尊女卑"的观念下，又有"三纲五常"作为实际的衡量尺度，所以，一般男性在社会上拥有求学为官、建功立业的机会，并会得到整个社会的鼓励和扶持，甚至有光宗耀祖的压力。可以说，那是以男性为中心的社会。而女性则不同，她们是被忽视的一方，还受到"无才便是德"的误导，甚至以牺牲个人需求为荣，特别是少女阶段，情感、欲望、诉求等基本被遮蔽。当然，这主要针对的是普通家庭或者说是底层人家的女孩，而豪门贵族凭借雄厚的实力，往往家中的女孩也会得到受教育的机会、美满生活的保障。所以，针对大部分女性普通社会成员的孝行就有了实际的价值。

唐人文人制作了仪坤庙乐，将孝道巧妙融入其中。邱说《太和》一首云：

> 孝哉我后，冲乎乃圣。道映重华，德辉文命。慕深视篑，情殷抚镜。万国移风，兆人承庆。②

孝行让家庭成员必须孝敬双亲。母亲是生命的孕育者，尊敬生命务必

---

① 〔宋〕郭茂倩编：《乐府诗集》，中华书局 1979 年版，第 118 页。
② 〔宋〕郭茂倩编：《乐府诗集》，中华书局 1979 年版，第 160 页。

孝敬母亲。所以，母亲受得起儿子的跪拜，具体到平常端茶送水或年老时治病疗伤。只有做到孝敬母亲才会让孝行成为社会普遍接受并践行的伦理观念。从实际情况看，大部分普通百姓很可能不识字，无法领会深奥的大道理，对如何做到符合礼制并不清楚，但是孝行由于直接联系了生命的传递，哪个孩子都知道母亲的生养之恩，从血缘关系和天然感情来说，都是很容易接受孝行观念的。

《唐昭德皇后庙乐章》9首①，有三、四、五、七言诗体，富于变化，尤其是第四首《坤元》赞颂皇后母仪天下，借此表达孝心，呼告神祇护佑皇祚万代。最后一首提到了皇储，在母亲眼里敬仰神祇其实还有保全后人的实际诉求这就是将以皇后为代表的女性提升到神祇的高度，让整个社会都孝敬母亲。

《永和》云：

> 穆清庙，荐严禋。昭礼备，和乐新。望灵光，集元辰。祚无极，享万春。

《肃和》云：

> 诚心达，娱乐分。升萧膋，郁氛氲。茅既缩，鬯既薰。后来思，福如云。

《雍和》云：

> 我将我享，尽明而诚。载芬黍稷，载涤牺牲。懿矣元良，万邦以贞。心乎爱敬，若睹容声。

《坤元》云：

> 於穆先后，俪圣称崇。母临万宇，道被六宫。昌时协庆，理内成功。殷荐明德，传芳国风。

---

① 〔宋〕郭茂倩编：《乐府诗集》，中华书局1979年版，第163页。

《寿和》云：

工祝致告，徽音不遐。酒醴咸旨，馨香具嘉。受釐献祉，永庆邦家。

《舒和》云：

金枝羽部彻清歌，瑶堂肃穆笙磬罗。谐音遍响合明意，万类昭融灵应多。

《凯安》云：

辰位列四星，帝功参十乱。进贤勤内辅，扈跸清多难。承天厚载均，并曜宵光灿。留徽蔼前躅，万古披图焕。

《雍和》云：

公尸既起，享礼载终。称歌进撤，尽敬由衷。泽流惠下，大小咸同。

《永和》云：

昭事终，幽享余。移月御，返仙居。琼庭寂，灵幄虚。顾徘徊。感皇储。

这里之所以引用这么长的组诗，就是为了全面展示唐代对母亲的孝道。践行孝道不仅有实际的内容，还有积极的效果，父母健在在心理和现实层面都会让家庭成员感觉是个完整的家，严父慈母常常是教育孩子的最佳方式。母爱的温情让所有家庭成员，特别是孩子为温馨的家庭所陶醉，对孩子的成长特别有利。孝行让我国的家庭有了独特的行为方式，不仅是思维方式，这就是东方上下和乐、万家一国的特色，对社会稳定、有序运行产生积极的作用。

(三) 宗教信仰和孝道

李氏王朝因先祖老子和道教有了渊源，道教活动也融入了孝道元素，《唐六典·尚书礼部·祠部郎中》就有为先人祈福的内容："斋有七名……其二曰黄录斋（注：并为一切拔度先祖）。"① 杜光庭将《太上黄录斋仪》的"十二愿"排序为"愿家多孝悌""愿国富才贤""愿圣人万寿""愿学道成仙"，② 将孝悌和国家建设、长寿成仙联系在一起。

在唐代宣讲孝行非常受欢迎，《孝道吴、许二真君传》记载：

> 至唐元和十四年，递代相承，四乡百姓聚会于观（指唐代所修的游帷观）。……其观中，每至正月、五月、八月并以十五日，朝礼建斋，诵赞行道，为国王、大臣、人民消灾祈福，至今相承不绝。③

这一教派以晋代道士许逊为代表人物，他在唐代被塑造成以孝道著称的道教领袖：

> 逊年七岁，无父。躬耕负薪以养母，尽孝敬之道。与寡嫂共田桑，推让好者，自取荒者，不管荣利，母常谴之："如此，当乞食，无处居。"逊笑应母曰："但愿母老寿尔。"④

佛教在汉朝时传入我国，再经南北朝发展到唐代，适应了中国化的客观要求，否则就是"不忠不孝"。⑤ 傅弈在上书唐高祖时就以此为根据："礼，始事亲，终事君。而佛逃父出家，以匹夫抗天子，以继体悖所亲。"⑥ 对此，唐高宗于龙朔二年（662）下诏："令道士、女冠、僧尼，

---

① 〔唐〕李林甫等撰，陈仲夫点校：《唐六典》，中华书局1992年版，第125页。
② 上海书店出版社编：《道藏》第9册《太上黄录斋仪》，文物出版社、上海书店、天津古籍出版社1988年版，第190页。
③ 〔宋〕李昉等编：《太平广记》，中华书局1961年版，第100页。
④ 〔唐〕欧阳询撰，汪绍楹校：《艺文类聚》，上海古籍出版社1982年版，第381页。
⑤ 大正藏刊行会：《大正藏》（第52册），新文丰出版公司1983年版，第477页。
⑥ 〔宋〕欧阳修、宋祁：《新唐书·傅弈传》，中华书局1975年版，第4061页。

于君皇后及皇太子其父母所致拜。"① 佛教为求发展，吸取孝道做了新的阐发：慧远说僧尼出家和世俗之人孝道本质一样的，"内乖天属之重，而不违其孝；外阙奉主之恭，而不失其敬"②。刘勰认为出家是更高层次的孝："佛教之孝所包盖远，理由乎心无系于发，若爱发弃心何取于孝。"③由是，佛教具有了孝道的内涵，实现了本土转变。

这样，僧尼积极践行孝道成为必然，僧人超生及其师兄弟等人在仪凤三年（678）七月十五日，"为亡考妣敬造石经一条"④。神龙元年（705），女尼真空造塔为父母祈福，"痛慈颜之不口，恨结终天，悲报德之无由，诚以福地，于是竭精进之志，穷清净之财，于先亡茔侧，敬为亡考妣造石浮屠一所"⑤。当父母亲人辞世，他们还会遵循儒家的世俗礼仪以尽孝道。修明寺明悟不仅与兄妹为逝去的母亲潘氏奔丧，"追号殒绝，卜兆松茔，启护尊灵，吉辰迁厝"⑥。凤光寺僧常俊坐化后甚至葬入祖坟，"以其月廿二六日迁柩于常州无锡县太平乡下东村一里官河西八十步张宗祖墓中"⑦。信众可以通过抄写经书为亲人祈福的方式来行孝，比如闰硕兄弟"敬造《维摩经》一部，《华严十恶经》一卷。弟子烧香，远请经生朱令辨，用心斋戒，香汤洗浴，身着净衣，在于净室，六时行道"⑧。这样做的目的是为过世的父母和七世先祖追福。

由此，家国合一就是德孝同构，甚至有时还会将忠视为孝的表现。我国最富特色的人伦之道孝行就在社会各个方面建构起来，就像美国学者亚瑟·史密斯在《中国人德行》中所说："道德的任何缺陷，归根结底是不孝引起了。违反礼节，是缺乏孝心的行为。为君服务而不忠诚，是缺乏孝心。官吏不尽职也是缺乏孝心。对朋友不诚实，还是缺乏孝心。在战场上

---

① 《命有司议沙门等致拜君亲》，见〔清〕董诰等编《全唐文》，中华书局1983年版，第165页。
② 大正藏刊行会：《大正藏》（第52册），新文丰出版公司1983年版，第30页。
③ 大正藏刊行会：《大正藏》（第52册），新文丰出版公司1983年版，第49页。
④ 陕西省古籍整理办公室编：《全唐文补遗》（第7辑），三秦出版社2000年版，第448页。
⑤ 〔清〕陆增祥：《八琼室金石补正》，文物出版社1985年版，第326页。
⑥ 河南省文物研究所、河南省洛阳地区文管处编：《千唐志斋藏志》，文物出版社1984年版，第973页。
⑦ 《唐故凤光寺俊禅和上之墓铭并序》，见周绍良主编《唐代墓志汇编》，上海古籍出版社1992年版，第2211页。
⑧ 〔日〕池田温：《中国古代写本识语集录》，大藏出版株式会社1990年版，第179页。

不勇敢,仍是缺乏孝心。"① 除了官方的选拔、奖励制度,文人用诗歌、传奇故事等颂扬孝行,民间也会积极响应,本土的道教和外来的佛教也适应社会和儒家孝悌的需求,巧妙地融入了孝道观念,并能积极践行儒家敬祖孝亲的传统美德。

第三章　八方有序　天下太平

神话的价值不在于拥有丰富多彩的神祇谱系,也不在于讲述了多少神秘莫测的故事,而是将人的价值灌输进去,完全是人对生活愿景和整个生命阐释的情志表达。祭神也是如此,神祇在仪式中成为人召唤的对象,甚至为人所服务,具体就是虚拟实现人索要的愿望,并让其诉求在现实生活中完全得到满足。太平盛世就是古代社会美好图景的表达,帝王皇室期盼臣工子民人尽其力,天遂人愿保障生产,礼仪教化其乐融融,各方和乐秩序井然。

郊祀燕射礼乐歌舞就构建了这样一种理想:上至天象风调雨顺,下到地面不用刀兵,行事遵守礼制教化。甲骨文中已有"四土四方"的文字,② 在此基础上,古人将其扩展为八方。古代人一般以己方为中心进行思考,因此,美好的和乐世界可以解读为八方有序,天下太平。

一、天象:风调雨顺

我国传统农业社会特别重视粮食能不能丰产、能不能保障全国所需,粮食就是社会不可或缺的稳定器,因此,大自然馈赠的风雨成为祭拜的主要对象。祈求风雨早已有之,现有甲骨文就有这样的记载:"贞炆□,亡

---

① [美]亚瑟·亨·史密斯著:《中国人德行》,张梦阳、王丽娟译,新世界出版社2005年版,第105页。
② 陈梦家:《殷虚卜辞综述》,中华书局1988年版,第319页。

其雨"①,"□□卜,烄。又大雨"②,"贞:今丙戌焚□,有从雨"③,"丙戌卜,其焚女率"④。在商代就有焚人求雨之事。远古时期,为表达诚意,帝王自焚以死祈雨。春秋时期齐景公就曾欲自焚以祷雨,《说苑》云:

> 昔者齐景公之时,天旱三年。卜之曰:"必以人祠,乃雨。"景公曰:"吾昔所以求雨者,为吾民也。今以人祠乃雨,寡人将自当之。"言未卒,天大雨,方千里。⑤

祈雨因为关乎社稷江山的稳定和天下苍生的吃饭大事,自古以来为统治者所重视。

（一）汉代祈雨

这种与农业活动直接相关的祈雨受重视,体现为一国之君的德政品行。雨水充足与否与帝王的功过联系起来,可以说此等习俗上升为政治活动。商汤曾为雨水稀缺"剪其发,酾其手,自以为牲,用祈福于上帝"⑥,在祷词中反思"六过"即为此意:"政不节与? 使民疾与? 何以不雨至斯极也! 宫室荣与? 妇谒盛与? 何以不雨至斯极也! 苞苴行与? 谗夫兴与? 何以不雨至斯极也!"⑦对帝王的过失导致的旱灾,只能设法弥补,并不是单纯地祈求上帝,这客观上有助于社会倡导仁政,让普通百姓过上相对宽松的生活。

汉祭祀歌《练时日》云:"灵之下,若风马,左仓龙,右白虎。灵之来,神哉沛,先以雨,般裔裔。"《惟泰元》云:"云风雷电,降甘露雨,百姓蕃滋,咸循厥绪。"表达了风雨交加、雨水充足带给百姓的喜悦之情。对风雨完整的祭祀歌辞出现在唐代,有专门的风师和雨师乐章。关于官府贺雨书,敦煌文书中有唐代贺雨文,"太阳愆忒,时雨稍乖,尚书亲

---

① 商承祚:《殷契佚存》,金陵大学中国文化研究所影印本1933年版。
② 许进雄:《明义士收藏甲骨文集》,加拿大皇家安大略博物馆1972年版,第1831页。
③ 郭沫若主编:《甲骨文合集》(9177),中华书局1978年10月至1982年12月版。
④ 郭沫若主编:《甲骨文合集》(32301),中华书局1978年10月至1982年12月版。
⑤ 〔宋〕李昉等:《太平御览》,中华书局1960年版,第1804页。
⑥ 〔汉〕王充:《论衡·感虚》,上海古籍出版社1990年版,第54页。
⑦ 〔清〕王先谦:《荀子集解》,中华书局1988年版,第331–332页。

祷自祈，甘泽应期滂足，人心顿安。某乙等，悉伏事旌麾。下情无任抃跃"①。何为风师和雨师？风师又称风伯，《广雅疏证》载，风师，一曰风伯。引《周礼·大宗伯》篇："以槱燎祀司中、司命、飌师、雨师。"郝懿行注："飌，与风同。"② 风师为箕星，《周礼·春官·大宗伯》贾公参疏引《春秋纬》云："月离于箕，风扬沙，故知风师，箕也。"汉应劭《风俗通义·祀典》讲到风师的作用："风师者，箕星也；箕主簸扬，能致风气，养成万物，有功于人，王者祀以报功也。"③ 雨师主宰雨水，《风俗通义·祀典》引《易师卦》曰："师者，众也。"进一步说明："土中之众者莫若水。雷震百里，风亦如之。至于太山，不崇朝而遍雨天下，异于雷风，其德散大，故雨独称师也。"④ 周人又称雨师为应龙，《山海经·大荒东经》曰："应龙处南极，杀蚩尤与夸父，不得复上。故下数旱，旱而为应龙之状，乃得大雨。"⑤ 后世大旱祈雨祭祀龙王成为习俗。

（二）唐代祈雨

祀风师、雨师均为包佶所作，分别为《迎神》《奠币登歌》《迎俎酌献》《亚献终献》《送神》完整的五首组歌，《唐祀风师乐章》选两首。

第三首《亚献终献》云：

菅芗备，玉帛陈。风动物，乐感神。三献终，百神臻。草木荣，天下春。⑥

第五首《送神》云：

微穆敷华能应节，飘扬发彩宜行庆。送迎灵驾神心飨，跪拜灵坛礼容盛。气和草木发萌芽，德畅禽鱼遂翔泳。永望翠盖逐流云，自兹

---

① 《书仪》"贺雨"条，见赵和平辑校《敦煌表状笺启书仪辑校》，江苏古籍出版社1997年版，第333页。
② 〔清〕王念孙：《广雅疏证》，中华书局1983年版，第285页。
③ 〔清〕孙诒让：《周礼正义》，中华书局1987年版，第1297—1306页。
④ 〔汉〕应劭撰，王利器校注：《风俗通义校注》，中华书局1981年版，第366页。
⑤ 袁珂：《山海经校注》，上海古籍出版社1980年版，第359页。
⑥ 〔宋〕郭茂倩编：《乐府诗集》，中华书局1979年版，第84页。

率土调春令。①

以上两首,第一首为三言诗,"草木荣,天下春"写到风师对天下植物生长的妙处;第二首为七言诗,不仅有草木萌芽,还有禽鱼翔泳,这应是绝好的春风,所到之处皆生机盎然,对神灵的虔诚之心因为神奇而变得特别炽热。

包佶《唐祀雨师乐章》之《送神》云:

> 整驾升车望寥廓,垂阴荐祉荡昏氛。绘时灵贶俨如在,乐罢余声遥可闻。饮福陈诚礼容备,撤俎终献曙光分。跪拜临坛结空想,年年应节候油云。②

这是七言诗,由此看到文人创作到唐代后变得比较自由灵活,也显示了唐诗取得的巨大成就。对雨师的敬仰在整首诗中浑然一体,特别是最后两句,祈求年年都能带来地上需要的雨水,没有旱灾祸害黎民百姓。

(三) 祈求雨水适度

祭拜雨师不只为求雨,还有另外一层意思,那就是希望雨水适度,不宜过多而成为涝灾,下面说的就是雨水过多造成的危害:

(贞观)十一年(637),"秋,七月,癸未,大雨,谷、洛溢入洛阳宫,坏官寺、民居,溺死者六千余人"③。

(永徽)五年(654)六月,"河北大水,滹沱溢,损五千余家"④。

(贞元)三年(787)七月,"河南、北、江、淮、荆、襄、陈、许等四十余州大水,溺死者二万余人,陆贽请遣使赈抚"⑤。

(元和)十一年(816)五月,"京畿大雨,害田四万项,昭应尤甚,漂溺居人"⑥。

---

① 〔宋〕郭茂倩编:《乐府诗集》,中华书局1979年版,第85页。
② 〔宋〕郭茂倩编:《乐府诗集》,中华书局1979年版,第86页。
③ 〔宋〕司马光:《资治通鉴》,中华书局1956年版,第6030页。
④ 〔宋〕欧阳修、宋祁:《新唐书·五行志三》,中华书局1975年版,第928页。
⑤ 〔宋〕司马光:《资治通鉴》,中华书局1956年版,第7533页。
⑥ 〔后晋〕刘昫等:《旧唐书》,中华书局1975年版,第1360页。

雨水成灾，对应的是祈雨恰到好处，希望风调雨顺。魏晋南北朝出现大雨洪水灾涝，例子如下：

魏明帝景初元年（237）九月，"淫雨过常，冀、兖、徐、豫四州水出，没溺杀人"①。

晋武帝泰始六年（270）六月，"大雨霖，甲辰，河、洛、沁水同时并溢，流四千九百余家，杀二百余人"②。

东晋安帝义熙十年（414），"五月丁丑，大水。戊寅，西明门地穿涌水出，毁门扉及限。七月乙丑，淮北灾风，大水杀人"③。

北魏宣武帝景明元年（500），"七月，青、齐、南青、光、徐、兖、豫、东豫、司州之颍川、汲郡大水，平隰一丈五尺，居民全者十四五"④。

从以上列举来看，农耕社会有一种需要格外迫切，那就是保证雨水恰到好处，不能少也不能多，但是人们苦于无法有效掌控大自然，只能借助祈祷拜求上天垂怜，这样的诗文应该说带有明显的现实因素，当作现实主义作品本不为过，但是贵族诗明显的模式化影响了它的文学色彩，如成公绥《晋四厢乐歌》云：

嘉瑞出，灵应彰。麒麟见，凤皇翔。醴泉涌，流中唐。嘉禾生，穗盈箱。降繁祉，祚圣皇。承天位，统万国。受命应期，授圣德。四世重光，宣开洪业。景克昌，文钦明，德弥彰。肇启晋邦，流祚无疆。⑤

该诗三言、四言混杂，除了罗列所向往的祥瑞等物，更重要的是"嘉禾生，穗盈箱"一句，把它和其他祥瑞放在一起，有了更多的意义。也只有现实意义上的五谷丰登才能保障江山社稷稳定，而这个的的确确需要风调雨顺。

---

① 〔南朝梁〕沈约：《宋书·五行志》，中华书局1974年版，第950页。
② 〔南朝梁〕沈约：《宋书·五行志》，中华书局1974年版，第885页。
③ 〔南朝梁〕沈约：《宋书·五行志》，中华书局1974年版，第957页。
④ 〔北齐〕魏收：《魏书·灵征志》，中华书局1974年版，第2003页。
⑤ 〔宋〕郭茂倩编：《乐府诗集》，中华书局1979年版，第191页。

二、地上：物产丰富

祈求了风雨，就要回到实际的农事实践问题了。在古代已有社稷的合称："王者所以有社稷何？为天下求福报功。人非土不立，非谷不食。土地广博，不可遍敬也。五谷众多，不可一一而祭也。故封土立社，示有土尊；稷五谷之长，故封稷而祭之也。"① 有土地和五谷，皇权就有了保障，可见土地之福。祭祀土地往往是皇权拥有者的权限，《礼记·外传》云："社者五土之神也。"《风俗通义·社稷》曰："社者，土地之主。土地广博，不可遍敬，故封土以为社而祀之，报功也。"② 有了土地就能种植五谷，同时《艺文类聚》卷三十九引《孝经》说："社，土地之主也，土地阔不可尽敬，故封土为社，以报功也。稷，五谷之长也，谷众不可遍祭，故立稷神以祭之。"③ 所以，对社稷的祭颂就是对皇权的颂扬。

（一）社稷乐章

农耕时代最实际的皇权体现就是以土地多寡为标准，换言之，获得的土地越多也就意味着实力越大，皇权在此意义上就是和土地多少成正比，丢失土地意味着皇权丧失甚至亡国。因此，土地是关乎皇权的最实际的大事，祭祀土地神祇成为皇族王室的头等大事；土地是皇权建立和存在的基础，而延续皇权的是土地上的稼穑，以谷物为代表的粮食丰收与否才是关乎百姓温饱的现实问题，歌颂谷物神祇也是对皇权的肯定。古人的智慧就在于看到了两者之间的辩证关系，土地和粮食合为江山社稷，明确与皇权之间的密切关系：

《春祈社诚夏》云：

> 厚地开灵，方坛崇祀。达以风露，树之松梓。句萌既申，芟柞伊始。恭祈粢盛，载膺休祉。④

---

① 〔清〕陈立：《白虎通疏证·社稷》，中华书局1994年版，第83页。
② 〔汉〕应劭：《风俗通义》，中华书局1985年版，第191页。
③ 〔唐〕欧阳询撰，汪绍楹校：《艺文类聚》，上海古籍出版社1982年版，第706页。
④ 〔宋〕郭茂倩编：《乐府诗集》，中华书局1979年版，第57页。

《春祈稷诫夏》云：

　　粒食兴教，播厥有先。尊神致洁，报本惟虔。瞻榆束耒，望杏开田。方凭戬福，伫咏丰年。①

《秋报社诫夏》云：

　　北墉申礼，单出表诚。丰牺入荐，华乐在庭。原隰既平，泉流又清。如云已望，高廪斯盈。②

《秋报稷诫夏》云：

　　人天务急，农亦勤止。或芟或薙，惟疊惟芑。凉风戒时，岁云秋矣。物成则报，功施必祀。③

以上所选诗歌体现了《隋社稷歌》中的"物成则报，功施必祀"，在历史相对长久的唐代，这种用意更为凸显。褚亮《唐祈谷乐章》引《唐书·乐志》曰："贞观中正月上辛，祈谷于南郊：降神用《豫和》，皇帝行用《太和》，登歌奠玉帛用《肃和》，迎俎用《雍和》，酌献饮福用《寿和》，送文舞出、迎武舞入用《舒和》，武舞用《凯安》，送神用《豫和》。其《豫和》《太和》《寿和》《凯安》五章词同冬至圜丘。按《贞观礼》，祀感帝同用此词，显庆已后，同用冬至圜丘词。"④ 具体如下。

《肃和》云：

　　履艮斯绳，居中体正。龙运垂祉，昭符启圣。式事严禋，聿怀嘉庆。惟帝永锡，时皇休命。⑤

---

① 〔宋〕郭茂倩编：《乐府诗集》，中华书局1979年版，第57页。
② 〔宋〕郭茂倩编：《乐府诗集》，中华书局1979年版，第57页。
③ 〔宋〕郭茂倩编：《乐府诗集》，中华书局1979年版，第57页。
④ 〔宋〕郭茂倩编：《乐府诗集》，中华书局1979年版，第69页。
⑤ 〔宋〕郭茂倩编：《乐府诗集》，中华书局1979年版，第69页。

第一部分　贵族诗研究

《雍和》云：

殷荐乘春，太坛临曙。八簋盈和，六瑚登御。嘉稷匪歆，德馨斯饫。祝嘏无易，灵心有豫。①

《舒和》云：

玉帛牺牲申敬享，金丝铖羽盛音容。庶俾亿龄禔景福，长欣万宇洽时邕。②

隋代《隋先农歌》引《隋书·乐志》曰："享先农奏《诚夏》，迎送神与方丘同。"③

《诚夏》云：

农祥晨晰，土膏初起。春原俶载，青坛致祀。敛跸长阡，回旌外壝。房俎饰荐，山罍沈滓。亲事朱弦，躬持黛耜。恭神务穑，受釐降祉。④

以上内容歌舞乐一体，五言诗讲究吟诵变化。虔诚地向神祇祈求五谷丰登，既然这样，那么，还要颂扬农神，也就是先农。唐代《唐享先农乐章》引《唐书·乐志》曰："贞观中，享先农乐：迎神用《咸和》，皇帝行用《太和》，登歌奠玉帛用《肃和》，迎俎用《雍和》，酌献饮福用《寿和》，送文舞出、迎武舞入用《舒和》，武舞用《凯安》，送神用《承和》。其《太和》《寿和》《凯安》词同冬至圜丘，并褚亮等作。"⑤

《咸和》云：

粒食伊始，农之所先。古今攸赖，是曰人天。耕斯帝藉，播厥公

---

① 〔宋〕郭茂倩编：《乐府诗集》，中华书局1979年版，第69页。
② 〔宋〕郭茂倩编：《乐府诗集》，中华书局1979年版，第69页。
③ 〔宋〕郭茂倩编：《乐府诗集》，中华书局1979年版，第57页。
④ 〔宋〕郭茂倩编：《乐府诗集》，中华书局1979年版，第57页。
⑤ 〔宋〕郭茂倩编：《乐府诗集》，中华书局1979年版，第96页。

田。式崇明祀，神其福焉。①

《肃和》云：

> 樽彝既列，瑚簋方荐。歌工载登，币礼斯奠。肃肃享祀，颙颙缨弁。神之听之，福流寰县。②

《雍和》云：

> 前夕视牲，质明奉俎。沐芳整弁，其仪式序。盛礼毕陈，嘉乐备举。歆我懿德，非馨稷黍。③

《舒和》云：

> 羽籥低昂文缀已，干戚蹈厉武行初。望岁祈农神所听，延祥介福岂云虚。④

在诗乐舞中颂扬相关农事，"粒食伊始，农之所先"，说的就是每粒粮食都与天下兴亡息息相关，"民以食为天"不再只是一句警示之语，还基于现实生存考量。所以，这诗歌中的现实主义和祈求神祇的浪漫主义融合一起，"望岁祈农神所听，延祥介福岂云虚"，七言诗句表达得特别清楚，不过仍然充满皇家御制之物模式化的特点，语言呆板没有生气。

（二）先蚕乐章

吃饱穿暖是人类生存的基本保障。在一个相对和平稳定的王朝，饮食、服饰更能反映人们日常生活的实际情况。服饰最开始来源于自然万物，《礼记·礼运》云："（昔者）未有火化，食草木之实，鸟兽之肉；饮

---

① 〔宋〕郭茂倩编：《乐府诗集》，中华书局1979年版，第97页。
② 〔宋〕郭茂倩编：《乐府诗集》，中华书局1979年版，第97页。
③ 〔宋〕郭茂倩编：《乐府诗集》，中华书局1979年版，第97页。
④ 〔宋〕郭茂倩编：《乐府诗集》，中华书局1979年版，第97页。

其血,茹其毛未有麻丝。衣其羽皮。"在能够遮体避寒后,人们开始了技术加工,"后圣有作……治其麻丝以为布帛"。① 这种为人们所常用的布匹,往往带有神秘的色彩,一般会归功于始祖,《易·系辞下》有:"黄帝、尧、舜垂衣裳而天下治,盖取诸乾坤。"孔颖达疏云:"以前衣皮,其制短小;今衣丝麻布帛,所作衣裳其制长大,故云垂衣裳也。"② 而养蚕抽丝始于嫘祖,明罗欣《物原·衣原》云:"有巢始衣皮。轩辕妃嫘祖始育蚕缉麻,以兴机杼而成布帛。"③ 宋人罗泌《路史·后纪五》载:"黄帝命西陵氏劝蚕稼,月大火而浴种。夫人副褘而躬桑,乃献蚕丝,遂称织维之功。因之广织,以给宗庙之服。"④ 先民视衣物先为宗庙之服,穿衣取暖本身就有了国家礼制的意义,从而使事关整个社会生活的养蚕制衣得到重视。

《唐享先蚕乐章》引《唐书·乐志》曰:"显庆中,皇后亲蚕,内出享先蚕乐章:迎神用《永和》,亦曰《顺德》,皇后升坛用《肃和》,登歌奠币用《展敬》,迎俎用《洁诚》,饮福送神用《昭庆》。"⑤ 具体如下。

《永和》云:

芳春开令序,韶苑畅和风。惟灵申广祐,利物表神功。绮会周天宇,黼黻溱寰中。庶几承庆节,歆奠下帷宫。⑥

《肃和》云:

明灵光至德,深功掩百神。祥源应节启,福绪逐年新。万宇承恩覆,七庙仔恭禋。一兹申至恳,方期远庆臻。⑦

---

① 〔汉〕郑玄注,〔唐〕孔颖达疏:《礼记正义》,见〔清〕阮元校刻《十三经注疏》,中华书局1980年版,第188页。
② 〔清〕阮元校刻:《十三经注疏》,中华书局1980年版,第75页。
③ 〔明〕罗欣:《物原·衣原》,见王云五主编《丛书集成初编》,中华书局1985年版,第27页。
④ 〔宋〕罗泌:《路史》,见《景印文渊阁四库全书》,台湾商务印书馆1986年版,第123页。
⑤ 〔宋〕郭茂倩编:《乐府诗集》,中华书局1979年版,第97页。
⑥ 〔宋〕郭茂倩编:《乐府诗集》,中华书局1979年版,第98页。
⑦ 〔宋〕郭茂倩编:《乐府诗集》,中华书局1979年版,第98页。

《展敬》云：

霞庄列宝卫，云集动和声。金卮荐绮席，玉币委芳庭。因心罄丹款，先己励苍生。所冀延明福，於兹享至诚。①

《洁诚》云：

桂筵开玉俎，兰圃荐琼芳。八音调凤律，三献奉鸾觞。洁粢申大享，庭宇冀降祥。神其覃有庆，锡福永无疆。②

《昭庆》云：

仙坛礼既毕，神驾俨将升。伫属深祥启，方期庶绩凝。虔诚资宇内，务本勖黎蒸。灵心昭备享，率土洽休征。③

唐代乐府贵族诗有了鲜明的变化，即五言诗的大量运用，使文学性相对有了提高，更具有文采的感染力，借此表达天下苍生对蚕茧的祈求。王祯《农书》云："黄帝元妃西陵氏，始劝蚕事。"④ 将穿衣大事附加于始祖亲近之人，显示了先民的智慧：一则关联始祖可将蚕茧神圣化，二则黄帝元妃为女性，可由她号召天下妇人积极从事蚕事，以皇室宫廷祭拜把日常生活所需衣物神化，从而获得更多温暖、美观的衣物，形成促进社会稳定的良好秩序。

三、教化：释奠祭孔

孔子在很大程度上是中国文化的化身，或者说两千年来，经帝王意愿并动用国家力量，他已被内化为我国民族精神的血脉。

---

① 〔宋〕郭茂倩编：《乐府诗集》，中华书局1979年版，第98页。
② 〔宋〕郭茂倩编：《乐府诗集》，中华书局1979年版，第98页。
③ 〔宋〕郭茂倩编：《乐府诗集》，中华书局1979年版，第99页。
④ 〔元〕王祯：《农书》，见王云五主编《丛书集成初编》，中华书局1985年版，第2页。

（一）历史文化中的孔子

汉高祖刘邦立国之后，"行幸，过鲁，以太牢祠孔子"①，皇帝拜祭孔子由此肇始。汉武帝通过"罢黜百家，独尊儒术"奠定了孔子的地位。东汉永平二年（58），汉明帝下诏在学校内祀周公和孔子。北魏太和十三年（489），孝文帝在平城（今山西大同）立孔子故里以外的第一个孔庙，接着北周、北齐在各地扩建孔庙。贞观二年（628），唐太宗罢高祖李渊设于国子学的周公庙，独立孔庙释奠单祭，"诏停周公为先圣，始立孔子庙堂于国学，稽式旧典，以仲尼为先圣，以颜子为先师，两边俎豆干戚之容"②，并于贞观四年（630）推广到全国。唐玄宗更进一步，尊孔子为王，并给予帝王威仪，开元二十七年（739）诏令：

> 俾夫大圣，才列陪臣，栖迟旅人，固可知矣。年祀浸远，光灵益彰，虽思阐文明，广被华夏。时则异于今古，情每重于师资。既行其教，合桂厥德。爰申盛礼，载表徽猷。夫子既称先圣，可追谥为文宣王。……昔缘周公南面，夫子西坐，今位既有殊，坐岂如旧，宜补其坠典，永作成式。自今已后，两京国子监，夫子皆南面而坐，十哲等东西列侍。天下诸州亦准此。
>
> 两京及兖州旧宅庙像，宜改服衮冕，其诸州及县，庙宇既小，但移南面，不许改其衣服，两京乐用宫县，春季二仲上丁，令三公摄行事。③

应该说，孔像着衮服、戴冕旒真正在国人心中树立了圣人的形象，而不是帝王的形象，因为孔子不是帝王，而是至圣。至圣可以拥有王者之范、王者之贵，说明官方接受儒家思想，并将其作为治理国家、教化百姓的利器，对此，唐玄宗说得很明白：

> 弘我王化，在乎儒术。孰能发挥此道，启迪含灵，则生人已来，

---

① 〔汉〕班固：《汉书》，中华书局1962年版，第56页。
② 〔唐〕吴兢编著：《贞观政要》，岳麓书社1991年版，第252页。
③ 〔宋〕王溥：《唐会要》，中华书局1955年版，第637–638页。

未有如夫子者也。所谓自天攸纵，将圣多能，德配乾坤，身揭日月。故能立天下之大本，成天下之大经，美政教，移风俗，君君臣臣，父父子子，人到于今受其赐。不其猗欤！①

"周制，凡始立学，必释奠于先圣先师。"② 当时先圣、先师有很多，"若唐虞有夔、伯夷，周有周公，鲁有孔子"③。汉魏以降，或为周公、孔子，或为孔子、颜子。有唐一代，全部是儒家代表人员，孔子必不可少，还包括孔子弟子或左丘明等儒者。贞观二十年（646），皇太子宏亲行国子学初献释奠，其他孔庙同献，"释奠之日，群官道俗等，皆合赴监观礼"④，韩愈在《处州文宣王庙碑》中说："自天子至郡县通得祭而遍天下者，唯社稷与孔子焉……孔子用王者事。巍然当坐，以门人为配，自天子而下北面拜跪荐祭，进退诚敬，礼如亲弟子者。"⑤由此，孔子代表的教化礼仪成为国家政治的一部分。

（二）郊庙歌辞中的孔子

"经国立训，学重教先。《三坟》肇册，《五典》留篇。开凿理著，陶铸功宣。东胶西序，春诵夏弦。芳尘载仰，祀典无骞。"⑥ 这是隋朝专用来祭孔的《诚夏》乐章，是隋文帝令牛弘、许善心、虞世基等创制的，也是国家看重教化的实用性的体现。

释奠孔庙却发生在唐朝，"立孔子庙堂于国学，以夫子为先圣，实始于太宗。遂为万代之定制，庙祀遍天下。人知尊夫子之道，即知尊尧、舜、禹、汤、文、武、周公之道矣。太宗聪明英睿之君，真特见也"⑦。《唐释奠文宣王乐章》引《唐书·乐志》曰："皇太子亲释奠：迎神用《诚和》，亦曰《宣和》，皇太子行用《承和》，登歌奠币用《肃和》，迎俎用《雍和》，送文舞出、迎武舞入用《舒和》，武舞用《凯安》，词同

---

① 〔宋〕王溥：《唐会要》，中华书局1955年版，第637页。
② 〔唐〕杜佑：《通典》，中华书局1988年版，第1474页。
③ 〔唐〕杜佑：《通典》，中华书局1988年版，第1474页。
④ 〔唐〕杜佑：《通典》，中华书局1988年版，第1474页。
⑤ 〔清〕王昶辑：《金石萃编》，清嘉庆十年（1805）经训堂刻本。
⑥ 〔唐〕魏征等：《隋书》，中华书局1973年版，第246页。
⑦ 〔唐〕吴兢编著：《贞观政要》，岳麓书社1991年版，第253页。

冬至圜丘,送神用《诚和》,词同迎神。"《通典》曰:"开元中又造三和乐:一曰《祴和》,三公升降及行则奏之;二曰《丰和》,享先农则奏之;三曰《宣和》,祭孔宣父、齐太公则奏之。"①

《诚和》云:

> 圣道日用,神几不测。金石以陈,弦歌载陟。爰释其菜,匪馨于稷。来顾来享,是宗是极。②

《承和》云:

> 万国以贞光上嗣,三善茂德表重轮。视膳寝门遵要道,高辟崇贤引正人。③

《肃和》云:

> 粤惟上圣,有纵自天。傍周万物,俯应千年。旧章允著,嘉赞孔虔。王化兹首,儒风是宣。④

《雍和》云:

> 堂献瑶篚,庭敷瑵县。礼备其容,乐和其变。肃肃亲享,雍雍执奠。明礼惟馨,蘋蘩可荐。⑤

《舒和》云:

> 隼集龟开昭圣列,龙蹲凤跱肃神仪。尊儒敬业宏图阐,纬武经文

---

① 〔宋〕郭茂倩编:《乐府诗集》,中华书局1979年版,第99页。
② 〔宋〕郭茂倩编:《乐府诗集》,中华书局1979年版,第99页。
③ 〔宋〕郭茂倩编:《乐府诗集》,中华书局1979年版,第99页。
④ 〔宋〕郭茂倩编:《乐府诗集》,中华书局1979年版,第100页。
⑤ 〔宋〕郭茂倩编:《乐府诗集》,中华书局1979年版,第100页。

盛德施。①

相比而言，这组诗篇配乐舞为"和"，命名明显，以"圣道日用"点明释典的意义，目的是"高辟崇贤引正人"，认为"化兹首，儒风是宣"，这样释典可达到"尊儒敬业宏图阐，纬武经文盛德施"的目标。

（三）文学传说中的孔子

孔子由先师先圣到文宣王，不仅是政治上的大事，也在文学中记载，特别是在俗文学小说中被神化，《东周列国志》有关孔子出生的记载就是一例：

> 夫妻忧无子，共祷于尼丘之谷。微在升山时，草木之叶皆上起，及祷毕而下，草木之叶皆下垂。是夜，微在梦黑帝见召，嘱曰："汝有圣子，若产，必于空桑之中。"觉而有孕。一日，恍惚若梦，见五老人列于庭，自称"五星之精"，狎一兽，似小牛而独角，文如龙麟，向微在而伏。口吐玉尺，上有文曰："水精之子，继衰周而素王。"微在知其异，以绣被系其角而去。……遂携卧具于空窦中。其夜，有二苍龙自天而下，守于山之左右，又有二神女擎香露于空中，以沐微在，良久乃去。微在遂产孔子。石门中忽有清泉流出，自然温暖，浴毕，泉即涸。②

孔子还有未卜先知的神力。清徐道纂集、程毓奇续成《三教同原录》（又名《历代神仙通鉴》），共三集二十二卷，其卷七第五节"显道术涉正摇山，发孔陵秦始逞暴"讲的就是暴君秦始皇灭儒毁墓、巡途而亡的故事：

> 皇至曲阜观孔子之宅，谓臣下曰："仲尼大圣，颜冉皆附葬于近，必有文籍藏于其中。"令发孔墓，内有石刻其文曰："后世一男

---

① 〔宋〕郭茂倩编：《乐府诗集》，中华书局1979年版，第100页。
② 〔明〕冯梦龙、〔清〕蔡元放：《东周列国志》，上海古籍出版社1995年版，第725页。

子,自称秦始皇,上我堂,履我床,颠倒我衣裳,行至沙丘而亡。"①

孔子在后人心中已被神化,《唐享孔子庙乐章》四言诗添加了神圣的意味,对先师孔子做出的贡献大加赞赏:

《迎神》云:

> 通吴表圣,问老探真。三千弟子,五百贤人。亿龄规法,万载祠禋。洁诚以祭,奏乐迎神。②

《送神》云:

> 醴溢牺象,羞陈俎豆。鲁壁类闻,泗川如觏。里校覃福,胄筵承祐。雅乐清音,送神其奏。③

孔子代表的儒家影响深远,其后人待遇被纳入官方系统,孔子直系血统的后裔成为地方长官,成为孔子故地的"州长史",他们依靠自身参与地方管理,成为国家行政系统的一员,由受孔子福荫到自立谋政。可以说,唐朝以后,孔子代表的儒家和皇权代表的国家非常有力地连在了一起。

四、外交:各国来朝

四夷臣服大多是中央之国理念意识的体现,主要涉及荣誉、自尊、情感等心理需求,一般不会改变对方的版图、政权等实际问题,更多的是显示中央政权实力强大、资源丰富、社会井然、管理有序、百姓安乐等天下太平的态势。一般体现为中央大国的"册封与赏赐"和周边国家的"称臣与献贡"。"册封"能在制度上确认天朝大国皇权的权威,"赏赐"能展

---

① 〔清〕徐道:《历代神仙通鉴》(中国民间信仰第一辑),台湾学生书局1983年版,第1128页。
② 〔宋〕郭茂倩编:《乐府诗集》,中华书局1979年版,第100页。
③ 〔宋〕郭茂倩编:《乐府诗集》,中华书局1979年版,第100页。

示天朝大国的尊贵和大度，故而各国来朝是展示天朝之国、中央之国、泱泱大国实力的最好的注脚。

（一）汉代各国来朝

汉代一统到武帝时，以其强大的国力为支撑，运用武力北击匈奴，使西北地区和平发展成为可能，又派张骞出使西域，促进商贸来往，开辟了丝绸之路，同时也带来了异域的文化。《后汉书·南蛮西南夷列传》记载："永宁元年，掸国王雍由调，复遣使者诣阙朝贺，献乐及幻人，能变化吐火、自支解，易牛马头。又善跳丸，数乃至千。自言我海西人。海西即大秦也，掸国西南通大秦。"① 以东汉和日本的关系来说明问题，东汉"建武中元二年，倭奴国奉贡朝贺，使人自称大夫，倭国之极南界也。光武赐以印绶"②，这就是皇权外现的一大成果，并以此作为衡量的标准。雄才大略的汉武帝心心念念的就是实现"天马徕，从西极，涉流沙，九夷服"③。不仅是消除边关隐患，大展皇朝威武，还体现了他为黎民苍生开创和平盛世的远大志向。

（二）魏晋南北朝各国来朝

古代朝鲜甚至以"小中华"自称，元封二年（前109），国王右渠就以藩属国身份派太子朝见。魏政权和日本的邪马台国也是这样："景初二年六月，倭女王遣大夫难升米等诣郡，求诣天子朝献，太守刘夏遣吏将送诣京都。"④ 得到魏明帝的诏封："（女王卑弥呼）亲魏倭王，假金印紫绶"，"以难升米为率善中郎将，牛利为率善校尉，假银印青绶"。⑤ 朝代更替，晋代这种臣服关系不变。武帝"泰始元年，倭人国女王遣使重译

---

① 〔南朝宋〕范晔撰，〔唐〕李贤等注：《后汉书·南蛮西南夷列传》，中华书局1965年版，第2851页。
② 〔南朝宋〕范晔撰，〔唐〕李贤等注：《后汉书》，中华书局1965年版，第282页。
③ 〔宋〕郭茂倩编：《乐府诗集》，中华书局1979年版，第6页。
④ 〔晋〕陈寿撰，〔南朝宋〕裴松之注：《三国志·魏书·倭人传》，中华书局1959年版，第857页。
⑤ 〔晋〕陈寿撰，〔南朝宋〕裴松之注：《三国志·魏书·倭人传》，中华书局1959年版，第857页。

朝献"①,"(泰始二年)十一月己卯,倭人来献方物"②。北魏时期,高句丽已遣使朝贡,"夏六月,王遣使入魏朝贡,且请国讳"③。南朝齐时,百济永明八年(490),牟大王上表称臣,"於戏!惟尔世袭忠勤,诚著遐表,沧路肃澄,要贡无替。式循彝典,用纂显命。往钦哉!其敬膺休业,可不慎欤!制诏行都督百济诸军事、镇东大将军百济王牟大今以大袭祖父牟都为百济王,即位章绶等玉铜虎竹符四。王其拜受,不亦休乎"④。萧梁普通元年(520)曾册封高句丽王,"梁高祖封(高句丽)王为宁东将军都督营州诸军事高句丽王"⑤。各国来朝是实力的体现。

宋章庙乐舞《嘉荐乐》云:

> 肇禋戒祀,礼容咸举。六典饰文,九司昭序。牲柔既昭,牺刚既陈。恭涤惟清,敬事惟神。加筵再御,兼俎重荐。节动轩越,声流金县。奕奕闿幄,亹亹严闱。洁诚夕鉴,端服晨晖。圣灵庆止,翊我皇则。上绥四宇,下洋万国。永言孝飨,孝飨有容。傧僚赞列,肃肃雍雍。⑥

齐明堂《昭夏乐》为三言诗,该诗想象了天下太平、宇宙欢庆之场景:

> 地纽谧,乾枢回。华盖动,紫微开。旌蔽日,车若云。驾六气,乘絪缊。晔帝京,耀天邑。圣祖降,五云集。燃粢盛,洁牲牷。百礼肃,群司虔。皇德远,大孝昌。贯九幽,洞三光。神之安,解玉銮。昌福至,万宇欢。⑦

《庆休乐》为五言诗,衷心祝愿天下实现仁政:

---

① 〔宋〕王钦若:《册府元龟·外臣部·朝贡一》,台湾中华书局1996年版,第11380页。
② 〔唐〕房玄龄等:《晋书·武帝纪》,中华书局1974年版,第55页。
③ 〔高丽〕金富轼著,孙文范等校勘:《三国史记》,吉林文史出版社2003年版,第228页。
④ 〔高丽〕金富轼著,孙文范等校勘:《三国史记》,吉林文史出版社2003年版,第310页。
⑤ 〔高丽〕金富轼著,孙文范等校勘:《三国史记》,吉林文史出版社2003年版,第235页。
⑥ 〔宋〕郭茂倩编:《乐府诗集》,中华书局1979年版,第119—120页。
⑦ 〔宋〕郭茂倩编:《乐府诗集》,中华书局1979年版,第23—24页。

大业来四夷,仁凤和万国。白日体无私,皇天辅有德。七旬罪已服,六月师方克。伟哉帝道隆,终始常作则。①

(三)唐代各国来朝

唐太宗励精图治,为大唐盛世的到来献上了一份丰厚的奠基礼,"贞观初,户不及三百万,绢一匹易米一斗。至四年,米斗四五钱,外户不闭者数月,马牛被野,人行数千里不赍粮,民物蕃息,四夷降附者百二十万人。是岁,天下断狱,死罪者二十九人,号称太平"②。这时,大唐成为日本人心中的理想之国,"大唐国者,法式备定之珍国也"③。《旧唐书·倭国传》曰:"贞观五年,遣使献方物。太宗矜其道远,敕所司无令岁贡,又遣新州刺史高表仁持节往抚之。"④"麟德二年,封泰山,仁轨领新罗及百济、耽罗、倭四国酋长赴会,高宗甚悦,擢拜大司宪。"⑤周武则天长安三年(703),日本朝臣二真人"来贡方物",并被册封,"则天宴之于麟德殿,授司膳卿,放还本国"。⑥唐玄宗开元五年(717),日本用4支船送来大规模的遣唐使团,"因请儒士授经。诏四门助教赵玄默就鸿胪寺教之。……所得锡(赐)赉,尽市文籍,泛海而还"⑦。这批遣唐使中就有来学习唐朝礼制和文化的阿倍仲麻吕等人。从630年到894年共264年间,日本共派遣唐使18次,唐朝共8次派遣使节抚日本。大唐文化成功被日本学习借鉴,并一直影响到今天。

古朝鲜在唐初就来朝贡,武德七年(624),唐朝为回报纳贡,分别册封百济王、新罗王为"带方郡王百济王""柱国乐浪郡公新罗王"。新罗由于受到百济、高句丽攻击,为求保护向唐朝朝贡96次,⑧ 其后在唐朝的帮助下统一了朝鲜,双方关系更加密切。唐代海上丝绸之路运行后,

---

① 〔宋〕郭茂倩编:《乐府诗集》,中华书局1979年版,第106页。
② 〔宋〕欧阳修、宋祁:《新唐书·食货志一》,中华书局1975年版,第1344页。
③ 〔日〕黑板胜美,国史大系编修会:《新订增补国史大系》,吉川弘文馆1986年版,第161页。
④ 〔后晋〕刘昫等:《旧唐书·倭国传》,中华书局1975年版,第5340页。
⑤ 〔后晋〕刘昫等:《旧唐书·刘仁轨传》,中华书局1975年版,第2795页。
⑥ 〔后晋〕刘昫等:《旧唐书·日本传》,中华书局1975年版,第5340页。
⑦ 〔后晋〕刘昫等:《旧唐书·日本传》,中华书局1975年版,第5340页。
⑧ 付百臣主编:《中朝历代朝贡制度研究》,吉林人民出版社2008年版,第22页。

南海诸国也纷纷前来朝贡,据统计,"国王来华4国7次;王子12国22次;相9国16次"①。《唐祭神州乐章》收诗三首,即是关于大唐威仪的描述。

《唐祭神州乐章》引《唐书·乐志》曰:"贞观中,祭神州于北郊:迎神用《顺和》,皇帝行用《太和》,登歌奠玉帛用《肃和》,迎俎用《雍和》,酌献饮福用《寿和》,送文舞出、迎武舞入用《舒和》,武舞用《凯安》,送神用《顺和》。《顺和》词同夏至方丘,《太和》《寿和》《凯安》词同冬至圆丘,并褚亮等作。"② 具体内容如下。

《肃和》云:

> 大矣坤仪,至哉神县。包含日域,牢笼月□。露洁三清,风调六变。皇祇届止,式歆恭荐。③

《雍和》云:

> 泰折严享,阴郊展敬。礼以导神,乐以和性。黝牲在列,黄琮俯映。九土既平,万邦贻庆。④

《舒和》云:

> 坤道降祥和庶品,灵心载德厚群生。水土既调三极泰,文武毕备九区平。⑤

以上,就是从现实生活需要的维度进行解读:农耕大国需求的风调雨顺,土地粮食隐喻的社稷保障、伦理学识教化、各国来朝是中央之国皇权视域下的天下太平、秩序井然的极大需要。官府和民间对求雨、粮食丰收的利益诉求是一样的,而因教化民众、提升自身能力兴起的祭孔就有了国

---

① 李金明、廖大珂:《中国古代海外贸易史》,广西人民出版社1995年版,第104页。
② 〔宋〕郭茂倩编:《乐府诗集》,中华书局1979年版,第94页。
③ 〔宋〕郭茂倩编:《乐府诗集》,中华书局1979年版,第94页。
④ 〔宋〕郭茂倩编:《乐府诗集》,中华书局1979年版,第95页。
⑤ 〔宋〕郭茂倩编:《乐府诗集》,中华书局1979年版,第95页。

家发展层面的价值,也是底层文化向精英文化转变的客观要求,国家礼制以天下为中心,各国来朝标志着礼乐文化获得了更高层次的成果。

第四章 时间永续 皇位永在

古希腊哲学家柏拉图说:"性质上永恒不变的东西不能因为时间关系而变老或变幼……而'时间'则是模仿永恒性按照数的规律而运动着的。"① 生老病死残酷地让每个人思考如何活着。在远古时期,人们想当然地发挥了超时间的想象,并且把宇宙和人生联系起来,运动的时间断然否决个体生命——肉体永远存在,人们就寄希望于时间静止——个体生命和天地同寿,期盼摆脱生老病死,于是锲而不舍地求仙,既追求肉体永生,同时又希望美好的东西成为永恒。在封建时代,世上最尊贵的就是皇权,所以执着盼望帝位永存,即使死亡的现实真实摆在每个人面前,皇室掌权者还是衷心期盼皇位永在并将其传至千秋万代。

一、汉代皇家求仙

天下至尊,唯皇权无二,体现了"大一统"的政治格局,"大一统"最早出现在《公羊传·隐公元年》:"王者孰谓?谓文王也。曷为先言王而后言正月?王正月也。何言乎王正月?大一统也。"② 日月变化见证了庶民的生活习性,经年累月地总结生产、劳作、休养等的情况,使之形成历法,这就是以皇帝的身份统管历法,也就是考量将时间实际应用于皇权的巩固和强化。而最能激发人性的就是追随把握时间得以永生,特别是期望实现肉体的永生,从汉代人们日常所用铜镜的铭文中就能感受到他们求仙的愿望有多强烈,如元兴元年环状乳神兽镜外区铭文:"元兴元年五月丙午日天大赦,广汉造作尚方镜,幽谏三商,周得无极,世得光明,长乐未央,富且昌,宜侯王,师命长生如石,位至三公,寿如东王父西王母,

---

① [古希腊]柏拉图著:《柏拉图全集》,王晓朝译,人民出版社2003年版,第288页。
② [汉]何休注,[唐]徐彦疏:《春秋公羊传注疏》,中华书局1957年版,第24–28页。

仙人子立（位）至公侯。"① 中平四年环乳状神人兽禽镜铭文："中平四年，五月午日，幽涑白同（铜），早（造）作明竟，买者大富，长宜子孙，延年命长，上入王府，西王母兮，大乐未央，长生大吉，天王日月，太师命长。"② 西王母主掌长生，不死就要求拜于她。

汉代求仙都提到了神话西王母和汉武帝的故事，如列维-施特劳斯指出的那样，他说："尽管试图重现历史上某一时刻的生机并占有它是值得的、不可或缺的，但是，应该承认，一个清晰的历史永远不可能完全摆脱神话的本性。"③ 西王母将成仙的方法告知汉武帝并让"侍笈玉女李庆孙书录之以相付"④，还劝诫道："汝好道乎？闻数招方术，祭山岳，祠灵神，祷河川，亦为勤矣。勤而不获，实有由也。汝胎性暴，胎性淫，胎性奢，胎性酷，胎性贼，五者恒舍于荣卫之中，五藏之内。……虽复志好长生，不能遣兹五难，亦何为损性而自劳乎？……于是闭诸淫，养汝神；放诸奢，从至俭；勤斋戒，节饮食；绝五谷，去膻腥；鸣天鼓，饮玉浆；荡华池，叩金梁；按而行之，当有异耳。"⑤ 神话更多是对历史感性直观的书写，汉武帝竟有如此感慨："嗟呼！吾诚得如黄帝，吾视去妻子如脱躧耳。"这是因为听信方士说"百姓仰望黄帝既上天"⑥，得以成仙之事，可见汉代皇公贵族、庶民百姓都追求长生成仙。

汉代郊祀歌辞用文学笔调记录了当时向往仙境的意愿，《汉书·礼乐志》载：

> 至武帝定郊祀之礼，祠太一于甘泉，就乾位也；祭后土于汾阴，泽中方丘也。乃立乐府，采诗夜诵。有赵、代、秦、楚之讴。以李延年为协律都尉，多举司马相如等数十人造为诗赋，略论律吕，以合八音之调，作十九章之歌。⑦

---

① 孔祥星、刘一曼：《中国铜镜铭文》，文物出版社1997年版，第410页。
② 孔祥星、刘一曼：《中国铜镜铭文》，文物出版社1997年版，第413页。
③ 〔美〕海登·怀特著：《后现代历史叙事学》，陈永国、张万娟译，中国社会科学出版社2003年版，第173页。
④ 史仲文主编：《中国文言小说百部经典》，北京出版社2000年版，第127页。
⑤ 史仲文主编：《中国文言小说百部经典》，北京出版社2000年版，第128-129页。
⑥ 〔汉〕司马迁：《史记》，中华书局1959年版，第1394页。
⑦ 〔汉〕班固：《汉书》，中华书局1962年版，第1045页。

其中,《练时日》《华烨烨》为三言诗,刻画了世人所向往的典型的仙境,以《练时日》为例:

> 练时日,侯有望,爇膋萧,延四方。九重开,灵之斿,垂惠恩,鸿祜休。灵之车,结玄云,驾飞龙,羽旄纷。灵之下,若风马,左仓龙,右白虎。灵之来,神哉沛,先以雨,般裔裔。灵之至,庆阴阴,相放佛,震澹心。灵已坐,五音饬,虞至旦,承灵亿。牲茧栗,粢盛香,尊桂酒,宾八乡。灵安留,吟青黄,遍观此,眺瑶堂。众嫭并,绰奇丽,颜如荼,兆逐靡。被华文,厕雾縠,曳阿锡,佩珠玉。侠嘉夜,茝兰芳,澹容与,献嘉觞。①

天地之大,心向往之即到,能在空间上实现随意游动,完全是羽化飞仙所为,对他们而言,"时间是无限的"②;在时间上做到了万物同生,共享生命最好的充满生机的状态,而这只有神仙的法力才能做到。既是对神祇的赞扬和羡慕,也说明汉代求仙的社会心理极其明显。神远远强于人,神的灵动和飘逸让凡人无限羡慕。

二、魏晋南北朝求长生

魏晋南北朝可以概括为"乱":拥有实力不错的军队,不仅可以拥兵自重,而且成为皇帝的机会也非常大。因此,为王权争夺厮杀就成为很难摆脱的噩梦,惶惶然不知所以成为庶民百姓的常态。

(一)战乱与求仙

汉末董卓入洛阳后,"纵放兵士,突其庐舍,淫略妇女,剽虏资物,谓之'搜牢'。人情崩恐,不保朝夕。及何后葬,开文陵,卓悉取藏中珍物。又奸乱公主,妻略宫人,虐刑滥罚,睚眦必死,群僚内外莫能自固"③。

---

① 〔宋〕郭茂倩编:《乐府诗集》,中华书局1979年版,第3页。
② 〔古希腊〕亚里士多德著:《物理学》,张竹明译,商务印书馆1997年版,第135页。
③ 〔南朝宋〕范晔撰,〔唐〕李贤等注:《后汉书》,中华书局1965年版,第2325页。

第一部分　贵族诗研究

　　由于正义不彰、群雄声讨，董卓挟汉献帝奔西安，离开洛阳时，"悉烧宫庙官府居家，二百里内无复孑遗"①。可是群雄为自己的利益反目成仇，"关东诸州郡起兵，众数十万，皆集荥阳及河内。诸将不能相一，纵兵钞掠，民人死者且半"②。董卓被吕布杀掉，李傕、郭汜率兵攻破长安，吕布逃走，他们"放兵虏掠，死者万余人"③。南朝宋范晔《后汉书》卷七十二《董卓传》记载兵乱使长安城内"人相食啖，白骨委积，臭秽满路"④。兵乱导致人口数量急剧下降："初，帝入关，三辅户口尚数十万，自傕、汜相攻，天子东归后，长安城空四十余日，强者四散，羸者相食，二三年间，关中无复人迹。"⑤战乱属于人祸，死亡就是战乱的后果。

　　美国学者厄内斯特·贝克尔（Ernest Becker）总结说："在所有动人心弦的事情中，死亡恐惧首当其冲。"⑥永嘉二年（308）刘渊在左国城（今山西离石）自立称帝，第二年派刘景南下，打败晋将王堪，"沉男女三万余人于河"。永嘉五年（311），再派刘曜等攻陷洛阳，"焚烧宫庙，逼辱妃后，吴王晏、竟陵王茂、尚书左仆射和郁、右仆射曹馥、尚书闾丘冲、袁粲、王绲、河南尹刘默等皆遇害，百官士庶死者三万余人"⑦。"城门失火，殃及池鱼"，连累长安"内外断绝，城中饥甚，米斗直金二两，人相食，死者太半，亡逃不可制"⑧。西晋元气大伤，后竟亡国。

　　面对战火与死亡的惨景，代表长生、追求神仙的生活就有了特别的含义。

　　成公绥《正旦大会行礼歌》描写了美轮美奂的仙界，风景和生活俱佳：

　　　　登昆仑，上曾城。乘飞龙，升泰清。冠日月，佩五星。扬虹霓，建彗旌。披庆云，荫繁荣。览八极，游天庭。顺天地，和阴阳。序四

---

① 〔南朝宋〕范晔撰，〔唐〕李贤等注：《后汉书》，中华书局1965年版，第2327页。
② 〔晋〕陈寿撰，〔南朝宋〕裴松之注：《三国志·魏书·司马朗传》，中华书局1959年版，第467页。
③ 〔南朝宋〕范晔撰，〔唐〕李贤等注：《后汉书》，中华书局1965年版，第2333页。
④ 〔南朝宋〕范晔撰，〔唐〕李贤等注：《后汉书》，中华书局1965年版，第2336页。
⑤ 〔南朝宋〕范晔撰，〔唐〕李贤等注：《后汉书》，中华书局1965年版，第2341页。
⑥ 〔美〕厄内斯特·贝克尔著：《拒斥死亡》，林和生译，华夏出版社2000年版，第12页。
⑦ 〔唐〕房玄龄等：《晋书》，中华书局1974年版，第123页。
⑧ 〔宋〕司马光：《资治通鉴》，中华书局1956年版，第2834页。

时，曜三光。张帝网，正皇纲。播仁风，流惠康。迈洪化，振灵威。怀万方，纳九夷。朝阊阖，宴紫微。①

这种想象是活着的人的自我陶醉，也许只存在于文学意象中，但毕竟能给人以心灵的共鸣、精神的安慰。

（二）疫病与求仙

除了战争造成的人员伤亡，还有疫病。我国历史上曾发生过可怕的瘟疫，出现大面积的死亡，不仅是各色人等肉体的死亡，还有心理的创伤和精神的紧张。

建兴二年（253）四月，"大疫，兵卒死者大半"②。晋武帝咸宁元年（275）十二月，"是月大疫，洛阳死者太半"③。晋怀帝永嘉四年（310）十一月，"襄阳大疫，死者三千余人"④。东晋元帝永昌元年（322），"十月，大疫，死者十二三"⑤。东晋孝武帝太元五年（380）五月，"自冬大疫，至于此夏。多绝户者"⑥。无情的疫病跨越南北，可怕的死亡不分地点，可谓"瘟气疫病，千户灭门"⑦。人人惊恐，"闻此之日，心若焚燎"⑧。北魏献文帝皇兴二年（468）十月，"豫州疫，民死十四五万"⑨。北魏宣武帝永平三年（510）正月至四月，"平阳郡之禽昌、襄陵二县大疫，自正月至此月，死者二千七百三十人"。生和死有什么关系？祭祀歌辞所塑造的远离人间的天堂，其实就是人们想生活在其中的另一种天地。以生命为代价的经验不仅是超脱，还有现实的意义，就是希望没有战争、没有疾病、没有死亡，那是人最向往的理想状态。

---

① 〔宋〕郭茂倩编：《乐府诗集》，中华书局1979年版，第192页。
② 〔晋〕陈寿撰，〔南朝宋〕裴松之注：《三国志·吴书·孙亮传》，中华书局1959年版，第1152页。
③ 〔唐〕房玄龄等：《晋书·武帝纪》，中华书局1974年版，第65页。
④ 〔唐〕房玄龄等：《晋书·怀帝纪》，中华书局1974年版，第121页。
⑤ 〔唐〕房玄龄等：《晋书·元帝纪》，中华书局1974年版，第156页。
⑥ 〔南朝梁〕沈约：《宋书·五行志》，中华书局1974年版，第1010页。
⑦ 〔汉〕王充：《论衡·命义》，见黄晖《论衡校释》，中华书局1990年版，第45页。
⑧ 〔晋〕陈寿撰，〔南朝宋〕裴松之注：《三国志·吴书·骆统传》，中华书局1959年版，第1335页。
⑨ 〔北齐〕魏收：《魏书·灵征志》，中华书局1974年版，第2916页。

第一部分　贵族诗研究

《北齐五郊乐歌》收录五首作品，诗歌舞乐赋予了世俗社会所没有的美妙世界，那就是神仙所在的空间。在那里，人们随心所欲、随意而动，心中所想皆能实现，这就是在生和死的紧要关头，乐歌所描绘的人们想象中的求仙境界。

第一首《青帝高明乐》云：

岁云献，谷风归。斗东指，雁北飞。电鞭激，雷车遽。虹旌靡，青龙驭。和气洽，具物滋。翻降止，应帝期。①

第二首《赤帝高明乐》云：

婺女司旦，中吕宣。朱精御节，离景延。根荄俊茂，温风发。柘火风水，应炎月。执衡长物，德孔昭。赤旂霞曳，会今朝。②

第三首《黄帝高明乐》云：

居中匝五运，乘衡毕四时。含养资群物，协德固皇基。啴缓契王风，持载符君德。良辰动灵驾，承祀昌邦国。③

第四首《白帝高明乐》云：

风凉露降，驰景飔寒精。山川摇落，平秩在西成。盖藏成积，烝人被嘉祉。从享来仪，鸿休溢千祀。④

第五首《黑帝高明乐》云：

虹藏雉化，告寒。冰壮地坼，年殚。日次月纪，方极。九州万

---

① 〔宋〕郭茂倩编：《乐府诗集》，中华书局1979年版，第40页。
② 〔宋〕郭茂倩编：《乐府诗集》，中华书局1979年版，第40页。
③ 〔宋〕郭茂倩编：《乐府诗集》，中华书局1979年版，第41页。
④ 〔宋〕郭茂倩编：《乐府诗集》，中华书局1979年版，第41页。

邦，献力。叶光是纪，岁穷。微阳潜兆，方融。天子赫赫，明圣。享神降福，惟敬。①

该组诗歌以五帝为歌颂对象，创造了一个神奇的神幻世界，其缘由在于介于神圣与世俗之间，既要用诗歌营造一个人人崇拜的世界，又要照顾到凡间世人的情感，所以，其中的意象大都与皇室对长生的需求有关，告知天地祈求长生。

三、唐代皇家求长生

唐代一统天下并成为政治、经济、文化等构建大国形象的楷模，其开国之初，也利用道教为登基做舆论，聪慧的修道之士也利用皇权巩固、提升道教的地位。隋大业十三年（617）李渊起兵时，楼观道士岐晖把握时机，给李渊义军以鼎力支持：

> 唐高祖皇帝初起兵于晋阳，帝女平阳公主，柴绍妻也，亦起兵应帝，屯于宜寿宫，晖逆知真主将出，尽以观中资粮给其军。及帝至蒲津关，晖喜曰："此真君来也，必平定四方矣！"乃改名为平定以应之，仍发道士八十余人向关应接。②

岐晖可以说顺应了社会变化，因为他曾对弟子云："天道将改，吾犹及见之，不过数岁矣！"有弟子问："不知来者若何？"岐晖答曰："当有老君子孙治世，此后吾教大兴，但恐微躯不能久保耳。"③李渊登基建立大唐，武德三年（620），高祖言称老君"朕之远祖，亲来降此，朕为社稷主，其可无兴建乎？"，使得观主岐晖改楼观为"宗圣观"。④后有《大唐宗圣

---

① 〔宋〕郭茂倩编：《乐府诗集》，中华书局1979年版，第41页。
② 〔宋〕谢守灏：《混元圣迹》，见《道藏》（第17册），上海书店出版社1988年版，第854页。
③ 〔宋〕谢守灏：《混元圣迹》，见《道藏》（第17册），上海书店出版社1988年版，第854页。
④ 〔宋〕谢守灏：《混元圣迹》，见《道藏》（第17册），上海书店出版社1988年版，第855页。

观记碑》载"启族承家,鼻于柱史"①,明确了李氏王朝与老君的这种宗亲关系。

《唐太清宫乐章》引《唐书·礼仪志》曰:"玄宗开元二十九年正月,诏两京诸州置玄元庙。天宝二年三月,以西京玄元庙为太清宫。其乐章:降仙圣奏《煌煌》,登歌发炉奏《冲和》,上香毕奏《紫极舞》,撤醮奏登歌,送仙圣奏《真和》。《会要》曰:"太清宫荐献圣祖玄元皇帝奏《混成紫极之舞》。"② 具体如下:

《煌煌》云:

煌煌道宫,肃肃太清。礼光尊祖,乐备充庭。罄竭诚至,希夷降灵。云凝翠盖,风焰虹旌。众真以从,九奏初迎。永惟休祐,是锡和平。③

《冲和》云:

虚无结思,钟磬和音。歌以颂德,香以达心。礼殊祼鬯,义感昭临。云车至止,庆垂愔愔。④

《香初上》云:

肃肃我祖,绵绵道宗。至感潜达,灵心暗通。云骈御气,芝盖随风。四时禋祀,万国来同。⑤

《再上》云:

仙宗绩道,我李承天。庆深虚极,符光象先。俗登仁寿,化阐壖

---

① 陈垣编纂:《道家金石略》,文物出版社1988年版,第47页。
② 〔宋〕郭茂倩编:《乐府诗集》,中华书局1979年版,第156页。
③ 〔宋〕郭茂倩编:《乐府诗集》,中华书局1979年版,第156页。
④ 〔宋〕郭茂倩编:《乐府诗集》,中华书局1979年版,第156页。
⑤ 〔宋〕郭茂倩编:《乐府诗集》,中华书局1979年版,第156页。

涓。五千贻范，亿万斯年。①

《终上》云：

不宰元功，无为上圣。洪源《长发》，诞受天命。金奏迎真，琼宫展盛。备礼周乐，垂光储庆。

《紫极舞》云：

至道生元气，重圆法混成。无为观大象，冲用体常名。仙乐临丹阙，云车出玉京。灵符百代应，瑞节九真迎。宝运开皇极，天临映太清。长垂一德庆，永庇万方宁。②

《序入破第一奏》云：

真宗开妙理，冲教统清虚。化演无为日，言昭有象初。瑶坛肃灵瑞，金阙映仙居。一奏三清乐，长回八景舆。③

《第二奏》云：

虚极仙宗本，希夷象帝先。百灵朝太上，万法祖重圆。善贷惟冲德，功成谓自然。云门达和气，思用合钧天。④

《第三奏》云：

元符传紫极，宝祚启高真。道德先垂裕，冲和已化淳。人风齐太古，天瑞叶惟新。仙乐清都上，长明交泰辰。⑤

---

① 〔宋〕郭茂倩编：《乐府诗集》，中华书局1979年版，第157页。
② 〔宋〕郭茂倩编：《乐府诗集》，中华书局1979年版，第157页。
③ 〔宋〕郭茂倩编：《乐府诗集》，中华书局1979年版，第157页。
④ 〔宋〕郭茂倩编：《乐府诗集》，中华书局1979年版，第157页。
⑤ 〔宋〕郭茂倩编：《乐府诗集》，中华书局1979年版，第157–158页。

《登歌》云：

> 严禋展事，礼洁蒸尝。皇矣圣祖，德惟馨香。盛荐既撤，工歌再扬。大来之庆，降福穰穰。①

《真和》云：

> 玉磬含响，金炉既馥。风驭泠泠，云坛肃肃。香归大象，霈流嘉福。俾宁万邦，无思不服。②

这么完整，制作目的不言自明。祭拜道教神祇，亦是祭祀李氏王朝的先祖，这种很特殊的用意被巧妙地合二为一。唐太清宫以现实的建筑充当神祇的圣地，又作为一种象征永远留存在人们的头脑中，特别是以一组大型的歌舞仪式刺激观者和演者的视觉和听觉，全身心感受到神祇的灵性和道法，没有死亡，只有永生，没有片刻，只有永恒，因为诗歌描述了动人的世界，尘世的生命和天地日月永在。

四、封禅求皇位永续

伊利亚德说："生活在两种时间（神圣时间、世俗时间）之中，其中最重要的是神圣时间。它在时间的循环中是以一种难以理喻的面目出现的，可以逆转、可以多次重复出现，是一种借助于仪式而能定期的重新与之合一的一种永恒的神话存在。"③ 这里凡间的时间和神话的时间借助天地大山实现了逆转，甚至世俗时间也和神圣时间一样不再是直线型的。除了时间的长度，顺着高山既有了高度，也有了神圣的变化，那就是留住时间，封禅就有时间永续的意味。

杜佑认为："封禅者，高厚之道也。封土于山，而禅祭于地。天以高

---

① 〔宋〕郭茂倩编：《乐府诗集》，中华书局1979年版，第158页。
② 〔宋〕郭茂倩编：《乐府诗集》，中华书局1979年版，第158页。
③ [罗马尼亚] 米尔恰·伊利亚德著：《神圣与世俗》，王建光译，华夏出版社2002年版，第33页。

为尊,地以厚为德。增泰山之高以报天,厚梁甫之阶以报地。明天之所命,功成事就,有益于天地,若天地之更高厚然。"① 封禅有没有其他用心呢?汉武帝元封元年(前110)封禅领会方士公孙卿升仙之说:"汉兴复当黄帝之时……汉之圣者在高祖之孙且曾孙也。宝鼎出而与神通,封禅。封禅七十二王,唯黄帝得上泰山封……汉主亦当上封,上封则能仙登天矣。"② 这在正史之外又有了延寿的说法,《风俗通义·正失》载:"俗说岱宗上有金箧玉策,能知人年寿修短。武帝探策得十八,因读曰八十,其后果用耆长。"③

魏晋南北朝时想封禅的皇帝较多,但终未出行。魏明帝感叹:"天不欲成吾事,高堂令隆撰写封禅礼仪,未成而死生舍我亡也。"④ 晋武帝几经拒绝,"所议诚前烈之盛事也,方今未可以尔"⑤。南朝宋文帝因战事无法封禅⑥,隋兴再次出现了一统江山的大好局面,隋文帝开皇十五年(595)春季只在泰山举行了如同南郊祭天一样的祭山礼。⑦

唐太宗多次谋划也没有实现封禅的愿望。唐高宗于麟德二年(665)十月出发,乾封元年(666)正月正式封禅。武后和越国太妃燕氏首次以女性身份行亚献之礼、终献之礼。⑧ 武则天于万岁通天元年(696)腊月完成了高宗遗愿,成为女性皇帝封禅第一人,并将封禅地点由泰山转移到了嵩山。⑨ 李隆基中兴唐祚,于开元十二年(724)在泰山封禅,在封礼祭祀昊天之时对高宗、武后的封禅予以矫正。封礼祭祀昊天之时以高祖配享,禅礼祭祀皇帝之时以睿宗配享。玄宗亲自撰写《纪泰山铭》:"方士虚诞,儒书不足,佚后求仙,诬神检玉。秦灾风雨,汉污编录,德未合

---

① 〔唐〕杜佑:《通典·礼十一四·封禅》,中华书局1988年版,第1507页。
② 〔汉〕司马迁:《史记·封禅书》,中华书局1959年版,第1393页。
③ 〔汉〕应劭撰,王利器校注:《风俗通义校注》,中华书局1981年版,第65页。
④ 〔晋〕陈寿撰,〔南朝宋〕裴松之注:《三国志·高堂隆传》,中华书局1959年版,第717页。
⑤ 〔南朝梁〕沈约:《宋书·礼志》,中华书局1974年版,第436-439页。
⑥ 〔南朝梁〕沈约:《宋书·礼志》中华书局1974年版,第439页。
⑦ 〔唐〕魏征、令狐德棻:《隋书·礼仪志》,中华书局1973年版,第140页。
⑧ 〔后晋〕刘昫:《旧唐书·礼仪志三》,中华书局1975年版,第888页。
⑨ 唐明贵:《武则天封禅青山论略》,载《山东科技大学学报》(社会科学版)2004年第3期,第55-56页。

第一部分 贵族诗研究

天，或承之辱。道在观政，名非从欲，铭心绝岩，播告群岳。"①

《寿和》云：

> 皇祖严配，配享皇天。皇皇降嘏，天子万年。②

张说《唐封泰山乐章》引《唐书·乐志》曰："开元十三年，玄宗封泰山祀天乐：降神用《豫和》六变，迎送皇帝用《太和》，登歌奠玉帛用《肃和》，迎俎用《雍和》，酌献、饮福并用《寿和》，送文舞出、迎武舞入用《舒和》，终献、亚献用《凯安》，送神用《豫和》。"③

《豫和六首 降神》云：

> 挹泰坛，柴泰清。受天命，报天成。竦皇心，荐乐声。志上达，歌下迎。亿上帝，临下庭。骑日月，陪列星。嘉祝信，大糦馨。澹神心，醉皇灵。相百辟，贡八荒。九歌叙，万舞翔。肃振振，铿皇皇。帝欣欣，福穰穰。高在上，道光明。物资始，德难名。承眷命，牧苍生。寰宇谧，太阶平。天道无亲，至诚与邻。山川遍礼，宫徵惟新。玉帛非盛，聪明会真。正斯一德，通乎百神。飨帝飨亲，维孝维圣。缉熙懿德，敷扬成命。华夷志同，笙镛礼盛。明灵降止，感此诚敬。④

皇位是诱人的，所以，在古代社会成为皇帝是最大的成功，很多故事都能反映这种心态：

> 隋炀帝与神尧高祖俱是独孤外家。然则神尧与炀帝常悔吝（明抄本"然则"作"因是"，"悔吝"作"侮狎"）。每朝谒退，炀帝背有词然（明抄本"背"作"皆"，"然"作"谑"）。后因赐宴，炀帝于众，因戏神尧。神尧高颜面皱，帝目为阿婆面，神尧忿恚不乐。洎

---

① 〔后晋〕刘昫等：《旧唐书·礼仪志三》，中华书局1975年版，第904页。
② 〔宋〕郭茂倩编：《乐府诗集》，中华书局1979年版，第68页。
③ 〔宋〕郭茂倩编：《乐府诗集》，中华书局1979年版，第67页。
④ 〔宋〕郭茂倩编：《乐府诗集》，中华书局1979年版，第67页。

归就第,快怅不已。见文皇已下,告文皇皆无言("告文皇皆无言"六字明抄本作"但流涕而不言")。次告窦皇后曰:"某身世可悲,今日更被上显毁云阿婆面,据是儿孙不免饥冻矣。"窦后欣跃曰:"此言可以室家相贺。"神尧不喻,谓是解免之词。后曰:"公封于唐,阿婆乃是堂主,堂者唐也。"神尧涣然冰释。喜悦,与秦齐诸王,私相贺焉。①

这则故事写唐高祖和隋炀帝斗智斗勇,皇权崇拜可见一斑。

时间维度上皇权超越了一切,这当然是超自然的,所以,皇帝求仙主要是为了永生。汉代以降,求仙不切实际,就期待着皇位一代一代永远传下去,这是由皇权之尊、之贵决定的。

第五章 桃符、楹联和祭礼诗

东方诗意情调在我国文化形态表现为多样化,只就汉字而言,就有无处不在的楹联。学界认为楹联起源于桃符,而桃符有辟邪祈福的作用;然就楹联的语言而论,其讲究对偶、平仄、韵律的特点,又和古代郊庙歌辞肃穆庄重、典雅大气、中和对仗有相通之处,而且远古桃符寄托神灵和郊庙祀拜在宗教意识里也有相似点。因此,笔者将郊庙歌辞等贵族诗放到古代桃文化和楹联语言等视域进行探讨。

一、贵族诗和楹联文化

一般来说,贵族诗透露着皇家高贵气息,其歌功颂德的内容,语言模式的雷同,以及缺乏引人共鸣的值得回味的文学意象,又缺失诗歌语言的炼字传神文采,使大多数学者都看到了其弊端。萧涤非先生在《汉魏六朝乐府文学史》总结说:"魏晋而下,代有乐府之制,不乏识乐之人,或改用前谓,或自度新曲,或因声而作歌,或因歌而造声。然其内容,大率

---

① 〔宋〕李昉等编:《太平广记》,中华书局1961年版,第1176-1177页。

不过食举上寿之文,大会行礼之节,歌功颂德之什,娱心悦耳之音,于民间乐府,俱缺焉不采,竟千载而一辙。""故私意以为今日对于乐府之鉴别,宜注意下列两点:(一)文学之价值;(二)历史之价值。……准斯而论,则凡入乐如《郊庙歌辞》《燕射歌辞》,虽具有十足之资格,且为历代乐志所备录靡遗者,吾人亦正不能不摈之于乐府之外。盖其文艺思想,皆类千篇一律,形同具文,了无生气也……颂德歌功,句模字拟,虽协金石,吾不谓之乐府矣。"① 罗根泽先生在《乐府文学史》也表述了同样的观点:"庙堂歌诗,无性灵可言,古今皆无佳作……""郊庙燕射应制之文,毫无性灵可言,无论何时何人,难有出色之作。若考历代之乐府制度,此部材料,最关重要。今考乐府文学,则此种无性灵、无生气、纯出效颦之机械文字,绝无撮录价值。"② 两位先生的评价当然有其合理性,不过既然作为存在的文学样式,尤其作为大一统传承的皇家御制作品,还是有必要探讨语言文化意义上的价值。

楹联文学似有同样的遭遇,只不过相比庙堂之高的皇家贵族应用,民间接触相对较少,又加之到了 21 世纪,郊庙燕射一类的乐歌似乎已成为历史,而楹联文学是以吉庆、祈福、相贺等为基调的民俗活动——对联在华夏大地随处可见。楹联应用广泛,这种独特的文学形态给我们留下了大量文人墨客、乡野村夫对和的佳话,为人所叹服。对仗巧妙绝伦的上乘之作比比皆是,但是也同样存在格式单一、对偶呆板之嫌,往往难登高雅文学之堂。对此,程千帆先生感叹不已,"本应该在文学史中占有一席之地",但不知为什么"被我们的文学史家们一致同意将它开除了"。③ "雕虫小技,笔墨游戏,从来是不入正宗的。"④ 楹联的历史一般会追溯到五代西蜀,与桃符有关系,《蜀梼杌》第四卷《后蜀后主》载:

> 蜀未亡前一年岁除日,昶令学士辛寅逊题桃符板于寝门,以其词工。昶命笔自题云:"新年纳余庆,嘉节贺长春。"蜀平,朝廷以吕余庆知成都,长春乃太祖诞圣节名也,其符合如此。⑤

---

① 萧涤非:《汉魏六朝乐府文学史》,人民文学出版社 1984 年版,第 8—10 页。
② 罗根泽:《乐府文学史》,上海书店 1932 年版,第 92 页。
③ 程千帆:《程千帆全集》(第 7 卷),河北教育出版社 2000 年版,第 105 页。
④ 顾平旦、曾保泉:《对联欣赏》,文化艺术出版社 1982 年版,第 1 页。
⑤ 〔宋〕张唐英:《蜀梼杌》,中华书局 1985 年版,第 35 页。

接下来探究桃符和楹联的关系。

二、桃文化民间信仰

桃以其花艳、果美早在远古就被赋予特殊的文化意义，特别值得强调的是，桃和生命相关联。时至今日，有些地方抱婴儿出门远行还是会手拿一条桃枝作为吉祥的护身符，这也是祈求护佑的主要因素。古人想当然地给予桃木无法想象的神力，《淮南子·诠言》曰："羿死于桃棓。"高诱注云："棓，大杖，以桃木为之，以击杀羿，由是以来鬼畏桃也。"① 后羿在人们心中是射日英雄，各种怪禽猛兽在他面前无法逞凶，却为桃木所杀，所以，民间传说又增添了桃木驱邪无穷的敬畏和法力。汉代王充《论衡·订鬼》载："《山海经》又曰：沧海之中，有度朔之山，上有大桃木，其屈蟠三千里，其枝间东北曰鬼门，万鬼所出入也。上有二神人，一曰神荼，一曰郁垒，主阅领万鬼。恶害之鬼，执以苇索而食虎。于是黄帝乃作礼，以时驱之。立大桃人，门户画神荼、郁垒与虎，悬苇索以御凶魅。"②

《三教源流搜神大全》卷四亦云："东海度朔山有大桃树，蟠屈三千里，其卑枝向东北，曰鬼门，万鬼出入也。有二神，一曰神荼，一曰郁垒，主阅领众鬼之出入者，执以饲虎。于是黄帝法而象之，因立桃板之制也。"③

这一习俗在民间广泛存在，《后汉书·礼仪志》云："五月五日，朱索五色，桃印为门户饰，以止恶气。"④《荆楚岁时记》也有："正月一日……贴画鸡户上，悬苇索于其上，插桃符其旁，百鬼畏之。"⑤《晋书·礼志上》载："岁旦常设苇茭桃梗，磔鸡于宫及百寺之门，以禳除恶气。"⑥ 冰是寒冬才有的东西，只有皇室贵族可能用来消夏，因此，冰特别珍贵。《左传·昭公四年》："古者日在北陆而藏冰，其出之也，桃弧棘矢，以除其灾。"晋杜预注曰："桃弓棘箭，所以禳除凶邪，将御至尊

---

① 高诱注：《淮南子》，中华书局1954年版，第235页。
② 〔汉〕王充：《论衡》，上海人民出版社1974年版，第344-355页。
③ 吕宗力、栾保群：《中国民间诸神》，河北教育出版社2001年版，第187页。
④ 〔南朝宋〕范晔撰，〔唐〕李贤注：《后汉书》，中华书局1965年版，第3122页。
⑤ 〔梁〕宗懔：《荆楚岁时记》，影印文渊阁四库全书本，台湾文津出版社1988年版。
⑥ 〔唐〕房玄龄等：《晋书》，中华书局1974年版，第600页。

故。"杨伯峻注曰:"出冰时,用桃木为弓,以棘为箭,置于出冰室之户以禳灾。"① 古代藏冰、出冰有特定的仪式,为保护冰的安全和性能,就是用桃木制品驱赶邪气。

此外,桃的果实还有长寿的功效,甚至使人成仙。托名汉代东方朔的《神异经·东荒经》云:"东方有树,高五十丈,叶长八尺,名曰桃。其子径三尺二寸,和核作羹,食之令人益寿。"②《幽明录》就有食桃成仙的传奇故事:

> 汉明帝永平五年,剡县刘晨、阮肇共入天台山取谷皮,迷路不得返。经十余日,粮尽,饥馁殆死。遥望山上有一桃树,大,有子实,而绝崖环涧,永无登路。攀援藤葛,然后得上,各啖数桃而不饥。……既出,无复相识,问得七世孙。传闻上世入山,迷不得归。③

《搜神记》卷一载蜀中王侯贵人食桃果而化为仙人:

> 前周葛由者,蜀羌人也。周成王时,好刻木作羊卖之。一旦,乘木羊入蜀中。蜀中王侯贵人追之上绥山。绥山多桃,在峨眉山西南,高无极也。随之者不复还,皆得仙道。故里谚云:"得绥山一桃,虽不得仙,亦足以豪。"山下立祠数十处。④

雍正《浙江通志》卷二〇一"黄十公"条下载:

> 管人樵于仙桃山,见二叟对弈,得余桃啖之,观弈未竟,归已三载。⑤

---

① 杨伯峻:《春秋左氏传注》(第4册),中华书局1981年版,第1249页。
② 〔汉〕东方朔:《神异经》,见《汉魏六朝笔记小说大观》,上海古籍出版社1999年版,第50页。
③ 〔宋〕李昉等:《太平御览》,中华书局1960年版。
④ 〔晋〕干宝撰,汪绍楹校注:《搜神记》,中华书局1979年版,第4页。
⑤ 〔清〕李卫等修,沈翼机等纂:《浙江通志》,民国二十五年(1936)刻本。

《白玉蟾集》卷五十四载：

> 宁都金精山系第三十五福地，汉初，张芒女丽英入山获二桃得道，长沙王吴芮聘焉。至洞中，见女乘紫云在半空，谓芮曰："吾为金星之精，降治此山。"言讫，升天而去。①

桃还有再生之意。在人们的想象中，桃林为夸父血肉浸润其杖而来，《山海经·海外北经》云："夸父与日逐走，渴，欲得饮，饮于河渭。河渭不足，北饮大泽，未至，道渴而死。弃其杖，化为邓林。"② 毕沅注云："邓林即桃林也，'邓'，'桃'音相近。"③《山海经·中山经》也有记载："又西九十里，曰夸父之山……其北有林焉，名曰桃林，是广员三百里……"④ 夸父作为神祇并没有真正死亡，而是寄身于地球万物，是人类的创世始祖，其灵魂转换成另外的生命形式，正像神话学家泰勒分析的那样，"对古代人而言，死亡不是生命的终结，而是达到再生的过渡"⑤，属于更好的再生。《列子·汤问》的记载更为详细，且略有差异："夸父不量力，欲追日影，逮之于禺谷之际。渴，欲得饮，未至，道渴而死。弃其杖，尸膏肉所浸，生邓林。邓林弥广数千里焉。"⑥ 当然，桃子也就有了神奇的长生效力，早在东汉的《神农本草经》就有这样的记载："玉桃服之，长生不死。若不得早服之，临死日服之，其尸毕天地不朽。"⑦ 因此，在文学神话中就有了想象瑰丽、情节动人的故事，人仙恋情就是人依赖桃子化仙永生，晋人干宝的《搜神记》佚文有这类浪漫的情节："刘晨、阮肇入天台取谷皮，迷不得返。经十三日，饥。遥望山上有桃树，子实熟。遂跻援葛至其下，啖数枚，饥止体充。食毕，行酒，俄有群女持桃子，笑

---

① 〔清〕汪灏等：《佩文斋广群芳谱卷》，影印文渊阁四库全书，清乾隆刊本。
② 袁珂：《山海经校注》，上海古籍出版社1980年版，第23页。
③ 袁珂：《山海经校注》，上海古籍出版社1980年版，第239页。
④ 袁珂：《山海经校注》，上海古籍出版社1980年版，第139页。
⑤ [英]爱德华·泰勒著：《原始文化：神话、宗教、哲学、语言、艺术和习俗发展之研究》，连树声等译，上海文艺出版社1992年版，第355页。
⑥ 杨伯峻：《列子集释》，中华书局1979年版，第161页。
⑦ 〔清〕陈梦雷编纂：《古今图书集成·博物汇编·草本典》卷二一九"桃部"，中华书局1985年版，第66941页。

曰：'贺尔婿来！'"①

以上不难看出，桃符历来蕴含着驱邪、长寿、飞仙、再生等美好的寓意，那么，能有一副桃符（楹联）张贴在门上，就是把吉祥如意、幸福安康全部纳入进来。可以说，这是一个文字传承的最美的民俗。

三、骈偶语句之美

汉字凝聚了我国的传统思想，如爱德华·希尔斯所说："传统影响着知识作品的创作，影响着人们的想象和表达。"② 汉字一直是承载传统文化的载体，郊庙乐歌是皇家气象的体现，当然是皇权思想的艺术表达，基本运用对仗形式，大量使用对偶语句，有骈体语特性，广泛使用对偶句，完全能够使语言表现出庄严肃穆、中正和谐、典雅生动等特征，概括为庄肃之美、中和之美、典雅之美。所要说明的是，这些特点往往融合在每一组或一首歌辞中，但是为了分析骈偶语句的表现形式，还是分为三个方面逐一探究。

（一）庄肃之美

整个郊庙歌辞和燕射歌辞要有皇家声势，且出于希望神祇护佑先祖亡灵、皇祚长久、天下太平等实际需求，当然要在歌舞诗的仪式中呈现庄重肃穆、虔诚敬仰的氛围，"宗庙乐者，《虞书》所谓琴瑟以咏，祖考来格。《诗》云：肃雍和鸣，先祖是听也"③。尽管武帝时，"朝廷歌颂之作，无真性情可以发抒，本极难工，况郊庙诸歌，越发庄严，亦越发束缚，无论何时何人，当不能有很好的作品"，但"这十九章在韵文史里头所以有特殊价值，因为他总算创作。他的体裁和气格，有点出自《诗经》的三《颂》，却并不袭三《颂》面目，有点出自《楚辞》的《九歌》，也不袭《九歌》面目，最少也是镕铸三《颂》、《九歌》，别成自己的生命"④。

魏晋南北朝三言、四言发展到五言，骈体文由汉赋到这个阶段兴盛起

---

① 〔晋〕干宝撰，汪绍楹校注：《搜神记》，中华书局1979年版，第249页。
② 〔美〕E. 希尔斯著：《论传统》，傅铿、吕乐译，上海人民出版社1991年版，第4页。
③ 〔宋〕郭茂倩编：《乐府诗集》，中华书局1979年版，第1页。
④ 梁启超：《中国之美文及其历史》，东方出版社1996年版，第41页。

来，并影响到诗歌创作，三言、四言特别多，几乎每卷都有，南北朝庾信《周祀圜丘歌》12首，其中《云门舞二首》恰恰是三言、四言各一首：

> 献以诚，郁以清。山罍举，沈齐倾。惟尚飨，洽皇情。降景福，通神明。
>
> 长丘远历，大电遥源。弓藏高陇，鼎没寒门。人生于祖，物本于天。莫神配德，迄用康年。①

孙德谦在《六朝丽指》中通过解读六朝文章对骈散也有进一步的分析："文章之分骈散，余最所不信。何则？骈体之中使无散行，则其气不能疏逸，而叙事亦不清晰。"② "骈散合一乃为骈文正格。倘一篇之内，始终无散行处，是后世书启体，不足与言骈文矣。且所谓骈者，不但谓属对工丽，如一句冗长，当化作两句，或两句尚嫌单弱，则又宜分为四语，总视相体而裁耳。"③ 这里由三言变为四言，在统一标题变换很自然，由欢快的节奏调整为稍慢的语气，主要是与祭祀庄重肃穆的氛围相一致。《周祀五帝歌》12首选第八首《配帝舞》，强调德治为神祇护佑的最好缘由：

> 四时咸一德，五气或同论。犹吹凤皇管，尚对梧桐园。器圜居土厚，位总配神尊。始知今奏乐，还用我《云门》。④

唐代以诗歌著称，唐诗代表了整个古典诗歌的最高成就，各类言体均已成熟。南北朝六言诗为武后所用，因为停顿节奏短促，不为文人创作所欢迎，但是正好迎合了朝廷旨意的聆听执行，带有不可抗拒的威严和气势，属于典型的皇室用语，宋人谢伋在《四六谈麈序》中说："三代两汉以前，训诰、誓命、诏策、书疏，无骈俪粘缀，温润尔雅。先唐以还，四六始盛，大概取便于宣读。""四六施于制诏表奏文檄，本以便于宣读，多以四字六字为句。"⑤ 六字骈偶不仅便于宣读，更能显示天赋皇权、唯

---

① 〔宋〕郭茂倩编：《乐府诗集》，中华书局1979年版，第46页。
② 王水照编：《历代文话》，复旦大学出版社2007年版，第8444页。
③ 王水照编：《历代文话》，复旦大学出版社2007年版，第8451页。
④ 〔宋〕郭茂倩编：《乐府诗集》，中华书局1979年版，第50页。
⑤ 王水照编：《历代文话》，复旦大学出版社2007年版，第33－34页。

我独尊的自信：

《唐享昊天乐》第三首：

> 乾仪混成冲邃，天道下济高明。阊阳晨披紫阙，太一晓降黄庭。圆坛敢申昭报，方壁冀展虔情。丹襟式敷衷恳，玄鉴庶察微诚。①

《唐大享拜洛乐章》第三首《咸和》云：

> 坎泽祠容备举，坤坛祭典爰申。灵睠遥行祕躅，嘉贶荐委殊珍。肃礼恭禋载展，翘襟恳志逾殷。方期交际县应，（下一句逸）②

（二）中和之美

古代朴素的中庸思维，一般会以两者对应为中正之美。《左传·昭公三十二年》记载史墨的话，就是这种两两相对之意："物生有两、有三、有五、有陪贰。故天有三辰，地有五行，体有左右，名有妃耦。王有公，诸侯有卿，皆有贰也。"③古人以为天地万物均能两者相配，这在文学应用中最为直观的就是偶句的应用，无论三字、四字、五字还是七字都能上下相对，相互依存、相互补充，共同创造一种中和之美。

王夫之在《正蒙注》中用"太和"阐发这种两者相对的内在意蕴：

> 太和，和之至也。……阴阳异撰，而其絪缊于太和之中，合同而不相悖害，浑沦无间，和之至也。④

汉《郊庙歌辞》之《天门》有三言，"光夜烛，德信著，灵浸鸿，长生豫"，有四言、六言并用"太朱涂广，夷石为堂，饰玉梢以舞歌，体招摇若永望"，也有五言、六言、七言变化，"幡比翅回集，贰双飞常羊。

---

① 〔宋〕郭茂倩编：《乐府诗集》，中华书局1979年版，第61页。
② 〔宋〕郭茂倩编：《乐府诗集》，中华书局1979年版，第88页。
③ 〔清〕洪亮吉撰，李解民点校：《春秋左传诂》，中华书局1987年版，第803页。
④ 〔宋〕张载撰，〔清〕王夫之注：《张子正蒙》，上海古籍出版社2000年版，第85页。

月穆穆以金波，日华耀以宣明。假清风轧忽，激长至重觞。神裴回若留放，殣冀亲以肆章。函蒙祉福常若期，寂漻上天知厌时。泛泛滇滇从高游，殷勤此路胪所求。佻正嘉吉弘以昌，休嘉砰隐溢四方。惠精厉意逝九阁，纷云六幕浮大海"。① 在这一首诗中就容纳了三言、四言、五言、六言、七言诗句，可谓全部展现了诗歌语体的灵活多变，前后每两句字数都相等，整齐、大气的特点展示出汉朝大国的雍容华贵和中和气度。

清人朱一新《答问骈体文》强调文中气骨："骈文自当以气骨为主，其次则词旨渊雅，又当明于向背断续之法。向背之理易显，断续之理则微。语语续而不断，虽悦俗目，终非作家。惟其藕断丝连，乃能回肠荡气。骈文体格已卑，故其理与填词相通。潜气内转，上抗下坠，其中自有音节，多读六朝文则知之。"② 其实，在朝廷舞歌中也体现了一种华美的中正美感，魏晋南北朝以《晋昭德成功舞歌》的《昭德舞歌二首》为例：

圣代修文德，明庭举旧章。两阶陈羽籥，万舞合宫商。剑佩森鸳鹭，《箫韶》下凤凰。我朝青史上，千古有辉光。

寰海干戈戢，朝廷礼乐施。白驹皆就絷，丹凤复来仪。德备三苗格，风行万国随。小臣同百兽，率舞贺昌期。③

"四六贵出新意，然用景太多，而气格低弱，则类俳矣。唯用景而不失朝廷气象，语剧豪壮而不怒张，得从容中和之道，然后为工。"④ 确实，《唐祭神州乐章》三首是大唐礼乐文化展示的大国气象，以和为美，是中央大国包容一切的雄伟胸襟。

《肃和》云：

大矣坤仪，至哉神县。包含日域，牢笼月□。露洁三清，风调六变。皇祇届止，式歆恭荐。⑤

---

① 〔宋〕郭茂倩编：《乐府诗集》，中华书局1979年版，第6页。
② 〔清〕朱一新：《无邪堂答问》，中华书局2000年版，第91-92页。
③ 〔宋〕郭茂倩编：《乐府诗集》，中华书局1979年版，第765页。
④ 王水照编：《历代文话》，复旦大学出版社2007年版，第18页。
⑤ 〔宋〕郭茂倩编：《乐府诗集》，中华书局1979年版，第94页。

《雍和》云：

泰折严享，阴郊展敬。礼以导神，乐以和性。黝牲在列，黄琮俯映。九土既平，万邦贻庆。①

《舒和》云：

坤道降祥和庶品，灵心载德厚群生。水土既调三极泰，文武毕备九区平。②

（三）典雅之美

文字在特定情况下成为艺术，也被称为文学，具体到郊庙祭祀融诗歌舞于一体，在音乐刺激的听觉中，在舞动身姿的视觉中，还有诗句相伴的具体内容，就有文学性。这里以典雅之美归纳语言效果，一是创造丰满充足的想象空间，"是以诗人感物，联类不穷，流连万象之际，沉吟视听之区。写气图貌，既随物以宛转；属采附声，亦与心而徘徊"③。《周易》认为这样感物能够引发人们中和性情："咸：亨，利贞，取女吉。象曰：咸，感也。柔上而刚下，二气感应以相与，止而说，易下女，是以亨利贞，取女吉也。天地感而万物化生，圣人感而天下和平；观其所感，而天地万物之情可见矣！"④ 二是要文字自身的文采在平仄押韵中能自然实现诗意丰满，既朗朗上口，又能携带大量的信息，构筑美妙的语句，给人回味无穷的趣味。

汉代《房中歌》为"高祖唐山夫人所作也。周有《房中乐》，至秦名曰《寿人》。凡乐，乐其所生，礼不忘本。高祖乐楚声，故《房中乐》楚声也。孝惠二年，使乐府令夏侯宽备其箫管，更名曰《安世乐》"⑤。三

---

① 〔宋〕郭茂倩编：《乐府诗集》，中华书局1979年版，第95页。
② 〔宋〕郭茂倩编：《乐府诗集》，中华书局1979年版，第95页。
③ 〔梁〕刘勰著，范文澜注：《文心雕龙注》，人民文学出版社1962年版，第693页。
④ 〔魏〕王弼、〔晋〕韩康伯注，〔唐〕孔颖达等正义：《周易正义》，见〔清〕阮元校刻《十三经注疏》，中华书局1980年版，第46页。
⑤ 〔汉〕班固：《汉书·礼乐志》，中华书局1962年版，第1043页。

言,"雷震震,电耀耀。明德乡,治本约";四言为多,"蛮夷竭欢,象来致福。兼临是爱,终无兵革"①。特别是第六首,"大海荡荡水所归,高贤愉愉民所怀。大山崔,百卉殖。民何贵?贵有德",前面七言起句,比兴应用,简直让人拍案叫绝。朱熹在《诗集传·序》中说:"朝廷郊庙乐歌之词,其语和而庄,其义宽而密,其作者往往圣人之徒,固所以为万世法程而不可易者也。"②

《齐书·文学传论》曰:"'放言落纸,气韵天成。'此虽不专指骈文言,而文章之有气韵,这亦出于天成,为可知矣。"③ 就是以偶语文学性为旨归,而不是堆砌辞藻,尤其是诗篇定要自然,然后传神,成为文字的精品。钱钟书指出:"至于骈语,这朱熹所谓'常说得事情出',殊有会心。世间事理,每具双边二柄,正反仇合;倘求意赅词达,对仗攸宜。《文心雕龙·丽辞》篇尝云:'神理为用,事不孤立',又称'反对为优',以其'理殊趣合';亦蕴斯旨。……故于骈俪文体,过而废之可也;若骈语丽词,虽欲废之,乌得而废哉?"④ 文采是不可或缺的必要因素,否则就缺失文学性,毫无趣味,所以,典雅之美是对诗句的要求。《北齐五郊乐歌》选第一首《青帝高明乐》:

> 岁云献,谷风归。斗东指,雁北飞。电鞭激,雷车遽。虹旌靡,青龙驭。和气洽,具物滋。翻降止,应帝期。⑤

三言诗想象力丰富,塑造了一个十分美好的艺术世界,用语也美,形象鲜明,气韵生动。

五言诗体,比四字多一字,更利于人对神祇祈祷,《周祀五帝歌》十二首选第七首《黄帝云门舞》:

> 三光仪表正,四气风云同。戊己行初历,黄钟始变宫。平琮礼内镇,阴管奏司中。齐坛芝晔晔,清野桂冯冯。夕牢芬六鼎,安歌韵八

---

① 〔宋〕郭茂倩编:《乐府诗集》,中华书局1979年版,第110页。
② 〔宋〕朱熹:《诗集传·序》,中华书局1958年版。
③ 王水照编:《历代文话》,复旦大学出版社2007年版,第8434-8435页。
④ 钱钟书:《谈艺录》(修订本),中华书局1984年版,第1476页。
⑤ 〔宋〕郭茂倩编:《乐府诗集》,中华书局1979年版,第40页。

第一部分 贵族诗研究

风。神光乃超忽,佳气恒葱葱。①

五言诗对仗基本工整,语句华丽,却讲究自然,文学色彩极为突出。

钱钟书在《谈艺录》中说:"盖六代之诗,深囿于妃偶之习,事对词称,德邻义比。上为'泰华三峰',下必'浔阳九派';流弊所至,意单语复。《史通·叙事》篇所讥:'编字不只,捶句皆双,一言足为二言,三句分为四句。如售铁钱,以两当一。'"②这里强调不能过分使用骈偶,因为这样不利于写作内容的扩展,容易造成创作和阅读的视野受限,虽然节奏和谐,但还是要从文学为文学本身出发,做到写作为审美世界的艺术呈现服务。唐代文人创作《唐仪坤庙乐章》就是体现用语塑造美好想象中的意象,三言、五言、七言都有,已经有意识地突出祭祀歌辞的典雅之美。

徐彦伯《永和》云:

> 猗若清庙,肃肃荧荧。国荐严祀,坤舆淑灵。有几在室,有乐在庭。临兹孝享,百禄惟宁。③

刘子玄《安和》云:

> 妙算申帷幄,神谋出庙庭。两阶文物备,《七德》武功成。校猎长杨苑,屯军细柳营。将军献凯入,歌舞溢重城。④

胡雄《舒和》云:

> 送文迎武递参差,一始一终光圣仪。四海生人歌有庆,千龄孝享肃无亏。⑤

---

① 〔宋〕郭茂倩编:《乐府诗集》,中华书局1979年版,第50页。
② 钱钟书:《谈艺录》(修订本),中华书局1984年版,第299页。
③ 〔宋〕郭茂倩编:《乐府诗集》,中华书局1979年版,第160页。
④ 〔宋〕郭茂倩编:《乐府诗集》,中华书局1979年版,第161页。
⑤ 〔宋〕郭茂倩编:《乐府诗集》,中华书局1979年版,第161页。

郊庙歌辞等祭礼诗由于为朝廷祀神乐歌，从实际意义上看，也属于应酬之作，当然祭祀神祇、祭奠先祖、祈求天下和乐，大都使用对偶句，这和我国楹联文化有相同之处。所以，从以上探讨楹联和桃文化的民俗意义，不难看出，郊庙歌辞是东方文化对应中正的审美需要，骈偶诗句的应用体现了庄肃之美、中和之美、典雅之美。

第二部分　民间诗研究

民间诗自然是指以民间为主体创作的民歌，《乐府诗集》的民歌主要包括汉代民歌和南北朝民歌。只不过早期民歌为乐府机构所采集，收录时会整理加工，原本底层俗文化的歌谣成为具有文人雅文化的诗歌，在此概言为民间诗。

汉代民间诗意义的民歌属于乐府机构采集民风的产物，而民歌作为底层生活的种种感受和体验通过人口相传的歌谣加以传布，据民俗学资料审视，原本俗文学的民歌经过官府文人墨客整理加工，成为上层社会、国家层面接纳认可的文学形态，由底层的民俗走向了国家礼制的范畴。俗与礼互动，礼俗文化成就了文学规范人伦的诗教功能，这样就有了礼乐文化的效果，但毕竟民间文学"缘事而发"，寄托着底层先民群体的心理诉求、情感体验，部分诗歌文本在包含爱情、婚姻、家庭等生活方面存在着礼俗不能完全统合，甚至割裂的现象。

南朝乐府民间诗意义的民歌被誉为"爱情民歌的大花园"[1]，主要来自"清商曲辞"，以"吴声歌""西曲歌"两类为主，包括少量的"杂曲歌辞"和"杂歌谣辞"。一般以吴歌、西曲为南朝民歌代表。"吴声歌"共326首，"神弦歌"共18首，"西曲歌"共142首。研究者都会注意到一个问题，如萧涤非先生所说："汉乐府民歌普及于社会之各方面，南朝则纯为一种以女性为中心之艳情讴歌。"[2]胡适《白话文学史》指出："（南北朝时期）南方民族的文学的特别色彩是恋爱，是缠绵宛转的恋爱；北方的平民文学的特别色彩是英雄，是慷慨洒落的英雄。"[3]对比南北方，更能凸显南朝民歌的缠绵和香艳的色彩，而北方民歌则与刀器、战马、英

---

[1] 张亚新：《魏晋南北朝民歌简论》，载《贵州文史丛刊》1984年第2期，第104页。
[2] 萧涤非：《汉魏六朝乐府文学史》，人民文学出版社1984年版，第197页。
[3] 胡适：《白话文学史》，百花文艺出版社2002年版，第66页。

雄崇拜、习武习俗有关，包括情歌都显示出干脆利落、直来直往的特点。

第六章　礼俗互动和汉代民间诗

钟敬文等认为中国民俗学是由"文学切入"生发建构的，所以带有鲜明的"文学倾向"，是"给中国民俗学的开展一特色的"。[①] 汉代民歌作为深受人们喜爱的民间文学形态，原本就属于民俗学的范畴，除了大家熟知的汉代民歌双璧——《焦仲卿妻》（又名《孔雀东南飞》）、《陌上桑》作为爱情婚姻的典范之作，还有体现其他社会风气的力作。若从民俗学的视角探究就发现有更多的意味，换言之，汉代民歌承载了人生礼仪意义的功能，从采集民歌的国家维度来看，有对于展现人们心灵的民歌情感和现实生活伦理重构之意，现在分析如下。

一、婚俗和成家之礼

汉代有采集民间歌谣的乐府机构，就是因为统治者或官方想通过民歌来了解社会风情。《汉书·食货志》："孟春之月，群居者将散，行人振木铎于路以采诗，献之太师，比其音律，以闻于天子。故曰，王者不窥牖户而知天下。"[②]《汉书·艺文志》："故古有采诗之官，王者所以观风俗、知得失、自考证也。"[③] 故而，官府采风是对浸润了民间风俗的民歌做出取舍并进行整理加工，使其达到国家认可的礼制高度，乐府机构的行为客观上造成了俗和礼的互动，传唱民歌可能在潜移默化中达到道德伦理规范的效果。

（一）汉代婚俗和婚姻自主

结婚是人生大事，古往一理。为强化成人责任意义的功能，附加在婚

---

① 钟敬文：《从事民俗学研究的反思与体会》，载《北京师范大学学报》（哲学社会科学版）1998年第6期；陈勤建：《中国民俗学》，华东师范大学出版社2007年版，第12—13页。
② 〔汉〕班固：《汉书》，中华书局1962年版，第1123页。
③ 〔汉〕班固：《汉书》，中华书局1962年版，第1708页。

姻上的各种礼仪而成的婚俗也就有了人生伦理、规范的价值。所以，爱情、恋情的诗篇不仅仅是男女青年深情吟唱的浪漫、美满、甜蜜的爱之欢歌，还是透过婚恋赋予成人意义承担的职责，因而，这样就很容易发现文本要义和汉代民歌功能之间有一定的特殊关系。

"叙事敷辞，俱臻神品"① 的《焦仲卿妻》，可以说是汉代婚俗的活化石。根据相关文献将婚姻门第观念、婚龄和婚制（六礼）、离婚和再婚的内容列表如下：

编号	婚俗分类	文本内容
1	婚姻观念重视门第家庭	先嫁得府吏，后嫁得郎君。否泰如天地，足以荣汝身②
2	婚龄	十七为君妇③；十七遣汝嫁④
3	婚制（六礼）（刘兰芝再婚）	1. 纳采：还家十余日，县令遣媒来。媒人去数日，寻遣丞请还⑤
		2. 问名
		3. 纳吉
		4. 纳徵：赍钱三百万，皆用青丝穿。杂彩三百匹，交广市鲑珍⑥
		5. 请期：六合正相应，良吉三十日⑦
		6. 亲迎：其日牛马嘶，新妇入青庐⑧

---

① 萧涤非：《汉魏六朝乐府文学史》，人民文学出版社 1984 年版，第 120 页。
② 〔宋〕郭茂倩编：《乐府诗集》，中华书局 1979 年版，第 1036 页。
③ 〔宋〕郭茂倩编：《乐府诗集》，中华书局 1979 年版，第 1034 页。
④ 〔宋〕郭茂倩编：《乐府诗集》，中华书局 1979 年版，第 1035 页。
⑤ 〔宋〕郭茂倩编：《乐府诗集》，中华书局 1979 年版，第 1036 页。
⑥ 〔宋〕郭茂倩编：《乐府诗集》，中华书局 1979 年版，第 1037 页。
⑦ 〔宋〕郭茂倩编：《乐府诗集》，中华书局 1979 年版，第 1036 页。
⑧ 〔宋〕郭茂倩编：《乐府诗集》，中华书局 1979 年版，第 1038 页。

续上表

编号	婚俗分类	文本内容
4	离婚	便可速遣之，遣去慎莫留。① 汝今无罪过，不迎而自归②
5	再婚（焦仲卿母求婚）	东家有贤女，自名秦罗敷。可怜体无比，阿母为汝求。③ 东家有贤女，窈窕艳城郭。阿母为汝求，便复在旦夕④

就其内容来说，汉代婚姻男女都享有一定的自由，汉武帝姐姐平阳公主离婚曾问："列侯谁贤者？"得知卫青后，笑曰："此出吾家，常骑从我，奈何？"左右皆曰："于今尊贵无比。"⑤ 还有孟光自择夫婿，"孟氏有女，状肥丑而黑，力举石臼，择对不嫁，至年三十。父母问其故。女曰：'欲得贤如梁伯鸾者。'鸿闻而聘之"⑥。刘兰芝拒绝提婚："兰芝初还时，府吏见丁宁，结誓不别离。今日违情义，恐此事非奇。自可断来信，徐徐更谓之。……阿母谢媒人：'女子先有誓，老姥岂敢言。'"⑦ 也就是说，刘兰芝也有一定的婚姻自由。

（二）婚制六礼和爱情箴言

既然所采诗歌出自民间，也就把社会对婚姻普遍存在的心理期待——美满幸福表达出来。婚制六礼之所以这么烦琐，是因为古人希冀以此民间习俗来保障婚姻的可靠长久。其实，古时婚姻既有提亲、接亲、婚配等成家的习俗，也包括离婚、再婚等变故。而人们关注的是一对终成眷属的有缘人，男女双双发誓忠于爱情，焦仲卿与刘兰芝低头共耳语："誓不相隔卿。且暂还家去，吾今且赴府。不久当还归，誓天不相负。"新妇谓府

---

① 〔宋〕郭茂倩编：《乐府诗集》，中华书局1979年版，第1034页。
② 〔宋〕郭茂倩编：《乐府诗集》，中华书局1979年版，第1036页。
③ 〔宋〕郭茂倩编：《乐府诗集》，中华书局1979年版，第1035页。
④ 〔宋〕郭茂倩编：《乐府诗集》，中华书局1979年版，第1037页。
⑤ 〔汉〕班固：《汉书·卫青霍去病传》，中华书局1962年版，第2490页。
⑥ 〔南朝宋〕范晔撰，〔唐〕李贤等注：《后汉书·逸民列传》，中华书局1965年版，第2766页。
⑦ 〔宋〕郭茂倩编：《乐府诗集》，中华书局1979年版，第1036页。

吏："感君区区怀，君既若见录，不久望君来。君当作磐石，妾当作蒲苇。蒲苇纫如丝，磐石无转移。我有亲父兄，性行暴如雷。恐不任我意，逆以煎我怀。"① 尤其赋予主观情感的文学艺术就能将此需求加以强化，最让后世动容的莫过于《上邪》："上邪，我欲与君相知，长命无绝衰。山无陵，江水为竭，冬雷震震夏雨雪，天地合，乃敢与君绝。"② 这不仅是爱情誓言，还是上升到伦理意义的爱情箴言。而发誓也是婚恋不可或缺的内容，婚恋双方彼此要守诺言。

（三）夫妇之道与女子担当

男女成家完成了成人意义的转变，担当社会责任、家庭义务，夫妻二人义不容辞，可以称之为夫妇之道，但民歌相当多的内容表现为主要是女子承担，《陇西行》就是这样赞美持家的妇人：

> 天上何所有，历历种白榆。桂树夹道生，青龙对道隅。凤凰鸣啾啾，一母将九雏。顾视世间人，为乐甚独殊。好妇出迎客，颜色正敷愉。伸腰再拜跪，问客平安不。请客北堂上，坐客毡氍毹。清白各异樽，酒上正华疏。酌酒持与客，客言主人持。却略再拜跪，然后持一杯。谈笑未及竟，左顾敕中厨。促令办粗饭，慎莫使稽留。废礼送客出，盈盈府中趋。送客亦不远，足不过门枢。取妇得如此，齐姜亦不如。健妇持门户，一胜一丈夫。③

母爱无形中会淡化女子为家庭付出的劳累和艰辛，一般家庭为了生计不得不如此，在汉代民歌中富贵之家也是要女子各司其职，并对此行为大加赞赏，"大妇织绮纻，中妇织流黄。小妇无所为，挟琴上高堂。丈夫且徐徐，调弦讵未央"④。近乎相同的诗句，完全不同的两首诗，不难看出要求女子做事的导向，"大妇织绮罗，中妇织流黄。小妇无所为，挟瑟上高堂。丈人且安坐，调丝方未央"⑤。民间歌谣成为文人接受并广为传诵

---

① 〔宋〕郭茂倩编：《乐府诗集》，中华书局1979年版，第1036页。
② 〔宋〕郭茂倩编：《乐府诗集》，中华书局1979年版，第231页。
③ 〔宋〕郭茂倩编：《乐府诗集》，中华书局1979年版，第542-543页。
④ 〔宋〕郭茂倩编：《乐府诗集》，中华书局1979年版，第541页。
⑤ 〔宋〕郭茂倩编：《乐府诗集》，中华书局1979年版，第511页。

的范本,在吟咏诗句中就潜移默化地强调了女子持家奉献的担当。

二、服饰和人子之礼

服饰在民俗学视域中不再是遮体取暖之物,也不仅仅是增添人体外观之美的东西,而有了相应人的内在精神、特有性情的内涵。在人类学学者看来,穿衣戴帽是人体与服饰接触,就会呈现服饰之美与人之情感的合二为一。服饰装扮自古就有礼制的约束,那其主人也有了礼制的特殊表现。

(一)服饰之美与女子之贞

"青丝为笼系,桂枝为笼钩。头上倭堕髻,耳中明月珠。缃绮为下裙,紫绮为上襦。行者见罗敷,下担捋髭须;少年见罗敷,脱帽著帩头。"① 这段精彩的服饰描写,不但将两千年前的时尚服装、饰品清晰地绘制出来,更为重要的是民间歌者高超的艺术手段,借助服饰和观者言行成功塑造了一个人见人爱的真正的美女形象。刘兰芝的形象似乎更丰满,原因是除了美丽的服饰,还有美丽的形体刻画,"著我绣夹裙,事事四五通。足下蹑丝履,头上玳瑁光。腰若流纨素,耳著明月珰。指如削葱根,口如含朱丹。纤纤作细步,精妙世无双"②。这两个女子是汉代民歌形象最为美丽者,之所以让人难以忘怀,除了天生丽质、青春美貌,还有一层更主要的原因就是操行之美:罗敷成为文学作品反复赞颂的贞女形象,就在于智商、情商恰到好处而又不动声色地羞辱了自持富贵的无耻官僚;而刘兰芝"十三能织素,十四学裁衣。十五弹箜篌,十六诵诗书"③,这样一个知书达理、多才多艺又特别勤劳能干的女子,怎么能不载誉文学史呢?

精美的服饰与一对奇女子的操行相互辉映,贞女形象就把青春少女如何寻找真挚爱情、如何为家庭贡献、如何对待生活的诱惑一一做了文学语言的回答,并将其放在了古老礼制的探测仪上加以验证。

---

① 〔宋〕郭茂倩编:《乐府诗集》,中华书局1979年版,第411页。
② 〔宋〕郭茂倩编:《乐府诗集》,中华书局1979年版,第1035页。
③ 〔宋〕郭茂倩编:《乐府诗集》,中华书局1979年版,第1034页。

（二）服饰豪华与男子为官

为人子者，男子修齐治平当为官，而相关的汉代民歌罗敷夸夫以做官为后盾，"十五府小史，二十朝大夫。三十侍中郎，四十专城居。为人洁白皙，鬑鬑颇有须。盈盈公府步，冉冉府中趋。坐中数千人，皆言夫婿殊"。夫君位高权重，相当于硬实力，当然对使君造成莫大的威慑，在此基础上还有豪华服饰带来的软实力，"东方千余骑，夫婿居上头。何用识夫婿，白马从骊驹。青丝系马尾，黄金络马头。腰中鹿卢剑，可直千万余"。① 这样的富贵之身才是男人中的英豪，让使君不得不自行惭愧、知难而退。

这首民歌为乐府所采认，不只是为赞扬罗敷逼退使君的智慧，当然还有深层的用意，这里关联的是为官之道。在汉代民歌中，一心为民的官员成为歌颂对象的所占比例不少，现列举如下。

其一，《张君歌》歌曰："桑无附枝，麦穗两歧。张君为政，乐不可支。"② 题解引《后汉书》曰："张堪为渔阳太守，捕击奸猾，赏罚必信，吏民皆乐为用。乃于狐奴开稻田八千余顷，劝民耕种，以致殷富。百姓歌之。"③

其二，《洛阳令歌》诗云："天久不雨，蒸人失所。天王自出，祝令特苦。精符感应，滂沱下雨。"④ 引《长沙耆旧传》曰："祝良，字石卿，为洛阳令。岁时亢旱，天子祈雨不得。良乃暴身阶庭，告诚引罪，自晨至中，紫云沓起，甘雨登降。人为之歌。"⑤

其三，《上郡歌》："大冯君，小冯君，兄弟继踵相因循，聪明贤知惠吏民。政如鲁卫德化钧，周公、康叔犹二君。"⑥ 引《汉书》曰："成帝时，冯野王为上郡太守。其后弟立亦自五原徙西河、上郡。立居职公廉，治行略与野王相似，而多知有恩贷，好为条教。吏民嘉美野王、立相代为

---

① 〔宋〕郭茂倩编：《乐府诗集》，中华书局1979年版，第411页。
② 〔宋〕郭茂倩编：《乐府诗集》，中华书局1979年版，第1194页。
③ 〔宋〕郭茂倩编：《乐府诗集》，中华书局1979年版，第1194页。
④ 〔宋〕郭茂倩编：《乐府诗集》，中华书局1979年版，第1196页。
⑤ 〔宋〕郭茂倩编：《乐府诗集》，中华书局1979年版，第1196页。
⑥ 〔宋〕郭茂倩编：《乐府诗集》，中华书局1979年版，第1192页。

太守,乃歌之云。"①

由是,可以认为,民间自发编制歌谣赞颂为民做官者,曾经在当时当地广为传播,引起采集人员注意,并将其编入乐府诗歌,从而成为官府运用文艺形式推广政绩的典范之作,其用意相对隐晦,但颂诗后的效果达到了"兴观群怨"的目的。

(三) 服饰奢侈与兄弟情义

上层社会呼唤更多符合礼乐文化的人才出现,可是,一般家庭却要求为兄弟者要友爱,所以,在民歌中也有较多这样的作品。《鸡鸣》:"兄弟四五人,皆为侍中郎。五日一时来,观者满路傍。黄金络马头,颎颎何煌煌。桃生露井上,李树生桃傍。虫来啮桃根,李树代桃僵。树木身相代,兄弟还相忘。"② 这个奢侈之家奢侈到什么程度,试看民歌所做的具体想象,"黄金为君门,白玉为君堂。堂上置樽酒,作使邯郸倡。中庭生桂树,华灯何煌煌"③。当然,这里只有"黄金络马头"一句与人外观相关的搭配,但是给读者留出了服饰奢侈想象的空间,虽说民间歌谣有故作夸大之嫌,《乐府解题》曰:"终言桃伤而李仆,喻兄弟当相为表里。"其目的就是以如此大富大贵之家的人只顾炫耀生活糜烂、器具精致、出入摆排场,但不顾兄弟手足之情,就是直接抨击家庭不和、兴国无望的沦落之举。

《淮南王歌》歌曰:"一尺布,尚可缝;一斗粟,尚可舂。兄弟二人不相容。"④ 作为朝廷皇室成员有其特殊的权力倾轧的背景,引《汉书》曰:"淮南厉王长,高帝少子也。长废法不轨,文帝不忍置于法,乃载以辎车,处蜀严道邛邮,遣其子、子母从居。长不食而死。后民有作歌歌淮南王。帝闻之,乃追尊淮南王为厉王,置园如诸侯仪。"⑤ 普天之下的百姓却是站在家庭兄弟亲情的视角进行判断,家庭子孙后代应以和睦相亲为重,只有顾念兄弟情义才能实现家庭孝悌,以忠孝为基础的社会和谐才得以推行。

---

① 〔宋〕郭茂倩编:《乐府诗集》,中华书局1979年版,第1191-1192页。
② 〔宋〕郭茂倩编:《乐府诗集》,中华书局1979年版,第406页。
③ 〔宋〕郭茂倩编:《乐府诗集》,中华书局1979年版,第508页。
④ 〔宋〕郭茂倩编:《乐府诗集》,中华书局1979年版,第1178页。
⑤ 〔宋〕郭茂倩编:《乐府诗集》,中华书局1979年版,第1178页。

三、生死和忠贞之道

生死之事大矣，儒家圣贤就有舍生取义之言，西方学者也认为死亡能够上升到哲学的高度，"死亡赋予讲故事的人所能讲述的任何东西以神圣的特性"[①]。民歌讲述的死亡故事源于民间的生死思考，也同样具有神圣的色彩，因为人间真情发自内心的思考而让民间歌谣的全部哲思艺术化，感染、熏陶甚而共鸣，使不同时代、不同读者拥有的情感风暴得以激发，留下一个美好的艺术世界作为阅读者、听歌者向善行善的精神动力。

（一）生死抉择和爱情忠贞

爱情值得珍爱，因为爱情形成的婚姻是每个家庭存在、社会存续的根本，古往今来文学艺术无不颂扬对爱情、婚姻的忠贞。男女夫妇情至深处、殉情至死引发了诸多思考，焦仲卿和刘兰芝殉情抗争的结果："两家求合葬，合葬华山傍。东西植松柏，左右种梧桐。枝枝相覆盖，叶叶相交通。中有双飞鸟，自名为鸳鸯。仰头相向鸣，夜夜达五更。"[②] 汉代乐府机构代表官方收录此诗，足以说明整个社会的道义天平倾向了忠于婚恋的一方，对他们抱有足够的同情、痛惜，希望每个家庭珍惜婚姻真爱，为婚姻幸福营造有利的氛围。

生死抉择和爱情忠贞有很大的现实矛盾，孝道是为人子者必须遵循的伦理原则，父母活在人世而自杀被视为对孝道的挑战，焦仲卿殉情前告知母亲："今日大风寒，寒风摧树木，严霜结庭兰。儿今日冥冥，令母在后单。故作不良计，勿复怨鬼神。命如南山石，四体康且直。"这种直抒胸臆的告白，就是因为婚恋真情唯一的选择，不怨天、不怨地、不怨人，只为了一种生活信念，所以，祝愿母亲的敬语不谓不真，而母亲落泪哀求："汝是大家子，仕宦于台阁。慎勿为妇死，贵贱情何薄。东家有贤女，窈窕艳城郭。阿母为汝求，便复在旦夕。"[③]结合文本来看，民间对于婚恋的

---

① 〔德〕本雅明著：《讲故事的人》，见《本雅明文选》，陈永国、马海良译，中国社会科学出版社1999年版，第307页。
② 〔宋〕郭茂倩编：《乐府诗集》，中华书局1979年版，第1037页。
③ 〔宋〕郭茂倩编：《乐府诗集》，中华书局1979年版，第1037页。

忠贞观念呈现在诗歌中，和礼制文化有效地整合在一起。

因此，民歌中有大量歌颂真爱的诗句，"愿得一心人，白头不相离。竹竿何嫋嫋，鱼尾何簁簁，男儿欲相知，何用钱刀为"①，并以生死验证婚恋的忠贞，"若生当相见，亡者会黄泉。今日乐相乐，延年万岁期"②。

（二）生死取舍和人生要义

"生男无喜，生女无怒，独不见卫子夫霸天下。"③ 如何活着才是真正活着，《卫皇后歌》对于卫子夫、卫青有了富贵生活切实体验的回应，强调人们看重现实生活的安康富足幸福，看重现世的每一天甚至每一餐的生活状况，"上言加餐饭，下言长相忆"④。经历长期分离、相思煎熬的人生波折，诗句浓缩了生活的真谛，生死不可避免，应当珍惜青春年华，"少壮不努力，老大徒伤悲"⑤。

生死取舍和生活联系起来，就是能否活着的问题，或是舍生赴死能否换来更多的生存空间的问题。以家庭生死取舍为主旨的诗，在汉代民歌中取得了特别高的艺术价值。《妇病行》《孤儿行》为两首孤儿母题，互为文字叙事，前者讲一个母亲害怕病逝留下悲苦的孤儿，"妇病连年累岁，传呼丈人前一言。当言未及得言，不知泪下一何翩翩。'属累君两三孤子，莫我儿饥且寒，有过慎莫笪笞，行当折摇，思复念之'"⑥；后者以孤儿在世艰难境遇，生不如死的痛心言说，"居生不乐，不如早去，下从地下黄泉"⑦，希望子女后代能够好好活着，借此讥讽世间冷冰冰的现实。

《东门行四解》完整地道出了世俗社会中人如何活着："出东门，不顾归。来入门，怅欲悲。盎中无斗储，还视桁上无悬衣。拔剑出门去，儿女牵衣啼。他家但愿富贵，贱妾与君共铺糜。共铺糜，上用仓浪天故，下为黄口小儿。今时清廉，难犯教言，君复自爱莫为非。今时清廉，难犯

---

① 〔宋〕郭茂倩编：《乐府诗集》，中华书局1979年版，第600页。
② 〔宋〕郭茂倩编：《乐府诗集》，中华书局1979年版，第577页。
③ 〔宋〕郭茂倩编：《乐府诗集》，中华书局1979年版，第1181页。
④ 〔宋〕郭茂倩编：《乐府诗集》，中华书局1979年版，第556页。
⑤ 〔宋〕郭茂倩编：《乐府诗集》，中华书局1979年版，第442页。
⑥ 〔宋〕郭茂倩编：《乐府诗集》，中华书局1979年版，第566页。
⑦ 〔宋〕郭茂倩编：《乐府诗集》，中华书局1979年版，第567页。

教言，君复自爱，莫为非。行！吾去为迟，平慎行，望君归。"① 缺衣少食，一家老小无法生活，妻子仍然规劝夫君不要冒险，可是生死关头，只为了眼前能够活着，丈夫还是决绝地选择冒死拼搏的行为，"今非，咄！行！吾去为迟，白发时下难久居"②。

（三）生死叙事和礼俗割裂

班固总结汉代乐府特征，认为："自孝武立乐府而采歌谣，于是有代、赵之讴，秦、楚之风，皆感于哀乐，缘事而发。"③ "缘事而发"是不是突出叙事呢？有学者分析说："指有感于现实生活中的某些事情发为吟咏，是为情造文……'缘事'与'叙事'并不是一回事。"④ 但就其民歌言之，视为叙事更符合当时为情造文的目的，原因如下：其一，民歌当然也是触景生情、遇事言志，但就民间文学传播主要靠口头传承来看，讲述故事更适宜听着记诵，"愚夫愚妇"读书断字者不多，现实生活境况感受转化为叙事性歌谣自是常理；其二，基于教化民众、移风易俗等统治社会的需要，把民间层面的歌谣通过乐府机构上升为国家层面的礼乐形态，即通过官方恩准的诗文，往往叙事性的歌谣才更方便民间"粗野"之人记忆、传诵。所以，笔者认同游国恩等人的观点："汉乐府民歌最大的、最基本的艺术特点是它的叙事性，这一特殊性是由它的'缘事而发'的内容所决定的。"⑤

正因为民间俗文学上升为上层的雅文学，即使通过文人加工改编，也无法脱离民间文学的底蕴，民歌本身往往更多地灌入了民间美好愿景、理想情感的色彩，解读文本又有另外的艺术收获。诗篇是完美的艺术世界，与伦理道德约束下的现实礼制规训不一定同步，有时带有鲜明的错位之感。因此，俗文学中的民歌生死叙事与国家层面的礼制典章存在着礼俗割裂现象。

诸如：爱情、婚姻小我的需要和社会普通接受的孝悌之间的矛盾，《孔雀东南飞》以死殉情既有赞扬婚恋忠诚之情，又暗含批判母亲过失之

---

① 〔宋〕郭茂倩编：《乐府诗集》，中华书局1979年版，第550页。
② 〔宋〕郭茂倩编：《乐府诗集》，中华书局1979年版，第550页。
③ 〔汉〕班固：《汉书》，中华书局1962年版，第1756页。
④ 袁行霈：《中国文学概论》，高等教育出版社2006年版，第167页。
⑤ 游国恩等主编：《中国文学史》，人民文学出版社1983年版，第165页。

意；贫困导致的生死关头、安分守己和铤而走险就对礼教发出了挑战，《东门行》中的丈夫为了让家人活下去不得不选择反抗；《孤儿苦》所面临的世态炎凉的社会现实与礼制教化宣扬的手足亲情之间的矛盾，诗歌文本中父母离世和孤苦伶仃的幼儿形象就足以说明；炫耀荣华富贵与珍惜真爱之间的错位，《陌上桑》有发自内心对富贵的赞赏，又在此基础上完成了贞女的塑造，《白头吟》从生死即将一生的经历审视，名利不足惜，发自内心的真情呼唤真爱最大。

民间歌谣属于底层俗文学的范畴，经过乐府机构采集汇统，拥有了官府接受认可礼制意义的属性，这样民间歌谣成为民间诗，从而出现了民间底层和国家上层礼俗之间的特殊关系，礼俗互动既同步又割裂。

第七章　南朝民间诗吴声与西曲比较

郭茂倩《乐府诗集》曰："艳曲兴于南朝，胡音生于北俗。"① 这里"艳曲"包含南朝民歌，还有文人撰写的诗篇，而民歌产生一般要早于文人创作，换言之，代表高雅文学的文人再创作汲取了通俗文学民歌的营养。毫无疑问，就南朝民间诗言之，原本的民间底层俗乐上升到被上层精英雅乐接纳有个漫长转变的过程。南朝民间诗分吴声（326首）、西曲（142首）两部分，主要保存在清商曲辞里。就其内容来讲，主要涉及情爱方面的艳歌，属于城市市井繁荣的产物，为市民、商家、达官等富贵者纵情声色的娱情之需，所以，"南朝乐府者，名曰民间，实出城市者"②。对它们共同的特性，章培恒、骆玉明两位大家在《中国文学史》中概括为："南朝民歌是城市中的歌，是酒楼和贵族宴会上由歌女们演唱的风情小调。"③ 其实，人们都注意到吴声、西曲同属于南朝民歌，其相似点界定为与情爱相关的歌谣，那么，不同点又是什么呢？二者还有什么微妙的关系？下面试做比较分析。

---

① 〔宋〕郭茂倩编：《乐府诗集》，中华书局1979年版，第884页。
② 萧涤非：《汉魏六朝乐府文学史》，人民文学出版社1984年版，第231页。
③ 章培恒、骆玉明主编：《中国文学史》（上册），复旦大学出版社1996年版，第446页。

一、吴声、西曲的文化源流

（一）关于吴声

1. 吴声徒歌

所谓"吴歌杂曲，并出江南。东晋已来，稍有增广。其始皆徒歌，既而被之管弦"①。什么是徒歌呢？《尔雅·释乐》曰"徒歌谓之谣"②，就是容易哼唱的歌谣，源于底层民众的观感见闻，原为陋巷、山村、田间无法登大雅之堂的俗曲，属于民间歌谣。吴歌就是以徒歌面貌流行于建业之地，"自永嘉渡江之后，下及梁陈，咸都建业，吴声歌曲起于此也"③，以清唱形式传播给观众，无乐器、场地要求，带有较强的随意性。一般为雅士、士大夫所鄙视，在东晋还不能登大雅之堂，梁元帝萧绎《金楼子·箴戒篇》载齐武帝"呼歌工陈尚歌之，为吴声鄙曲"④。当时，吴声处于底层，没有什么地位。俗文化到雅文化的华丽转身就在于能否得到国家统治者的承认。

2. 吴声接受

东晋时期，吴歌只在巷间流传，并没有被整个上流社会青睐，但是已有这方面的苗头。当时，主要是思想自由，魏晋名士不屑俗世，所作所为不拘礼俗，甚至表现为怪诞，"邻家少妇有美色，当垆酤酒，籍常从饮酒，醉，便卧其侧。籍既不自嫌，其夫察之，亦不疑也"⑤。不过，主要是精神寄托，并没有肉体的迷乱。吴声的魅力在于情感容易共鸣，谢尚创作新的曲辞，还亲自表演：

> 谢尚为镇西将军，尝着紫罗襦，据胡床，在市中佛国门楼上弹琵琶，作《大道曲》，市人不知是三公也。

---

① 〔宋〕郭茂倩编：《乐府诗集》，中华书局1979年版，第639－640页。
② 〔晋〕郭璞注，〔宋〕邢昺疏：《尔雅注疏·释乐》，上海古籍出版社1990年版，第82页。
③ 〔宋〕郭茂倩编：《乐府诗集》，中华书局1979年版，第640页。
④ 〔南朝梁〕萧绎：《金楼子·箴戒篇》，中华书局1985年版，第19页。
⑤ 〔晋〕房玄龄等：《晋书·阮籍传》，中华书局1974年版，第1361页。

《大道曲》歌辞曰:"青阳二三月,柳青桃复红。车马不相识,音落黄埃中。"①

贵为三公的谢尚抵抗不住市井生活的魅力,市民文化发展,社会终于承认了吴歌的地位,"吴歌杂曲,并出江南。东晋以来,稍有增广。其始皆徒歌,既而被之管弦"②。宋孝武帝时,宫廷宴飨正式演奏吴歌,吴歌成为庙堂娱乐消遣之物,丝竹伴奏,"丝竹发歌响,假器扬清音"③,加之舞蹈表演,品种多样,"歌谣数百种,子夜最堪怜"④。

刘宋时期,人们崇尚世俗文化,市井民间产生的吴歌符合人们享乐纵逸的心理要求。宋明帝时,有钱商人得到重用,"验竟侵削为能,数年遂登列棘……并肩英彦,仕至太子右卫率"⑤,豪商成为权贵的座上客,甚至受到皇帝的器重,"凡所谈笑,言无不行,抽进阿党,咸受不次之位。故佃夫左右,乃有四军、五校、羽林、给事等官,皆市井佣贩之人,谄附而获"⑥。唐长孺指出:"宫廷中流行吴歌、西曲的原因之一,正是和模仿市里工商一样由于宫廷中聚集了大批'市里小人',特别是商人。"⑦吴声开始风靡整个社会。

皇族成员已经接受,热衷于欣赏此类歌曲,"齐武帝尝与王公大臣共集石头烽火楼,令长沙王晃歌《子夜》之曲"⑧。民间歌谣成为庙堂的主要娱乐活动,宋少帝刘义符"亲与左右执绋歌呼,推排梓宫,抃掌笑谑,殿省备闻"⑨。吴歌被接受还因为权贵者、文人墨客的加工润色,如"《懊侬歌》者……宋少帝更制新歌三十六曲"⑩,梁陈君臣改制的清商新曲,多"辞典而音雅"⑪。刘大杰便认为"《子夜四时歌》在文字上比《子夜

---

① 〔宋〕郭茂倩编:《乐府诗集》,中华书局1979年版,第1061页。
② 〔宋〕郭茂倩编:《乐府诗集》,中华书局1979年版,第639-640页。
③ 〔宋〕郭茂倩编:《乐府诗集》,中华书局1979年版,第654页。
④ 〔宋〕郭茂倩编:《乐府诗集》,中华书局1979年版,第654页。
⑤ 〔唐〕李延寿:《南史·恩幸传》,中华书局1975年版,第1936页。
⑥ 〔北齐〕魏收:《魏书·岛夷刘裕传》,中华书局1974年版,第2149页。
⑦ 唐长孺:《魏晋南北朝史论丛续编》,生活·读书·新知三联书店1959年版,第107页。
⑧ 〔南朝梁〕萧绎:《金楼子·箴戒篇》,中华书局1985年版,第19页。
⑨ 〔南朝梁〕沈约:《宋书·少帝纪》,中华书局1974年版,第65页。
⑩ 《古今乐录》,见〔宋〕郭茂倩编《乐府诗集》,中华书局1979年版,第667页。
⑪ 〔后晋〕刘昫等:《旧唐书·音乐志二》,中华书局1975年版,第1068页。

歌》更为进步，其中一定有许多是当代文人的拟作"①。

从《子夜四时歌》等来看，"花色过桃杏，名称重金琼。名歌非《下里》，含笑作《上声》"②，庙堂雅化的吴歌告别了民间俚歌俗谣，处处都是贵族的奢华，主人公富丽的居所，房屋内装饰亦十分精致华美，"金瓦九重墙，玉壁珊瑚柱"；渲染了色情之风，"与郎对华榻，弦歌秉兰烛"；女主人公衣着华美，"罗裳迮红袖，玉钗明月珰"，"新衫绣两端，迮著罗裙里"。这些都显示出华贵的气派，绝非寻常百姓家庭能有的生活。贵族改良的吴歌体乐府，语言的精致和生活的精美合为一体，可以通宵达旦地酣歌醉舞纵情享乐，成为歌颂享乐的靡靡之音。

现存吴歌曲辞相对典雅，多是采集加工或为文人雅客仿作，体现的是都市审美趣味的民间歌曲。

（二）关于西曲

1. 西曲流行

《古今乐录》云："按西曲歌出于荆、郢、樊、邓之间，而其声节送和与吴歌亦异。故依其方俗而谓之西曲云。"③据穆克宏先生考证，"荆"相当于今湖北省江陵县，"郢"相当于今湖北宜昌市，"樊"相当于湖北襄樊市（今襄阳市），"邓"相当于今河南省邓州市。④建康西面为荆州，就称为西曲。荆楚大地的百姓素有享乐的传统，《刘子》载："墨子俭啬而非乐者，往见荆王，衣锦吹笙。"⑤墨子要见楚王也要"衣锦吹笙"，可见一斑。随人口南迁带来的先进技术，使荆雍一带成为南方发展最快的区域之一，经济、文化有了长足的发展，成为富庶之地，其中荆州"资费岁钱三千万，布万匹，米六万斛"⑥。西曲就带有浓郁的商业城市的风情，男女交往多自由，热烈，高亢，多表现商旅生活中的男女情感。

《宋书》对西曲的评价并不高，称其为"歌词多淫哇不典正"⑦。宋、

---

① 刘大杰：《中国文学发展史》，古典文学出版社1957年版，第323页。
② 〔宋〕郭茂倩编：《乐府诗集》，中华书局1979年版，第656页。
③ 〔宋〕郭茂倩编：《乐府诗集》，中华书局1979年版，第689页。
④ 穆克宏：《魏晋南北朝文学史料述略》，中华书局1997年版，第188页。
⑤ 〔北齐〕刘昼著，傅亚庶校释：《刘子校释》，中华书局1998年版，第586页。
⑥ 〔南朝梁〕萧子显：《南齐书·豫章文献王传》，中华书局1972年版，第407页。
⑦ 〔南朝梁〕沈约：《宋书·乐志》，中华书局1974年版，第552页。

齐王室成员所结交的多是屠夫狗贩等市井小人,"时豪勋子弟多纵,以淫盗屠杀为业"①,他们在荆雍欣然接受世俗娱乐,沉醉于西曲的新声中,《旧唐书·音乐志》载:

> 随王诞在襄阳,造《襄阳乐》;南平穆王为豫州,造《寿阳乐》。……裴子野《宋略》称晋安侯刘道产为雍州刺史时,有惠化,百姓歌之,号《襄阳乐》,其辞旨非也。②

曲辞欢快,原是里巷间流传的徒歌,是当地百姓歌颂繁华、安享太平之作,借以表达对生活的热爱和满足。民谣谚语反映了人民群众生活的安稳,统治者也十分注重民谣的作用。藩王重臣热衷制作西曲,"怒则争斗,喜则咏歌,夫歌者,固乐之始也"③,主要也是有意识地营造出百姓和悦、生活富足的景象。《共戏乐》便歌颂了太平盛世的场面:

> 齐世方昌书轨同,万宇献乐列国风。时泰民康人物盛,腰鼓铃柈各相竞。
> 长袖翩翩若鸿惊,织腰裛裛会人情。观风采乐德化昌,圣皇万寿乐未央。④

"(臧质)为江夏王义恭抚军,以轻薄无检,为太祖所知,徙为给事中。会稽宣长公主每为之言,乃出为建平太守,甚得蛮楚心。南蛮校尉刘湛还朝,称为良守。"⑤臧质为劝人及时行乐制作了《石城乐》,以情歌为主,希望在轻歌曼舞中消除百姓的怨恨情绪,尽情陶醉于靡靡之音,消磨反抗的心志,起粉饰太平的作用。宋太祖赵匡胤以武功平定天下,居然劝武将们:"人生驹过隙尔,不如多积金、市田宅以遗子孙,歌儿舞女以终天年。君臣之间无所猜嫌,不亦善乎?"⑥出于权力斗争的需要,达官贵人

---

① 〔唐〕李延寿:《南史·萧正德传》,中华书局1995年版,第1280页。
② 〔后晋〕刘昫等:《旧唐书·音乐志》,中华书局1975年版,第1066页。
③ 〔南朝梁〕沈约:《宋书·乐志》,中华书局1974年版,第548页。
④ 〔宋〕郭茂倩编:《乐府诗集》,中华书局1979年版,第712页。
⑤ 〔南朝梁〕沈约:《宋书·臧质传》,中华书局1974年版,第1910页。
⑥ 〔元〕脱脱等:《宋史·石守信传》,中华书局1977年版,第8810页。

等上层人物有意识地借助西曲音色避嫌，客观上促使市井小曲为精英文化所接受，从而成为社会各阶层消费的娱乐文化。

2. 城市艳歌

现存西曲中，共有五种以城市命名的曲辞，即《江陵乐》《石城乐》《襄阳乐》《寻阳乐》《寿阳乐》，这五个商业都会城市均位于交通要道，《通典》载，"江陵，古荆州之域，春秋时楚之郢地，秦置南郡，晋为荆州，东晋、宋、齐以为重镇"①，贸易十分繁忙。乐即欢乐之意，突出欢娱的城市氛围，颂扬此城可资娱乐之处，有着浓郁的享乐思想。

石城是竟陵治所，《水经注》载："沔水又南迳石城西，城因山为固，晋太傅羊祜镇荆州立，晋惠帝元康九年，分江夏西部置竟陵郡治此。"②相传石城有女子善歌谣，名莫愁，《莫愁乐》云："莫愁在何处，莫愁石城西。"③

襄阳是雍州的治所，《水经注》载："建安十三年，魏武平荆州，分南郡立为襄阳郡，荆州刺史治，邑居殷赈，冠盖相望，一都之会也。"④《隋书·音乐志上》载："初梁武帝之在雍镇，有童谣云：'襄阳白铜蹄，反缚扬州儿。'识者言，白铜蹄，谓马也。白，金色也。及义师之兴，实以铁骑，扬州之士，皆面缚，果如谣言，故即位之后，更造新声，帝自为之词三曲。又令沈约为三曲，以被管弦。"⑤萧衍称帝之后，写有《襄阳蹋铜蹄》一诗："龙门紫金鞍，翠毦白玉羁。照耀双阙下，知是襄阳儿。"王室的倡导使得西曲从地方性音乐上升为乐府音乐，被列为乐官，在建康城成为主流乐曲。

《乐府诗集·杂曲歌辞》又有《荆州乐》一辞，《乐府诗集题解》曰："《荆州乐》盖出于清商曲江陵乐，荆州即江陵也。有纪南城，在江陵县东。梁简文帝《荆州歌》云'纪城南里望朝云，雉飞麦熟妾思君'是也。又有《纪南歌》，亦出于此。"⑥这足以说明荆州娱乐歌舞很发达。

---

① 〔唐〕杜佑：《通典·州郡典十三》，中华书局1988年版，第4864页。
② 〔北魏〕郦道元原注，陈桥驿注释：《水经注·沔水》，浙江古籍出版社2001年版，第452页。
③ 〔宋〕郭茂倩编：《乐府诗集》，中华书局1979年版，第698页。
④ 〔北魏〕郦道元原注，陈桥驿注释：《水经注》，浙江古籍出版社2001年版，第447页。
⑤ 〔唐〕魏征等：《隋书·音乐志上》，中华书局1973年版，第305页。
⑥ 〔宋〕郭茂倩编：《乐府诗集》，中华书局1979年版，第1028页。

寿阳位于淮河中游，为豫州郡治，"南引荆汝之利，东连三吴之富，北接梁宋，平途不过七日；西援陈许，水陆不出千里；外有江湖之阻，内保淮肥之固。龙泉之陂，良畴万顷，舒六之贡，利尽蛮越，金石皮革之具萃焉"①。《古今乐录》云："《寿阳乐》者，宋南平穆王为豫州所作也。……按其歌辞，盖叙伤别望归之思。"②

人们眷恋热闹繁华的城市生活，出现的地名多是商业发达的城市，这些以城市命名的曲辞热烈地歌颂其美好富足、欢乐无忧，使得西曲之地及其乐曲更多地表征为人间乐土的艳情生活。

二、吴声和西曲的声节不同

关于吴声和西曲的区别，就像上面《乐府诗集》题解中所言："而其声节送和与吴歌亦异。"比较来说，吴声声节哀苦，而西曲称之为和乐。

第一，吴声声节哀苦，可以从所录诗歌题解和诗句来做分析。

其一，《子夜歌四十二首》题解所引《唐书·乐志》曰："《子夜歌》者，晋曲也。晋有女子名子夜，造此声，声过哀苦。"③可以选出大量含有"苦"字的诗句，如第十首："自从别郎来，何日不咨嗟。黄檗郁成林，当奈苦心多。"第十一首："高山种芙蓉，复经黄檗坞。果得一莲时，流离婴辛苦。"第二十八首："夜长不得眠，转侧听更鼓。无故欢相逢，使侬肝肠苦。"④虽然也与情爱有关，但就其内容来看，渲染了相思苦的悲情。

其二，《欢闻变歌六首》所引《古今乐录》曰："《欢闻变歌》者，晋穆帝升平中，童子辈忽歌于道，曰'阿不闻'，曲终辄云：'阿子汝闻不？'无几而穆帝崩。褚太后哭'阿子汝闻不'？声既凄苦，因以名之。"其诗句包含了为爱而苦的煎熬。第二首："欢来不徐徐，阳窗都锐户。耶婆尚未眠，肝心如推橹。"第五首："锲臂饮清血，牛羊持祭天。没命成灰土，终不罢相怜。"⑤

---

① 〔唐〕房玄龄等：《晋书·文苑·伏滔传》，中华书局1974年版，第2400页。
② 〔宋〕郭茂倩编：《乐府诗集》，中华书局1979年版，第719页。
③ 〔宋〕郭茂倩编：《乐府诗集》，中华书局1979年版，第641页。
④ 〔宋〕郭茂倩编：《乐府诗集》，中华书局1979年版，第642–643页。
⑤ 〔宋〕郭茂倩编：《乐府诗集》，中华书局1979年版，第657页。

其三,《桃叶歌三首》所引《隋书·五行志》曰:"陈时江南盛歌王献之《桃叶》诗,云:'桃叶复桃叶,渡江不用楫。但渡无所苦,我自迎接汝。'后隋晋王广伐陈,置将桃叶山下,及韩擒虎渡江,大将任蛮奴至新亭,以导北军之应。子敬,献之字也。"其诗第三首:"桃叶复桃叶,渡江不用楫。但渡无所苦,我自来迎接。"① 与上面不同,这是期盼前来之人"但渡无所苦",其实"苦"就在其中。

从以上所选内容来看,吴声追求男欢女爱的同时,其诗句声节存在哀苦的色彩。

第二,西曲声节和乐,这从所收录作品的名称中就可见一斑。

《乐府诗集》卷四十七引《古今乐录》西曲歌、舞曲、倚歌共计65类,名称带有"乐"字的计有19类,列表如下:

种类	西曲歌	舞曲	倚歌
数量	34	16	15
带"乐"的名称	《石城乐》《莫愁乐》《估客乐》《襄阳乐》《江陵乐》《共戏乐》《平西乐》《寻阳乐》《寿阳乐》	《石城乐》《莫愁乐》《估客乐》《襄阳乐》《江陵乐》《共戏乐》《翳乐》《寿阳乐》	《平西乐》《寻阳乐》
数量	9	8	2

下面分别选一类代表说明:

《石城乐》引《唐书·乐志》曰:"《石城乐》者,宋臧质所作也。石城在竟陵,质尝为竟陵郡,于城上眺瞩,见群少年歌谣通畅,因作此曲。"

其诗第五首云:"大艑载三千,渐水丈五余。水高不得渡,与欢合生居。"②《莫愁乐》引《唐书·乐志》曰:"《莫愁乐》者,出于石城乐。石城有女子名莫愁,善歌谣,石城乐和中复有忘愁声,因有此歌。"《古今乐录》曰:"《莫愁乐》亦云蛮乐,旧舞十六人,梁八人。"其诗云:

---

① 〔宋〕郭茂倩编:《乐府诗集》,中华书局1979年版,第664—665页。
② 〔宋〕郭茂倩编:《乐府诗集》,中华书局1979年版,第689页。

"莫愁在何处,莫愁石城西。艇子打两桨,催送莫愁来。"①

《平西乐》引《古今乐录》曰:"《平西乐》,倚歌也。"其诗云:"我情与欢情,二情感苍天。形虽胡越隔,神交中夜间。"②

由此观之,西曲声节送和,不但在于歌谣的内容,还在于其生发的实际语境。

三、吴声和西曲的侧重点不同

吴声和西曲都是城市商业浓郁的艳歌,但也有所不同,王运熙先生指出:"吴声歌辞提到的地点固然还不是很多,但其全部歌词都在流露出商业城市的气息和情调。"③ 其实还有一类诗歌是贵族子弟的爱情之歌,这一点就是吴声和西曲的不同。笔者恰恰认为吴声的贵族爱情华章更应该被重视,而西曲集中于商贾商业性消费的娱乐之情,缺乏真爱的基础和婚姻的可能。

(一)吴声突出贵族爱情

1. 士大夫的爱情

吴声由市井走向庙堂,平易明快的民歌特色让其在深庭大院萌发了新的生命力,士大夫也喜欢用其记述言情,《团扇郎六首》当属于此类样式。《古今乐录》曰:"《团扇郎歌》者,晋中书令王珉,捉白团扇,与嫂婢谢芳姿有爱,情好甚笃。嫂捶挞婢过苦,王东亭闻而止之。芳姿素善歌,嫂令歌一曲当赦之。应声歌曰:'白团扇,辛苦五流连。是郎眼所见。'珉闻,更问之:'汝歌何遗?'芳姿即改云:'白团扇,憔悴非昔容,羞与郎相见。'后人因而歌之。"④ 这足以说明吴声为上层社会所灵活运用,男女相处日久生情,此情自有真意,属于贵族士大夫的爱情,就在日常生活的点点滴滴中展现爱意,并没有什么商业气息,扑面而来的是一股纯真的情感。

---

① 〔宋〕郭茂倩编:《乐府诗集》,中华书局1979年版,第698页。
② 〔宋〕郭茂倩编:《乐府诗集》,中华书局1979年版,第717页。
③ 王运熙:《乐府诗述论》(增补本),上海古籍出版社2006年版,第24页。
④ 〔宋〕郭茂倩编:《乐府诗集》,中华书局1979年版,第660页。

再来探讨具体的诗句，分别选两首来印证：

第一首云："七宝画团扇，灿烂明月光。饷郎却暄暑，相忆莫相忘。"第六首云："白练薄不著，趣欲著锦衣。异色都言好，清白为谁施。"①

第一首借团扇表达对永远相爱的期待，第六首突出"清白"二字，一对真心相爱的伴侣都会付出真情，特别忠于彼此的情真意切，有谁会愿意玷污一份美好的爱情？

2. 王公贵族的爱情

天生的血统让王公贵族享有相应的地位、俸禄，在等级森严、贫富不均、贵贱区隔的语境中，王公贵族和与其地位不对等的婢妾有没有所谓的爱情？《桃叶歌三首》引《古今乐录》曰："《桃叶歌》者，晋王子敬之所作也。桃叶，子敬妾名，缘于笃爱，所以歌之。"

第一首云："桃叶映红花，无风自婀娜。春花映何限，感郎独采我。"第二首云："桃叶复桃叶，桃树连桃根。相怜两乐事，独使我殷勤。"② 其诗两首无不看出对真挚爱情的执着，以桃叶起兴，深情表达了珍爱真情的内心情感。

《碧玉歌三首》也是王公贵族的爱情之歌，引《乐苑》曰："《碧玉歌》者，宋汝南王所作也。碧玉，汝南王妾名。以宠爱之甚，所以歌之。"③

也选诗两首，第二首云："碧玉小家女，不敢攀贵德。感郎千金意，惭无倾城色。"第三首云："碧玉小家女，不敢贵德攀。感郎意气重，遂得结金兰。"④ 一个出身平民的纯情少女对权贵有清醒的认识，诉求的核心仍是自尊意义上的真情真意。

描写贵族爱情的吴声乐章在文学艺术中归于深情呼唤爱情的华美情调。虽然在真实历史和现实社会中，难以找到王子和灰姑娘的爱情童话，但是文学艺术可以圆梦。

（二）西曲突出商贾的爱情

西曲诞生地为商业活动中心，因为经贸往来快速集聚了雄厚的物质财

---

① 〔宋〕郭茂倩编：《乐府诗集》，中华书局1979年版，第660页。
② 〔宋〕郭茂倩编：《乐府诗集》，中华书局1979年版，第664-665页。
③ 〔宋〕郭茂倩编：《乐府诗集》，中华书局1979年版，第663页。
④ 〔宋〕郭茂倩编：《乐府诗集》，中华书局1979年版，第664页。

富，在客观上形成了享乐的基础。物质财富极大地改善了人们的生活质量，当然滋生了对商人的崇拜，以至于商人地位迅速崛起，重农抑商的传统做法失去了效力，因此，西曲中爱情诗歌也就大多依附在商业活动的范畴中。朱自清先生指出："荆郢樊邓所以成为乐土者，最大的原因，是由于商业繁盛的结果。因为商业繁盛的结果，于是《西曲》差不多就完全成为商业化。"①

商人地位的提升在历史文献中有足够的反映，如《旧唐书》载：

> 《估客乐》，齐武帝之制也。布衣时常游樊、邓，追忆往事而作歌曰："昔经樊、邓役，阻潮梅根渚。感忆追往事，意满辞不叙。"使太乐令刘瑶教习，百日无成。或启释宝月善音律，帝使宝月奏之，便就。敕歌者常重为感忆之声，梁改其名为《商旅行》。②

估客，即商人也，也成为文人墨客关注的对象，就连僧人释宝月也写有《估客乐》：

> 郎作十里行，侬作九里送。拔侬头上钗，与郎资路用。
> 有信数寄书，无信心相忆。莫作瓶落井，一去无消息。
> 大舶珂峨头，何处发扬州。借问舶上郎，见侬所欢不？
> 初发扬州时，船出平津泊。五两如竹林，何处相寻博。③

"五两"即五两鸡毛，古代将五两鸡毛系于高竿顶上，用来探测风向。这里其实表明：商人远去，将情感寄托在商人身上的歌女的心也跟着去了。文人创作带有明显的民歌色彩，语言明快，用五言诗句把一个痴心女子的形象勾画出来了。

庾信《贾客词》同样描绘了估客扬帆起航的情形：

---

① 朱自清：《中国歌谣》，复旦大学出版社2004年版，第83页。
② 〔后晋〕刘昫等：《旧唐书·音乐志》，中华书局1975年版，第1066页。
③ 〔宋〕郭茂倩编：《乐府诗集》，中华书局1979年版，第700页。

五两开船头，长樯发新浦。悬知岸上人，遥振江中鼓。①

庾信另一首诗《对酒》便表现出对洛阳商贾的羡慕：

春水望桃花，春洲藉芳杜。琴从绿珠借，酒就文君取。牵马向渭桥，日曝山头脯。山简接罗倒，王戎如意舞。筝鸣金谷园，笛韵平阳坞。人生一百年，欢笑唯三五。何处觅钱刀，求为洛阳贾。②

当时士大夫利用职务上的便利，从事产业经营获利是常见的事情，积累万金或成为富翁成为特权阶层的共识。"商贾的社会地位很低，可是士族多兼做商贾。并不因为商是贱业而不屑为"③，善贾多金使得整个社会竞富比贵，商人赢得世人的重视，歌颂商人潇洒随性的生活的诗作很多。随着城市注重实用风气的兴起，商人的地位上升，不再受人鄙视，成为新兴力量的代表，商人成为西曲讴歌的对象。

《三洲歌》为商人行旅之歌：

送欢板桥弯，相待三山头。遥见千幅帆，知是逐风流。
风流不暂停，三山隐行舟。愿作比目鱼，随欢千里游。
湘东酃醁酒，广州龙头铛。玉樽金镂碗，与郎双杯行。④

"《三洲》，商人歌也。商人数行巴陵三江之间，因作此歌。"⑤"酒之美者曰醽醁"，湘东的醽醁酒香醇无比，是皇室享用的贡品，晋武帝时"荐酃醁酒于太庙"。巨商和高官"骄艳竞爽，夸丽相高"⑥。但是，其实官府的苛捐杂税使得利润不厚，"先是大明世，奢侈无度，多所造立，赋调烦严，征役过苦"⑦。一掷千金的估客，光鲜的外表下也有心酸和劳苦。

---

① 〔宋〕郭茂倩编：《乐府诗集》，中华书局1979年版，第702页。
② 〔宋〕郭茂倩编：《乐府诗集》，中华书局1979年版，第404页。
③ 范文澜：《中国通史》（第2册），人民出版社1994年版，第371页。
④ 〔宋〕郭茂倩编：《乐府诗集》，中华书局1979年版，第707页。
⑤ 〔后晋〕刘昫等：《旧唐书·音乐志》，中华书局1975年版，第1067页。
⑥ 〔唐〕姚思廉：《梁书·武帝记》，中华书局1973年版，第15页。
⑦ 〔南朝梁〕沈约：《宋书·蔡兴宗传》，中华书局1974年版，第1575页。

经商有坐商和行商，坐商指的是固定在市场经营店铺，行商指的是来往贩运。沈约谓"穑人去而从商"①，农夫出外经商，饱受家人分离、颠沛流离之苦，西曲对商贾的艰辛生活多有表现。《女儿子》中的"巴东三峡猿鸣悲，夜鸣三声泪沾衣"②便道出了远上蜀地的商人的悲凉。三峡水路极为凶险，《荆州记》载："宜都西陵峡中有黄牛山，江湍纡回，途经信宿，犹望见之。行者语曰：'朝发黄牛，暮宿黄牛。三朝三暮，黄牛如故。'"③常有船意外沉没，人财两空。商人终年在旅途中奔波，常有不安全感，水路无常，事关生命财产安全。

西曲歌女们常常以商妇的关怀口吻慰藉商贾，如《黄督》表现了流寓他乡的艰辛：

乔客他乡人，三春不得归。愿看杨柳树，已复藏斑骓。
笼车度蹋衍，故人求寄载。催牛闭后户，无预故人事。④

贴近商人生活的情感需求，表达的感情也是真挚直白的，较少用典雅华丽的语言，一改歌女的绮艳色情之风。

四、吴声和西曲关涉的民俗不同

（一）吴声与民俗

吴声民歌中的《华山畿》合葬关乎冥婚习俗，《神弦曲》反映的是生育崇拜，这两首作品有专题论述，在此不再赘述，下面主要谈的是与江南水乡有关的恋情习俗。青年男女心灵触动产生的爱意，有时只可意会不可言传，只有沐浴在爱河中的男女才能领会既含蓄又热烈等矛盾的心理状态，所以，借助一些特殊的言情表意的中介是必要的。于是，当地的一些习俗，如采桑、养蚕、采莲、折柳等往往和青年恋情有了关联。

---

① 〔南朝梁〕沈约：《宋书·孔琳之传》，中华书局1974年版，第1565页。
② 〔宋〕郭茂倩编：《乐府诗集》，中华书局1979年版，第712页。
③ 〔晋〕盛弘之：《荆州记》，见〔清〕王谟辑《汉唐地理书钞》，中华书局1961年版，第326页。
④ 〔宋〕郭茂倩编：《乐府诗集》，中华书局1979年版，第717页。

1. 桑蚕和男女恋情

采桑养蚕与成年女子有直接的关系，《周礼》有"典丝"劳务的详细分工："典丝：下士二人，府二人，史二人，贾四人，徒十有二人。"① 专门从事蚕桑的女子能够为祭祀提供不同身份的祭服，服从于国家礼制，而蚕桑女似乎脱离了这一范畴，利用采桑的便利和心仪的男子幽会。民俗学更是搜集了很多采桑野合的习俗，并将其与两性关系联系在一起。其实早在上古时期，桑树就因其旺盛的生命力被当作生殖崇拜的对象，殷商时代就把蚕桑当成不可或缺的生活来源。在文学作品中，采桑女演变成勇于追逐爱情的形象，在吴声民歌中，桑蚕是借物抒情的媒介，女子借以表达对男子的无尽相思。

《七日夜女歌九首》第五首云："婉娈不终夕，一别周年期。桑蚕不作茧，昼夜长悬丝。"② 桑蚕与女子的相思联系自然，既是劳作的歌谣，又是关于男女情爱的诗篇。《黄生曲三首》第二首云："崔子信桑条，馁去都馁还。为欢复摧折，命生丝发间。"③ 这里的桑条还是和两性相爱联系在一起。

2. 莲、柳与男女爱情

泛舟采莲，边劳作边嬉戏，特别适合青年男女传情达意，慢慢成为与爱情相关的活动；折柳主要是送行祝平安，离别时折柳相赠。这两种习俗的主角大多是女性，而民歌所云莲、柳多表示男女相爱，也多是女子寄托相思之物。

莲在水中，唐李白赞其清纯、自然、高洁，其实民间早就赋予了美丽的莲花更多的寓意。采莲唱歌成为青年男女嬉戏的娱乐方式，民间男女劳作促进爱情的发展，因此，采莲在文学意象中更多地成为爱恋的表示。据文献记载，汉代时采莲就已盛行于宫中：

> 昭帝始元元年，穿淋池，广千步，中植分枝荷，一茎四叶，状如骈盖，日照则叶低荫根茎，若葵之卫足，名'低光荷'。实如玄珠，

---

① 〔汉〕郑玄注，〔唐〕贾公彦疏：《周礼注疏》，见《十三经注疏》，上海古籍出版社1997年版，第639页。
② 〔宋〕郭茂倩编：《乐府诗集》，中华书局1979年版，第662页。
③ 〔宋〕郭茂倩编：《乐府诗集》，中华书局1979年版，第663页。

可以饰佩。花叶难萎，芬馥之气，彻十余里。食之令人口气常香，益脉理病。宫人贵之，每游宴出入，必皆含嚼。或剪以为衣，或折以蔽日，以为戏弄。《楚辞》所谓"折芰荷以为衣"，意在斯也。亦有倒生菱，茎如乱丝，一花千叶，根浮水上，实沉泥中，名"紫菱"，食之不老。帝时命水嬉，游宴永日。……使宫人歌曰："秋素景兮泛洪波，挥纤手兮折芰荷，凉风凄凄扬棹歌，云光开曙月低何，万岁为乐岂云多。"①

民歌更多赋予了情人之间持久的相爱之意，《子夜四时歌》第五首："遣信欢不来，自往复不出。金铜作芙蓉，莲子何能实。"第四十首："寝食不相忘，同坐复俱起。玉藕金芙蓉，无称我莲子。"②女子的深情借莲来表达，尤其在民歌形式中更容易体现青春少女的微妙心理。

"昔我往矣，杨柳依依。"这句《诗经》中脍炙人口的诗句，以杨柳婆娑的姿态烘托了不忍离去的情景。"柳"谐音为"留"，古时长亭送别以折柳相赠。而作为女子，选择柳枝，又多了女性的特质，柔弱的柳枝和温柔的女子何其相似，折柳相赠除了祝愿，还有就是希望心上人牢牢记住自己，民歌中的折柳所表达的真情厚意就是自然、贴心。

《读曲歌八十九首》第十五、十六首云："柳树得春风，一低复一昂。谁能空相忆，独眠度三阳。""折杨柳，百鸟园林啼，道欢不离口。"③

（二）西曲和民俗

1. 西曲与踏歌习俗

踏歌是楚乐的风俗，汉高祖刘邦与戚夫人等"歌《上云》之曲而相连臂，踏地为节，歌《赤凤来》"④。任半塘先生指出："徒歌之声诗虽无乐器伴奏，但于集体歌唱时，每作集体之舞蹈。因之，用踏地以应歌拍，乃歌舞中一种基本动作。"⑤西曲以徒歌的形式出现，即兴表演踏地掌握节

---

① 〔晋〕王嘉：《拾遗记》，中华书局1981年版，第128页。
② 〔宋〕郭茂倩编：《乐府诗集》，中华书局1979年版，第643页。
③ 〔宋〕郭茂倩编：《乐府诗集》，中华书局1979年版，第672页。
④ 〔汉〕刘歆撰，〔晋〕葛洪集，向新阳、刘克任校注：《西京杂记校注》，上海古籍出版社1991年版，第138页。
⑤ 任半塘：《唐声诗》，上海古籍出版社1982年版，第308页。

拍，以保证动作的协调。这种踏足的表演方式与少数民族的风俗有关，能歌善舞的风俗也影响到荆楚市民。西曲具有强烈的节奏感。

《石城乐》云：

生长石城下，开窗对城楼。城中诸少年，出入见依投。
阳春百花生，摘插环髻前，捥指蹋忘愁，相与及盛年。①

《乐府古题要解》云："石城在竟陵。质为竟陵守，于城上眺瞩，见群少年歌谣通畅。因作此曲。"②青年男女恣意欢乐，在街道上即兴表演，乐在其中，整个街市沉浸在欢快的狂欢中。西曲是一种不合礼制的大众文化，多表现世俗欢娱，具有大众性、即兴性的特征。

《江陵乐》也表现了城市中这样的娱乐活动：

不复蹋蹋人，蹋地地欲穿。盆隘欢绳断，蹋坏绛罗裙。
不复出场戏，蹋场生青草。试作两三回，蹋场方就好。
阳春二三月，相将蹋百草。逢人驻步看，扬声皆言好。③

荆楚有踏百草的风俗，春暖花开时相约踏百草，尽情地舞动摇摆，以至于将长裙踏坏。男女混杂，挣脱封建礼教的束缚，相互嬉戏，浪漫的荆楚文化、热烈的少数民族文化与富有进取精神的商业文化相结合，具有不受拘束、自由奔放的狂欢化的色彩。

2. 西曲与大堤艳俗

贸易的兴盛、商业的繁盛给沿江城市注入前所未有的活力，使其获得了经济发展的极大空间，也促进了音乐消费的繁荣，助长了人们享乐的思想情绪。为实现各种商品的交换和运转，在关津码头处往往设有提供住宿，还可堆货，又兼营批发交易、放高利贷等业务的逆旅。这些逆旅具有多种功能，可满足商人休闲娱乐的需求，"经营灵活，一切从客人之

---

① 〔宋〕郭茂倩编：《乐府诗集》，中华书局1979年版，第689页。
② 〔唐〕吴兢：《乐府古题要解》，见丁福保辑《历代诗话续编》，中华书局1983年版，第42页。
③ 〔宋〕郭茂倩编：《乐府诗集》，中华书局1979年版，第710页。

便"①。商贾、旅客、船工活跃出没,餐馆、酒楼、妓院、歌楼等行业异常繁荣。

西曲就是伴随商业活动的娱乐欢歌,只有在交通、设施、环境甚而服务等方面使客人满意,消费娱乐才有可能。因此,西曲和大堤这个标志产生了关系,西曲之歌在大堤,大堤之地有西曲。《十道志》载:"宜城,汉县。宋孝武大明元年,以胡人流寓者,立华山郡于大堤村。古名上供,梁为率道,俗呼大堤。其地出美酒,故曰宜城竹叶酒也。"②孟浩然《大堤行》云:"大堤行乐处,车马相驰突。"③西曲之歌完全自发地描述了娱乐欢快的情景:

> 大堤女儿郎莫寻,三三五五结同心。清晨对镜冶容色,意欲取郎千万金。④

梁简文帝《乌栖曲》便描绘了旅客因避风浪而留宿娼家的情形:"芙蓉作船丝作笮,北斗横天月将落。采莲渡头碍黄河,郎今欲渡畏风波。""浮云似帐月如钩,那能夜夜南陌头。宜城投泊今行熟,停鞍系马暂栖宿。"⑤钱志熙先生便指出:"《西曲歌》当为荆、郢、樊、邓地区融有三巴古老曲调的地方性音乐与因商业繁荣而引起的商人与青楼娱乐风气结合所生。"⑥

繁华的码头上最能吸引商贾旅客的莫过于那些风情万种的女子,梁简文帝萧纲《雍州曲》三首就是文人触景生情的诗作。其诗如下:

第一首《南湖》云:

> 南湖荇叶浮,复有佳期游。银纶翡翠钩,玉舳芙蓉舟。荷香乱衣麝,桡声送急流。

---

① 张承宗:《六朝民俗》,南京出版社2002年版,第132页。
② 〔宋〕郭茂倩编:《乐府诗集》,中华书局1979年版,第1029页。
③ 〔宋〕郭茂倩编:《乐府诗集》,中华书局1979年版,第706页。
④ 〔宋〕郭茂倩编:《乐府诗集》,中华书局1979年版,第702页。
⑤ 〔宋〕郭茂倩编:《乐府诗集》,中华书局1979年版,第695页。
⑥ 钱志熙:《魏晋南北朝诗歌史述》,北京大学出版社2005年版,第218页。

第二首《北渚》云：

岸阴垂柳叶，平江含粉蝶。好值城傍人，多逢荡舟妾。绿水溅长袖，浮苔染轻楫。

第三首《大堤》云：

宜城断中道，行旅亟留连。出妻工织素，妖姬惯数钱。炊雕留上客，赏酒逐神仙。①

清商新声的"若干不同歌曲，可以连接起来歌唱，构成一种组曲的形式"②。这三首可以当作一组连贯的组曲，湖中行舟如同到了神仙之地：有风情万种的艳丽女子，温情脉脉地下厨准备美食，斟酒布菜温柔体贴，风流多情的荡舟妾刻意营造了妻子似的温情，给在外的游子行人如归家一般的感觉。

至有唐一代，大堤依然十分热闹，其浓烈的艳情贯穿字里行间，文人墨客不动声色地带领读者走上了大堤，让人仿佛置身其中。

刘禹锡《堤上行》云：

酒旗相望大堤头，堤下连樯堤上楼。日暮行人争渡急，桨声幽轧满中流。江南江北望烟波，入夜行人相应歌。《桃叶》传情《竹枝》怨，水流无限月明多。长堤缭绕水徘徊，酒舍旗亭次第开。日晚上帘招贾客，轲峨大艑落帆来。③

刘诞《襄阳乐》云：

朝发襄阳城，暮至大堤宿。大堤诸女儿，花艳惊郎目。④

---

① 〔宋〕郭茂倩编：《乐府诗集》，中华书局1979年版，第705页。
② 杨荫浏：《中国古代音乐史稿》，人民音乐出版社1981年版，第146页。
③ 〔宋〕郭茂倩编：《乐府诗集》，中华书局1979年版，第1321页。
④ 〔宋〕郭茂倩编：《乐府诗集》，中华书局1979年版，第1320页。

这些荡舟妾成为职业化的西曲娘，"问君可怜六萌车，迎取窈窕西曲娘"。西曲娘献艺的对象十分广泛，不分老幼贵贱，面向广大市民，具有平民化色彩。她们昼夜歌唱，为人助兴，"齐唱可怜使人惑，昼夜怀欢何时忘"。这些女子很随意，有的固定待在某场所，有的待在家中，应客人呼喊遣船只请来，西曲娘还有了"莫愁"的代称。

莫愁，一为卖唱的歌女，《莫愁乐》云："莫愁在何处？莫愁石城西，艇子打双桨，催送莫愁来。"这就是要去表演时的情景。《旧唐书·乐志》曰："《莫愁乐》者，出于石城乐。石城有女子名莫愁，善歌谣，石城乐和中复有忘愁声，因有此歌。"[①] 一唱能解百忧，天真烂漫，美貌惊人，歌声绝伦，北宋郑仅《调笑转踏》便道出莫愁的应召身份："石城女子名莫愁，家住石城西渡头。拾翠每寻芳草路，采莲时过绿苹洲。五陵豪客青楼上，醉倒金壶待清唱。风高江阔白浪飞，急催艇子操双桨。双桨，小舟荡。唤取莫愁迎叠浪。五陵豪客青楼上，不道风高江广。千金难买倾城样，那听绕梁清唱。"[②] 然无论如何演变，莫愁与水有着不解之缘，"因为莫愁女初始作为江边乐妓，实在是缘水而长，依水而生的"[③]，是与商旅游子产生情感共鸣之人。

一为大家闺秀，如胡曾在《咏史诗·石城》中说："古郢云开白雪楼，汉江还绕石城流。何人知道寥天月，曾向朱门送莫愁。"[④] 这里莫愁只是一个代称，曾三异《因话录》曰："郢中倡女，常择一人名为莫愁，示存古意。"[⑤] 故此，还有莫愁为另一类人的说法，陈文述《莫愁湖》云："乐府清商旧有名，美人家在石头城。从今莫唱襄阳曲，湖雨湖烟过一生。"[⑥] 可见，莫愁常为贾客豪商们歌唱《襄阳曲》，被误认为是金陵美人。俞樾在《茶香室丛钞》中说到："好事者因其人以名湖。而竟陵与金

---

① 〔后晋〕刘昫等：《旧唐书·乐志》，中华书局1975年版，第1065页。
② 〔宋〕郑仅：《调笑转踏》，刘永济辑录《宋代歌舞剧曲录要 元人散曲选》，中华书局2007年版，第89页。
③ 修君、鉴今：《中国乐妓史》，中国文联出版社2003年版，第105页。
④ 〔唐〕胡曾著，陈新宪等注编：《咏史诗·石城》，岳麓书社1988年版，第76页。
⑤ 〔宋〕曾三异：《因话录》，见〔明〕陶宗仪等编《说郛三种》，上海古籍出版社1988年版，第1097页。
⑥ 陈文述：《莫愁湖》，见吴小铁编纂《南京莫愁湖志》，中央文献出版社2005年版，第95页。

陵、石城与石头城又易讹也，即金陵者莫愁，当是两莫愁矣。"① 后代又有莫愁入朱门之传说，梁武帝萧衍《河中之水歌》的莫愁化身为贵族女子，她嫁为卢家妇，住处富丽堂皇，生活安逸无忧。莫愁一者是歌女，一者为大家闺秀。后代诗作中的莫愁逐渐演化为思妇的形象。

五、吴声和西曲相同的蓄伎习俗

吴声和西曲同属于南朝民俗，属于城市消费带有民歌特质的艳歌，同是商业繁荣、享乐盛行的产物。除了上文分析的不同，两者有没有什么共同点呢？结合达官贵族的生活习性来看，善于演唱的歌伎成为当时的社交资源，才艺出众者能够通过演唱获取高额收入，声色俱佳者还会成为专门的蓄养对象，变成豪门贵族的专有资源。

（一）歌伎社交

吴歌、西曲原是委巷流传的徒歌，其影响力毕竟有限，经过艺术加工，再由经过特殊训练的歌伎演唱，便成为一种音乐消费。靡靡之音令人愉悦轻松，歌女们极力营造出奢华富贵的盛世场景，陪宴劝酒，使宾客忘记世事烦忧，酒酣眼花，心安理得地沉湎于酒色。宾客们觥筹交错之际，歌女们争妍献媚之时，杯盏频传，"一唱泰始乐，枯草衔花生"②。泰始是宋明帝的年号，宴会中的嘉宾可能是王公贵族，乃至皇帝本人，"今逢泰始世，年逢九春阳"，"追逐泰始乐，不觉年华度"③。有些吴歌适时表演一些颂圣的歌曲，充当颂圣的功能，其影响力得以大大扩大，成为风靡全国的世俗乐歌。

"朝廷礼乐多违正典，民间竞造新声杂曲"④，永嘉之乱致使南北长期陷入分裂，南朝社会礼崩乐坏，奴婢也没有了佩戴金银的礼制限制。梁代徐君蒨，"颇好声色，侍妾数十，皆佩金翠，曳罗绮，服玩悉以金银"⑤。社会风气浮华，"见车马不辨贵贱，视冠服不知尊卑。尚方今造一物，小

---

① 〔清〕俞樾：《茶香室丛钞》，中华书局1995年版，第544页。
② 〔宋〕郭茂倩编：《乐府诗集》，中华书局1979年版，第648页。
③ 〔宋〕郭茂倩编：《乐府诗集》，中华书局1979年版，第647页。
④ 〔梁〕萧子显：《南齐书·王僧虔传》，中华书局1972年版，第594页。
⑤ 〔唐〕李延寿：《南史·徐君蒨传》，中华书局1975年版，第441页。

民明已睥睨。宫中朝制一衣，庶家晚已裁学"①。王侯贵族也乐于尽情游荡，《宋书》载："（范晔）乐器服玩，并皆珍丽，妓妾亦盛饰，母住止单陋，唯有一厨盛樵薪，弟子冬无被，叔父单布衣。"②对自己的母亲不管不顾，只求自身欢娱，全无孝心，使亲人过着贫寒的生活。

听歌赏舞、饮酒作乐的世俗文化大行其道，贵族宴饮演唱的吴歌多是儿女情长，成为上层阶级的娱乐消遣。梁武帝萧衍《子夜冬歌》曰："卖眼拂长袖，含笑留上客。"留上客使其不离宴席，此诗戏谑无赖客人彻夜畅饮，其实是因为歌伎过于迷人。人们需要的是轻浮靡丽的事物，正如有人所说的："通俗的民间的文化如果不能转化为文化消费，不能转换成大众文化，不能纳入城市的商品生产流通机制，不能以商品化方式传播，其影响力总是有限的。"③

歌伎可谓一种重要的社会资源，女乐成为一种炫耀性的消费，为了尽快融入上层社会，吸引王侯贵室竞相登门，结交豪门贵族，武将伧夫、豪商富贾花费巨资打造绝妙歌伎，以至于皇帝都艳羡不已，《宋书》载："幼文所莅贪横，家累千金，女妓数十人，丝竹昼夜不绝。……帝微行夜出，辄在幼文门墙之间，听其弦管。"④

刘宋时设有官伎，"大明中，尚书仆射颜师伯豪贵，下省设女乐，混时为度支尚书，要馄同听，传酒行炙，皆悉内伎"⑤，下省是中央机构的宿直之所，女乐即官方设置。在北魏洛阳，已有自主营业、面向大众的歌舞乐伎，"市南有调音、乐律二里。里内之人，丝竹讴歌，天人妙伎出焉"⑥。龟兹于阗有营业性的妓女，"置女市，以男子钱入官"⑦。南北朝时期娱乐业十分发达，在军队里设有营妓，齐废帝与诸小人常至营署中淫宴。"侯景之乱，梁元帝于荆州承制，冲求解南郡，以让王僧辩，并献女

---

① 〔南朝梁〕沈约：《宋书·周朗传》，中华书局1974年版，第2098页。
② 〔南朝梁〕沈约：《宋书·范晔传》，中华书局1974年版，第1829页。
③ 陈立旭：《都市文化与都市精神：中外城市文化比较》，东南大学出版社2002年版，第113页。
④ 〔南朝梁〕沈约：《宋书·杜骥传》，中华书局1974年版，第1722页。
⑤ 〔唐〕李延寿：《南史·王琨传》，中华书局1975年版，第628-629页。
⑥ 〔北魏〕杨衒之著，杨勇校笺：《洛阳伽蓝记校笺·法云寺》，中华书局2006年版，第177页。
⑦ 〔北齐〕魏收：《魏书·龟兹传》，中华书局1974年版，第2267页。

妓十人，以助军赏。"①

南北朝时贵族蓄养歌伎十分盛行，大量开支造成经济负担，"今言妓之夫，无有等秩，虽复庶贱微人，皆盛姬妾，务在贪污，争饰罗绮"②。爱好俗乐，花费了所有财产，羊侃歌伎的表演盛况难以想象，"初赴衡州，于两艓（舟符）起三间通梁水斋，饰以珠玉，加以锦缋，盛设帷屏，陈列女乐。乘潮解缆，临波置酒，缘塘傍水，观者填咽"③。

由此观之，蓄养歌伎成为贵族阶层的积习。

（二）家伎和妓女

蓄养歌伎、纵情声色在贵族豪门阶层蔚然成风，《陈书·章昭达列传》载："每饮会，必盛设女伎杂乐。"④ 在宴请外来使节时，亦多伴以歌舞，《梁书》载："大同中，魏使阳斐，与侃在北尝同学，有诏命侃延斐同宴。宾客三百余人，器皆金玉杂宝，奏三部女乐，至夕，侍婢百余人，俱执金花烛。侃不饮酒而好宾游，终日献酬，同其醉醒。"⑤ 歌舞、宴饮总是相伴而生，"前世乐饮，酒酣必自起舞……魏、晋以来，尤重以舞相属，所属者代起舞，犹若饮酒，以杯相属也"⑥。歌伎载歌载舞，侑酒佐欢、陪酒赔笑，关于饮酒的诗歌有如下几首。

《碧玉歌二首》第二首云：

> 杏梁日始照，蕙席欢未极。碧玉奉金杯，渌酒助花色。⑦

《子夜春歌二十首》第十三首云：

> 春园花就黄，阳池水方渌。酌酒初满杯，调弦始成曲。⑧

---

① 〔唐〕姚思廉：《陈书·王冲列传》，中华书局1972年版，第236页。
② 〔唐〕姚思廉：《梁书·贺琛传》，中华书局1973年版，第455页。
③ 〔唐〕姚思廉：《梁书·羊侃传》，中华书局1973年版，第561页。
④ 〔唐〕姚思廉：《陈书·章昭达列传》，中华书局1972年版，第184页。
⑤ 〔唐〕姚思廉：《梁书·羊侃传》，中华书局1973年版，第561页。
⑥ 〔南朝梁〕沈约：《宋书·乐志》，中华书局1974年版，第552页。
⑦ 〔宋〕郭茂倩编：《乐府诗集》，中华书局1979年版，第664页。
⑧ 〔宋〕郭茂倩编：《乐府诗集》，中华书局1979年版，第645页。

《子夜警歌》第一首云：

> 镂椀传绿酒，雕炉薰紫烟。①

歌女装扮之精致，常令观众羡叹。阮佃夫生活极为奢侈，"女妓数十，艺貌冠绝当时。金玉锦绣之饰，宫掖不逮也。每制一衣，造一物，都下莫不法效焉"②。歌女并不因出身低微而遭人鄙视，其服饰装扮新颖别致，使得都城女子争相仿效，成为引领时尚的风云人物。同时，音乐消费又极大地促进了商业的发展，来自各地的奢侈消费品源源不断地涌入建康城，《孟珠》极夸孟珠之富："人言孟珠富，信实金满堂。龙头衔九花，玉钗明月珰。"③这个孟珠极有可能是个富有的妓女，她的家里堆满了金银珠宝，所用的头饰璀璨夺目，令人艳羡不已。

除此以外，还有活跃在商旅宾客之间的歌女，《夜度娘》云："夜来冒霜雪，晨去履风波。虽得叙微情，奈侬身苦何。"送旧迎新，"鸡亭故侬去，九里新侬还。送一却迎两，无有暂时闲"④，颠沛流离的商人花钱买笑、处处留情，身世凄凉的青楼女子给予肉体的欢欣、精神的慰藉。"篙折当更觅，橹折当更安。各自是官人，那得到头还。"⑤古时，"外奉贡赋，内充府实，止于荆、扬"⑥，扬州集"全吴之沃"，是长江中上游人们向往的人间乐土，也是估客商旅游乐之所：

> 人言襄阳乐，乐作非侬处。乘星冒风流，还侬扬州去。⑦
> 人言扬州乐，扬州信自乐，总角诸少年，歌舞自相逐。⑧

同时，还有这样的声音："颇疑南朝民间乐府掺杂不少妓女作品。"

---

① 〔宋〕郭茂倩编：《乐府诗集》，中华书局1979年版，第654页。
② 〔唐〕李延寿：《南史·阮佃夫传》，中华书局1975年版，第1922页。
③ 〔宋〕郭茂倩编：《乐府诗集》，中华书局1979年版，第714页。
④ 〔宋〕郭茂倩编：《乐府诗集》，中华书局1979年版，第718页。
⑤ 〔宋〕郭茂倩编：《乐府诗集》，中华书局1979年版，第714页。
⑥ 〔南朝梁〕沈约：《宋书·沈昙庆传》，中华书局1974年版，第1540页。
⑦ 〔宋〕郭茂倩编：《乐府诗集》，中华书局1979年版，第703页。
⑧ 〔宋〕郭茂倩编：《乐府诗集》，中华书局1979年版，第715页。

"以南朝社会，实一色情之社会，其所爱尚自为一种色情之乐府，虽有雅乐，其奈不好何？"①萧涤非先生的总结是确切的，吴声乐府中有很多作品与妓女有关或者在内容上有所反映，"何处结同心？西陵松柏下。晃荡无四壁，严霜冻杀我"②。娼妓没有真正的爱情，"非欢独慊慊，侬意亦驱驱。双灯俱时尽，奈许两无由"③。男女之间并不专一，而只是临时伴侣，所以男女打情骂俏，女性也不会受到传统道德观念的约束，《宋书·孝义传》曰："晋宋以来，风衰义缺，刻身厉行，事薄膏腴。若夫孝立闺庭，忠被史策，多发沟畎之中，非出衣簪之下。以此而言声教，不亦卿大夫之耻乎。"④

日本学者也注意到了这种状况，甚至言其与娼妓和神女有关。⑤日本学者研究吴歌、西曲别开路径，通过统计数据得出的结论是诗作都和娼妓与神女有关，总字数是 8942 字，字种 1418 种，其中 66 个字是《文选》所未曾用过的。

歌伎容貌艳丽，服饰华美，歌声甜美，"王侯将相，歌伎填室；鸿商富贾，舞女成群。竞相夸大，互有争夺"⑥。歌伎凭借歌舞成为交际者，《隋书·齐王杨暕传》载："又京兆人达奚通有妾王氏善歌，贵游宴聚，多或要致，于是展转亦出入王家。"⑦北魏高阳王雍有妓女五百人，在他去世后，"诸妓悉令入道"⑧。豪门贵族贪得无厌，将歌伎当作物品一样霸占，在生前束缚她们的自由，又妄图在死后仍能控制她们的灵魂。

由此看来，这些蓄养的家伎很大程度上是私人所有。《通典》称汉魏以来俗乐"皆以国之贱隶为之，唯雅舞尚选用良家子"⑨，这就说明歌伎

---

① 萧涤非：《汉魏六朝乐府文学史》，人民文学出版社 1984 年版，第 214 页。
② 〔宋〕郭茂倩编：《乐府诗集》，中华书局 1979 年版，第 649 页。
③ 〔宋〕郭茂倩编：《乐府诗集》，中华书局 1979 年版，第 675 页。
④ 〔南朝梁〕沈约：《宋书·孝义传》，中华书局 1974 年版，第 2258 页。
⑤ 〔日〕小西昇：《南朝乐府诗与娼妓及神女的世界》，见《目加田诚博士古稀纪念中国文学论集》，1974 年版，第 2 页。本书引用小西昇《南朝乐府诗与娼妓及神女的世界》的文字和页数是根据李健愉先生的中文译稿。
⑥ 〔南朝梁〕裴子野：《宋略》，见〔唐〕杜佑《通典·乐一》，中华书局 1988 年版，第 3601 页。
⑦ 〔唐〕魏征等：《隋书·齐王杨暕传》，中华书局 1973 年版，第 1443 页。
⑧ 〔北魏〕杨衒之著，杨勇校笺：《洛阳伽蓝记校笺·高阳王寺》，中华书局 2006 年版，第 156 页。
⑨ 〔唐〕杜佑：《通典·乐六》，中华书局 1988 年版，第 3718 页。

并不都是妓女，日本学者以偏概全，误解文字表面意思。

(三) 女伎的情爱

歌舞娱乐既是温柔乡又是销金窟，"歌谣之具，必俟千金之资，所费事等丘山，为欢止在俄顷"①。贵族、富商在宴席上争富斗奢，往往一掷千金，以求妙曲，宴会的主人为留住贵客，不惜以重金相酬，希望歌女使出浑身解数，以留住嘉宾，昼夜欢乐，"光照衣，景将夕，掷黄金，留上客"②。歌舞表演耗费之多，真可谓一曲千金，正如《笼笛曲》所和的那样："江南音，一唱值千金。"③ 歌女与观众之间的关系其实是经济关系，而联结这种关系的纽带正是金钱。

歌女有没有爱情？吴歌、西曲多以女子的口吻道出她们对爱情的幻想与执着，她们将整个身心都给了情人：

我与欢相怜，约誓底言者？常叹负情人，郎今果成诈！④
常虑有贰意，欢今果不齐。枯鱼就浊水，长与清流乖。⑤
感欢初殷勤，欢子后辽落。打金侧玳瑁，外艳里怀薄。⑥
侬作北辰星，千年无转移。欢行白日心，朝东暮还西。⑦

正如叔本华所说："女性的美，实际上只存在于男人的性欲冲动之中。"⑧ 歌女以艺事人，也将身体当成一种消费品，以各种方式展示隐秘的渴望，向男性传达情欲的讯息。比较来说，汉乐府中的女子对自身魅力十分自信，倘若情郎三心二意，她绝不留恋，也不沮丧，立刻与他一刀两断，积极地与其他男子交往。女子得知情郎负心，不是以示弱来挽回，而是果断与之决裂："皑如山上雪，皎若云间月。闻君有两意，故来相决

---

① 〔唐〕姚思廉：《梁书·贺琛传》，中华书局1973年版，第544页。
② 〔宋〕郭茂倩编：《乐府诗集》，中华书局1979年版，第728页。
③ 〔宋〕郭茂倩编：《乐府诗集》，中华书局1979年版，第726页。
④ 〔宋〕郭茂倩编：《乐府诗集》，中华书局1979年版，第668页。
⑤ 〔宋〕郭茂倩编：《乐府诗集》，中华书局1979年版，第642页。
⑥ 〔宋〕郭茂倩编：《乐府诗集》，中华书局1979年版，第642页。
⑦ 〔宋〕郭茂倩编：《乐府诗集》，中华书局1979年版，第643页。
⑧ 〔德〕叔本华：《爱与生的苦恼》，金铃译，光明日服出版社2006年版，第77页。

绝。今日斗酒会，明旦沟水头。蹀躞御沟上，沟水东西流。"① 女子将爱情视为最纯洁的事物，但在南北朝时期很少看到"投我以木瓜，报之以琼琚"这种两情相悦的场景。

长江烟波浩渺，充满险阻，《懊侬歌》曰：

江陵去扬州，三千三百里。已行一千三，所有二千在。②
长樯铁鹿子，布帆阿那起。诧侬安在间，一去三千里。③

在江陵女子看来，长江更是一条风流多情的河流。

"巴陵三江口，芦狄齐如麻"④，两岸美人如花，处处是荻（谐音"敌"，指情敌）。扬州是一个充满诱惑的城市，就像是巨大的旋涡，奇珍异宝源源不断地顺江而下，却不再回来。她们担忧情郎留恋他城美色，一去不复返。

《子夜歌》其四云：

自从别欢来，奁器了不开。头乱不敢理，粉拂生黄衣。⑤

《子夜歌》其十云：

自从别郎来，何日不咨嗟。黄檗郁成林，当奈苦心多。⑥

《子夜四时歌》其二十云：

自从别欢后，叹音不绝响。黄檗向春生，苦心随日长。⑦

---

① 〔宋〕郭茂倩编：《乐府诗集》，中华书局1979年版，第600页。
② 〔宋〕郭茂倩编：《乐府诗集》，中华书局1979年版，第667页。
③ 〔宋〕郭茂倩编：《乐府诗集》，中华书局1979年版，第668页。
④ 〔宋〕郭茂倩编：《乐府诗集》，中华书局1979年版，第691页。
⑤ 〔宋〕郭茂倩编：《乐府诗集》，中华书局1979年版，第641页。
⑥ 〔宋〕郭茂倩编：《乐府诗集》，中华书局1979年版，第642页。
⑦ 〔宋〕郭茂倩编：《乐府诗集》，中华书局1979年版，第645页。

《读曲歌》其三十五云：

> 自从别郎后，卧宿头不举。飞龙卧药店，骨出只为汝。①

女伎需要爱，需要归宿，希望情郎风光地将她娶回家去："问君可怜六萌车，迎取窈窕西曲娘。"②

以上把吴声和西曲做了对比，得出以下结论：西曲声节送和，与吴声相异，两者声节不同；吴声在内容上突出贵族爱情，西曲侧重商贾情爱；吴声吟诵桑蚕、莲柳，并将其与女子的相思相爱联系在一起，西曲与少年踏歌习俗、大堤艳俗有关；二者的情爱民歌在城市市井兴起，因为新声被国家上层接纳，声色享受伴随歌舞宴饮的需要，贵族阶层兴起了蓄养家伎的流俗，诗篇中的爱情歌唱娱人慰己，因为商业消费，人更多注意的是，呼唤真爱的歌声总是淹没在卖弄风情的艳歌中。

第八章　《神弦歌》考　生育大神

与其说是对命运无可把握而祈求神灵护佑，不如强调祈求神灵就是期待本人能够把握未来的命运。所以，祭祀在承认自身力量脆弱的同时，也渴盼自身获得足够战胜困境的强大力量。这是基于命运不可预知的客观事实，想借助主观努力成为自身命运的主宰。伴随着这种情感需求的巫术法式当然带有神秘色彩，祭祀降临的神灵、仪式的形式、颂祝的歌谣有时会出现言之不清的情况，尤其是民间祭祀在流传过程中出现差异更是增添了些许神秘。因此，解读古代祭祀文化也要回归当时进行更加合情合理的推测。

被现代学者称为"民歌中最好的作品"③的当属"祭祀神祇，弦歌以

---

① 〔宋〕郭茂倩编：《乐府诗集》，中华书局1979年版，第673页。
② 〔宋〕郭茂倩编：《乐府诗集》，中华书局1979年版，第711页。
③ 刘大杰：《中国文学发展史》（上卷），上海古籍出版社1982年版，第329页。

娱神之曲",① 萧涤非先生指出："观其歌词，盖民间祠神之乐章，与《楚辞》之《九歌》，性质正同。"②

《乐府诗集》清商歌辞收录"《神弦歌》十一曲：一曰《宿阿》、二曰《道君》、三曰《圣郎》、四曰《娇女》、五曰《白石郎》、六曰《青溪小姑》、七曰《湖就姑》、八曰《姑恩》、九曰《采菱童》、十曰《明下童》、十一曰《同生》"③。王运熙先生对此花费大量心血考索产生背景、发生地域、祭祀结构，有突出的发现，得出所要祭拜的神祇为"太阳女神"，④《采菱童》《明下童》两曲表现的"童子""恐怕不是什么神道，而为祭祀仪式中的表现者；在水中，在陆上，他们各各以特殊的技艺扮演给神祇欣赏。"⑤ 对此，曾智安的博士论文《清商曲辞研究》进一步思考"祭神的乐歌怎么会表现和歌颂生人"⑥。笔者受此启发，不揣浅陋，认为文本祭祀主神为"生育女神"更为妥帖，也能够解决以上祭祀出现生人的问题。

一、明姑：生育女神

明姑遵八风，蕃谒云日中。前导陆离兽，后从朱鸟麟凤凰。
苕苕山头柏，冬夏叶不衰。独当被天恩，枝叶华葳蕤。⑦

王运熙先生从语言文字推论："这位'蕃谒云日中'的女神，大约是太阳女神，所以名字唤作明姑。"⑧ 之所以判断其合理性，根据"明姑"的地位和与其他神灵的比较来看，前有神兽，后有凤凰，对女神地位之尊、神通之大描述得极为精彩，以山柏为代表的植被蒙受恩泽而枝叶繁

---

① 王琦：《李长吉歌诗王琦汇解·神弦歌》注，见〔唐〕李贺著，王琦等评注《三家评注李长吉歌诗》（第1卷），中华书局1959年版，第76页。
② 萧涤非：《汉魏六朝乐府文学史》，人民文学出版社1984年版，第224页。
③ 〔宋〕郭茂倩编：《乐府诗集》，中华书局1979年版，第683页。
④ 王运熙：《神弦歌考》，见《乐府诗述论》，上海古籍出版社1996年版，第180页。
⑤ 王运熙：《神弦歌考》，见《乐府诗述论》，上海古籍出版社1996年版，第166页。
⑥ 曾智安：《清商曲辞研究》，首都师范大学2006年博士论文，第85页。
⑦ 〔宋〕郭茂倩编：《乐府诗集》，中华书局1979年版，第685页。
⑧ 王运熙：《乐府诗述论》，上海古籍出版社1996年版，第180页。

茂，生机勃勃，四季常青。这不是光照万物的太阳神威吗？这种推论有些想当然的意味，而且"蕃谒云日中"一句"日"忽略不计，云日中会出现"太阳女神"吗？按照王运熙先生的思路，是天空中阳光灿烂普照万物时，有一位太阳女神也同时散发出耀眼的光辉使得自然万物充满了生气，这样的猜想会造成真正的太阳和太阳女神要么合作，要么竞争的态势，让人感到困惑，显然没有从贴合民间信仰的根源加以考量。

跟随明姑的瑞兽也能说明问题，麒麟、凤凰出现都有生命的预兆，"凤凰来集，麒麟在郊，甘露既降，朱草萌牙"①。《山海经》曰："又东五百里，曰丹穴之山……有鸟焉，其状如鸡，五采而文，名曰凤皇……是鸟也，饮食自然，自歌自舞。见则天下安宁。"② 又如，《说文解字》："凤，神鸟也。……五色备举，出于东方君子之国，翱翔四海之外，过昆仑，饮砥柱，灌羽弱水，暮宿风穴，见则天下大安宁。"③ 凤凰、麒麟作为瑞兽，人们以为它们能够带来生机勃勃的生命状态，"八月丙申，凤凰见于磁州武安县鼓山石圣台。丁酉，还宫。皇子生"④。麒麟送子是民间信仰的一个构想，《拾遗记》卷三《周灵王》云："夫子未生时，有麟吐玉书于阙里人家，文云：'水精之子，系衰周而素王。'故二龙绕室，五星降庭。征在贤明，知为神异。乃以绣绂系麟角，信宿而麟去。"⑤ 这里就与生育直接联系起来。

二、《宿阿曲》：迎神之曲

《宿阿曲》为首曲，"苏林天门开，赵尊闭地户。神灵亦道同，真官今来下"⑥，掌管天门的苏林是修道成仙，《云笈七签》卷一〇四《纪传部·传二》云：

---

① 〔汉〕班固：《汉书》，中华书局1962年版，第2872页。
② 方韬译注：《山海经》，中华书局2011年版，第16页。
③ 〔汉〕毛亨传，〔汉〕郑玄笺，〔唐〕孔颖达疏：《毛诗正义》（下），北京大学出版社1999年版，第1134页。
④ 〔元〕脱脱等：《金史》，中华书局1975年版，第259页。
⑤ 〔晋〕王嘉：《拾遗记》，中华书局1981年版，第70页。
⑥ 〔宋〕郭茂倩编：《乐府诗集》，中华书局1979年版，第683页。

以汉元帝神爵二年三月六日，告季通曰："我昨被玄洲召，为真命上卿，领太极中候大夫，与汝别。"比旦日，有云车羽盖，骖龙驾虎，侍从数千人，迎林。即旦登天，冉冉西化而去。良久，云气覆之，遂绝。①

地户的赵尊地位也很高，"又言二仪之间，有三十六天，中有三十宫，宫有一主。最高者无极至尊，次曰大至真尊，次天覆地载阴阳真尊，次洪正真尊，姓赵名道隐，以殷时得道，牧土之师也"②。两位至尊为迎神做好了准备。

三、《道君曲》：生命勃兴

《道君曲》云："中庭有树，自语梧桐，推枝布叶。"③

梧桐在远古就被赋予了生命勃兴的特性，《礼记·月令》在讲到"季春之月"时云："桐始华，田鼠化为鴽，虹始见，萍始生。"④ 因其枝繁叶茂的生机与春夏万物生长一致，体现了梧桐树的生命与自然界微妙的关系。古人也用它象征生命衰亡，宋代罗愿《尔雅翼》云："梧桐，晚春生叶，早秋即凋。"⑤ 故民间有"梧桐一叶落，天下尽知秋"的说法。一兴一衰，梧桐成为文学想象的艺术符号。由"推枝布叶"一句来看，应是生机盎然的晚春时节，"凤皇鸣矣，于彼高冈；梧桐生矣，于彼朝阳"⑥。梧桐树上招凤凰，两者都是吉祥的化身。《庄子·秋水》则曰："夫鹓雏，发于南海，而飞于北海，非梧桐不止，非练实不食，非醴泉不饮。"⑦ 鹓雏是凤凰之别名。陈骧解释道："夫凤凰，仁瑞之禽也，不止强恶之木。梧桐叶软之木也，皮理细腻而脆，枝干扶疏而软，故凤凰非梧桐而不栖

---

① 转引自王运熙《乐府诗述论》，上海古籍出版社1996年版，第172－173页。
② 〔北齐〕魏收：《魏书·释老志二十九》，中华书局1974年版，第3051页。
③ 〔宋〕郭茂倩编：《乐府诗集》，中华书局1979年版，第683页。
④ 〔汉〕郑玄注，〔唐〕孔颖达疏：《礼记正义》（上），北京大学出版社1999年版，第484页。
⑤ 〔明〕李时珍：《本草纲目》（三），北方文艺出版社2007年版，第784页。
⑥ 《诗经·大雅·卷阿》，见程俊英、蒋见元《诗经注析》，中华书局1991年版，第835页。
⑦ 戴伟主编：《国学原典导读》，巴蜀书社2008年版，第324页。

也。又生于朝阳者多茂盛,是以凤喜集之。"① 这里的梧桐与《道姑》的凤凰有了关联,均代表生命兴旺、生机勃勃的态势。

"道君当是梧桐神。"② 梧桐代表了生命勃兴的生机状态,也就是说,与之关联的都与生命有关系,这也为下文呼唤生命的到来做好铺垫。梧桐神也有婚配的浪漫情调:

> 塞保至檀丘坞上北楼宿,暮鼓二中,有人着黄练单衣、白袷,将入人炬火上楼。保惧,藏壁中。须臾,有二婢上,使婢迎一女子上,与白袷人入帐中宿。未明,白袷人辄先去。如是四五宿。后向晨,白袷人才去,保因入帐中,持女子问:"向去者谁?"答曰:"桐侯郎,道东庙树是也。"至暮鼓二中,桐郎来,保乃斫取之,缚着楼柱。明日视之,形如人,长三尺余。槛送诣丞相,渡江未半,风浪起。桐郎得投入水,风波乃息。③

从这里就能看出,梧桐神追逐女色,显示了生命中亢奋的元状态,也是生命勃兴的体现。

四、《娇女诗》:行不独去

《娇女诗》云:

> 北游临河海,遥望中菰菱。芙蓉发盛华,渌水清且澄。弦歌奏声节,仿佛有余音。
> 踩躞越桥上,河水东西流。上有神仙居,下有西流鱼。行不独自去,三三两两俱。④

《娇女诗》中的娇女看似柔弱,其实是保护人们生命安全的大神,又

---

① 〔宋〕陈翥:《桐谱》(与嵇含《南方草木状》等三种合一册),中华书局1985年版,第2页。
② 刘航编:《汉唐乐府中的民俗因素解析》,商务印书馆2011年版,第85页。
③ 〔宋〕李昉等:《太平御览》,中华书局1960年版,第4245页。
④ 〔宋〕郭茂倩编:《乐府诗集》,中华书局1979年版,第684页。

被称为"耳神","发神名寿长,耳神名娇女,目神名珠映,鼻神名勇卢,齿神名丹朱。夜卧三呼之,有患亦便呼之九过,恶鬼自却"①。这位女神道术非常高深:

> 祝曰:"素气九回,制魄邪奸,天兽守门,娇女执关,七魄和柔,与我相安,不得妄动,看察形源。若汝饥渴,听饮月黄日丹。"于是七魄内闭,相守受制。若常行之,则魄浊下消,返善合形,上和三宫,与元合景一。人身有三元宫神,命门有玄关大君,及三魂之神,合有七神,皆在形中,欲令人长生,仁慈大吉之君也。此七魄亦受生于一身,而与身为攻伐之贼,故当制之。道士徒知求仙之方,而不知制魄之道,亦不免于徒劳也。②

有如此道术的女神出面,按照一般的逻辑,所保护的对象和所要做的事情都非同小可,要么是驱魔除妖,要么是祈福祝寿,但从整个仪式进展看,并没有邪魔的内容,也只有后者符合文本的旨意。而后面诗句是"行不独自去,三三两两俱",语境强调的是群体相处,来去都是成群结队。这为后面神祇成序列做了准备。

五、《白石郎曲》:求雨求欢

《白石郎曲》云:

> 白石郎,临江居。前导江伯后从鱼。
> 积石如玉,列松如翠。郎艳独绝,世无其二。③

石崇拜是先人对生命长久的向往。古人以为天地之间,头顶的日月星辰光照万年不止,因而才有与日月同寿的美妙想象,而脚下大地更多的是草木荣枯、禽兽衰亡,然青山、河流也能长久,组成青山的石头同样也就

---

① 〔宋〕李昉等:《太平御览》,中华书局1960年版,第3914页。
② 〔宋〕张君房编:《云笈七签》,中华书局2003年版,第1194-1195页。
③ 〔宋〕郭茂倩编:《乐府诗集》,中华书局1979年版,第684页。

有了长久的生命。古人把认为有意义的事情刻于石碑留念,也是为了长久存放。所以,就有了石崇拜的种种理由,其一就是石头有医疗的神效:"豫宁女子戴氏久疾,出见小石曰:'尔有神,能差我疾者,当事汝。'夜梦人告之曰:'吾将佑汝。'后渐差,遂为立祠,名石侯祠。"① 其二,石头还可用于祈雨、求晴:

> 白石神君居九山之数,参三条之一。兼将军之号,秉斧钺之威。体连封龙,气通北岳。幽赞天地。长育万物。触石而出,肤寸而合。不终朝日,而澍雨沾洽。前后国县,屡有祈请。指日刻期,应时有验。犹自抱损,不求礼秩。县界有六名山,三公、封龙、灵山,先得法食去。光和四年,三公守民盖高等,始为无极山诣太常求法食。相县以白石神君道德灼然,乃具载本末,上尚书求依无极为比,即见听许。遂开拓旧兆,改立殿堂。营宇既定,礼秩有常。县出经用,备其牺牲。奉其珪璧,絜其粢盛。旨酒欣欣,燔炙芬芬。敬恭明祀,降福孔殷。故天无伏阴,地无鲜阳。水无沉气,火无灾燀。时无逆数,物无害生。用能光远宣朗,显融昭明。年谷岁熟,百姓丰盈。粟升五钱,国界安宁。尔乃陟景山,登峥嵘,采玄石,勒功名。其辞曰:严严白石,峻极太清。皓皓素质,因体为名。②

南朝宋盛弘之《荆州记》则记载了鞭石祈雨、求晴的传说:

> 很山下有山,独立峻绝,西北石穴,以烛行百许步,有二大石,其间相去一丈许。俗名其一为"阳石",一为"阴石"。水旱为灾,鞭阳石则雨,鞭阴石则晴。③

举石祈雨的故事在《酉阳杂俎·诺皋记》有记载:

---

① 〔宋〕李昉等:《太平御览》,中华书局1960年版,第250页。
② 高文:《汉碑集释》(修订本),河南大学出版社1997年版,第457—458页。
③ 〔清〕陈运溶、王仁俊辑,石洪运点校:《荆州记九种 襄阳四略》,湖北人民出版社1999年版,第42页。

第二部分　民间诗研究

> 荆州永丰县东乡里有卧石一，长九尺六寸。其形似人体，青黄隐起，状若雕刻。境若旱，便齐手而举之，小举小雨，大举大雨。①

更为神奇的是封石神为王，《三国志·吴书·孙皓传》裴松之注引《江表传》：

> 历阳县有石山临水，高百丈，其三十丈所，有七穿骈罗，穿中色黄赤，不与本体相似，俗相传谓之石印。又云，石印封发，天下当太平。下有祠屋，巫祝言石印神有三郎。时历阳长表上言石印发，皓遣使以太牢祭历山。巫言，石印三郎说"天下方太平"。使者作高梯，上看印文，诈以朱书石作二十字，还以启皓。皓大喜曰："吴当为九州作都渚乎！从大皇帝逮孤四世矣，太平之主，非孤复谁？"重遣使，以印绶拜三郎为王，又刻石立铭，褒赞灵德，以答休祥。②

石头可为神，也可以厉鬼的面貌出现，在干宝的《搜神记》中大概可见端倪：

> 庾亮字文康，郡陵人，镇荆州，登厕，忽见厕中一物，如方相，两眼尽赤，身有光耀，渐渐从土中出。乃攘臂以拳击之，应手有声，缩入地。因而寝疾。术士戴洋曰：昔苏峻事，公于白石祠中祈福，许赛其牛，从来未解，故为此鬼所考，不可救也。明年，亮果亡。③

值得注意的是，《白石郎曲》中的石头貌美无比，"积石如玉，列松如翠。郎艳独绝，世无其二"④。联系石头祈雨的神验，以为白石郎隐喻了类似雨水一样旺盛的生命力，又拥有美色，很容易联想到夫妇"交媾求雨"的方式。《艺文类聚》记载了汉代此类的求雨："江都相仲舒下内史承书从事，其都间吏家在百里内，皆令人故行书告县，遣妻视夫，赐巫

---

① 〔唐〕段成式撰，方南生点校：《酉阳杂俎》，中华书局1981年版，第131页。
② 〔晋〕陈寿撰，〔南朝宋〕裴松之注：《三国志·吴书·孙皓传》，中华书局1959年版，第1171-1172页。
③ 〔晋〕干宝著，黄涤明注译：《搜神记全译》，贵州人民出版社1991年版，第278页。
④ 〔宋〕郭茂倩编：《乐府诗集》，中华书局1979年版，第684页。

一月租,使巫求雨。"① 求雨于是和男女交欢有了关联,也就和生育有了关联,貌美的白石郎也有了隐含的特殊用意。

六、《青溪小姑曲》:独处无郎

《青溪小姑曲》云:

> 开门白水,侧近桥梁。小姑所居,独处无郎。②

《异苑》云:"青溪小姑庙,云是蒋侯第三妹。"③ 关于蒋侯神的记载,见干宝《搜神记》:

> 蒋子文,广陵人也。嗜酒好色,挑达无度。常自谓己骨清,死当为神。汉末为秣陵尉,逐贼至钟山下。贼击伤额,因解绶缚之,有顷遂死。及吴先主之初,其故吏见文于道,乘白马,执白羽扇,侍从如平生。见者惊走,文追之,谓曰:"我当为此土地神,以福尔下民。尔可宣告百姓,为我立祠。不尔,将有大咎。"是岁夏,大疫,百姓窃相恐动,颇有窃祠之者矣。文又下巫祝:"吾将大启佑孙氏,宜为我立祠。不尔,将使虫入人耳为灾。"俄而小虫如尘虻,入耳皆死,医不能治。百姓愈恐。孙主未之信也。又下巫祝:"若不祀我,将又以大火为灾。"是岁,火灾大发,一日数十处。火及公宫。议者以为鬼有所归,乃不为厉,宜有以抚之。于是使使者封子文为中都侯,次弟子绪为长水校封。皆加印绶,为立庙堂。转号钟山为蒋山,今建康东北蒋山是也。自是灾厉止息,百姓遂大事之。④

蒋侯神正史见《宋书·礼志》:"宋武帝永初二年,普禁淫祀,由是蒋子文祠以下,普皆毁绝。孝武孝建初,更修起蒋山祠,所在山川,渐皆

---

① 〔唐〕欧阳询撰,王绍楹校:《艺文类聚》,上海古籍出版社 1982 年版,第 1726 页。
② 〔宋〕郭茂倩编:《乐府诗集》,中华书局 1979 年版,第 685 页。
③ 〔南朝宋〕刘敬叔:《异苑》,中华书局 1996 年版,第 43 页。
④ 〔晋〕干宝著,黄涤明注译:《搜神记全译》,贵州人民出版社 1991 年版,第 127 页。

修复。……蒋侯，宋代稍加爵、位至相国、大都督中外诸军事，加殊礼，钟山王。"① 又见《陈书·高祖本纪》："永定元年冬十月乙亥，高祖即皇帝位于南郊。……景子，輿驾幸钟山祠蒋帝庙。"② 蒋子文成为神后，享有立庙祭祀的香火。

蒋子文的三妹在蒋子文死后投青溪，成为神。清代《江南通志》载：

> 青溪小姑沉水处旧有祠，在金陵闸。相传汉秣陵尉蒋子文遇难，小姑挟二女投青溪死，明万历间改为节烈祠。小姑，蒋侯第三妹也。③

民间传说中的水神一般由溺死的人充任，青溪小姑带着两个女儿投青溪而死，故被祀为神。民间对青溪小姑充满着同情和惋惜。

吴均《续齐谐记》"清溪庙神"条所载的就是青溪小姑求偶的人神之恋：

> 会稽赵文韶，为东宫扶侍，坐清溪中桥……秋夜嘉月，怅然思归，倚门唱《西夜乌飞》，其声甚哀怨。忽有青衣婢，年十五六，前曰："王家娘子白扶侍，闻君歌声，有门人。逐月游戏，遣相闻耳。"时未息，文韶不之疑，委曲答之。亟邀相过。须臾女到，年十八九，行步容色可怜，犹将两婢自随。……乃令婢子歌《繁霜》，自解裙带系箜篌腰，叩之以倚歌。……歌阕，夜已久，遂相仵燕寝，竟四更别去。脱金簪以赠文韶，文韶亦答以银碗、白琉璃匕各一枚。既明，文韶出，偶至清溪庙歇，神座上见碗，甚疑而悉委之，屏风后则琉璃匕在焉，箜篌带缚如故。祠庙中惟女姑神像，青衣婢立在前。细视之，皆夜所见者，于是遂绝。当宋元嘉五年也。④

从故事流传中不难看出，民间传说对青溪小姑独处无郎进行爱情重

---

① 〔南朝梁〕沈约：《宋书·礼志四》，中华书局1974年版，488页。
② 〔唐〕姚思廉：《陈书·高祖本纪下》，中华书局1972年版，第31—33页。
③ 〔清〕黄之隽等编纂：《江南通志》卷三十，见《景印文渊阁四库全书》，台湾商务印书馆1986年版，第27页。
④ 《五朝小说大观》，上海文艺出版社1991年版，第37—38页。

构，成为爱情文本的代表。

七、《采莲童曲》《明下童曲》：生育象征

《采莲童曲》云：

> 泛舟采菱叶，过摘芙蓉花。扣楫命童侣，齐声采莲歌。
> 东湖扶菰童，西湖采菱芰。不持歌作乐，为持解愁思。①

王运熙在《神弦歌考》中推断，认为采莲童、明下童"恐怕不是什么神道，而为祭祀仪式中的表现者；在水中，在陆上，他们各各以特殊的技艺扮演给神祇欣赏"②。这里的两个童子可以看作生人，一般来说，祭祀仪式不能出现祭拜的生人，但这里显然有特殊的用意。采莲在我国古代文学含蓄的特殊语意中，归于男女之间以劳作为媒介的爱情和相思之意。将浪漫的爱情与泛舟采莲、摇橹欢歌放在一起表示什么意义呢？古人的智慧就在其中，爱情是两个不同的男女个体经过各种磨合、彼此接受并体验为幸福、快乐。要做到这点需要的不仅是浪漫的环境，置身于碧绿的莲叶或菱叶之间，周旋于洁白或艳红的莲花世界，还需要对未来的婚姻进行美好的想象。一般来说，一个人见人爱的童子是最佳人选，预示爱情自然向婚育过渡。所以，孩子是爱情、婚姻成功的最好证据。采莲童就代表了爱情婚姻、生育顺利的形象符号。

另一个生人是明下童，《明下童曲》云：

> 走马上前坂，石子弹马蹄。不惜弹马蹄，但惜马上儿。
> 陈孔骄赭白，陆郎乘班骓。徘徊射堂头，望门不欲归。③

王运熙说："明下童的含义不可解。"④ 在清毛奇龄《西河集》中却

---

① 〔宋〕郭茂倩编：《乐府诗集》，中华书局1979年版，第685—686页。
② 王运熙：《乐府诗述论》，上海古籍出版社1996年版，第166页。
③ 〔宋〕郭茂倩编：《乐府诗集》，中华书局1979年版，第686页。
④ 王运熙：《乐府诗述论》，上海古籍出版社1996年版，第183页。

第二部分 民间诗研究

有解：

> 下童也，夏童也。名方，邑人。年十四，遭大疫，父母伯叔群从十三人，皆死。方夜哭，昼负土葬十三尸，三年讫功，遂庐于墓旁。年十七，吴帝拜仁义都尉，迁五官中郎将，人争附之，名其所居乡曰"夏孝乡"。年虽大，以孝童称，因曰"夏童"。及晋元帝时，江陵有祠明下童者，以下童声同，遂以吴声。《明下童》《采莲童曲》词误作神迎送歌而杂以神弦。今其声犹存，每隔屋听之哀然焉。①

夏方确有其人，《晋书》列入《孝友传》，云：

> 夏方字文正，会稽永兴人也。家遭疫疠，父母伯叔群从死者十三人。方年十四，夜则号哭，昼则负土，十有七载，葬送得毕，因庐于墓侧，种植松柏，乌鸟猛兽驯扰其旁。吴时拜仁义都尉，累迁五官中郎将。朝会未尝乘车，行必让路。吴平，除高山令。百姓有罪应加捶挞者，方向之涕泣而不加罪，大小莫敢犯焉。在官三年，州举秀才，还家，卒，年八十七。②

这是个典型的孝子，为社会所欢迎和接受。毫无疑问，孝子是父母长辈和子孙后代的亲情纽带，在古代社会保障体系不足的情况下，推崇孝子文化有其合理性和必然性。孝子不仅是父母婚恋的结晶，还是上一辈寄托期望的最好载体，所以，孝子在一定意义上是和美、温情的家园得以实现，整个社会精神家园得以架构的最佳资源。这里让以孝子为形象的生人加入祭祀队列，其目的也是以此表明祭拜生育大神可以获得这样的孝子。

---

① 〔清〕毛奇龄：《西河集·下童》，见《景印文渊阁四库全书》，台湾商务印书馆1986年版，第381页。
② 〔唐〕房玄龄等：《晋书》，中华书局1974年版，第2277页。

八、《同生曲》：祈求长生

《同生曲》云：

> 人生不满百，常抱千岁忧。早知人命促，秉烛夜行游。
> 岁月如流迈，行已及素秋。蟋蟀鸣空堂，感怆令人忧。①

古人感叹时间无情，人不能长寿。如果不是随意猜测，古人向往长生倒不是仅仅贪图肉体存活的长久，而是以此证实活的意义——战胜或征服自然秩序，重新建构人的秩序。所以，得道求仙只是人们摆脱自然的表征，人们求神祭拜中都会有长寿的祈愿。在现实生活中，人们有及时享乐的言行，在祈求长生无望后，人们在不同的文学艺术中抒怀岁月流逝、人生无常之感，《同生曲》作为送神之曲，也有这种复杂的心情投射。

而从字面意思来看，同生有"上玄元父君名高同生"之谓，《云笈七签》卷三十载：

> 上玄元父君名高同生字左回明，下玄玄母名叔火王字右回光，帝皇太一名重冥空字幽寥无，九帝尊神名日明真字众帝生，太帝精魂名阳堂玉字八灵，天帝九关魂名录回道字绝冥，天纪帝魂名照无阿字广神，凡七神，守我本命之根。胞胎大结，常令胞囊，玉清开明，七祖反胎，我命恒生，三天同符，上与日并。②

长生属于神仙世界的快事，人们只能寄托神祇祈求生命延续的可能，"惟乐能感，与神合契"③。精心演奏的音乐、虔诚用心的仪式就是为了获得神祇的赐福，实现现实生活中难以实现的愿望，"能弦歌，为巫祝"④，在满足愿望的情境下但愿生命长存。由此，《神弦歌》完成了生育祭拜的

---

① 〔宋〕郭茂倩编：《乐府诗集》，中华书局1979年版，第686页。
② 〔宋〕张君房编：《云笈七签》，中华书局2003年版，第688页。
③ 〔宋〕郭茂倩编：《乐府诗集》，中华书局1979年版，第85页。
④ 〔南朝宋〕范晔撰，〔唐〕李贤等注：《后汉书》，中华书局1965年版，第2469页。

组歌。

综上,整组祭神关系见下图:

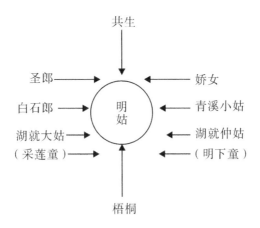

这里解释一下,《湖就姑》两位姊妹神:

> 赤山湖就头,孟阳二三月,绿蔽贲荇薮。湖就赤山矶,大姑大湖东,仲姑居湖西。①

"至阴肃肃,至阳赫赫","两者交通成和而物生焉"。② "万物负阴抱阳,冲气以为和。"③ 对于祈求生育子嗣,人丁兴旺,对于神灵祈祝会有一个反复演示甚至通过动作、语言暗示的过程,圣郎与娇女、白石郎与青溪小姑当象征婚恋的对象。郑玄《礼记·月令注》云:"变媒言禖,神之也。"古人祀高禖的目的就是娱神,让神灵高兴,保佑婚姻幸福,早生贵子。同时,高禖神职掌生育,《汉书·武五子传》言汉武帝29岁时方得子,"甚喜,为立禖"④。颜师古注曰:"禖,求子之神也。"⑤ 又,蔡邕《月令章句》亦曰:"高禖,神名也。高犹高也,吉事先见之象,谓人之先,所以

---

① 〔宋〕郭茂倩编:《乐府诗集》,中华书局1979年版,第685页。
② 〔清〕郭庆藩辑:《庄子集释》,中华书局1961年版,第712页。
③ 朱谦之:《老子校释》,中华书局1984年版,第175页。
④ 〔汉〕班固:《汉书》,中华书局1962年版,第2471页。
⑤ 〔汉〕班固:《汉书》,中华书局1962年版,第2472页。

祈子孙之祀也，后妃将殡御，皆令于高禖，以祈孕妊。"①

湖就大姑、湖就仲姑两个女子和后面的两位童子也有关联，一个有成双成对婚配的可能，接着就有求子的可能，这样就变成两位女子对应两个儿子的问题，以采莲童、明下童两个生人为祭祀对象，有祈求子孙满堂、多子多福之意。由以上分析得知，有男女爱情的诉求，有婚配求子的愿望，还有长生的意味，"代表了生育、死亡与再生的全过程，它自然而然地成为生育女神的一种动物化身，也就不足为奇了"②。明姑很可能就是掌管子嗣、爱情、婚姻与生老病死的生育大神。

第九章 《华山畿》和冥婚习俗

《华山畿》作为南朝乐府民歌，浸润了男女忠贞恋爱情感，践行"不能同日生，但求同日死"的以死明志的爱情佳话。婚恋是人生大事，生死更是人生大事，可以说该诗描绘的图景以男女恋情验证了整个人的一生。民间艺术土壤孕育的种子在社会思潮中生根发芽，又在文人修饰中开花结果，以各种文艺形态出现在中国大地上，特别是成就了"梁祝化蝶"的悲剧艺术。此外，还有影响婚配的另一种形式——冥婚，又称为阴婚。

一、《华山畿》与合葬旧俗

《乐府诗集》中南朝民歌有《华山畿》，《古今乐录》曰：

> 《华山畿》者，宋少帝时懊恼一曲，亦变曲也。少帝时，南徐一士子，从华山瓷往云阳。见客舍有女子年十八九，悦之无因，遂感心疾。母问其故，具以启母。母为至华山寻访，见女，具说，女闻感之。因脱蔽膝，令母密置其席下，卧之当已。少日果差。忽举席见蔽膝而抱持，遂吞食而死。气欲绝，谓母曰："葬时车载，从华山度。"

---

① 〔汉〕蔡邕撰，〔清〕叶德辉辑：《月令章句》，长沙叶氏观古堂刻本1935年版。
② M. Gimbutas. *The Living Goddesses*. Berkeley: University of California Press, 1999. p.205.

母从其意。比至女门,牛不肯前,打拍不动。女曰:"且待须臾。"妆点沐浴,既而出。歌曰:"华山歌,君既为侬死,独活为谁施?欢若见怜时,棺木为侬开。"棺应声开,女透入棺,家人叩打,无如之何,乃合葬,呼曰神女冢。①

如此执着的爱情追逐当活在文艺世界里,如果发生在现实生活中,就会给人另一种感受。清乾隆《福清县志》载:

> 陈琼使,永宾里陈惠卿女,幼失母,事继母如其母。卜婚于南上隅奕超男名世。一夕梦镜破,心疑为不祥。未数夕,又梦人驰刺至,则十九日讣也。名世果以七月是日讣于陈,悉如梦中状。女哀号几绝,告于父曰:"儿虽未适王,实为王家妇。王郎死,儿义不独生,从此诀矣。"父母悲咽不能答。于是制为缟衣,诘旦,辞家人毕,即登舆去。宗党送者咸泣下。女自如无戚容。诣王门,袭吉服,拜宗祊,拜翁姑,告成妇也。乃易服就丧次,抚棺呼数语,语不哀,哀亦不泪。人谓:"新人娴于礼者,不髽髻,不哭踊何?"女曰:"是固知之。顷刻泉下人,惧毁容无以见夫君耳。"寻入名世寝室,仍取初服服之,仰视小楼有两板,系绳以经,一瞬而绝。康熙戊申二月二十一日也,去夫死仅三日,年一十九。②

清康熙年间:

> 周毉官,茂才周豫应女。前相国叶文忠公耳孙信之未婚妻也。豫应与信父学博起龙同学交契,适两家有娠,遂指腹中为婚。年十八,将婚期,信病寝不起,女闻之即绝粒。凶讣至,欲奔殉。母及家人多方宽解,知不可夺,咸白衣冠送之。至则展拜如新妇礼。拜毕,抚尸哭曰:"郎少待,妾立相从耳。"叶宗族具牲礼奠女,却之,亲索绳缠以帛,遂自经。时康熙甲戌十一月二十有四日也。③

---

① 〔宋〕郭茂倩编:《乐府诗集》,中华书局1979年版,第669页。
② 乾隆《福清县志》,福建省福清县志编纂委员会1987年整理本,第618页。
③ 乾隆《福清县志》,福建省福清县志编纂委员会1987年整理本,第620页。

以上青春少女赴夫家奔丧，自经身死合葬，和《华山畿》极其相似。对此，后人哀叹之余亦反思良多，以鲁迅先生为代表的现代思想家就大声呵斥："节烈的女人，岂非白苦一番么？可以答他说：还有哀悼的价值。他们是可怜人；不幸上了历史和数目的无意识的圈套，做了无主名的牺牲。"① 但此种流俗视为冥婚，明代为死者合葬得到官方的扶持，为死者举办的婚配甚至得到官绅大力推举：

> 林细娘，庵边林毓之少女，庠生奇材之姐也。女警慧端谨，寡言笑，家居阃阈，里媪罕见面。许聘于李正崑之子长。及笄将娶，以端午日竞斗于江口之港，长溺于水，讣传其家，烈女之父母泣，女亦泣。……自是独居一室，晡时登小楼望夫溺处，父母之迫，其骂詈非一。女度不得行其志，遂入室更衣，取帛自缢。时万历七年十一月十一日，女方年十九。远近闻者咸悲之，缙绅士大夫皆有传。后十数年，罗封人来知是邦，归烈女于李氏之邱而合窆焉，上其事于两台而旌之。②

《华山畿》中的"华山"又在何处？元代俞希鲁《至顺镇江志》认为，"华山畿即今神庙之华山，非花山明矣。此地草木葱郁而秀，故曰华山，取其光华也"，"境内华山村，为乐府诗《华山畿》所咏悲剧发生地"；胡适《白话文学史》将其归于江苏丹阳南面高淳之地；朱东润在《中国历代文学作品选》（上编第二册）认为，当在江苏省句容县北。看来华山属于吴歌流传之地。

二、古文献中的冥婚习俗

冥婚的习俗在南北朝已广泛存在，什么是冥婚呢？
敦煌文书《大唐吉凶书仪》（S1725）载：

> 问曰：何冥婚嫆者？男女早逝，未有聘娶。男则单楼地室，女则

---

① 鲁迅：《我之节烈观》，见《鲁迅全集》（第1册），人民文学出版社1981年版，第123页。
② 〔明〕叶春及：《惠安政书》附录《崇武所城志》，福建人民出版社1987年版，第48页。

独寝泉宫。生人为立良媒,遣通二姓,两家和许,以骨同棺,共就坟陵。是在婚媾也。一名冥婚。①

"冥婚"一词最早出现于《大唐故贾君墓志铭并序》:

讳元叡,字元叡,河南洛阳人也。……以显庆五年正月二十日卒于清化里第,年十七。未有伉俪焉,即以聘卫氏为冥婚。②

冥婚习俗并不是在民间私下流行,皇室贵族业已有之,《魏书》就全面记载了曹操为死者仓舒求亡女的一波三折之事。

《三国志·魏书·邴原传》曰:

原女早亡,时太祖(曹操)爱子苍舒亦没,太祖欲求合葬,原辞曰:"合葬,非礼也。原之所以自容于明公,公之所以待原者,以能守训典而不易也。"……太祖乃止。③

《三国志·魏书·邓哀王传》云:

(仓舒)年十三,建安十三年疾病,太祖亲为请命。及亡,哀甚。……为聘甄氏亡女与合葬。④

曹操始终没有称帝,而明帝曹叡却是以皇帝身份为平原懿公主举办冥婚。

《三国志·魏书·后妃传》载:

太和六年,明帝爱女淑薨,追封谥淑为平原懿公主,为之立庙。

---

① 中国社会科学院历史研究所等编:《英藏敦煌文献》(第3卷),四川人民出版社1990年版,第131页。
② 周绍良主编:《唐代墓志汇编》(上册),上海古籍出版社1992年版,第307页。
③ 〔晋〕陈寿撰,〔南朝宋〕裴松之注:《三国志》,中华书局1959年版,第351页。
④ 〔晋〕陈寿撰,〔南朝宋〕裴松之注:《三国志》,中华书局1959年版,第580页。

取后亡从孙黄与合葬，追封黄烈侯。①

又，《魏书·穆崇传》载：

> 子平城，早卒。高祖时，始平公主薨于宫，追赠平城驸马都尉，与公主合葬。②

历史上的冥婚已被以皇亲国戚为代表的士大夫阶层认可，在民间也盛行，这表明冥婚已成为当时整个社会的流俗。

《大隋左武卫大将军吴公李氏女墓志》中记述了为女儿举办的冥婚：

> 女郎姓尉字富娘，河南洛阳人。……以大业十一年五月十三日，终于京师京宅，春秋以十有八。……母氏痛盛年之无匹，悲处女之未异，雕在幽媾婚妇于李氏，共字元支，同穴在斯。③

举办冥婚还有整套仪式，现已发现唐朝的祷词样本，新郎的父亲代表全家的致辞表达的情真意切，敦煌文书《大唐吉凶书仪》（S1725）载：

> 告汝甲乙，汝既早逝，大义未通。独寝幽泉，每移风月。但生者好偶，死亦嫌单。不悟某氏有女，复同霜叶。为汝礼聘，以会幽灵。择卜良辰，礼就合吉。设祭灵右，众肴备具。汝宜降神就席尚飨。④

1974年3月洛阳市李屯东汉墓考古发现一大平底陶瓶，上面的墓文就是为死者合葬的内容：

> 元嘉二年十二月丁未朔十四日庚申，黄帝与河南缑氏真□中华里许苏阿铜□刑宪女合会，神药以填，□冢宅□□，七神定冢阴阳，死

---

① 〔晋〕陈寿撰，〔南朝宋〕裴松之注：《三国志》，中华书局1959年版，第163页。
② 〔北齐〕魏收：《魏书》，中华书局1974年版，第673页。
③ 《尉富娘墓志》，中国国家图书馆拓片，墓志558。
④ 《敦煌宝藏》（第13卷），台湾新文丰出版公司1981—1986年版，第104－105页。

人无□□，生人无过。苏醒之后，生□□□人阿铜、宪女适过□□□为治，五石、人参解□□□安□瓶，神明利冢，□□□□许苏氏家生人富利，从合日始，如律令。①

"这篇镇墓文是为夭殇的许苏阿铜和刑宪女二人做冥婚合葬时制作的，他们死后经由双方家长同意，由巫觋做媒撮合，最终合坟结成冥婚。"② 可见生人为死者举办冥婚，成为社会认可的习俗。

其实我国远古时期是反对此类丧葬习俗的，《周礼·地官·媒氏》即提到："禁迁葬者，与婚荡者。"郑玄注曰："迁葬谓生时非夫妇，死既迁之，使相从也。荡，十九以下未嫁而死者，生不以礼相接，死而合之，是亦乱人伦者也……嫁荡者，谓嫁死人也，今时'娶会'是也。"唐孔颖达疏曰："迁葬谓成人鳏寡，生时非夫妇，死乃嫁之。嫁荡者，生年十九以下而死，死乃嫁之，不言荡娶者，举女疡，男可知也。"③

冥婚的意义有二：一是乡人怕女子死后，在阴间无处栖身，因为本族宗祖不收录女子，假如她和一个男子结了冥婚，她的灵魂就可以投到男方家的祖宗处，并且可以享受男方家子子孙孙的祭祀。二是乡人深信青年女子在未成婚前死去会变作"惜花鬼"，非常厉害，专门向青年男子作祟，假如她和男子结了冥婚，在阴间她有了名分，也就安定了。④

三、"梁祝"纯真的爱情与另类合葬

冥婚大量存在于古代文献中，而《华山畿》真的与"梁祝"故事有了渊源。"梁祝"在民间传说的基础上细腻地描述男女主人公的爱意春情，诗歌中细致刻画的情海爱河里的人物形象，戏曲中精心设置的关于爱情冲突的故事情节，自产生之日起就被广为传颂。

晚唐张读的《宣室志》中有完整的故事梗概：

---

① 洛阳市文物工作队：《洛阳李屯东汉元嘉二年墓发掘简报》，载《考古与文物》1997年第2期。
② 黄景春：《论我国冥婚的历史、现状及根源——兼与姚平教授商榷唐代冥婚问题》，载《民间文化论坛》2005年第5期，第98页。
③ 《十三经注疏》，上海古籍出版社1997年版，第733页。
④ 参见林耀华《义序的宗族研究》，生活·读书·新知三联书店2000年版，第150页。

> 英台，上虞祝氏女，伪为男装游学，与会稽梁山伯同肄业。山伯字处仁，祝先归，二年，山伯访之，方知其为女子，怅然如有所失。告其父母求聘，而祝已字马氏子矣。山伯后为鄞令，病死，葬鄞城西。祝适马氏，舟过墓所，风涛不能进，问知有山伯墓。祝登号恸。地忽自裂陷，祝氏遂并埋焉。晋丞相谢安奏表其墓曰"义妇冢"。①

冯梦龙小说《李秀卿义结黄贞女》作为"入话"，用文学的笔调再次对"梁祝"故事进行精心描述：

> 英台举眼观看，但见梁山伯飘然而来，说道："吾为思贤妹，一病而亡，今葬于此地。贤妹不忘旧谊，可出轿一顾。"英台果然走出轿来，忽然一声响亮，地下裂开丈余，英台从裂中跳下。众人扯其衣服，如蝉脱一般，其衣片片而飞。……那飞的衣服碎片，变成两般花蝴蝶，传说是二人精灵所化，红者为梁山伯，黑者为祝英台。其种到处有之，至今犹呼其名为梁山伯、祝英台也。②

"梁祝"的文学样式完全证明了为人喜爱的爱情，"十八相送、楼台会"等经典故事，让中国人深深领会了真挚的爱情。罗永麟先生在《试论梁山伯与祝英台故事》中说："说梁祝故事是从这两个故事（《韩》《华》）演变而来，并非指它们之间的直接继承关系，而只是说这几个故事之间，情节有些类似之点。最突出的类似之点就是它们的主人公都能坚贞地为纯洁的爱情而死……又因为这些故事大都产生在魏晋南北朝时期，所以它们之间的情节有些相似，也是不能无因的。"③

《华山畿》是模拟浪漫爱情的合葬文学的原型，折射出历史上的冥婚习俗，这是生人对死者爱情婚姻美满甜蜜的祝福；"梁祝"却是真正的男女相知相爱的婚恋代表，他们的爱情以悲剧的形式存活在文字世界里，体现了中国人对真挚爱情、浪漫情调、美满婚姻的无限向往。

---

① 苑利主编：《二十世纪中国民俗学经典·传说故事卷》，社会科学文献出版社2002年版，第45页。
② 冯梦龙编：《古今小说》，福建人民出版社1980年版，第363页。
③ 罗永麟：《论中国四大民间故事：兼论民间文学与文人文学的关系》，中国民间文艺出版社1986年版，第65页。

第二部分　民间诗研究

第十章　北朝民间诗　异域风情

北朝民间诗和南朝民间诗有迥然不同的风格，区域性不同很能说明问题。虽然说由于南北文化交流、民族融合，也有一些民间诗和南朝风格相似，但这不是主要的。胡适先生《白话文学史》中有个形象的说法：相对于南朝香艳的"儿女文学"，强健的北方民间诗为"英雄文学"，"北方新民族多带着尚武好勇的性质，故北方的民间文学自然也带着这种气概"。① 这里需要探索的是北朝民间诗所展现的性格是如何形成的，是一种什么文化影响的。应该说尚武风俗对民众性格的塑造有着极大的关系。此外，民间诗意义的民歌还展现了北朝婚姻的早婚习俗，而这种习俗又与战争有着天然的关联。社会动荡不安、生命朝不保夕，唯有早婚早育才能延续家人、家族、政权的希望。所以说，北朝民间诗抒发的是战马铁蹄、狼烟四起中的情感生活。

北朝民间诗相关内容主要在"横吹曲辞"中，《乐府诗集》卷二十一"横吹曲辞一"曰：

> 又《古今乐录》有《梁鼓角横吹曲》，多叙慕容垂及姚泓时战阵之事，其曲有《企喻》等歌三十六曲，乐府胡吹旧曲又有《隔谷》等歌三十曲，总六十六曲，未详时用何篇也。②

卷二十五"横吹曲辞五"之《梁鼓角横吹曲》解题云：

> 《古今乐录》曰："梁鼓角横吹曲有《企喻》《琅琊王》《钜鹿公主》《紫骝马》《黄淡思》《地驱乐》《雀劳利》《慕容垂》《陇头流水》等歌三十六曲。二十五曲有歌有声，十一曲有歌。是时乐府胡吹旧曲有《大白净皇太子》《小白净皇太子》《雍台》《擒台》《胡

---

① 胡适：《白话文学史》，百花文艺出版社2002年版，第66页。
② 〔宋〕郭茂倩编：《乐府诗集》，中华书局1979年版，第309-310页。

遵》《利羊丘女》《淳于王》《捉搦》《东平刘生》《单迪历》《鲁爽》《半和企喻》《比敦》《胡度来》十四曲。三曲有歌，十一曲亡。又有《隔谷》《地驱乐》《紫骝马》《折杨柳》《幽州马客吟》《慕容家自鲁企由谷》《陇头》《魏高阳王乐人》等歌二十七曲，合前三曲，凡三十曲，总六十六曲。"江淹《横吹赋》云："奏《白台》之二曲，起《关山》之一引。采菱谢而自罢，绿水惭而不进。"则《白台》《关山》又是三曲。按歌辞有《木兰》一曲，不知起于何代也。①

由上可知，《梁鼓角横吹曲》共 66 曲，郭茂倩引自《古今乐录》（《隋书·经籍志》经部乐类记载，《古今乐录》一书为南朝陈代沙门智匠所著，其中详细地记载了汉魏六朝鼓角横吹曲、相和歌、清商曲的情况，可惜赵宋以后已经亡佚）。

《乐府诗集》卷七十八"杂曲歌辞十八"之《阿那瑰》、卷八十五"杂歌谣辞三"之《陇上歌》、卷八十六"杂歌谣辞"之《咸阳王歌》《敕勒歌》，以及《魏书·李孝伯、李冲传附安世传》所载之《李波小妹歌》，一般也被认为是北朝民歌而加以研究，加之前述梁鼓角横吹曲，总计 73 首。

一、尚武文化

（一）刀器崇拜

"宝刀赠英雄"，宝刀在手方能显示大丈夫气吞山河的气概，才能有收复失地的壮举、建功立业的可能。所以，古代兵器可以视为英雄的标志，甚至刀器与英雄二者合体。中国人崇拜的关帝，手持青龙偃月刀就是其传神的形象，刀举刀落已成为战无不胜攻无不克的神话，"羽望见良麾盖，策马刺良于万众之中，斩其首而还"②。尚武就会有武器崇拜。勇士们在内心深处对宝刀有着无限的珍爱：

---

① 〔宋〕郭茂倩编：《乐府诗集》，中华书局 1979 年版，第 362 页。
② 〔晋〕陈寿撰，〔南朝宋〕裴松之注：《三国志》，中华书局 1959 年版，第 939 页。

新买五尺刀,悬著中梁柱。
一日三摩娑,剧于十五女。①

钟惺云:"'一日三摩挲,剧于十五女',读此二语,知爱妾换马不是薄恶不近情事。"② 因为兵器意味着安定一切、保家卫国,代表着胜利有望的力量。很多北朝民歌表现出对刀的喜爱和赞颂,在南朝民歌中还难以发现类似的诗篇。英雄带刀护卫边疆,却敌千里之外,有诗《哥舒歌》:

北斗七星高,哥舒夜带刀。
至今窥牧马,不敢过临洮。③

《唐诗别裁集》沈德潜赞曰:"同是天籁,不可以工拙求之。"④ 有唐一代,诗歌灿若星汉,唐人豪气冲天,有大国气度,一刀在手文人也可以雄视千古,如贾岛《剑客》:

十年磨一剑,霜刃未曾试。
今日把示君,谁有不平事?⑤

王士祯《香祖笔记》评此歌:"是快语。语有令'骨腾肉飞者',此类是也。"⑥ 剑也是兵器,兵器与士人合二为一,士人不再懦弱,不再犹豫,不再惶恐,完全没有百无一用是书生的感叹,而是人剑合一,敢于挑战而又有自信豪迈,一个大国的形象就在这首气壮山河的书生诗里得以呈现。这种豪气千古少有,今天读之,仍有激动人心之处。这种赞颂兵器的诗歌,在唐代并不少见,如王涯《塞上曲二首》云:

天骄远塞行,出鞘宝刀鸣。定是酬恩日,今朝觉命轻。

---

① 〔宋〕郭茂倩编:《乐府诗集》,中华书局1979年版,第364页。
② 〔明〕钟惺、谭元春选:《古诗归》,湖北人民出版社1985年版,第278页。
③ 〔清〕蘅塘退士编,陈婉俊补注:《唐诗三百首》,中华书局1984年版,第194页。
④ 〔清〕沈德潜编:《唐诗别裁集》,中华书局1975年版,第260页。
⑤ 〔唐〕贾岛著,黄鹏笺注:《贾岛诗集笺注》,巴蜀书社2002年版,第6页。
⑥ 〔清〕王士祯撰,湛之点校:《香祖笔记》,上海古籍出版社1982年版。

塞虏常为敌，边风已报秋。平生多志气，箭底觅封侯。①

张籍《送从弟濛赴饶州》云：

京城南去鄱阳远，风月悠悠别思劳。三领郡符新寄重，再登科第旧名高。
去程江上多看堠，迎吏船中亦带刀。到日更行清静化，春田应不见蓬蒿。②

张籍《杂曲歌辞·少年行》云：

少年从出猎长杨，禁中新拜羽林郎。独到辇前射双虎，君王手赐黄金铛。
日日斗鸡都市里，赢得宝刀重刻字。百里报仇夜出城，平明还在倡楼醉。
遥闻虏到平陵下，不待诏书行上马。斩得名王献桂宫，封侯起第一日中。③

刀的意象已经成为士人展示大唐气象不可或缺的部分，这里之所以列举唐朝的咏刀诗，是想将两者进行类比，由此证明北朝民间诗对刀器的歌颂似有大唐的神韵。北朝民歌对刀极其崇拜，两者对胜利的自信也很相似，一个集团或族群、国家的自信不是以兵器逞强，而是心气、硬气、底气全都内化为英雄气的体现，所展现的无非是强者自强的不容小觑的大国气度。

（二）战马崇拜

英雄手握兵器，胯下骏马方能大展神威，加之北朝战乱不息、动荡不安，战马更是必备工具。游牧民族由于逐水草而居、惯于迁徙，马的重要

---

① 〔宋〕郭茂倩编：《乐府诗集》，中华书局1979年版，第1292页。
② 〔清〕彭定求等编：《全唐诗》，中华书局1960年版。
③ 〔宋〕郭茂倩编：《乐府诗集》，中华书局1979年版，第955页。

性自不待言。《梁鼓角横吹曲·琅琊王歌辞》之八："憎（快）马高缠鬃，遥知身是龙。"① 对马的赞美就是肯定它的神速，勇士和战马合为一体，形成让人赞叹不已的神力：

> 健儿须快马，快马须健儿。跸跋黄尘下，然后别雄雌。②

北方战马已有了护体铁甲：

> 放马大泽中，草好马著䠠。牌子铁裲裆，𨰻𨱂鹳尾条。
> 前行看后行，齐著铁裲裆。前头看后头，齐著铁𨰻𨱂。③

考古发现魏晋时代才出现披甲的骑士图像，1954年展出了陕西西安草场坡1号墓出土的铠马骑俑，骑士着甲胄，战马披铠甲。"披上了铠甲的战马，除了耳朵、眼睛、嘴部和四肢外，其他地方都得到了保护。""有保护马头的'面帘'，保护马颈的'鸡颈'和保护战马躯干的'马身甲'及'搭后'等几个部分。"④ 这里战马成为战斗的武器，用铠甲保护是为了更好地发挥作用，这也是北朝长期作战经验的总结。

马在古代是速度的象征，宝马是人们最为渴望的快速力量的一部分。汉武帝为此大赞获得的汗血宝马，文人墨客也诗情大发："天马来出月支窟，背为虎文龙翼骨。嘶青云，振绿发，兰筋权奇走灭没。腾昆仑，历四极，四足无一蹶。鸡鸣刷燕哺秣越，神行电迈聂慌惚。"⑤ 历史上，名马和名人一样永载史册，活在人们心中，曹操的"绝影"、刘备的"的卢"、孙权的"快航"在危急关头都能救主，"赤兔"先为吕布添彩，终为关羽添神——斩颜良诛文丑，过五关斩六将，又是忠烈之马，演绎为人亡马殉主："关公既殁，坐下赤兔马被马忠所获，献与孙权。权即赐马忠骑坐。其马数日不食草料而死。"（《三国演义》第77回）马成为忠义的化身，崇拜马是英雄情结的再次反映。

---

① 〔宋〕郭茂倩编：《乐府诗集》，中华书局1979年版，第364页。
② 〔宋〕郭茂倩编：《乐府诗集》，中华书局1979年版，第370页。
③ 〔宋〕郭茂倩编：《乐府诗集》，中华书局1979年版，第363页
④ 柳涵：《北朝的铠马骑俑》，载《考古》1959年第2期，第100页。
⑤ 〔宋〕郭茂倩编：《乐府诗集》，中华书局1979年版，第9页。

具有传奇色彩而又真实感人的是项羽的神勇"乌骓","乌骓"和霸王项羽的英雄气已经分不开:

> 力拔山兮气盖世,时不利兮骓不逝。
> 骓不逝兮可奈何,虞兮虞兮奈若何?

"在艺术里,感性的东西是经过心灵化的,而心灵的东西也借感性化而显现出来。"① 项羽这位英雄临死前还郑重地将坐下乌骓马留给乌江亭长,对马的深情千百年来让多少末路英雄流泪:

> 乌江亭长檥船待,谓项王曰:"江东虽小,地方千里,众数十万人,亦足王也。愿大王急渡。今独臣有船,汉军至,无以渡。"项王笑曰:"天之亡我,我何渡为!且籍与江东子弟八千人渡江而西,今无一人还,纵江东父兄怜而王我,我何面目见之?纵彼不言,籍独不愧于心乎?"乃谓亭长曰:"吾知公长者。吾骑此马五岁,所当无敌,尝一日行千里,不忍杀之,以赐公。"……项王乃曰:"吾闻汉购我头千金,邑万户,吾为若德。"乃自刎而死。

很多中国人都为项羽的真英雄、真性情而激动不已,其中乌骓马对英雄的衬托和塑造功不可没。

(三) 英雄崇拜

民间力量作为历史文化的印证,地点、歌曲都会成为英雄崇拜最好的记录,如《慕容垂歌》、北朝乐府《淳于王歌》《咸阳王歌》《琅琊王歌》等,都是以部族头领的名字命名的,是对英雄的纪念、歌颂,是崇拜英雄的文学形态,正如洛德所说:"历史'进入'或是以其一般特征折射在口头史诗和民谣传统之中,但决非历史引发了口头传统。"② 大漠风沙,千里无人烟,北方恶劣的环境让人需要强健的体魄;狼烟四起,厮杀声不

---

① [德] 黑格尔著:《美学》(第1卷),朱光潜译,商务印书馆1979年版,第46-47页。
② [美] 约翰·迈尔斯·弗里著:《口头诗学:帕里-洛德理论》,朝戈金译,社会科学文献出版社2000年版,第112页。

绝，现实的战争更需要勇猛强健的勇士：

男儿欲作健，结伴不须多。鹞子经天飞，群雀两向波。①

北朝男人要做的也是勇猛顽强、横行于世的健儿。胡应麟曾说《企喻歌》是元魏先世风谣，其词"刚猛激烈"，如"男儿欲作健"等语，"真《秦风·小戎》之遗。其后卒雄据中华，几一寓内，即数歌词可征"②。他深刻地指出了鲜卑等民族的性格。由于崇尚英勇，猛兽鸷鸟也为北朝少数民族所信仰。齐高祖时，"诏诸军旗皆画以猛兽鸷鸟之像"（《北史》卷十《周本纪》下），可见鹞子一类猛禽一向被北朝当作强者。而类似鹞子的英雄是少女择偶的对象之一，是英雄美女文学范本的极好体现，也证明了英雄值得崇拜：

南山自言高，只与北山齐。女儿自言好，故入郎君怀。③

"求良夫，当如倍侯。"倍侯利原是高车斛律部将帅，后来奔魏。史称"侯利质直，勇健过人，奋戈陷阵，有异于众，北面之人畏之。婴儿啼者，语曰：倍侯利来，便止"④。这位倍侯利正是北方女性心中愿意婚嫁的英雄配偶。美女爱英雄，英雄娶美女，往往代表了男性阳刚和女性阴柔之美的完美结合。

北朝民歌对战争中的英雄刻画得特别精彩，如《陇上为陈安歌》：

陇上壮士有陈安，躯干虽小腹中宽，爱养将士同心肝。骕骦父马铁锻鞍，七尺大刀奋如湍，丈八蛇矛左右盘，十荡十决无当前。战始三交失蛇矛，弃我骕骦窜岩幽，为我外援而悬头。西流之水东流河，一去不还奈子何。⑤

---

① 〔宋〕郭茂倩编：《乐府诗集》，中华书局1979年版，第363页。
② 〔明〕胡应麟：《诗薮》，上海古籍出版社1979年版，第280页。
③ 〔宋〕郭茂倩编：《乐府诗集》，中华书局1979年版，第370页。
④ 〔唐〕李延寿：《北史》，中华书局1974年版，第3272页。
⑤ 〔宋〕郭茂倩编：《乐府诗集》，中华书局1979年版，第1200页。

在人们看来，勇敢杀敌，让敌人闻风丧胆，能够让鲜血染红战袍，甚至伤痕累累才是血性英雄。英雄不问出身，也不分性别，女英雄留给世人更多的是巾帼不让须眉的心悦诚服，《李波小妹歌曲》就反映了北朝尚武的风俗：

> 李波小妹字雍容，褰裙逐马如卷蓬。左射右射必叠双，妇女尚如此，男子安可逢？①

《北史·李安世传》云："广平人李波，宗族强盛，残掠不已。……公私成患……安世设方略，诱波及诸子侄三十余人，斩于邺市，州内肃然。"② 北方女子习武属普遍现象，北齐皇帝高欢的妃子就是其中之一。高欢妃乃尔朱荣之女，一次共同出迎蠕蠕公主，两位精于骑射的女子暗自不服，比试了一番：

> 与蠕蠕公主前后别行，不相见。公主引角弓仰射翔鸥，应弦而落。妃引长弓斜射飞鸟，亦一发而中。③

女子着戎装驰骋战场，和诸将游猎毫不逊色。北魏名将杨大眼妻潘氏，"善骑射，自诣军省大眼。至于攻陈游猎之际，大眼令妻潘戎装，或齐镳战场，或并驱林壑。及至还营，同坐幕下，对诸僚佐，言笑自得，时指之谓人曰：'此潘将军也。'"④

北方人的这种尚武精神强烈地影响了北朝女子，乐府歌辞中出现了花木兰、李波小妹这样的巾帼豪杰的形象。《木兰诗》里的女英雄已成为千古传奇。

二、早婚习俗

在最高统治者看来，婚姻是维系人口繁衍、政权延续的必要手段，

---

① 〔北齐〕魏收：《魏书》，中华书局1974年版，第1176–1177页。
② 〔唐〕李延寿：《北史》，中华书局1974年版，第1224页。
③ 〔唐〕李延寿：《北史》，中华书局1974年版，第518页。
④ 〔北齐〕魏收：《魏书》，中华书局1974年版，第1634页。

《礼记·昏义》云："婚姻者，将合二姓之好，上以事宗庙，而下以继后世也。"① 男女婚配当然也会让统治者高度重视，《魏书·高祖纪下》载，孝文帝太和二十年（496）七月诏曰："又夫妇之道，生民所先，仲春奔会，礼有达式，男女失时者以礼会之。"② 让男女婚配成为国家礼制的内容之一。

古人甚至将天灾也视为阴阳失调，要求男女成婚以换来天下和顺。宣武帝正始元年（504）六月，因天下大旱曾下诏"祇行六事"，其中之一即为"男女怨旷，务令媾会，称朕意焉"。③ 可见成就一桩婚姻是很郑重的大事，古人以为女子婚嫁年龄为小于20岁。战乱频起，朝不保夕，婚配年龄普遍较小。《孔子家语·本命解》之《哀公与孔子问答》中认为"男子二十而冠，有为人父之端，女子十五许嫁，有适人之道，于此而往，则自婚矣"④。

偏重婚姻的人口繁衍功能，而不是自然的两情相悦，特别是期望战争获胜的一方就会发展为早婚，如《乐府诗集》收录的北朝《折杨柳枝歌》：

门前一株枣，岁岁不知老。阿婆不嫁女，那得孙儿抱。⑤

薛瑞泽在《魏晋南北朝婚龄考》中认为，北朝女子的婚龄一般为十三岁左右，男子婚龄与女子基本相近，一般为十四岁左右，但早婚现象仍屡见不鲜。⑥ 早婚已是北魏统治者的普遍做法，如《魏书·高允列传》称"今诸王十五，便赐妻别居"⑦。王子十五岁可以成婚，女子年龄又小于男子，所以，冯太后、宣武于皇后十四岁就被册封为贵人，"文成文明皇后冯氏……年十四，高宗践极，以选为贵人，后立为皇后"⑧。孝文文昭皇

---

① 〔汉〕郑玄注，〔唐〕孔颖达疏：《礼记正义》，北京大学出版社1999年版，第1618页。
② 〔北齐〕魏收：《魏书·高祖纪下》，中华书局1974年版，第180页。
③ 〔北齐〕魏收：《魏书·世宗纪》，中华书局1974年版，第197页。
④ 陈顾远：《中国婚姻史》，商务印书馆1998年版，第126页。
⑤ 〔宋〕郭茂倩编：《乐府诗集》，中华书局1979年版，第370页。
⑥ 参见薛瑞泽《魏晋南北朝婚龄考》，载《许昌师专学报》（社会科学版）1993年第2期。
⑦ 〔北齐〕魏收：《魏书·高允列传》，中华书局1974年版，第1074页。
⑧ 〔北齐〕魏收：《魏书·皇后列传》，中华书局1974年版，第335页。

后高氏，入掖庭时，时年十三，"孝文昭皇后高氏……见后姿貌，奇之，遂入掖庭，时年十三"①。皇族妃嫔早婚者很多，孝文帝为废太子询聘刘氏、郑氏女为左右孺子，"时恂年十三四"②。由此可见一斑。

上行下效，达官贵人、黎民百姓早婚更是常见，《魏书·杨播附弟杨椿列传》载："（杨椿）年过六十……兄弟皆有孙，唯椿有曾孙，年十五六矣，椿常欲为之早娶，望见玄孙。"③杨椿年六十，其曾孙已十五六，可以推算杨椿在十五岁左右成婚。庶民女子一般十三岁结婚，《北齐书·后主纪》载"（武平七年）二月辛酉，括杂户女年二十已下十四已上未嫁悉集省，隐匿者家长处死刑"④，以可怕的严刑来促使少女早婚。周武帝建德三年（574）诏曰"自今已后，男年十五，女年十三已上，爰及鳏寡，所在军民，以时嫁娶，务从节俭，勿为财币稽留"⑤，明确规定男女婚龄，都为早婚。早婚甚至发展到了童婚，十岁以下的幼儿成婚为童婚，陈废帝生于梁承圣三年（554），纳王皇后时仅六岁。⑥《南齐书》记载徐孝嗣"八岁，袭爵枝江县公，见宋孝武，升阶流涕。迄于就席，帝甚爱之。尚康乐公主"⑦。早婚和童婚合在一起，足见当时特有的婚姻习俗。

北朝除北魏存续时间相对较长，大约148年外，其他各朝较短，东魏存在约16年，西魏约21年，北齐约27年，北周约24年。战乱不息，男丁大减，甚至还有"童男娶寡妇，壮女笑杀人"⑧的现象。壮女被笑，主要在于早婚，没有合适的配偶，看似寡妇其实实际年龄并不大，只是在当时特殊的环境中显得不般配。同时，老女难嫁还与财婚习俗有关。所谓财婚就是女方索取大量的彩礼，这样客观上造成贫困男子无法娶妻，故清人赵翼在《廿二史札记》中谈到财婚问题时说："魏、齐之时，婚嫁多以财币相尚，盖其始高门与卑族为婚，利其所有，财贿纷遗，其后遂成风俗，凡婚嫁无不以财币为事，争多竞少，恬不为怪也。"⑨这足以说明财

---

① 〔北齐〕魏收：《魏书·皇后列传》，中华书局1974年版，第336页。
② 〔北齐〕魏收：《魏书·孝文五王列传》，中华书局1974年版，第589页。
③ 〔北齐〕魏收：《魏书·杨播附弟椿列传》，中华书局1974年版，第1102页。
④ 〔唐〕李百药：《北齐书·后主纪》，中华书局1972年版，第109页。
⑤ 〔唐〕令狐德棻：《周书·武帝纪》，中华书局1971年版，第83页。
⑥ 〔唐〕姚思廉：《陈书·废帝本纪》，中华书局1972年版，第262页。
⑦ 〔梁〕萧子显：《南齐书》，中华书局1972年版，第1009页。
⑧ 〔宋〕郭茂倩编：《乐府诗集》，中华书局1979年版，第365页。
⑨ 〔清〕赵翼：《廿二史札记·财婚》，江苏凤凰出版社2008年版，第215页。

婚的风靡。"贫者但供吏，死者弗望埋，鳏居有不愿娶，生子每不敢举。又戍淹谣久，妻老嗣绝，及淫奔所孕，皆复不收。是杀人之日有数途，生人之岁无一理，不知复百年间，将尽以草木为世邪？"① 这也是造成男子无法娶妻而让女子待嫁年龄偏大的原因之一。需要说明的是，这里的大龄是相对于早婚或童婚而言，其实并不是真正的大龄。

三、北朝情歌

情歌是最能体现心理、情感的一类民歌。北朝和南朝民歌迥然不同，学者徐嘉瑞进一步剖析北朝民间诗意义的民歌特点，认为其"豪爽真实、破绝藩篱，恰和南人委婉屈伏、以礼自持的遥遥对峙"②。很多人认为是地理位置的原因，北周颜之推在《颜氏家训·音辞第十八》中说："南方水土柔和，其音清举而切诣，失在浮浅，其辞多鄙俗。北方山川深厚，其音沉浊而讹钝，得其质直，其辞多古语。"③ 再如近代国学大师刘师培在《南北文学不同论》中说："大抵北方之地土厚水深，民生其间，多尚实际；南方之地，水势浩洋，民生其间，多尚虚无。民崇实际，故所著之文，不外记事析理二端。民尚虚无，故所作之文，成为言志标情之体。"④

地理不同，气候不同，特别是冬季就会冻死人，《晋书》载，隆安元年（397）二月，北魏打败后燕大军，乘胜追击。慕容宝、慕容农等弃大军，"率骑二万奔还。时大风雪，冻死者相枕于道"⑤。《北史》载，梁天监十年（511），北魏与萧梁之间展开著名的朐山争夺战，"朐山戍主傅文骥粮樵俱罄，以城降梁。昶见城降，先走退，诸军相寻奔遁。遇大寒，军人冻死及落手足者太半"⑥。在城内柴粮俱尽之时，守城将领傅文骥献城降梁，统帅卢昶率军逃走，其余魏军相继溃败。但老天没有给魏军退路，冻死、冻残者很多。特殊的地域天气也影响了北方男女的性格，使他们更

---

① 〔南齐梁〕沈约：《宋书·周朗传》，中华书局1974年版，第2094页。
② 徐嘉瑞编：《中古文学概论》，上海亚东图书馆1930年版，第115页。
③ 〔北齐〕颜之推著，阎福玲等注：《颜氏家训》，天津人民出版社1980年版，第289页。
④ 刘梦溪主编：《中国现代学术经典·黄侃　刘师培卷》，河北教育出版社1996年版，第756页。
⑤ 〔唐〕房玄龄等：《晋书》，中华书局1974年版，第3095页。
⑥ 〔唐〕李延寿：《北史》，中华书局1974年版，第421页。

直爽、热情。所以,男女间的情歌相对于南朝就显得率性、天然,许多女子的性情也类似男子。对待世上除了最美好的亲情以外,男女热烈的真情就以干脆利索的北方人特有的豪气、大方来表现,真实可爱至极。先来看一首北朝民歌,虽然不是情歌,但是直截了当的风格很相似,由此就能看其大略:

> 兄在城中弟在外,弓无弦,箭无括。食粮乏尽若为活! 救我来! 救我来!
> 兄为俘虏受困辱,骨露力疲食不足。弟为官吏马食粟,何惜钱刀来我赎。①

孔尚任的《古铁斋诗序》曰:"北人诗隽而永,其失在夸。南人诗婉而风,其失在靡。虽有善学者,不能尽山川风土之气。盖山川风土者,诗人性情之根柢也。得其云霞则灵,得其泉脉则秀,得其岗陵则厚,得其林莽烟火则健。"② 这也透露出北方人不同的表现风格。

在北朝乐府歌辞女性题材中,多处出现"老女""壮女"之类的字眼,可见当时老女未嫁的现象很多。女子到了出嫁的年龄,或过了婚配的年龄没有出嫁,是会受人讥笑的,于是老女的心中充满了怨尤。北朝乐府歌辞中反映未嫁老女心声的作品大约有8首。

《捉搦歌》四首则主要反映了未嫁女子的凄凉心境和她们对爱情、婚姻的实际态度:

> 粟谷难舂付石臼,弊衣难护付巧妇。男儿千凶饱人手,老女不嫁只生口。
> 华阴山头百丈井,下有流水彻骨冷。可怜女子能照影,不见其余见斜领。
> 谁家女子能行步,反著夹褝后裙露。天生男女共一处,愿得两个成翁妪。
> 黄桑柘屐蒲子履,中央有系两头系。小时怜母大怜婿,何不早嫁

---

① 〔宋〕郭茂倩编:《乐府诗集》,中华书局1979年版,第368页。
② 〔清〕孔尚任:《湖海集》,古典文学出版社1957年版,第226页。

论家计。①

对爱情的追求是直截了当的："天生男女共一处，愿得两个成翁妪。"北朝民歌中出现的妇女形象与南朝民歌中那种害羞柔媚、娇滴滴的小家女不同，而是具有豪爽、热烈甚至泼辣性格的"壮女"。在北朝人的观念里，男女长大后结婚是必然的，没有什么不好意思的。萧涤非先生评价其"无一点忸怩羞涩之态。真是快人快语，泼辣无比"②，郑振铎也谓其"赤裸裸的北人的热情的披露"③。

《折杨柳枝歌》四首云：

> 上马不捉鞭，反拗杨柳枝。下马吹长笛，愁杀行客儿。
> 门前一株枣，岁岁不知老。阿婆不嫁女，那得孙儿抱。
> 敕敕何力力，女子临窗织。不闻机杼声，只闻女叹息。
> 问女何所思，问女何所忆。阿婆许嫁女，今年无消息。④

刘勰《文心雕龙·乐府》曰："诗为乐心，声为乐体，乐体在声，瞽师务调其器。乐心为诗，君子宜正其文。"⑤ 诗歌就是为了表达人的内心世界，而不仅仅是追求遣词造句。傅斯年先生曾说："《诗经》中的大部分作品，既不是文人作的，又不是文化大备的时代作的，所以只有天趣，不见人工，是裸体的美人，不是委委佗佗如山如河的不淑夫人，《诗经》里都是极寻常的话，惟其都是些极寻常的话，所有才有极不寻常的价值。"⑥ 这里又能体现天然之趣，是人的自然之美，是美的自然之现，一个词"天然"，超越了所有的修饰，反而觉着爱情就是这样美好。当然，这与北朝女子的鲜明个性和对爱情的大胆追求密切相关。北朝女子，也像男子一样，具有豪爽刚健的性格，就像《北齐太上时童谣》所说："千金买药

---

① 〔宋〕郭茂倩编：《乐府诗集》，中华书局1979年版，第369页。
② 萧涤非：《汉魏六朝乐府文学史》，人民文学出版社1984年版，第282页。
③ 郑振铎：《中国俗文学史》（上），商务印书馆1998年版，第121页。
④ 〔宋〕郭茂倩编：《乐府诗集》，中华书局1979年版，第370页。
⑤ 〔南朝齐〕刘勰著，范文澜注：《文心雕龙注》，人民文学出版社1958年版，第101页。
⑥ 傅斯年：《宋朱熹的〈诗集传〉和〈诗序辩〉》，载《新潮》1919年第1期。

园，中有芙蓉树。破家不分明，莲子随它去。"① 所以，她们在爱情方面也表现得自然、直接。如《地驱歌乐辞》云：

  侧侧力力，念君无极。枕郎左臂，随郎转侧。
  摩挱郎须，看郎颜色。郎不念女，不可与力。②

突然感觉情郎并非像想象的那样对自己情深义重，愤怒之余干脆一刀两断，不再勉强。表态痛快坚决，毫无留恋悲伤之意。

  当然，随着南北方文化不断交流，尤其是南方文人北上，有些北朝乐府歌辞明显带有南方婉约、轻柔的特点。这类歌辞当不属于北朝乐府的主流，这类女子也不具备北朝乐府女子的典型特征。如《淳于王歌》云：

  肃肃河中育，育熟须含黄。独坐空房中，思我百媚郎。
  百媚在城中，千媚在中央。但使心相念，高城何所妨。③

《黄淡思歌辞》亦像南朝情歌，尤其是诗中环境更像是江南：

  心中不能言，复作车轮旋。与郎相知时，但恐旁人闻。
  江外何郁拂，龙洲广州出。象牙作帆樯，绿丝作帆绊。
  绿丝何葳蕤，逐郎归去来。④

---

① 〔宋〕郭茂倩编：《乐府诗集》，中华书局1979年版，第1227页。
② 〔宋〕郭茂倩编：《乐府诗集》，中华书局1979年版，第366—367页。
③ 〔宋〕郭茂倩编：《乐府诗集》，中华书局1979年版，第369页。
④ 〔宋〕郭茂倩编：《乐府诗集》，中华书局1979年版，第366页。

第三部分 文人诗研究

先民仰望日月星辰，寻求行走的方向，为快速、安全地到达目的地，试探应用尽可能高效的交通工具，以敬畏之心选择吉日出行，并小心翼翼避开忌讳之日，可以说形成了独特的行旅习俗。而文人吟咏游子离家思乡、佳人离情别意、生死永别等人生之旅之诗，抒发了内在的真情。先民脚踏大地为生活奔波，劳累之时会饮酒活血以尽快恢复精力；节日婚庆或丧葬等特殊时刻，无论达官贵人，还是庶民百姓都会宴饮以示祝愿或安慰；士人阶层生来敏感，借饮酒抒发真情，造就了名士风流……文人诗酒都是为人生而歌。相术是巫文化的一部分，看似神秘，其实质是先民渴望把握人生的命运。仔细观看面相、聆听声音特色、揣摩行为举止，进一步思考国运时事变迁，就是要探求人生成功之道，这和文人创作的再现生活的叙事诗、表现内在心灵的抒情诗、总结人生感悟的哲理诗有相通之处。

人神信仰是把现世人生寄托给神人，而人格神的西王母、淮南王、王子乔却是由神到人，成仙也由祈求仙桃、仙药变为自身悟道自然飞升，突出了人的主体意识觉醒和自身价值；英雄霍嫖姚和侠客刘生分别代表从军立功和复仇赴难；西施和张女在传说中可以被视为爱神，她们主动追求美好的婚恋，关联了宫廷里的宫怨诗和普通女子的怨诗；农神信仰让关注的视域回到了现实民间，有关田家种植的过重负担成为文人诗批判的主题，由女性纺织劳作联系到她们内心向往的婚恋，文人诗相关的人神信仰呈现的就是社会主体的情感体验和审美诉求。

先民长期累积的生活习俗，"凡民函五常之性，而其刚柔缓急，音声不同，系水土之风气，故谓之风；好恶取舍，动静亡常，随君上之情欲，故谓之俗"①，而文人创作源于生活的积累，取舍相关材料对应内心真情，由此就找到了文人诗和民俗结合研究的契合点。概言之，从行旅、饮酒、

---

① 〔汉〕班固：《汉书·地理志下》，中华书局1962年版，第1640页。

相术、人神信仰等视角分析文人诗就有了新的学术意义。

第十一章 行旅和文人诗

从行旅风俗审视文人诗，领略我国最为后人称赞的汉唐大国气韵，《乐府诗集》做到了让每个国人跟着汉唐乐府诗一路行走，既能看到游子别离故土、父母，又有亲朋好友路上揖别，还包括男女之间情人、夫妻的离别和生死之别。生死之别当然是诗人哲思审美的升华。我国先民自觉以人类自身和整个宇宙建构了自然统一的思辨判断，坚信走万里路、读万卷书方能领悟人生的特有意义。行走路上不仅展示每个时代交通工具、道路状况的实际问题，还有人们的心理诉求：吉日和忌讳全是为了祈福。敏锐的诗人从中悟到一些人生感悟，用文字描述出来，既有本源的行旅习俗，又有心理历程的情感变化。从一般的游子友人、情人离别，到生死长辞，无论有无留恋或庆贺的风景，人生无不由生到死完成岁月旅途。

一、游子行旅和文人诗

古人完成的行旅盛举虽然由当时的历史使命推动，但就今天的交通条件察之，也只得赞叹和钦佩。古人出行特别是离开故土，远离父母，游子思乡之情容易成为文人吟诵的对象。对于怀有深情的生之故乡，心灵的故乡就存在于与之共鸣的诗篇中。

（一）游子行旅和汉代文人诗

汉代行旅关涉两条至关重要的路线：一为实际道路，打通中原和西域的丝绸之路；一为《史记》中建构的华夏精神内涵之路。正是视野开阔、精神张扬，汉代女子忠于国家利益的远嫁就被放置在历史的宏大叙事之中。

汉代较为自豪的行走壮举是打通中原和西域的丝绸之路，它不仅直接改变物质经济生活的交融和发展，更重要的是打开整个华夏内心意识的一扇门，外面的世界无论怎样，都会对自身进取或发展提供更好的借鉴。从

第三部分　文人诗研究

帝王巡视看，汉武帝是汉朝代表人物，"元封元年……行自云阳，北历上郡、西河、五原，出长城，北登单于台，至朔方，临北河。勒兵十八万骑，旌旗径千余里，威震匈奴。……还，祠黄帝于桥山，乃归甘泉"①。又，元封五年（前106）南巡，"至于盛唐，望祀虞舜于九嶷。登潜天柱山，自寻阳浮江，亲射蛟江中，获之。舳舻千里，薄枞阳而出，作《盛唐枞阳之歌》。遂北至琅邪，并海，所过，礼祠其名山大川。春三月，还至泰山，增封。……还幸甘泉，郊泰畤"②。

再一个就是精神领域行走建立的里程碑。司马迁隐忍负重完成的《史记》，从文人情怀来说，"二十而南游江、淮，上会稽，探禹穴，窥九疑，浮于沅、湘，北涉汶、泗，讲业齐、鲁之都，观孔子之遗风，乡射邹、峄，厄困鄱、薛、彭城，过梁、楚以归。于是迁仕为郎中，奉使西征巴、蜀以南，南略邛、笮、昆明"③。司马氏20岁起，以忠于生活、记录历史为使命行走大江南北，依个人独特感悟创造性地完成了紧紧围绕人的灵魂、人的价值的史书，为建构国家意识和华夏民族精神树立了一个高标。

远嫁与行旅风俗意义的汉代文人诗。放置在大汉广阔的舞台天地，文人诗有几个女子的吟唱得最为动人，比如乌孙公主、王昭君、蔡琰等。到蔡琰止，汉代文人诗完成了传承《诗经》和《楚辞》手法，又超越它们成就了最能打动人心的文人诗。

汉代出行已有一套完整的以大吉大利为目的的风俗。秦汉专门判断吉凶的《日书》就有实用功效，如敦煌汉简部分《日书》记载："子朔、巳反支，辰解律。"④ 根据日支择日以为"反支"日不宜出行。《汉书·陈遵传》载："王莽败，二人俱客于池阳，竦为贼兵所杀。"⑤ 颜师古注引李奇曰："竦知有贼当去，会反支日，不去，因为贼所杀。"睡虎地秦简《日书》甲种"归行"篇每月都有一日不吉，有死亡的可能：

---

① 〔汉〕班固：《汉书·武帝纪》，中华书局1962年版，第189页。
② 〔汉〕班固：《汉书·武帝纪》，中华书局1962年版，第196页。
③ 〔汉〕司马迁：《史记》，中华书局1959年版，第3293页。
④ 何双全：《汉简〈日书〉丛释》，见西北师范大学文学院历史系、甘肃省文物考古研究所编《简牍学研究》（第2辑），甘肃人民出版社1998年版，第47页。
⑤ 〔汉〕班固：《汉书》，中华书局1962年版，第3714页。

入正月七日，入二月四日，入三月廿一日，入四月八日，入五月十九日，入六月廿四日，入七月九日，入八月九日，入九月廿七日，入十月十日，入十一月廿日，入十二月卅日，凡此日以归，死；行，亡。①

睡虎地秦简《日书》甲种"到室"篇有具体行走时间：

戊己丙丁庚辛旦行，有二喜。甲乙壬癸丙丁日中行，有五喜。庚辛戊己壬癸铺时行，有七喜。壬癸庚辛甲乙夕行，有九喜。②

睡虎地秦简《日书》甲种"归行"篇有方位规定：

凡春三月己丑不可东，夏三月戊辰不可南，秋三月己未不可西，冬三月戊戌不可北。百中大凶，二百里外必死。岁忌。③

在这种种吉凶祸福中择日、择向而行，为的是保障行旅顺利，不出意外。特别是在古代，无法提供先进可靠的交通工具，也没有大道坦途提供方便，加之信息不通，社会可能兵荒马乱。所以，人们借助预测的吉凶为心理安慰找到依据，有利于行者消除恐慌，早一点到达目的地。可是，这样联系似乎对汉代几个软弱的女子不公，她们远离故土，心中伤痛，面对不同于故乡的日常生活，更多的情感自然会流露出来。

《乌孙公主歌》云：

吾家嫁我兮天一方，远托异国兮乌孙王。穹庐为室兮旃为墙，以肉为食兮酪为浆。居常土思兮心内伤，愿为黄鹄兮归故乡。④

《乐府诗集》引《汉书·西域传》曰："武帝元封中，遣江都王建女

---

① 睡虎地秦墓竹简整理小组编：《睡虎地秦墓竹简》，文物出版社1990年版，第353页。
② 睡虎地秦墓竹简整理小组编：《睡虎地秦墓竹简》，文物出版社1990年版，第353页。
③ 睡虎地秦墓竹简整理小组编：《睡虎地秦墓竹简》，文物出版社1990年版，第353页。
④ 〔宋〕郭茂倩编：《乐府诗集》，中华书局1979年版，第1186页。

细君为公主,以妻乌孙王昆莫。公主至其国,自治宫室居,岁时一再与昆莫会,置酒饮食。昆莫年老,言语不通,公主悲,乃自作歌。"①

王嫱《昭君怨》四言诗,以视觉触及悲秋,听觉上有河水波动,只有想象像天上的鸟儿才能自由飞回父母身旁:

> 秋木萋萋,其叶萎黄。有鸟处山,集于苞桑。养育毛羽,形容生光。既得升云,上游曲房。离宫绝旷,身体摧藏。志念抑沉,不得颉颃。虽得委食,心有徊徨。我独伊何,改往变常。翩翩之燕,远集西羌。高山峨峨,河水泱泱。父兮母兮,道里悠长。呜呼哀哉,忧心恻伤。②

相对于内地,蔡琰对边外也有强烈的反应,"对殊俗兮非我宜,遭恶辱兮当告谁"③。正因为如此,"无日无夜兮不思我乡土,禀气含生兮莫过我最苦"④。《胡笳十八拍》是胡汉文化交流的优秀诗作,胡笳声声,伴随的全是血与泪,从母亲的角度,就自身经历哭诉,"日居月诸兮在戎垒,胡人宠我兮有二子"⑤。真情真事真心,这是蔡琰之吟唱令人动容的关键。

《第十四拍》,思儿成梦,心中悲痛原先是因为远离父母,没有想到现今又要离开幼小的孩儿,怎不叫人肝胆欲绝:

> 身归国兮儿莫知随,心悬悬兮长如饥。四时万物兮有盛衰,唯有愁苦兮不暂移。山高地阔兮见汝无期,更深夜阑兮梦汝来斯。梦中执手兮一喜一悲,觉后痛吾心兮无休歇时。十有四拍兮涕泪交垂,河水东流兮心是思。⑥

《第八拍》讲一个生活在千里之外的弱女子质问苍天大地,质问为何命运不公,悲愤之情发自内心。这种声音增添了诗性的神韵:

---

① 〔宋〕郭茂倩编:《乐府诗集》,中华书局1979年版,第1186页。
② 〔宋〕郭茂倩编:《乐府诗集》,中华书局1979年版,第853—854页。
③ 〔宋〕郭茂倩编:《乐府诗集》,中华书局1979年版,第861页。
④ 〔宋〕郭茂倩编:《乐府诗集》,中华书局1979年版,第862页。
⑤ 〔宋〕郭茂倩编:《乐府诗集》,中华书局1979年版,第863页。
⑥ 〔宋〕郭茂倩编:《乐府诗集》,中华书局1979年版,第864页。

> 为天有眼兮何不见我独漂流,为神有灵兮何事处我天南海北头。我不负天兮天何配我殊匹,我不负神兮神何殛我越荒州。制兹八拍兮拟排忧,何知曲成兮转悲愁。①

(二) 游子行旅和魏晋南北朝文人诗

魏晋时期祭祀路神,举行"祖道"仪式,游者赶车绕圈,堆土为丘,焚香祭以酒肉,然后把土运走求得神灵保佑,"祖之在于俗尚矣,自天子至于庶人,莫不咸用"②。行旅往往是告别故土,诗人卢思道《从军行》云:"边庭节物与华异,冬霰秋霜春不歇。长风萧萧渡水来,归雁连连映天没。从军行,军行万里出龙庭。单于渭桥今已拜,将军何处觅功名?"③行军打仗,更要祭祀路神,孔颖达《正义》引崔灵恩之说云:"宫内之軷,祭古之行神。城外之軷,祭山川与道路之神。"④ 行军时需祭軷,与軷祭密切相关的就是征夫从军思念故土、父母等,文人诗成为征人对故乡父母、妻子等亲人思念的寄托。

游子离乡,特别是有志之士渴望在一统江山中获得战功,这样的诗歌本身就有特别的美感。魏武帝《却东西门行》为五言诗,带有浓厚的乡野气息,他一生征战但还是渴望返回故乡,特别是最后一句借物言志,并强调了我国特有的民俗——终年老去要回归故里,对于在外的游子尤为迫切。曹操一生英勇善战,在诗歌的世界里却体现了深深的游子故园之情:

> 鸿雁出塞北,乃在无人乡。举翅万余里,行止自成行。冬节食南稻,春日复北翔。田中有转蓬,随风远飘扬。长与故根绝,万岁不相当。奈何此征夫,安得去四方。戎马不解鞍,铠甲不离傍。冉冉老将至,何时反故乡。神龙藏深泉,猛兽步高冈。狐死归首丘,故乡安可忘。⑤

---

① 〔宋〕郭茂倩编:《乐府诗集》,中华书局1979年版,第862页。
② 〔清〕严可均辑:《全上古三代秦汉三国六朝文·全晋文》卷六十五引嵇含《祖道赋序》,中华书局1958年版,第1829页。
③ 〔宋〕郭茂倩编:《乐府诗集》,中华书局1979年版,第482-483页。
④ 〔清〕胡培翚撰,段熙仲点校:《仪礼正义》,江苏古籍出版社1993年版,第1390页。
⑤ 〔宋〕郭茂倩编:《乐府诗集》,中华书局1979年版,第552页。

同样，魏文帝《陌上桑》三言、七言并用，军旅生涯征战艰辛，远离故土形只影单，故乡是心中最好的归宿：

> 弃故乡，离室宅，远从军旅万里客。披荆棘，求阡陌，侧足独窘步，路局笮。虎豹嗥动，鸡惊，禽失群，鸣相索。登南山，奈何蹈盘石，树木丛生郁差错。寝蒿草，荫松柏，涕泣雨面沾枕席。伴旅单，稍稍日零落，惆怅窃自怜，相痛惜。①

三国吴韦昭《秋风》以五言为主，辞别父母亲人表达的是建立军功，这种立功之志放在生死的考验上，再联想到特定时期的历史背景，非常容易体会到游子去国的悲壮。前文所讨论的祭祀路神，其实无非是要保护行人安全，这样就能理解行旅的必要的心理需要：

> 秋风扬沙尘，寒露沾衣裳。角弓持弦急，鸠鸟化为鹰。边垂飞羽檄，寇贼侵界疆。跨马披介胄，慷慨怀悲伤。辞亲向长路，安知存与亡。穷达固有分，志士思立功。思立功，邀之战场。身逸获高赏，身没有遗封。②

南朝宋吴迈远《棹歌行》也表达了同样的孤身在外的思乡之情。历经各种险阻，从军一生生死难测，对于当时在外的人们来说，希望得到神祇护佑，也是应该的。此五言诗讲求意境的塑造，非常形象，富有感染力：

> 十三为汉使，孤剑出皋兰。西南穷天险，东北毕地关。岷山高以峻，燕水清且寒。一去千里孤，边马何时还？遥望烟嶂外，瘴气郁云端。始知身死处，平生从此残。③

从以上内容来看，这类诗歌主要反映以战乱为背景的思乡之情，因为

---

① 〔宋〕郭茂倩编：《乐府诗集》，中华书局1979年版，第412页。
② 〔宋〕郭茂倩编：《乐府诗集》，中华书局1979年版，第271页。
③ 〔宋〕郭茂倩编：《乐府诗集》，中华书局1979年版，第594页。

生与死可能就在每个游子眼前，路远山高河险，还有瘴气、瘟疫、天灾等意想不到的事情，交通不便，无法快速、安全到达目的地，又是从军这样吉凶难料的大事，体现民俗的行旅就要拜求神灵的护佑，希望既能顺利到达目的地，又能实现出行的目的。

(三) 游子行旅和唐代文人诗

由于国家经济繁荣，实力强大，男子从军建功立业的志向和抱负被激发，所以，唐代的边塞诗成为这种心理需求的代表作。由此看来，从军的礼俗逐步完善起来，较祭在唐代正式归于军礼，唐代《开元礼》中有详尽的记载：

> 车驾出日，右校先于国门外委土为较；又为瘗埳于神座西北，方深取足容物。太祝布神座于较前，南向。太官令帅宰人割羊。郊社令之属设樽罍篚幂于神座之左，俱右向。置币于樽所。
>
> 驾将至，太祝立于樽洗东南，西向；祝史与执樽罍篚者俱就樽罍所立。太祝再拜，诣樽所取币，进，跪奠于神座，兴，还本位。进馔者荐脯醢于神座前，加羊于较，西首。太祝诣罍洗盥手洗爵，诣樽所酌酒，进，跪奠于神座前，兴，少退，北向立读祝文讫，(祝文临时撰。) 太祝再拜，还本位。少顷，太祝帅斋郎奉币爵酒馔物，宰人举羊肆解之，太祝并载埋于埳，寘之。执樽者彻罍篚席。驾至，权停。太祝以爵酌酒授太仆卿，太仆卿左执辔，右受酒，祭两軹及軓前，(軹，毂末。軓，轼前。) 乃饮，授爵而退，遂驱驾轹较上而行。①

看来唐代行军更希望借助祭祀的效应获取更大的胜利，也说明唐代从军作战有了更全面的要求，其战斗力也更受重视。但是，战争没有绝对的胜利者，李白《千里思》五言诗，借古抒发思归之意："李陵没胡沙，苏武还汉家。迢迢五原关，朔雪乱边花。一去隔绝域，思归但长嗟。鸿雁向西北，飞书报天涯。"② 从军将士的苦衷只有个人最清楚，文人将触动心灵的感悟写进了诗篇。

---

① 〔唐〕杜佑撰，王文锦等点校：《通典》，中华书局1988年版，第3390-3391页。
② 〔宋〕郭茂倩编：《乐府诗集》，中华书局1979年版，第996页。

卢照邻《陇头水》写征人盼望王师，家国情怀全在其中，从诗歌语境来讲，诗中比较重视的是乡情和乡思：

陇阪高无极，征人一望乡。关河别去水，沙塞断归肠。马系千年树，旌悬九月霜。从来共呜咽，皆是为勤王。①

张籍《陇头》写故土被占，心中怀着收复故土的情怀，七言诗描述了不同地域的习俗，陇西之地语言不通、饮食不同：

陇头已断人不行，胡骑夜入凉州城。汉家处处格斗死，一朝尽没陇西地。驱我边人胡中去，散放牛羊食禾黍。去年中国养子孙，今着毡裘学胡语。谁能更使李轻车，收取凉州属汉家？②

杜甫《前出塞九首》第一首，写离开故土心中滋味难言：

戚戚去故里，悠悠赴交河。公家有程期，亡命婴祸罗。君已富土境，开边一何多。弃绝父母恩，吞声行负戈。③

施肩吾《古别离》第二首，写战乱导致骨肉分离：

老母别爱子，少妻送征郎。血流既四面，乃亦断二肠。不愁寒无衣，不怕饥无粮。惟恐征战不还乡，母化为鬼妻为孀。④

白居易《母别子》描写了一个从军家庭亲人之间的实际处境，哭诉了从军带给百姓的痛苦：

母别子，子别母，白日无光哭声苦。关西骠骑大将军，去年破虏

---

① 〔宋〕郭茂倩编：《乐府诗集》，中华书局1979年版，第315页。
② 〔宋〕郭茂倩编：《乐府诗集》，中华书局1979年版，第311页。
③ 〔宋〕郭茂倩编：《乐府诗集》，中华书局1979年版，第322页。
④ 〔宋〕郭茂倩编：《乐府诗集》，中华书局1979年版，第1019页。

新策勋。敕赐金钱二百万,洛阳迎得如花人。新人迎来旧人弃,掌上莲花眼中刺。宠新弃旧未足悲,悲在君家留两儿。一始扶床一初坐,坐啼行哭牵人衣。以汝夫妇新嬿婉,使我母子生别离。不如林中乌与鹊,母不失雏雄伴雌。应似后园桃李树,花落随风子在枝。新人新人听我语,洛阳无限红楼女,但愿将军重立功,更有新人胜于汝。①

母亲和儿子离别是最容易打动人心的。因为从军路远,且随时都有可能牺牲生命,所以安全是母亲最牵挂的,母亲无时无刻不为千里之外的儿子祈祷。这就需要为游子祈求神灵的保佑。

翁绶《陇头吟》写边塞立功,难以掩饰相思之苦:

陇水潺湲陇树黄,征人陇上尽思乡。马嘶斜月朔风急,雁过寒云边思长。残月出林明剑戟,平沙隔水见牛羊。横行俱足封侯者,谁斩楼兰献未央。②

陈昭《明君词》写远征落泪,大丈夫真情因为从军生死别离故土而感慨:

跨鞍今永诀,垂泪别亲宾。汉地行将远,胡关逐望新。交河拥塞路,陇首暗沙尘。唯有孤明月,犹能远送人。③

以上所选是唐朝有名的诗人作品,游子行旅牵挂的是安全第一。大丈夫立志从军,建功立业,做出一番事业,可是,母亲的心会一直跟着外出的儿子,如果有路神,一定会虔诚祈祷,甚至牺牲财富和心血,不惜献上珍藏的美酒、家中饲养的家禽和家畜,也会在香火中叩拜神灵,不嫌仪式烦琐,只为游子求得平安,希望从军游子早日回归故里。

---

① 〔宋〕郭茂倩编:《乐府诗集》,中华书局1979年版,第1381页。
② 〔宋〕郭茂倩编:《乐府诗集》,中华书局1979年版,第312页。
③ 〔宋〕郭茂倩编:《乐府诗集》,中华书局1979年版,第434页。

二、佳人离情和文人诗

这里的佳人离情包括两类,一类是真正的有婚姻关系的夫妻之情,一类是歌伎等给文人心灵慰藉的类似夫妻之情。诗人与曾经志趣相投的红颜知己的离情别意更能入诗,也更能体现诗歌的艺术天性,文人为饱满的激情所放歌。情人离开,开始旅程,相思之情融合昔日景象和时代风情。文人才子和美女佳人是我国婚恋观下较为世人赞赏的对象模式,佳人情结成为诗人无法绕开的选题,与佳人的离情别意也就有了特定的意义。

(一) 佳人离情和汉代文人诗

佳人最美的形象在汉代已完整勾勒出来:"北方有佳人,绝世而独立。一顾倾人城,再顾倾人国。宁不知倾城与倾国,佳人难再得。"① 李延年并没有以诗才出名,"性知音,善歌舞,武帝爱之。尝侍上起舞而歌。延年后为协律都尉。"② 此诗很像唐代诗人的作品,写得极其自然,有太白才气,又留下无限的想象、审美空间,属于我国典型的含蓄内蕴之美,并诚恳表示真正的佳人值得珍爱。从语言形式来看,主要受益于民歌,便于传诵和演唱。这样倾国倾城的佳人和文人内心独到的审美意识天然吻合,佳人当然也就走进了文人创作的场域。大多数状况下,男性诗人以女性代言者的身份渲染婚恋之情,或者隐喻人生种种遭遇。

1. 皇室婚姻与冷宫的礼制

一般来说,庙堂之高远离普通百姓,好在诗集收入了相关的诗篇。后宫失宠的女性本人有什么真实的感受,最好还是一阅女性诗人的作品。

> 新裂齐纨素,鲜洁如霜雪。裁为合欢扇,团团似明月。出入君怀袖,动摇微风发。常恐秋节至,凉飙夺炎热。弃捐箧笥中,恩情中道绝。③

---

① 〔宋〕郭茂倩编:《乐府诗集》,中华书局 1979 年版,第 1181 页。
② 〔宋〕郭茂倩编:《乐府诗集》,中华书局 1979 年版,第 1181 页。
③ 〔宋〕郭茂倩编:《乐府诗集》,中华书局 1979 年版,第 616 页。

这首班婕妤《怨歌行》因其身份、性别、风格而影响后世,"班婕妤"也成为文学史上为君王冷落、人生失意的意象符号,仅《乐府诗集》就收入《班婕妤》十三首,然后题写有所变化,《婕妤怨》九首、《长信怨》四首、《娥眉怨》一首、《玉阶怨》三首、《宫怨》五首、《杂怨》六首,相同主旨一气收录汉至唐代四十一首,可见文人喜好以此借题发挥。李白《玉阶怨》五言诗,亦能体现诗歌写作的真趣:"玉阶生白露,夜久侵罗袜。却下水精帘,玲珑望秋月。"①

后宫妃子太多,无一不是美女,许多像班婕妤一样才貌俱佳、人见人爱之人随时都可能受冷落或被打入冷宫,深宫怨妇因而成为历史和文学关注的对象,人的价值也因此得到反思。由于皇室成员的特殊身份,后宫女子对冷遇还要表现出哀而不怨、含蓄忍辱的姿态,这样才会获得美誉,这也是文人同情并愿意吟诵的原因。在民间由于涉及人员较多,去妻有"七出"之说,鲍永因妻母前叱狗,认为不孝,"永即去之"②;汉武帝以陈皇后无子,"用无子故废耳"③;冯衍之妻任氏"悍忌"年老被休;④ 陈平之兄陈伯因妻多言,"逐其妇弃之"⑤;王吉因妻取邻家枣有偷窃嫌疑,"乃去妇"⑥;李充兄弟六人,因妻主张分家,"呵叱其妇,逐令出门"⑦。可以看出,女子在婚姻中的地位非常脆弱。

2. 民间婚俗与采桑野合

比较而言,民间恋爱、婚姻多了几分自由,其表现形式多了几分野性,采桑在远古就与野合习俗联系起来。

东汉宋子侯《董娇饶》写到了采桑,相对往日欢爱更加愁怨:

> 洛阳城东路,桃李生路傍。花花自相对,叶叶自相当。春风东北

---

① 〔宋〕郭茂倩编:《乐府诗集》,中华书局1979年版,第632页。
② 〔南朝宋〕范晔撰,〔唐〕李贤等注:《后汉书·鲍永列传》,中华书局1965年版,第1017页。
③ 〔汉〕司马迁:《史记·外戚世家》,中华书局1959年版,第1980页。
④ 〔南朝宋〕范晔撰,〔唐〕李贤等注:《后汉书·冯衍列传》,中华书局1965年版,第1002页。
⑤ 〔汉〕班固:《汉书·陈平传》,中华书局1962年版,第2038页。
⑥ 〔汉〕班固:《汉书·王吉传》,中华书局1962年版,第3066页。
⑦ 〔南朝宋〕范晔撰,〔唐〕李贤等注:《后汉书·独行列传》,中华书局1965年版,第2684页。

起,花叶正低昂。不知谁家子,提笼行采桑。纤手折其枝,花落何飘扬。请谢彼姝子,何为见损伤。高秋八九月,白露变为霜。终年会飘堕,安得久馨香。秋时自零落,春月复芬芳。何时盛年去,欢爱永相忘。吾欲竟此曲,此曲愁人肠。归来酌美酒,挟瑟上高堂。①

采桑是文学常见的母题之一,主要与男女婚恋——远古时期野合的习俗有关。养蚕和采桑是普通家庭女子为增加生活来源常做之事,并且养蚕也被上层社会所重视,《白虎通义》引《礼祭义》曰:"古者天子诸侯必有公桑蚕室,近外水为之筑宫,棘墙而外闭之。"② 为了有个美好前景,"季春之月,后妃斋戒,亲东乡躬桑"③。春光明媚,青年男女一起劳作容易产生爱慕之情,汉代桑林之地野合成为自由婚配的习俗,1977年春在四川新都县出土的两块汉砖成为这一习俗的证据,下面选录冯修齐先生对第二幅图的讲解:

> 采桑女仰卧地上,突出一对高耸的乳房,翘起的双腿因支持太久,左腿已垂下。原先在画面左端的那位男子正在俯身交媾,而高大男子交媾后已走到桑树左边坐地息气,矮小男子交媾后也疲倦地倚抱住树干。枝上搭的4套衣裳尚在,但禽鸟飞走了,猴猻跑开了,一切都显得沉寂索然无味了。④

文学采桑母题到《陌上桑》有了变异,其主旨换成坚贞、美丽、智慧等身心两美的赞颂对象,同时也表现出了追求富贵等的时代意识,自"陌上桑"始,文人的撰写扩大了内涵,定位于心中佳人的范式:美丽、忠贞、聪颖等,以及书写佳人微妙的感情。

(二)佳人离情和魏晋南北朝文人诗

出行对古人来说十分重要,不仅改变了人在不同地理空间的可能,还

---

① 〔宋〕郭茂倩编:《乐府诗集》,中华书局1979年版,第1034页。
② 〔清〕陈立撰,吴则虞点校:《白虎通疏证》,中华书局1994年版,第277页。
③ 陈澔注:《礼记》,上海古籍出版社1987年版,第87页。
④ 冯修齐:《〈桑间野合〉画像砖考释》,载《四川文物》1995年第3期,第60页。

能体现人的价值——能够征服遥远的地方，内心的自信使人们更愿意涉足远方，但交通条件、自然环境、气候地理、兵乱匪灾等可能让人产生敬畏之情。为寄予行者美好的祝愿，折杨柳成为送行的习俗。

北魏贾思勰《齐民要术》云："正月旦取杨柳枝著户上，百鬼不入家。"① 杨柳生命力很强，能驱邪避鬼。唐段成式《酉阳杂俎》卷一载："三月三日，赐侍臣细柳圈，言带之免虿毒。"② 那么，送行之人当然也是寄希望平平安安到达目的地。所以，折杨柳送行的习俗成为文学写作的素材之一。

《晋书·桓温传》载："温自江陵北伐，行经金城，见少为琅邪时所种柳皆已十围，慨然曰：'木犹如此，人何以堪！'攀枝执条，泫然流涕。"③ 杨柳生长极快，给人感叹时光无情流逝之意，也让送行者倍加珍惜以往相处的岁月。人们送行一般会在城外亭下，"（洛阳）崇义里东有七里桥，以石为之，中朝杜预之荆州出顿之所也。七里桥东一里，郭门开三道，时人号为三门。离别者多云：相送三门外。京师士子，送去迎归，常在此处"④。《乐府诗集》引薛能曰："《杨柳枝》者，古题所谓《折杨柳》也。乾符五年，能为许州刺史。饮酣，令部妓少女作杨柳枝健舞，复赋其辞为《杨柳枝》新声云。"⑤ 收录的南北朝到唐代吟咏杨柳意象的诗歌蔚为大观。

梁元帝《折杨柳》五言诗，"同心"有男女之情，"游子"又有故土之情，杨柳饱含非常复杂的情感：

> 巫山巫峡长，垂柳复垂杨。同心且同折，故人怀故乡。山似莲花艳，流如明月光。寒夜猿声彻，游子泪沾裳。⑥

梁简文帝萧纲《折杨柳》写孤独之身听到哀怨的曲子，更加相思：

---

① 〔北魏〕贾思勰著，缪启愉校释：《齐民要术校释》，农业出版社1982年版，第253页。
② 〔唐〕段成式撰，方南生点校：《酉阳杂俎》，中华书局1981年版，第2页。
③ 〔唐〕房玄龄等：《晋书》，中华书局1974年版，第2572页。
④ 〔北魏〕杨衒之撰，周祖谟校释：《洛阳伽蓝记校释》，中华书局2010年版，第15页。
⑤ 〔宋〕郭茂倩编：《乐府诗集》，中华书局1979年版，第1142页。
⑥ 〔宋〕郭茂倩编：《乐府诗集》，中华书局1979年版，第328页。

杨柳乱成丝，攀折上春时。叶密鸟飞碍，风轻花落迟。城高短箫发，林空画角悲。曲中无别意，并是为相思。①

陈后主《折杨柳》第二首，以杨柳寄情离别之人：

长条黄复绿，垂丝密且繁。花落幽人径，步隐将军屯。谷暗宵钲响，风高夜笛喧。聊持暂攀折，空足忆中园。②

徐陵《折杨柳》大多为对偶句，直抒胸臆，斥责无情荡子：

袅袅河堤树，依依魏主营。江陵有旧曲，洛下作新声。妾对长杨苑，君登高柳城。春还应共见，荡子太无情。③

同样离情恨意，也有其他题材的诗作，魏文帝曹丕《燕歌行七解》为七言诗，既有文人的大胆创新，句式节奏明快，有助于内心世界艺术的呈现，同时又学习民歌，读之让人回味无穷：

秋风萧瑟天气凉，草木摇落露为霜。群燕辞归鹄南翔，念吾客游多思肠。慊慊思归恋故乡，君何淹留寄他方。贱妾茕茕守空房，忧来思君不敢忘。不觉泪下沾衣裳，援瑟鸣弦发清商。短歌微吟不能长，明月皎皎照我床。星汉西流夜未央，牵牛织女遥相望，尔独何辜限河梁？④

傅玄《短歌行》四言诗，似自言自语，感慨内心之情，相思之苦无法排解：

长安高城，层楼亭亭。干云四起，上贯天庭。蜉蝣何整，行如军

---

① 〔宋〕郭茂倩编：《乐府诗集》，中华书局1979年版，第328页。
② 〔宋〕郭茂倩编：《乐府诗集》，中华书局1979年版，第329页。
③ 〔宋〕郭茂倩编：《乐府诗集》，中华书局1979年版，第329页。
④ 〔宋〕郭茂倩编：《乐府诗集》，中华书局1979年版，第469页。

征。蟋蟀何感,中夜哀鸣。蚍蜉偷乐,粲粲其荣。寤寐念之,谁知我情。昔君视我,如掌中珠。何意一朝,弃我沟渠。昔君与我,如影如形。何意一去,心如流星。昔君与我,两心相结。何意今日,忽然两绝。①

打动人心的是真情,真情包括世上值得珍惜的男女之情。如何表现两人内心世界的情感呢?最好是有凭借之物,杨柳绿色青翠,代表了生机和活力,更代表了一种生命美好的状态,用杨柳作为分别的信物,不但成为民俗,更是文士诗歌刻画送行、佳人离情的意象。

(三) 佳人离情和唐代文人诗

1. 唐人折柳赠别习俗

唐代折杨柳表达离情,有了专门的称呼——折柳赠别,《三辅黄图》云:"霸桥在长安东,跨水作桥,汉人送客至此桥,折柳赠别。"这是最早的叫法,初本《三辅黄图》为三国曹魏时如淳《汉书集注》所引,唐人扩为六卷,何清谷《三辅黄图校释》强调折柳赠别为唐代风俗:

> "霸桥折柳赠别"确为唐代风习,如李白《忆秦娥》中就有"年年柳色,霸陵伤别"之句。但唐代霸桥已南移,据清乾隆修《西安府志》卷十《建置志》中在桥旁两岸,"筑堤五里,栽柳万株",今浦桥南还有柳巷村。西汉霸桥两岸是否大量植柳,没有记载,折柳赠别在两汉诗文中亦无反映。骆天骧《类编长安志》云:"汉人送客,至此赠别,谓之谁肖魂桥。"不言折柳,但言赠别。②

比较来说汉代不同,但为折柳寄远。可是反映在文学作品中,没有这样的界限分明,唐诗也多折柳寄远的内容。

沈佺期《折杨柳》五言诗,眼前之景更为相思,折柳也是寄远:

> 玉窗朝日映,罗帐春风吹。拭泪攀杨柳,长条宛地垂。白花飞历

---

① 〔宋〕郭茂倩编:《乐府诗集》,中华书局1979年版,第449页。
② 何清谷:《三辅黄图校释》,中华书局2005年版,第357页。

乱，黄鸟思参差。妾自肝肠断，傍人那得知。①

崔湜《折杨柳》也为折柳寄远，时空转换，相思更浓：

> 二月风光半，三边戍不还。年华妾自惜，杨柳为君攀。落絮缘衫袖，垂条拂髻鬟。那堪音信断，流涕望阳关。②

李白《折杨柳》显然为折柳寄远，意中人远在龙庭：

> 垂杨拂绿水，摇艳东风年。花明玉关雪，叶暖金窗烟。美人结长恨，相对心凄然。攀条折春色，远寄龙庭前。③

李端《折杨柳》当为折柳赠别，对比新古老少，别有一番离情滋味：

> 东城攀柳叶，柳叶低着草。少壮莫轻年，轻年有人老。柳发遍川岗，登高堪断肠。雨烟轻漠漠，何树近君乡。赠君折杨柳，颜色岂能久。上客莫沾巾，佳人正回首。新柳送君行，古柳伤君情。突兀临荒渡，婆娑出旧营。隋家两岸尽，陶宅五株平。日暮偏愁望，春山有鸟声。④

2. 文人创作求变

唐人敢于出新，同样表达离别之情，主要以春光杨柳萌发，触景生相思之情，出现新题《杨柳枝》。《乐府诗集》卷八十一载："白居易洛中所制也。《本事诗》曰：'白尚书有妓樊素善歌，小蛮善舞。尝为诗曰："樱桃樊素口，杨柳小蛮腰。"年既高迈，而小蛮方丰艳，乃作《杨柳枝》辞以托意曰："永丰西角荒园里，尽日无人属阿谁！"及宣宗朝，国乐唱是辞。帝问谁辞，永丰在何处，左右具以对。时永丰坊西南角园中有垂柳一

---

① 〔宋〕郭茂倩编：《乐府诗集》，中华书局1979年版，第330页。
② 〔宋〕郭茂倩编：《乐府诗集》，中华书局1979年版，第331页。
③ 〔宋〕郭茂倩编：《乐府诗集》，中华书局1979年版，第332页。
④ 〔宋〕郭茂倩编：《乐府诗集》，中华书局1979年版，第332页。

株，柔条极茂，因东使命取两枝植于禁中。居易感上知名，且好尚风雅，又作辞一章云："定知玄象今春后，柳宿光中添两星。'河南卢尹时亦继和。"① 看来是用杨柳柔姿以喻佳人之美，借此写诗抒怀。

白居易《杨柳枝》第八首，人柳相映，相聚无期，只有别恨愁绪：

> 人言柳叶似愁眉，更有愁肠似柳丝。柳丝挽断肠牵断，彼此应无续得期。②

温庭筠《杨柳枝》第八首，写到思念征人以泪洗面，只得停梭：

> 织锦机边莺语频，停梭垂泪忆征人。塞门三月犹萧索，纵有垂杨未觉春。③

另外，女诗人徐贤妃《明月照高楼》借班婕妤典故，写女子被弃不平：

> 旧爱柏梁台，新宠昭阳殿。守分辞方辇，含情泣团扇。一朝歌舞荣，夙昔诗书贱。颓恩诚已矣，覆水难重荐。④

张籍《白头吟》主要是七言，读之抑扬顿挫，诗中情景交融，极富感染力：

> 请君膝上琴，弹我《白头吟》。忆昔君前娇笑语，两情宛转如萦素。宫中为我起高楼，更开华池种芳树。春天百草秋始衰，弃我不待白头时。罗襦玉珥色未暗，今朝已道不相宜。扬州青铜作明镜，暗中持照不见影。人心回互自无穷，眼前好恶那能定。君恩已去若再返，菖蒲花生月长满。⑤

---

① 〔宋〕郭茂倩编：《乐府诗集》，中华书局1979年版，第1142页。
② 〔宋〕郭茂倩编：《乐府诗集》，中华书局1979年版，第1143页。
③ 〔宋〕郭茂倩编：《乐府诗集》，中华书局1979年版，第1145页。
④ 〔宋〕郭茂倩编：《乐府诗集》，中华书局1979年版，第621页。
⑤ 〔宋〕郭茂倩编：《乐府诗集》，中华书局1979年版，第603页。

由折柳赠别表达男女之情，到文人直接表现男女相思之情，五言诗、七言诗，绝句或律诗、古诗体都有代表作，语句轻快流畅，借古讽今，体现了诗歌特有的神韵。

三、生死之旅和文人诗

死亡让人类学会思考，赋予生活以别样的价值。象征生死之别的丧葬习俗也就有了特别含义的终极关怀。"丧礼者，以生者饰死者也，大象其生以送其死也。故如死如生，如亡如存，终始一也。"① 视死如生，其实就是看重死如何死，这里结合文人诗来考察古人的独特体验和诗情。

（一）生死之旅和汉代文人诗

"欢乐极兮哀情多，少壮几时兮奈老何。"② 这是汉武帝以皇帝至尊求仙失败的现实无奈。希望长生的意识在汉代非常强烈，随葬物品多玉制，《西京杂记》云："汉帝送死，皆珠襦玉匣。匣形如铠甲，连以金缕。武帝匣上，皆缕为蛟、龙、鸾、凤、龟、麟之象，世谓为蛟龙玉匣。"③ 玉，人们一般给予其神秘的特性，认为它能够保护死者肉体不腐，所以，出土发掘发现很多金缕玉衣，除较为出名的中山靖王刘胜外，还有"河北定县西汉中山孝王刘兴的一件、江苏徐州东汉彭城靖王刘恭的一件和安徽亳县东汉末年曹操宗族曹某的一件"④。魏文帝曹丕出于节俭目的曾下令禁给死者穿玉衣，"棺但漆际会三过，饭含无以珠玉，无施珠襦玉匣"⑤。这也与出土现状没有发现汉代以后的玉衣相符。汉代渴望死者复生在马王堆帛画中也表达得清清楚楚："天国部分在此画中占据比例较大，具有突出地位，不仅包囊了整个横幅，而且还下垂到直幅部分，占据了整个画面的五分之三，体现着汉初人追求天人合一的思想境界，更体现了其对死者灵

---

① 〔清〕王先谦：《荀子集解》，中华书局1988年版，第366页。
② 〔宋〕郭茂倩编：《乐府诗集》，中华书局1979年版，第1180页。
③ 〔晋〕葛洪辑，成林、程章灿译注：《西京杂记全译》，贵州人民出版社1993年版，第26页。
④ 李如森：《汉代丧葬礼俗》，沈阳出版社2003年版，第25页。
⑤ 〔晋〕陈寿撰，〔南朝宋〕裴松之注：《三国志·文帝纪》，中华书局1959年版，第81页。

魂升天的幻想。"① 在诗歌中也有呈现,李夫人是汉武帝宠妃,早逝,让皇帝思念不已,方士少翁设帐招来其神,只能遥望,愈发伤感:

是邪非邪?立而望之,偏何姗姗其来迟!②

《汉书·外戚传》曰:"高祖得定陶戚姬,爱幸,生赵隐王如意。惠帝立,吕后为皇太后,乃令永巷囚戚夫人,髡钳,衣赭衣,令舂。戚夫人舂且歌。太后闻之大怒,曰:'乃欲倚子邪!'召赵王杀之。戚夫人遂有人彘之祸。"③ 这在后人无法想象,甚至文学虚构的世界也不能描写这样残忍残酷的事情,结果女主人公只有在诗歌中呼唤遥远的儿子:

子为王,母为虏。终日舂薄暮,常与死为伍。相离三千里,当谁使告汝。④

汉代皇室骨肉相残让后人感叹权力的可怕,史书和文学都有各自的表现,《赵幽王歌》属于此类,《汉书》曰:"赵幽王友,高帝之子。孝惠时,友以诸吕女为后,不爱,爱它姬。诸吕女谗之于太后。太后怒,召赵王,置邸,令卫围守之。赵王饿,乃作歌,遂幽死。"内心怨恨无法掌握自己的命运,生者不平,死后也难得安慰:

诸吕用事兮刘氏微,迫胁王侯兮强授我妃。我妃既妒兮诬我以恶,谗女乱国兮上曾不寤。我无忠臣兮何故弃国,自快中野兮苍天与直。于嗟不可悔兮宁早自贼,为王饿死兮谁者怜之,吕氏绝理兮托天报仇。⑤

汉代告慰死者上路会伴随着挽歌,《古今注·音乐》云:"《薤露》《蒿里》,并哀歌也。出田横门人。横自杀,门人伤之,为作悲歌。言人

---

① 游振群:《马王堆三号汉墓帛画》,载《东南文化》2000 年第 4 期。
② 〔宋〕郭茂倩编:《乐府诗集》,中华书局 1979 年版,第 1181 页。
③ 〔宋〕郭茂倩编:《乐府诗集》,中华书局 1979 年版,第 1177 页。
④ 〔宋〕郭茂倩编:《乐府诗集》,中华书局 1979 年版,第 1177 页。
⑤ 〔宋〕郭茂倩编:《乐府诗集》,中华书局 1979 年版,第 1178 页。

命薤上露，易晞灭也；亦谓人死魂魄归于蒿里，故有二章。其一曰：'薤上朝露何易晞，露晞明朝更复落，人死一去何时归。'其二曰：'蒿里谁家地，聚敛精魄无贤愚。鬼伯一何相催促，人命不得少踟蹰。'至孝武帝时李延年乃分二章为二曲，《薤露》送王公贵人，《蒿里》送士大夫，庶人；使挽柩者歌之。世亦呼为挽歌，亦谓之《长短歌》，言人寿命长短定分，不可妄求也。"① 但愿注重灵魂不死的汉代丧葬礼仪，以厚葬事死者如生者，能够让诗歌中冤屈的灵魂得到永久的安慰。

（二）生死之旅和魏晋南北朝文人诗

生命意识的强化在魏晋南北朝更多的是直面战乱、瘟疫、权变等，生死之别就在刹那间，生死之旅告别人生体现的丧葬风俗，是生者对死者的美好祝福，希望逝者灵魂在另一个世界得以安息。《礼记·檀弓上》曰："葬也者，藏也；藏也者，欲人之弗得见也。"② 这个阶段，人们依然相信招魂的可能。

1. 招魂与文人诗

"神龟元年九月，尼高皇太后崩于瑶光寺。……有司奏：'案旧事，皇太后崩仪，自复魄敛葬，百官哭临，其礼甚多。'"③ 西汉初年，史载最早的招魂葬，因为战乱肉体不存，只有呼唤灵魂安葬。《史记·高祖本纪》张守节《正义》引《陈留风俗传》云："沛公起兵野战，丧皇妣于黄乡，天下平定，使使者以梓宫招幽魂，于是丹蛇在水自洒，跃入梓宫，其浴处有遗发，谥曰昭灵夫人。"④ 这是生者心存善念，以一种替换的方式让死者获得安宁。

"薤上露，何易晞。露晞明朝更复落，人死一去何时归。"⑤《乐府诗集》有三种题名为丧歌，即《薤露》《蒿里》及《挽歌》，魏晋时代更明显的是传承汉代的现实关怀，往往立足社会现实整体思考生死离别，让天下兴亡、人的生死都有了高层次的文学呼应，特别是曹操以成熟的四言、五言诗等为乐府诗创作做了标志性的推进，就是诗人的诗作包含了丰富的

---

① 崔豹：《古今注·卷中·音乐第三》，辽宁教育出版社1998年版，第8页。
② 〔清〕朱彬：《礼记训纂》，中华书局1996年版，第114页。
③ 〔北齐〕魏收：《魏书》，中华书局1974年版，第2807—2808页。
④ 〔汉〕司马迁：《史记》，中华书局1959年版，第342页。
⑤ 〔宋〕郭茂倩编：《乐府诗集》，中华书局1979年版，第396页。

社会现实内容。在此基础上,诗意的升华更多的是哲思的归纳及发挥语言文字的天然真趣,为我国文学史特有的建安风骨美学价值增添了实际的内容。魏武帝曹操《蒿里》放眼整个汉末,为天下苍生的不幸而歌:

> 关东有义士,兴兵讨群凶。初期会盟津,乃心在咸阳。军合力不齐,踌躇而雁行。势利使人争。嗣还自相戕。淮南弟称号,刻玺于北方。铠甲生虮虱,万姓以死亡。白骨露于野,千里无鸡鸣。生民百遗一,念之断人肠。①

陈琳《饮马长城窟行》以生男不如生女的怪诞,反衬生死给人的实际感受:

> 饮马长城窟,水寒伤马骨。往谓长城吏,慎莫稽留太原卒。官作自有程,举筑谐汝声。男儿宁当格斗死,何能怫郁筑长城。长城何连连,连连三千里。边城多健少,内舍多寡妇。作书与内舍:"便嫁莫留住。善事新姑嫜,时时念我故夫子。"报书往边地:"君今出语一何鄙!身在祸难中,何为稽留他家子。生男慎莫举,生女哺用脯。君独不见长城下,死人骸骨相撑拄。结发行事君,慊慊心意关。明知边地苦,贱妾何能久自全。"②

2. 复魂与文人诗

对于复魂,《仪礼·士丧礼》云:"复者一人,以爵弁服,簪裳于衣,左何之,扱领于带。升自前东荣,中屋,北面,招以衣,曰:'皋某复。'三,降衣于前。受用箧,升自阼阶,以衣尸。复者降自后,西荣。"③除此,人们坚信死者魂归故里,《北史·张说传》为归乡下葬等了五六年:"(张说死)子敬伯求致父丧出葬冀州清河旧墓,久不被许,停柩在家积五六年。"④南朝梁国杨公则为死于沙场的父亲,"徒步负丧归乡里"⑤。

---

① 〔宋〕郭茂倩编:《乐府诗集》,中华书局1979年版,第398页。
② 〔宋〕郭茂倩编:《乐府诗集》,中华书局1979年版,第556-557页。
③ 王文锦:《礼记译解》,中华书局2003年版,第343页。
④ 〔唐〕李延寿:《北史》,中华书局1974年版,第1663页。
⑤ 〔唐〕李延寿:《南史》,中华书局1975年版,第1365页。

祖孝徵《挽歌》感慨死亡的现实可怕，以示珍爱生命：

　　昔日驱驷马，谒帝长杨宫。旌悬白云外，骑猎红尘中。今来向漳浦，素盖转悲风。荣华与歌笑，万事尽成空。①

不但魂归故里送葬，还出现了厚葬，甚至佛教本土化后，也出现了增加财富的送葬仪式。受佛教的影响，朝臣玄威献文帝百日归天举行僧斋："乃自竭家财，设四百人齐会，忌日，又设百僧供。"② 孟銮去世，"七日，灵太后为设二百僧斋"③。也许人们见惯了死亡，社会上的一些理智人士不再迷信魂魄，南朝梁国世族刘歊临终时留下"气绝不须复魂，盥漱而敛"④的遗言。北齐颜之推在《颜氏家训·终制篇》中亦云："今年老疾侵，傥然奄忽，岂求备礼乎？一日放臂，沐浴而已，不劳复魄。"⑤ 齐武帝萧赜下诏没有必要铺张浪费："祭敬之典，本在因心，灵上慎勿以牲为祭。祭惟设饼、茶饮干饭、酒脯而已。天下贵贱，咸同此制。"⑥ 这就是提倡薄葬，更有益于平常生活的普通百姓。

鲍照《挽歌》直接回忆生前好友，对比死去的悲伤：

　　独处重冥下，忆昔登高台。傲岸平生中，不为物所裁。埏门只复闭，白蚁相将来。生时芳兰体，小虫今为灾。玄鬓无复根，枯髅依青苔。忆昔好饮酒，素盘进青梅。彭、韩及廉、蔺，畴昔已成灰。壮士皆死尽，余人安在哉。⑦

酒是送葬仪式不可或缺的东西，因为酒水的应用可能造成过度厚葬，这种习俗和儒家文化有相通之处。生老病死是人生的必然，虽然死亡离别，世间要有必要的送葬活动，但没有必要浪费。就诗人诗篇来说，生死

---

① 〔宋〕郭茂倩编：《乐府诗集》，中华书局1979年版，第401—402页。
② 〔北齐〕魏收：《魏书》，中华书局1974年版，第1891页。
③ 〔唐〕李延寿：《北史》，中华书局1974年版，第3041页。
④ 〔唐〕李延寿：《南史》，中华书局1975年版，第1225页。
⑤ 王利器：《颜氏家训集解》（增补本），中华书局2002年版，第601页。
⑥ 〔唐〕李延寿：《南史》，中华书局1975年版，第126页。
⑦ 〔宋〕郭茂倩编：《乐府诗集》，中华书局1979年版，第401页。

离别的友人之间有无限的哀痛,这样的友情特别难得,诗歌所表现的情感力量特别突出。

(三) 生死之旅和唐代文人诗

唐人生死之别主要表现在征战题材上,"征人歌古曲,携手上河梁。李陵死别处,杳杳玄冥乡。忆昔从此路,连年征鬼方。……诚哉古人言,鸟尽良弓藏"①。怀着这样良好的愿望,为的是没有征伐战乱,人间尽是太平岁月。那么,死者的价值就是捍卫和平幸福的生活,注重丧葬是敬重死者,开战"所虏获必分与麾下,士有战死,以其妻殉,故人自奋战,无完敌"②。对于死亡,特别是战死的,生者要表现出哀痛,"帝使高重杰屯梁山御贼,贼将李日月杀之,帝拊尸哭尽哀,结蒲为首以葬"③。

1. 征战死亡,招魂安葬

征人战死如果无法得到全尸,就要用其生前衣帽为之招魂,然后下葬:

> 武周遣其将尉迟敬德潜援崇茂,大战于夏县,王师败绩,(永安王)孝基与唐俭等皆没于贼。后谋归国,为武周所害,高祖为之发哀,废朝三日,赐其家帛千匹。贼平,购其尸不得,招魂而葬之,赠左卫大将军,谥曰壮。④

下面所选就是文人诗赞叹杀敌不惜一死表达的壮志,这与战死可以招魂而让将士没有了恐惧。

杜甫《前出塞》九首选两首,第四首表达的就是不畏牺牲,敢于向前:

> 送徒既有长,远戍亦有身。生死向前去,不劳吏怒嗔。路逢相识人,附书与六亲。哀哉两决绝,不复同苦辛。⑤

---

① [宋] 郭茂倩编:《乐府诗集》,中华书局1979年版,第492页。
② [后晋] 刘昫等:《旧唐书》,中华书局1975年版,第3800页。
③ [宋] 欧阳修、宋祁:《新唐书》,中华书局1975年版,第6444页。
④ [后晋] 刘昫等:《旧唐书》,中华书局1975年版,第2340页。
⑤ [宋] 郭茂倩编:《乐府诗集》,中华书局1979年版,第322页。

第六首则是对战争、战略有了哲理的总结，也对杀伤有了全新的认识：

> 挽弓当挽强，用箭当用长。射人先射马，擒寇先擒王。杀人亦有限，列国自有疆。苟能制侵陵，岂在多杀伤。①

戎昱《苦哉行五首》第二首，写征战给人们带来的灾难，特别是沦落异国他乡更是悲伤：

> 官军收洛阳，家住洛阳里。夫婿与兄弟，目前见伤死。吞声不许哭，还遣衣罗绮。上马随匈奴，数秋黄尘里。生为名家女，死作塞垣鬼。乡国无还期，天津哭流水。②

李颀《行路难》借古喻今，终老一生感悟生死的真谛：

> 汉家名臣杨德祖，四代五公享茅土。父兄子弟绾银黄，跃马鸣珂朝建章。火浣单衣绣方领，茱萸锦带玉盘囊。宾客填街复满座，片言出口生辉光。世人逐势争奔走，沥胆隳肝唯恐后。当时一顾生青云，自谓生死长随君。一朝谢病还乡里，穷巷苍茫绝知己。秋风落叶闭重门，昨日论交竟谁是。薄俗嗟嗟难重陈，深山麋鹿下为邻。鲁连所以蹈沧海，古往今来称达人。③

2. 丧葬礼制和文人诗对百姓的死亡同情

《荀子·礼论》曰："始卒，沐浴、鬠体、饭唅，象生执也。不沐则濡栉三律而止，不浴则濡巾三式而止。"④ 沐浴是古代死者丧葬礼仪不可缺少的，"禄山传橙、奕、清三人之首，以徇河北。信宿，至平原，太守颜真卿斩其使，浴其首，殓以木函，祭而瘗之，以闻"⑤。饭含之礼也因

---

① 〔宋〕郭茂倩编：《乐府诗集》，中华书局1979年版，第323页。
② 〔宋〕郭茂倩编：《乐府诗集》，中华书局1979年版，第493页。
③ 〔宋〕郭茂倩编：《乐府诗集》，中华书局1979年版，第1010页。
④ 〔清〕王先谦：《荀子集解》，中华书局1988年版，第366页。
⑤ 〔后晋〕刘昫等：《旧唐书》，中华书局1975年版，第4889页。

身份不同而有区别,《新唐书·志第十》载:"一品至于三品,饭用粱,唅用璧;四品至于五品,饭用稷,唅用碧;六品至于九品,饭用粱,唅用贝。"① 再为死者换寿衣,《礼记·问丧》载:"死三日而后敛。"② 行大殓之礼放入棺木,亲属举行"朝夕哭"奠祭,卜算墓地,"魂魄归天,明精诚之已远;卜宅于地,盖思慕之所存"③。卜葬日,陈明器,"夫明器,鬼器也。祭器,人器也"④。下葬之后还要虞祭,《仪礼·士虞礼》载:"犹朝夕哭,不奠。三虞,卒哭,明日以其班祔。"郑玄注说:"虞,丧祭名。虞,安也。骨肉归于土,精气无所不之,孝子为其彷徨,三祭以安之。"⑤ 唐朝特别重视虞祭,只有这样,丧葬典礼才算结束。

> 臣谨按实录,文德皇后以贞观十年九月崩,十一月葬,至十一年正月,除晋王治为并州都督。晋王即高宗在藩所封,文德皇后幼子,据其命官,当已除之义也。今请皇太子依魏、晋故事,为大行皇后丧服,葬而虞,虞而卒哭,卒哭而除,心丧终制,庶存厌降之礼。⑥

对照完整的丧葬典礼,张籍《筑城曲》就是因官吏草菅人命而控诉,对于底层普通百姓的死亡无限同情:

> 筑城去,千人万人齐抱杵。重重土坚试行锥,军吏执鞭催作迟。来时一年深碛里,著尽短衣渴无水。力尽不得抛杵声,杵声未定人皆死。家家养男当门户,今日作君城下土。⑦

皮日休《卒妻悲》写现实累累饿殍,带给读者深思的原因就是人的性命为何如此,生前无法满足正常的需要,哪里还需要厚葬?

---

① 〔宋〕欧阳修、宋祁:《新唐书》,中华书局1975年版,第448页。
② 〔清〕孙希旦撰,沈啸寰、王星贤点校:《礼记集解》,中华书局1989年版,第1352页。
③ 〔后晋〕刘昫等:《旧唐书》,中华书局1975年版,第174页。
④ 〔清〕孙希旦撰,沈啸寰、王星贤点校:《礼记集解》,中华书局1989年版,第219页。
⑤ 〔汉〕郑元注,〔唐〕贾公彦疏:《仪礼注疏》,见〔清〕阮元校刻《十三经注疏》,中华书局1980年版,第1157页。
⑥ 〔后晋〕刘昫等:《旧唐书》,中华书局1975年版,第4030页。
⑦ 〔宋〕郭茂倩编:《乐府诗集》,中华书局1979年版,第1060页。

河隍戍卒去，一半多不回。家有半菽食，身为一囊灰。官吏按其籍，伍中斥其妻。处处鲁人髽，家家杞妇哀。少者任所归，老者无所携。况当札瘥年，米粒如琼瑰。累累作饿殍，见之心若摧。其夫死锋刃，其室委尘埃。其命即用矣，其赏安在哉！岂无黔敖恩，救此穷饿骸。谁知白屋士，念此翻欸欸。①

由上面的招魂结合文人诗来看，为从军远征战死的将士招魂是必要的，诗中凸显舍生取义、敢于牺牲的精神。唐代丧葬有庄重的典礼，再结合普通士兵的悲惨死亡，有什么丧葬典礼能安慰他们的灵魂呢？由此观之，丧葬习俗和文人诗关注普通民众的诗作有了现实意义。

第十二章 饮酒和文人诗

"又秦造之祖，汉直之祖，及知酿酒人，名仁番，亦名须须许理等，（自百济）参渡来也。故是须须许理酿大御酒以献，于是天皇宇罗宜是所献大御酒而御歌曰……"② 这段文字是日本皇室对我国酒水的溢美之词，可见中华古老造酒工艺跨越了国界。"秫稻必齐，麴蘖必时，湛炽必洁，水泉必香；陶器必良，火齐必得，兼用六物，大酋监之，毋有差贷。"③ 承载着中华先人超常智慧和勤劳实践的酿酒、饮酒等建构的酒文化，传承了不同的社会习俗，既包括底层民间乡野的气息，又有上层贵族精致的典礼，更有文人雅客用酒传递特有情感的诗篇。文字的神圣就在于它记录了先民日常生活的一部分、各类阶层的心理轨迹等，所以，酒与文人相关的思考就有了更多破解诗什的效果。

---

① 〔宋〕郭茂倩编：《乐府诗集》，中华书局1979年版，第1402页。
② 〔日〕仓野宪司：《古事记》，岩波书店1963年版，第182页。
③ 〔汉〕郑玄注，〔唐〕孔颖达疏：《礼记正义》，见〔清〕阮元校刻《十三经注疏》，中华书局1980年版，第1383页。

一、饮酒和汉代文人诗

汉代大一统需要制定礼仪规章制度,以规范尊卑贵贱的社会秩序,首先就表现在朝廷饮酒和礼仪联系在一起了。

(一) 朝廷饮酒礼制

"竟朝置酒,无敢欢哗失礼者",开国皇帝刘邦出身民间底层,受到文武大臣的顶礼膜拜而无限感慨:"吾乃今日知为皇帝之贵也。"① 汉武帝为大汉王朝的标志性人物,为了显示王朝的威仪,他开始全面修订礼仪,《史记》卷二十三《礼书》载:

> 今上即位,招致儒术之士,令共定仪,十余年不就。或言古者太平,万民和喜,瑞应辨至,乃采风俗,定制作。上闻之,制诏御史曰:"盖受命而王,各有所由兴,殊路而同归,谓因民而作,追俗为制也。议者咸称太古,百姓何望?汉亦一家之事,典法不传,谓子孙何?化隆者闳博,治浅者褊狭,可不勉与!"乃以太初之元改正朔,易服色,封太山,定宗庙百官之仪,以为典常,垂之于后云。②

故而,汉代饮酒有了礼仪职责的体现,孝悌文化转化为向老者、长辈敬酒,"仲秋之月,养衰老,授几杖,行糜粥饮食"③。更可贵的是,皇帝表现出敬老礼,"明帝永平二年三月,上始率群臣躬养三老、五更于辟雍。行大射之礼。郡、县、道行乡饮酒礼于学校"④。到了东汉,以天子至尊给三老敬酒:"光武皇帝建三朝之礼,而未及临飨。眇眇小子,属当圣业。间暮春吉辰,初行大射;令月元日,复践辟雍。尊事三老,兄事五更,安车软轮,供绥执授。侯王设酱,公卿馔珍,朕亲袒割,执爵而酳。祝哽在前,祝噎在后。升歌《鹿鸣》,下管《新宫》,八佾具修,万舞于

---

① 〔汉〕司马迁:《史记·刘敬叔孙通列传》,中华书局1959年版,第2722页。
② 〔汉〕司马迁:《史记·礼书》,中华书局1959年版,第1160-1161页。
③ 〔清〕孙希旦撰,沈啸寰、王星贤点校:《礼记集解》,中华书局1989年版,第472页。
④ 〔南朝宋〕范晔撰,〔唐〕李贤等注:《后汉书·礼仪志上》,中华书局1965年版,第3108页。

庭。朕固薄德，何以克当？《易》陈负乘，《诗》刺彼己，永念惭疚，无忘厥心。三老李躬，年耆学明。五更桓荣，授朕《尚书》。《诗》曰：'无德不报，无言不酬。'其赐荣爵关内侯，食邑五千户。三老、五更皆以二千石禄养终厥身。其赐天下三老酒人一石，肉四十斤。有司其存耆耋，恤幼孤，惠鳏寡，称朕意焉。"① 开国皇帝刘邦衣锦还乡，为故土老人献酒，"高祖既定天下，还过沛，留，置酒沛宫，悉召故人父老子弟佐酒，发沛中儿得百二十人，教之歌。酒酣，帝击筑自歌，令儿皆和习之。帝自起舞"②，"慷慨伤怀，泣数行下"③，其歌曰《大起风》（又名《大风歌》）："大风起兮云飞扬，威加海内兮归故乡，安得猛士兮守四方。"④

汉高祖荣归故里，昔日亭长今日皇帝，"酒酣"之句应该是"引满举白"的习俗，即一饮而尽。《汉书·叙传》载："入侍禁中，设宴饮之会，及赵、李诸侍中皆引满举白。"师古注引服虔曰："举满杯，有余白沥者，罚之也。"孟康曰："举白，见验饮酒尽不也。"师古注曰："谓引取满觞而饮，饮讫，举觞告白尽不也。一说，白者，罚爵之名也。饮有不尽者，则以此爵罚之。魏文侯与大夫饮酒，令曰：'不釂者，浮以大白。'于是公乘不仁举白浮君是也。"⑤ 依据是《史记》卷一〇七《魏其武安侯列传》有田蚡饮酒困难："不能满觞。"灌夫劝导说："将军贵人也，毕之！"⑥ "发沛中儿得百二十人，教之歌"，气势惊人，而"帝自起舞"，这样就可以归纳为皇室贵族酒后歌舞，有日常生活宴饮的娱乐成分，也有放纵生命激情的特殊成分。"燕刺王旦，武帝第四子也。昭帝时，谋事不成，妖祥数见。燕仓知其谋，告之，由是发觉。王忧懑，置酒万载宫，会宾客群臣妃妾坐饮。王自歌，华容夫人起舞，坐者皆泣。王遂自杀。"⑦ 酒后歌舞留下最后的《燕王歌》：

---

① 〔南朝宋〕范晔撰，〔唐〕李贤等注：《后汉书》，中华书局1965年版，第102－103页。
② 〔宋〕郭茂倩编：《乐府诗集》，中华书局1979年版，第850页。
③ 〔汉〕司马迁：《史记·高祖本纪》，中华书局1959年版，第389页。
④ 〔宋〕郭茂倩编：《乐府诗集》，中华书局1979年版，第850页。
⑤ 〔汉〕班固：《汉书》，中华书局1962年版，第4200－4201页。
⑥ 〔汉〕司马迁：《史记·魏其武安侯列传》，中华书局1959年版，第2849页。
⑦ 〔宋〕郭茂倩编：《乐府诗集》，中华书局1979年版，第1192页。

> 归空城兮狗不吠，鸡不鸣，横术何广广兮，固知国中之无人。①

同是君王骨肉，因为皇室权力利害关系导致全家绝望而死。《华容夫人歌》曰：

> 发纷纷兮寘渠，骨籍籍兮亡居。母求死子兮，妻求死夫。裴回两渠间兮，君子独安居！②

（二）酒后歌舞习俗

历代王室都不会缺少骨肉相残，最大的权力——皇权将所有的亲情完全遮蔽，去除威胁者最有效的是消灭其肉体。"广陵厉王胥，武帝第五子也。昭帝时，胥见帝年少无子，有觊欲心。迎女巫李女须，使下神祝诅。宣帝即位，祝诅事发觉。胥置酒显阳殿，召太子霸及子女董訾、胡生等夜饮，使所幸八子郭昭君、家人子赵左君等鼓瑟歌舞。王自歌，左右悉涕泣奏酒，至鸡鸣时罢。"又一首类似的《广陵王歌》：

> 欲久生兮无终，长不乐兮安穷。奉天期兮不得须臾，千里马兮驻待路。黄泉下兮幽深，人生要死，何为苦心。何用为乐心所喜，出入无惊为乐亟。蒿里召兮郭门阅，死不得取代庸，身自逝。③

酒后歌舞的习俗，有汉一代很是普遍，曹丞相"乃反取酒张坐饮，亦歌呼与相应和"④。东方朔酒宴上也有这样的举动："酒酣，据地歌曰：'陆沈于俗，避世金马门。宫殿中可以避世全身，何必深山之中，蒿庐之下。'"⑤《汉书·盖宽饶传》记载了醉后狂欢的情景："酒酣乐作，长信少府檀长卿起舞，为沐猴与狗斗，坐皆大笑。"⑥而战国荆轲以酒表现英

---

① 〔宋〕郭茂倩编：《乐府诗集》，中华书局1979年版，第1192页。
② 〔宋〕郭茂倩编：《乐府诗集》，中华书局1979年版，第1192页。
③ 〔宋〕郭茂倩编：《乐府诗集》，中华书局1979年版，第1192–1193页。
④ 〔汉〕司马迁：《史记·曹相国世家》，中华书局1959年版，第2030页。
⑤ 〔汉〕司马迁：《史记·滑稽列传》，中华书局1959年版，第3205页。
⑥ 〔汉〕班固：《汉书·盖宽饶传》，中华书局1962年版，第3245页。

雄本色:"嗜酒,日与狗屠及高渐离饮于燕市。酒酣以往,高渐离击筑,荆轲和而歌于市中,相乐也。已而相泣,旁若无人者。"① 这反而将悲壮的生命嵌入了历史的画卷。可是就像汉代王朝权力倾轧,身为王室贵胄往往面临强力威胁,也会酒后歌舞,董卓鸩杀废少帝弘农王,没有生的选择,"乃与妻唐姬及宫人饮宴别。酒行,王悲歌曰:'天道易兮我何艰!弃万乘兮退守藩。逆臣见迫兮命不延,逝将去汝兮适幽玄!'因令唐姬起舞",② 唐姬作歌和之。

酒后歌舞对于王室成员在最后的生死关头来说,一则纪念生在世上的最后时光,感慨命运的不公,二则以示反抗。当然,王子或皇帝命运不幸,酒后歌舞无法做到沉着、自信、坚决的行为,但是被动的、消极的反抗还是有的。

苏武回归汉朝,李陵酒后歌舞,"昭帝即位,数年,匈奴与汉和亲。汉使求苏武等,单于许武还。李陵置酒贺武曰:'异域之人,一别长绝。'因起舞而歌,陵泣下数行,遂与武决"③。这首《李陵歌》长短句并用,将自身身世放在广阔的时空视野中,真情自然奔涌,诗句极具感染力:"径万里兮度沙漠,为君将兮奋匈奴。路穷绝兮矢刃摧,士众灭兮名已隤。老母已死,虽欲报恩将安归!"④

(三) 酒食礼制

《礼记·内则》载:"酒,清,白。"⑤ 根据酿酒的手艺高低,清酒自然受到很高的评价,《三国志·魏书·徐邈传》云:"平日醉客谓酒清者为圣人,浊者为贤人。"⑥《太平御览》卷八四四引《魏略》云:"太祖时禁酒,而人窃饮之,故难言酒,以白酒为贤人,清酒为圣人。"⑦ 一般认为,酒为男儿豪饮,似乎和女子没有关系,其实不然,"酒人掌为五齐三酒。祭祀,则共奉之,以役世妇。共宾客之礼酒、饮酒而奉之。凡事,共

---

① 〔汉〕司马迁:《史记·刺客列传》,中华书局1959年版,第2528页。
② 〔南朝宋〕范晔撰,〔唐〕李贤等注:《后汉书·皇后纪》,中华书局1965年版,第451页。
③ 〔宋〕郭茂倩编:《乐府诗集》,中华书局1979年版,第1188页。
④ 〔宋〕郭茂倩编:《乐府诗集》,中华书局1979年版,第1188页。
⑤ 〔汉〕郑玄注,〔唐〕孔颖达疏:《礼记正义》,北京大学出版社1999年版,第842页。
⑥ 〔晋〕陈寿撰,〔南朝宋〕裴松之注:《三国志》,中华书局1959年版,第739页。
⑦ 〔宋〕李昉等:《太平御览》(第9册),中华书局1960年版,第3770页。

酒而入于酒府。凡祭祀，共酒以往。宾客之陈酒，亦如之"①。妇人负责造酒，并为祭祀所用。同时，妇人承担了置办酒食的工作，《后汉书·五行志》曰："东井，主酒食之宿也。妇人之职，无非无仪，酒食是议。"②《后汉书》卷八四《列女传》对"女有四行"的"妇功"强调酒食，"专心纺绩，不好戏笑，洁齐酒食，以奉宾客，是谓妇功"③。

《史记·司马相如列传》中司马相如和卓文君"尽卖其车骑，买一酒舍酤酒，而令文君当垆。相如身自着犊鼻裈，与保庸杂作，涤器于市中"④。东汉辛延年《羽林郎》也提到了胡姬当垆卖酒，并表达了不为财富所诱的高贵之气，文字描写细腻，衣着、饰物非常精彩，特别提到了清酒和玉壶。《初学记》曰："食中有客，提壶行酤。"⑤《周礼·秋官·掌客》郑注曰："壶，酒器也。"⑥

民间酤酒不但受到文人喜爱，文人还将其整个情景写了下来：

> 昔有霍家姝，姓冯名子都。依倚将军势，调笑酒家胡。胡姬年十五，春日独当垆。长裾连理带，广袖合欢襦。头上蓝田玉，耳后大秦珠。两鬟何窈窕，一世良所无。一鬟五百万，两鬟千万余。不意金吾子，娉婷过我庐。银鞍何煜爚，翠盖空踟蹰。就我求清酒，丝绳提玉壶。就我求珍肴，金盘鲙鲤鱼。贻我青铜镜，结我红罗裾。不惜红罗裂，何论轻贱躯。男儿爱后妇，女子重前夫。人生有新故，贵贱不相逾。多谢金吾子，私爱徒区区。⑦

《汉书》曰："武帝太初元年，初置建章营骑，后更名羽林骑，属光禄勋。又取从军死事之子孙，养羽林官，教以五兵，号羽林孤儿。"颜师古曰："羽林，宿卫之官，言其如羽之疾，如林之多。一说羽所以为主者羽翼也。"《后汉书·百官志》曰："羽林郎，掌宿卫侍从，常选汉阳、陇

---

① 〔清〕孙诒让：《周礼正义》，中华书局1987年版，第365-367页。
② 〔南朝宋〕范晔撰，〔唐〕李贤等注：《后汉书·五行志》，中华书局1965年版，第3363页。
③ 〔南朝宋〕范晔撰，〔唐〕李贤等注：《后汉书·列女传》，中华书局1965年版，第2789页。
④ 〔汉〕司马迁：《史记·司马相如列传》，中华书局1959年版，第3000页。
⑤ 〔唐〕徐坚等：《初学记》，中华书局1962年版，第467页。
⑥ 〔清〕孙诒让：《周礼正义》，中华书局1987年版，第3068页。
⑦ 〔宋〕郭茂倩编：《乐府诗集》，中华书局1979年版，第909页。

西、安定、北地、上郡、西河六郡良家补之。"《地理志》曰"汉兴，六郡良家子选给羽林"是也。又有"胡姬年十五"，亦出于此。① 这里的酒引发了羽林郎的情感波动，但让胡姬女深思男女之爱的不同。

二、饮酒和魏晋南北朝文人诗

三国争锋动摇了大汉王朝大一统的局面，其后三家归晋，再后南北对峙，战火燃烧和文人举杯构成了人生思考的特殊景观，皇室贵族、黎民庶族于祭祀、聚会、婚丧等用酒表达内心之情，《后汉书·孔融列传》记载："宾客日盈其门，常叹曰：'座上客恒满，樽中酒不空，吾无忧矣。'"② 到了文人这里，饮酒已有了超越习俗范畴的特性，将人的价值、人的意义放在了文字诗情中，曹操《度关山》发现了"天地间，人为贵"，畅想世间出现"兼爱尚同，疏者为戚"③ 的美好局面，绘制了魏晋南北朝人的意识、人的觉醒、人的思考的诗歌乐章。

（一）曹魏诗酒

鲁迅先生《魏晋风度及文章与药及酒之关系》提出了"魏晋风度"，这篇文章是1927年7月23日、26日在"广州夏期学术演讲会"所做的演讲稿，后收入《而已集》。④ 由《乐府诗集》收入的内容来看，在魏晋时期饮酒作诗，曹氏父子明显占据上风，而曹魏时代其他文人涉及酒的较少，就曹氏父子言行来看，将其归于狂放甚至荒诞之类没有足够的理由。晋代文人主要是陆机和张华，陶潜饮酒建构的隐士标志影响后世之大不言而喻，但只有《挽歌》一首，所以这里不再以"魏晋风度"的学术视角

---

① 〔宋〕郭茂倩编：《乐府诗集》，中华书局1979年版，第909页。
② 〔南朝宋〕范晔撰，〔唐〕李贤等注：《后汉书》，中华书局1965年版，第1849页。
③ 〔宋〕郭茂倩编：《乐府诗集》，中华书局1979年版，第391页。
④ 见《鲁迅全集》（第3卷），人民文学出版社2005年版。后为学界所接受，一般将名士风流和酒及药联系在一起，见宗白华《论〈世说新语〉和晋人的美》，原载《星期评论》1940年第10期，其后收入《美学散步》，上海人民出版社1981年版；相关论文又见宗白华《美学的散步》，安徽教育出版社2000年版。冯友兰：《论风流》，载《哲学评论》1944年第3期。罗宗强：《玄学与魏晋士人心态》，浙江人民出版社1991年版。宁稼雨：《魏晋风度——中古文人生活的文化意蕴》，东方出版社1992年版。范子烨：《中古文人生活研究》，山东教育出版社2001年版。单篇论文不再举例。

探讨，而是结合酒文化民俗将曹魏和晋代分开来谈。

1. 诗酒与德行

曹氏父子建构的诗酒文化主要在德行礼仪方面。曹操本人曾向汉献帝献《上九酝酒法奏》："用曲三十斤，流水五石。腊月二日清曲，正月冻解，用好稻米漉去曲滓，便酿法饮。曰譬诸虫，虽久多完，三日一酿，满九斛米止。"① 同时将人生放置在极为广阔的时空维度，因而有了文学哲思的美学价值，曹操《短歌行》不仅是建安风骨，还是我国精神血脉极其奔放的代表作：

> 对酒当歌，人生几何？譬如朝露，去日苦多。慨当以慷，幽思难忘。何以解忧？唯有杜康。青青子衿，悠悠我心。但为君故，沉吟至今。呦呦鹿鸣，食野之苹。我有嘉宾，鼓瑟吹笙。明明如月，何时可掇？忧从中来，不可断绝。越陌度阡，枉用相存。契阔谈䜩，心念旧恩。月明星稀，乌鹊南飞。绕树三匝，何枝可依？山不厌高，海不厌深。周公吐哺，天下归心。②

古人早就对酒和德有了较为理性的思考："天降威，我民用大乱丧德，亦罔非酒惟行，越小大邦用丧，亦罔非酒惟辜。"③ 曹操将饮酒和君王美德、天下兴亡直接联系起来，"对酒歌，太平时，吏不呼门，王者贤且明"④。曹丕诗中描绘的欢饮也落实到德行上，"大酋奉甘醪，狩人献嘉禽。……清角岂不妙，德薄所不任"⑤。曹植赞赏的也是符合礼仪的君臣同乐，"丰年大置酒，玉樽列广庭。乐饮过三爵，朱颜暴已形。式宴不违礼，君臣歌《鹿鸣》"⑥。

饮酒习俗体现了古人的礼仪制度，先来看《仪礼·乡饮酒礼》就有特别详尽的说明：

---

① 〔汉〕曹操：《奏上九酝酒法》，见安徽亳县《曹操集》译注小组《曹操集译注》，中华书局1979年版，第189页。
② 〔宋〕郭茂倩编：《乐府诗集》，中华书局1979年版，第447页。
③ 李民、王健：《尚书译注》，上海古籍出版社2004年版，第270页。
④ 〔宋〕郭茂倩编：《乐府诗集》，中华书局1979年版，第403页。
⑤ 〔宋〕郭茂倩编：《乐府诗集》，中华书局1979年版，第537–538页。
⑥ 〔宋〕郭茂倩编：《乐府诗集》，中华书局1979年版，第774页。

宾降洗，主人降。宾坐奠爵，兴辞。主人对，宾坐取爵，适洗南，北面。主人阼阶东，南面辞洗。宾坐奠爵于篚，兴对。主人复阼阶东，西面。宾东北面盥，坐取爵，卒洗，揖让如初，升。主人拜洗。宾答拜，兴，降盥，如主人礼。宾实爵主人之席前，东南面酢主人。主人阼阶上拜，宾少退。主人进受爵，复位，宾西阶上拜送爵，荐脯醢。主人升席自北方，设折俎，祭如宾礼。不告旨。自席前适阼阶上，北面坐卒爵，兴，坐奠爵，遂拜，执爵兴。宾西阶上答拜。主人坐奠爵于序端，阼阶上北面再拜崇酒，宾西阶上答拜。①

比较魏晋之时豪饮成风，魏国治中蒋济饮酒过分无法晤面寿春令时苗，"素嗜酒，适会其醉，不能见苗。苗恚恨还，刻木为人，署曰'酒徒蒋济'"②。东吴孙皓"每飨宴，无不竟日。坐席无能否，率以七升为限，虽不悉入口，皆浇灌取尽"③。竹林七贤以酒醉闻名，《资治通鉴》载：

谯郡嵇康，文辞壮丽，好言老、庄而尚奇任侠，与陈留阮籍、籍兄子咸、河内山涛、河南向秀、琅邪王戎、沛国刘伶特相友善，号竹林七贤。皆崇尚虚无，轻蔑礼法，纵酒昏酣，遗落世事。④

"因为他们生于乱世，不得已，才有这样的行为，并非他们的本态。但又于此可见魏晋的破坏礼教者，实在是相信礼教到固执之极的。"⑤ 嵇康《秋胡行》第四首云：

役神者弊，极欲疾枯。役神者弊，极欲疾枯。颜回短折，不及童乌。纵体淫恣，莫不早徂。酒色何物，今自不辜。歌以言之，酒色令

---

① 〔汉〕郑玄注，〔唐〕贾公彦疏：《仪礼注疏》，北京大学出版社1999年版，第139—140页。
② 〔晋〕陈寿撰，〔南朝宋〕裴松之注：《三国志·魏书·常林传》引《魏略》，中华书局1959年版，第662页。
③ 〔晋〕陈寿撰，〔南朝宋〕裴松之注：《三国志·韦昭传》，中华书局1959年版，第1462页。
④ 〔宋〕司马光：《资治通鉴·魏纪十》，中华书局1956年版，第2463页。
⑤ 鲁迅：《魏晋风度及文章与药及酒之关系》，见《鲁迅全集》（第3卷），人民文学出版社2005年版，第537页。

人枯。①

从这首诗作来看，饮酒是出于人生没有出路的寄托，酒醉是表面的，头脑的清醒反而更增添了生于乱世的苦闷。比较而言，曹氏父子的作品将人生感悟和诗歌艺术更多地结合在一起，在文学史上留下了浓墨重彩的一笔。

2. 诗酒与宴饮之乐

魏文帝曹丕《艳歌何尝行》展示了独特的视角，"饮醇酒，炙肥牛"看似欢乐无比，就下文男儿生于世间必须担当，就全部使命对接"黄口小儿"一句，这首诗篇有了打动人心的力量：

何尝快，独无忧，但当饮醇酒，炙肥牛。长兄为二千石，中兄被貂裘。小弟虽无官爵，鞍马駓駓，往来王侯长者游。但当在王侯殿上，快独摴蒲六博，对坐弹棋。男儿居世，各当努力，蹙迫日暮，殊不久留。少小相触抵，寒苦常相随。忿恚安足诤，吾中道与卿共别离。约身奉事君，礼节不可亏。上惭仓浪之天，下顾黄口小儿。奈何复老心皇皇，独悲谁能知。②

《乐府解题》曰："晋乐奏东阿王'置酒高殿上'，始言丰膳乐饮，盛宾主之献酬。中言欢极而悲，嗟盛时不再。终言归于知命而无忧也。"③曹植就此题解作《野田黄雀行四解》：

置酒高殿上，亲交从我游。中厨办丰膳，烹羊宰肥牛。秦筝何慷慨，齐瑟和且柔。阳阿奏奇舞，京洛出名讴。乐饮过三爵，缓带倾庶羞。主称千金寿，宾奉万年酬。久要不可忘，薄终义所尤。谦谦君子德，磬折欲何求。盛时不再来，百年忽我遒。惊风飘白日，光景驰西流。生存华屋处，零落归山丘。先民谁不死，知命复何忧！④

---

① 〔宋〕郭茂倩编：《乐府诗集》，中华书局1979年版，第529页。
② 〔宋〕郭茂倩编：《乐府诗集》，中华书局1979年版，第577页。
③ 〔宋〕郭茂倩编：《乐府诗集》，中华书局1979年版，第570页。
④ 〔宋〕郭茂倩编：《乐府诗集》，中华书局1979年版，第570页。

酒、歌、舞构成了美妙无比的宴饮生活，让人陶醉其中。就曹植的实际状况来看，不应该心存满足，那就是无奈人生命运无常，自曹丕当上太子那天起，曹植余生就注定画上了悲剧的色彩，艺术气质胜于政治实干的他一腔悲愤，有时借酒浇愁，借手中笔抒怀恐怕言不由衷了。

（二）晋代诗酒

北宋朱肱《北山酒经》认为"晋人嗜酒……酣放自肆，托于曲蘖，以逃世网，未必真得酒中趣"①，晋陆机《饮酒乐》："饮酒须饮多，人生能几何。百年须受乐，莫厌管弦歌。"② 又《顺东西门行》："出西门，望天庭，阳谷既虚崦嵫盈。感朝露，悲人生，逝者若斯安得停。桑枢戒，蟋蟀鸣，我今不乐岁聿征。迨未暮，及时平，置酒高堂宴友生。激朗笛，弹哀筝，取乐今日尽欢情。"③ 以酒来忘记对人生的不满，及时行乐。

晋代饮酒以醉为荣，光禄大夫王蕴之子王恭说："名士不必须奇才，但使常得无事，痛饮酒，熟读《离骚》，便可称名士。"④ 社会上弥漫了浓浓的酒香，伴随着士人竟成为风流名士的一大标志。由于饮酒耗费粮食过多，王羲之不由得呼吁禁酒："此郡断酒一年，所省百余万斛米，乃过于租。"⑤

事实上，真名士饮酒并不是快乐所致，而是人生哀愁太多，陶潜《挽歌》第三首：

> 有生必有死，早终非命促。昨暮同为人，今旦在鬼录。魂气散何之，枯形寄空木。娇儿索父啼，良友抚我哭。得失不复知，是非安能觉。千秋万岁后，谁知荣与辱。但恨在世时，饮酒恒不足。⑥

既然人生欲望这么多，而寿命又短，萧统认为"有疑陶渊明诗篇篇有酒，

---

① 〔宋〕朱肱著，高建新编：《酒经》，中华书局2011年版，第1页。
② 〔宋〕郭茂倩编：《乐府诗集》，中华书局1979年版，第1050页。
③ 〔宋〕郭茂倩编：《乐府诗集》，中华书局1979年版，第554页。
④ 〔南朝宋〕刘义庆撰，余嘉锡笺疏：《世说新语笺疏》，中华书局2007年版，第410页。
⑤ 严可均校辑：《全晋文》，中华书局1995年版，第1954页。
⑥ 〔宋〕郭茂倩编：《乐府诗集》，中华书局1979年版，第401页。

吾观其意不在酒,亦寄酒为迹焉"①,何不及时饮酒享受麻木沉醉的一点乐趣呢?

陆机《挽歌》悲痛于更多现实生活的无奈:

> 卜择考休贞,嘉命咸在兹。凤驾警徒御,结辔顿重基。龙慌被广柳,前驱矫轻旗。殡宫何嘈嘈,哀响沸中闱。闱中且勿喧,听我《薤露》诗。死生各异伦,祖载当有时。舍爵两楹位。启殡进灵輤。饮饯觞莫举,出宿归无期。帷衽旷遗影,栋宇与子辞。周亲咸奔凑,友朋自远来。翼翼飞轻轩,駸駸策素骐。按辔遵长薄,送子长夜台。呼子子不闻,泣子子不知。叹息重櫬侧,念我畴昔时。三秋犹足收,万世安可思。殉殁身易亡,救子非所能。含言言哽咽,挥涕涕流离。②

美酒和美女相映成趣,卖酒的少女走进了刘琨《胡姬年十五》,不仅丰富了诗酒的素材,更重要的是展示了卖酒的习俗。自汉代起朝廷设立机构专管酒业,以增加利税收入。晋代用酒量大,酒成为流行的消费品,酒的价格高了很多,在美色面前饮酒花费就会更多。刘琨《胡姬年十五》云:

> 虹梁照晓日,渌水泛香莲。如何十五少,含笑酒垆前。花将面自许,人共影相怜。回头堪百万,价重为时年。③

西域少女卖酒所表现的是特有风情,在诗歌中成就了胡姬女的意象,可以说是民间风俗在诗歌中富有生命力的表达。

(三) 南北朝诗酒

北魏时的《齐民要术》,基于实践经验总结了造曲生熟和多种酿酒方

---

① 〔南朝梁〕萧统:《陶渊明文集序》,见袁行霈《陶渊明集笺注》,中华书局2003年版,第613页。
② 〔宋〕郭茂倩编:《乐府诗集》,中华书局1979年版,第399—400页。
③ 〔宋〕郭茂倩编:《乐府诗集》,中华书局1979年版,第910页。

法。随着南北人口迁移，饮食文化也得到了交流，南朝梁元帝萧绎《金楼子》有"银瓯一枚，贮山阴甜酒"①，《北史》载：北魏孝文帝"以藻为征虏将军，督统军高聪等四军为东道别将，辞于洛水之南。孝文曰：'与卿石头相见。'藻对曰：'臣虽才非古人，庶亦不留贼虏而遗陛下。辄当酾曲阿之酒以待百官。'"②。葡萄酒在三国时就传入中原，张华《博物志》载："西域有葡萄酒，积年不败。彼俗云：'可十年饮之，醉弥月乃解。'"当时胡人"家有蒲桃酒，或至千斛，经十年不败"③。《神农本草经》强调葡萄的药用价值："葡萄味甘、平，主筋骨湿痹……久食轻身，不老延年。可作酒，生山谷。"④

1. 诗酒风俗

陈江总《妇病行》就写到了葡萄酒：

> 窈窕怀贞室，风流挟琴妇。唯将角枕卧，自影啼妆久。羞开翡翠帷，懒对蒲萄酒。深悲在缣素，讬意忘箕帚。夫婿府中趋，谁能大垂手。⑤

南朝陈张正见《对酒》也写到了葡萄酒：

> 当歌对玉酒，匡坐酌金罍，竹叶三清泛，蒲萄百味开。风移兰气入，月逐桂香来。独有刘将阮，忘情寄羽杯。⑥

萧子显《美女篇》写到了卖酒：

> 章丹暂辍舞，巴姬请罢弦。佳人淇洧出，艳赵复倾燕。繁秾既为

---

① 崔敦礼、李衡：《金楼子》，见《笔记小说大观四编》，台湾新兴书局1984年版，第1017页。
② 〔唐〕李延寿：《北史·高祖孝文帝》，中华书局1974年版，第87页。
③ 〔唐〕房玄龄等：《晋书·吕光载记》，中华书局1974年版，第3055页。
④ 〔清〕顾观光辑，杨鹏举校注：《神农本草经》，学苑出版社2007年版，第42页。
⑤ 〔宋〕郭茂倩编：《乐府诗集》，中华书局1979年版，第566－567页。
⑥ 〔宋〕郭茂倩编：《乐府诗集》，中华书局1979年版，第404页。

李,照水亦成莲。朝酤成都酒,暝数河间钱。余光幸未借,兰膏空自煎。①

南北朝时战乱不休,反而更让人珍惜生命。为了体现生命的价值,人们会用各种形式来呈现。酒的诞生本来是为祭祀或庆贺等,后来酒又作为调节生活的饮品,使人获得精神安慰,而酒醉既能让人忘记世间一切烦恼和快乐,又能让人发泄内心的不平,所以,酒的特性和文人审美有了天然的契合,诗歌和饮酒也就成为文人的一种寄托。如在谢灵运《善哉行》四言诗中,饮酒贯穿了人生时空维度、情感维度、价值维度等独特的感受:

阳谷跃升,虞渊引落。景跃东隅,晼晚西薄。三春燠叙,九秋萧索。凉来温谢,寒往暑却。居德斯颐,积善嬉谑。阴灌阳丛,凋华堕萼。欢去易惨,悲至难铄。激涕当歌,对酒当酌。鄙哉愚人,戚戚怀瘼。善哉达士,滔滔处乐。②

2. 诗酒新意

接下来是南北朝一组《对酒》,属于古题写新意,或为佳人对酒,或为友人对酒,或为移景塞外,或羡慕商贾。

南朝梁范云《对酒》写佳人相思:

对酒心自足,故人来共持。方悦罗衿解,谁念发成丝。徇性良为达,求名本自欺。迨君当歌日,及我倾樽时。③

南朝梁张率《对酒》写宴饮歌舞:

对酒诚可乐,此酒复芳醇。如华良可贵,似乳更甘珍。何当留上客,为寄掌中人。金樽清复满,玉椀亟来亲。谁能共迟暮,对酒惜芳

---

① 〔宋〕郭茂倩编:《乐府诗集》,中华书局1979年版,第913页。
② 〔宋〕郭茂倩编:《乐府诗集》,中华书局1979年版,第539页。
③ 〔宋〕郭茂倩编:《乐府诗集》,中华书局1979年版,第403页。

辰。君歌尚未罢,却坐避梁尘。①

南朝陈岑之敬《对酒》移步换景,渲染了塞外的风情:

  色映临池竹,香浮满砌兰。舒文泛玉碗,漾蚁溢金盘。箫曲随鸾易,笳声出塞难。唯有将军酒,川上可除寒。②

北周庾信《对酒》抒发人生不如意、时光短暂的感慨,认为不如经商获取富裕的生活:

  春水望桃花,春洲藉芳杜。琴从绿珠借,酒就文君取。牵马向渭桥,日曝山头脯。山简接䍦倒,王戎如意舞。筝鸣金谷园,笛韵平阳坞。人生一百年,欢笑唯三五。何处觅钱刀,求为洛阳贾。③

下面是写作内容不同的诗作,或将酒融入神仙世界,如齐王融《神仙篇》:

  命驾瑶池侧,过息嬴女台。长袖何靡靡,箫管清且哀。璧门凉月举,珠殿秋风回。青鸟鹜高羽,王母停玉杯。举手惭为别,千年将复来。④

王金珠《子夜四时 夏歌二首》刻画了精致的宴饮生活,又带有艳情的相思:

  玉盘贮朱李,金杯盛白酒。本欲持自亲,复恐不甘口。
  垂帘倦烦热,卷幌乘清阴。风吹合欢帐,直动相思琴。⑤

---

① 〔宋〕郭茂倩编:《乐府诗集》,中华书局1979年版,第404页。
② 〔宋〕郭茂倩编:《乐府诗集》,中华书局1979年版,第404页。
③ 〔宋〕郭茂倩编:《乐府诗集》,中华书局1979年版,第404页。
④ 〔宋〕郭茂倩编:《乐府诗集》,中华书局1979年版,第924页。
⑤ 〔宋〕郭茂倩编:《乐府诗集》,中华书局1979年版,第651页。

江淹《从军行》第一首，以酒送别远征之人，畅想以书信传递相思：

> 樽酒送征人，踟蹰在亲宴。日暮浮云滋，握手泪如霰。悠悠清水川，嘉鲂得所荐。而我在万里，结友不相见。袖中有短书，愿寄双飞燕。①

梁简文帝萧纲《上留田行》以皇室成员的身份，关注田家劳作之后的歌舞欢庆场面：

> 正月土膏初欲发，天马照耀动农祥。田家斗酒群相劳，为歌长安金凤皇。②

综上，魏晋南北朝时期，文学艺术等获得了极大的丰收，就像宗白华说的那样："这是中国人生活史里点缀着最多的悲剧，富于命运的罗曼司的一个时期……南北朝分裂，酿成社会秩序的大解体，旧礼教的总崩溃、思想和信仰的自由、艺术创造精神的勃发，使我们联想到西欧十六世纪的'文艺复兴'。这是强烈、矛盾、热情、浓于生命彩色的一个时代。"③

三、饮酒和唐代文人诗

"酒，百药之长。"④ 这是把粮食酿造的酒当作有益之物看待，在古代，酒有时承担了药的功效，《礼记》以为"酒者所以养老也，所以养病也"⑤。但是，用酒过度即会中毒。《战国策·魏策二》载："昔帝女令仪狄作酒而美，进之禹。禹饮而甘之，遂疏仪狄，绝旨酒，曰：'后世必有以酒亡其国者。'"⑥ 从酒与药的关系来说，唐代文人用酒医治心灵、料理精神，使得唐诗焕发出熠熠光辉。

---

① 〔宋〕郭茂倩编：《乐府诗集》，中华书局1979年版，第480页。
② 〔宋〕郭茂倩编：《乐府诗集》，中华书局1979年版，第564页。
③ 宗白华：《美学散步》，上海人民出版社1981年版，第208－209页。
④ 〔汉〕班固：《汉书·食货志》，中华书局1962年版，第1183页。
⑤ 〔汉〕郑玄注，〔唐〕孔颖达疏：《礼记正义》，北京大学出版社1999年版，第190页。
⑥ 何建章注释：《战国策注释》，中华书局1990年版，第846－847页。

第三部分 文人诗研究

1. 唐代饮酒风俗

白居易"由是得以梦身世，云富贵，幕席天地，瞬息百年，陶陶然，昏昏然，不知老之将至，古所谓得全于酒者"①（《醉吟先生传》）。白居易《酒功赞》就视酒为身心两益的美物：

> 麦曲之英，米泉之精，作合为酒，孕和产灵。孕和者何？浊醪一樽，霜天雪夜，变寒为温。产灵者何？清醑一酌，离人迁客，转忧为乐。纳诸喉舌之内，淳淳泄泄，醍醐沆瀣，沃诸心胸之中，熙熙融融，膏泽和风。百虑齐息，时乃之德，万缘皆空，时乃之功。吾常终日不食，终夜不寝，以思无益，不如且饮。②

郭元振《子夜四时歌六首·春歌二首》提到菊花酒可延年益寿：

> 青楼含日光，绿池起风色。赠子同心花，殷勤此何极。
> 陌头杨柳枝，已被春风吹。妾心正断绝，君怀那得知。③

饮酒主要还是调节性情，缓解压力，使心灵得到舒展。《为人祭朕者文》云："念昔朕者，容华不常。喜颜如春，酣葩之芳。爝乎将然，煜乎为光。偏然去步，如烟洋洋。萃然来居，如鸾下翔。佳言如酒，和人中肠。"④皮日休的《酒箴》就结合自身状况很清醒地说到了饮酒的奥妙：

> "呜呼！吾不贤者，性实嗜酒，尚惧为酃舒之僇，过此吾不为也，又焉能俾喧为静乎？俾静为喧乎？不为静中淫溺乎？不为酗祸之波乎？既淫溺酗祸作于心，得不为庆封乎？郑伯乎？栾高乎？卫侯乎？盖中性，不能自节，因箴以自符。"箴曰：酒之所乐，乐其全真。宁能我醉，不醉于人。⑤

---

① 顾学颉校点：《白居易集》，中华书局1979年版，第1486页。
② 顾学颉校点：《白居易集》，中华书局1979年版，第1465－1466页。
③ 〔宋〕郭茂倩编：《乐府诗集》，中华书局1979年版，第652页。
④ 〔清〕董诰等编：《全唐文》，中华书局1983年版，第7628页。
⑤ 〔唐〕皮日休：《皮子文薮》，上海古籍出版社1981年版，第59页。

唐人诗酒构成了色彩绚烂的诗作,如王建《泛水曲》以酒增加聚会的乐趣:

> 载酒入烟浦,方舟泛绿波。子酌我复饮,子饮我还歌。莲深微路通,峰曲幽气多。阅芳无留瞬,弄桂不停柯。水上秋月鲜,西山碧峨峨。兹欢良可贵,谁复更来过。①

张籍《春日行》把酒当作最好的治疗各种烦恼、忧伤的良药:

> 春日融融池上暖,竹牙出土兰心短。草堂晨起酒半醒,家僮报我园花满。头上皮冠未曾整,直入花间不寻径。树树殷勤尽绕行,举枝未遍春日暝。不用积金著青天,不用服药求神仙。但愿园里花长好,一生饮酒花前老。②

李商隐《杨柳枝》借酒送行,以杨柳隐喻对友人的不舍:

> 暂凭樽酒送无憀,莫损愁眉与细腰。人世死前唯有别,春风争拟惜长条。
> 含烟惹雾每依依,万绪千条拂落晖。为报行人休尽折,半留相送半迎归。③

僧贯休《出塞曲》第二首,写塞外战功,男儿喝酒是雄性威武、战无不胜的保障:

> 玉帐将军意,殷勤把酒论。功高宁在我,阵没与招魂。塞色干戈束,军容喜气屯。男儿今始是,敢出玉关门。④

---

① 〔宋〕郭茂倩编:《乐府诗集》,中华书局1979年版,第296页。
② 〔宋〕郭茂倩编:《乐府诗集》,中华书局1979年版,第941-942页。
③ 〔宋〕郭茂倩编:《乐府诗集》,中华书局1979年版,第1145页。
④ 〔宋〕郭茂倩编:《乐府诗集》,中华书局1979年版,第326页。

2. 文人诗同题少年行与酒文化

唐代文人诗歌因酒增添了健美的神韵，使得大唐气象在文学版图上显示的是绿色格调，生机盎然，充满活力。少年本来就是青春焕发、激情四射、斗志昂扬，唐诗和酒就有这样突出的表现：

李白《少年行》第一首云：

> 击筑饮美酒，剑歌易水湄。经过燕太子，结托并州儿。少年负壮气，奋烈自有时。因声鲁句践，争情勿相欺。①

王维《少年行》四首云：

> 新丰美酒斗十千，咸阳游侠多少年。相逢意气为君饮，系马高楼垂柳边。
> 汉家君臣欢宴终，高义云台论战功。天子临轩赐侯印，将军佩出明光宫。
> 出身仕汉羽林郎，初随骠骑战渔阳。孰知不向边庭苦，纵死犹闻侠骨香。
> 一身能擘两雕弧，虏骑千群只似无。偏坐金鞍调白羽，纷纷射杀五单于。②

王昌龄《少年行》第二首云：

> 走马还相寻，西楼下夕阴。结交期一剑，留意赠千金。高阁歌声远，重关柳色深。夜间须尽醉，莫负百年心。③

杜甫《少年行》三首云：

> 莫笑田家老瓦盆，自从盛酒长儿孙。倾银注瓦惊人眼，共醉终同

---

① 〔宋〕郭茂倩编：《乐府诗集》，中华书局1979年版，第953页。
② 〔宋〕郭茂倩编：《乐府诗集》，中华书局1979年版，第954页。
③ 〔宋〕郭茂倩编：《乐府诗集》，中华书局1979年版，第954页。

卧竹根。

巢燕养雏浑去尽,红花结子已无多。黄衫年少来宜数,不见堂前东逝波。

马上谁家白面郎,临阶下马坐人床。不通姓字粗豪甚,指点银瓶索酒尝。①

韦庄《少年行》云:

五陵豪客多,买酒黄金贱。醉下酒家楼,美人双翠幰。挥剑邯郸市,走马梁王苑。乐事殊未央,年华已云晚。②

李廓《长安少年行》第二、三首云:

追逐轻薄伴,闲游不著绯。长拢出猎马,数换打球衣。晓日寻花去,春风带酒归。青楼无昼夜,歌舞歇时稀。

日高春睡足,帖马赏年华。倒插银鱼袋,行随金犊车。还携新市酒,远醉曲江花。几度归侵黑,金吾送到家。③

崔颢《渭城少年行》云:

洛阳二月梨花飞,秦地行人春忆归。扬鞭走马城南陌,朝逢驿使秦川客。驿使前日发章台,传道长安春早来。棠梨宫中燕初至,葡萄馆里花正开。念此使人归更早,三月便达长安道。长安道上春可怜,摇风荡日曲河边。万户楼台临渭水,五陵花柳满秦川。秦川寒食盛繁华,游子春来喜见花。斗鸡下杜尘初合,走马章台日半斜。章台帝城称贵里,青楼日晚歌钟起。贵里豪家白马骄,五陵年少不相饶。双双挟弹来金市,两两鸣鞭上渭桥。渭城桥头酒新熟,金鞍白马谁家宿。

---

① 〔宋〕郭茂倩编:《乐府诗集》,中华书局1979年版,第956页。
② 〔宋〕郭茂倩编:《乐府诗集》,中华书局1979年版,第958页。
③ 〔宋〕郭茂倩编:《乐府诗集》,中华书局1979年版,第960页。

可怜锦瑟筝琵琶，玉台清酒就君家。小妇春来不解羞，娇歌一曲杨柳花。①

高适《邯郸少年行》云：

邯郸城南游侠子，自矜生长邯郸里。千场纵博家仍富，几度报仇身不死。宅中歌笑日纷纷，门外车马如云屯，未知肝胆向谁是，今人却忆平原君。君不见今人交态薄，黄金用尽还疏索。以兹感激辞旧游，更于时事无所求。且与少年饮美酒，往来射猎西山头。②

以上少年英才的威武形象让读者为之心动，但是如果没有酒就会失去些许神韵，少年的英武形象也会失去特别的风采。

3. 上层社会的饮酒礼俗

唐代出现了贵重的金属酒杯，特别是金樽，还有琉璃钟，讲究饮酒器皿的精美和珍贵，原因就是大唐经济繁荣、文化水平提升，贵族或社会精英的要求自然会高。

鲍溶《行路难》提到"金樽"，感慨时光易逝和红颜易老：

玉堂向夕如无人，丝竹俨然宫商死。细人何言入君耳，尘生金樽酒如水。君今不念岁蹉跎，雁天明明凉露多。华灯青凝久照夜，彩童窈窕虚垂罗。入宫见妒君不察，莫入此地出风波。此时不乐早休息，女颜易老君如何。③

陆龟蒙《别离曲》有大丈夫之气：

丈夫非无泪，不洒离别间。仗剑对樽酒，耻为游子颜。蝮蛇一螫手，壮士疾解腕。所思在功名，离别何足叹。④

---

① 〔宋〕郭茂倩编：《乐府诗集》，中华书局1979年版，第961页。
② 〔宋〕郭茂倩编：《乐府诗集》，中华书局1979年版，第962页。
③ 〔宋〕郭茂倩编：《乐府诗集》，中华书局1979年版，第1012页。
④ 〔宋〕郭茂倩编：《乐府诗集》，中华书局1979年版，第1027页

刘禹锡《竹枝》第五首，描述春暖花开时，人们用银杯饮酒，结伴踏青：

> 两岸山花似雪开，家家春酒满银杯。昭君坊中多女伴，永安宫外踏青来。①

使用贵重金属酒杯，说明了唐朝生活水平有了极大提高，特别是诗歌所描述的又是民间庆宴，不得不承认大唐气象无处不在。

4. 李白酒中诗与诗中酒

李白是"酒中八仙"（贺知章、李琎、李适之、崔宗之、苏晋、李白、张旭、焦遂）之一，又是"竹溪六逸"（李白、孔巢父、裴政、陶沔、韩准、张叔明）之一，"李白一斗诗百篇，长安市上酒家眠。天子呼来不上船，自称臣是酒中仙"②，饮酒、写诗和李白天然地合为一体。饮酒成为李白生活中不可缺少的一部分，"劝君莫拒杯，春风笑人来"③，"今日醉饱，乐过三春"④，诗人的对酌也激活了唐诗的生命力。

李白《将进酒》云：

> 君不见黄河之水天上来，奔流到海不复回。君不见高堂明镜悲白发，朝如青丝暮成雪。人生得意须尽欢，莫使金樽空对月。天生我材必有用，千金散尽还复来。烹羊宰牛且为乐，会须一饮三百杯。岑夫子，丹丘生，将进酒，杯莫停。与君歌一曲，请君为我倾耳听。钟鼓馔玉不足贵，但愿长醉不复醒。古来圣贤皆寂寞，唯有饮者留其名。陈王昔时宴平乐，斗酒十千恣欢谑。主人何为言少钱，径须沽取对君酌。五花马，千金裘，呼儿将出换美酒，与尔同销万古愁。⑤

其诗《怨歌行》也让宫女拥有了尽情歌舞、凸显生命价值的机会：

---

① 〔宋〕郭茂倩编：《乐府诗集》，中华书局1979年版，第1140页。
② 〔唐〕杜甫：《饮中八仙歌》，见葛晓音《杜甫诗选评》，上海古籍出版社2002年版，第12页。
③ 〔宋〕郭茂倩编：《乐府诗集》，中华书局1979年版，第405页。
④ 〔宋〕郭茂倩编：《乐府诗集》，中华书局1979年版，第540页。
⑤ 〔宋〕郭茂倩编：《乐府诗集》，中华书局1979年版，第243－244页。

十五入汉宫，花颜笑春红。君王选玉色，侍寝金屏中。荐枕娇夕月，卷衣恋春风。宁知赵飞燕，夺宠恨无穷。沉忧能伤人，绿鬓成霜蓬。一朝不得意，世事徒为空。鹔鹴换美酒，舞衣罢雕龙。寒苦不忍言，为君奏丝桐。肠断弦亦绝，悲心夜忡忡。①

其《行路难三首》其一云：

金樽清酒斗十千，玉盘珍羞直万钱。停杯投箸不能食，拔剑四顾心茫然。欲渡黄河冰塞川，将登太行雪暗天。闲来垂钓坐溪上，忽复乘舟梦日边。行路难，行路难！多歧路？今安在？长风破浪会有时，直挂云帆济沧海。②

李白的真实就在于不掩饰真情，这也是酒能达到的效力，"在不同时期，不同心境下，酒亦以不同的形式出现，也形成了诗人个性鲜明又富于变化的诗歌意象"③。《悲歌行》就以饮酒打开了内心世界，联系李白一生激越的生命追求，这样动情诉说悲痛真是大诗人心胸：

悲来乎，悲来乎！主人有酒且莫斟，听我一曲悲来吟。悲来不吟还不笑，天下无人知我心。君有数斗酒，我有三尺琴。琴鸣酒乐两相得，一杯不啻千钧金。

悲来乎，悲来乎！天虽长，地虽久，金玉满堂应不守。富贵百年能几何？死生一度人皆有。孤猿坐啼坟上月，且须一尽杯中酒。

悲来乎，悲来乎！凤鸟不至河无图，微子去之箕子奴。汉帝不忆李将军，楚王放却屈大夫。

悲来乎，悲来乎！秦家李斯早追悔，虚名拨向身之外。范子何曾爱五湖，功成名遂身自退。剑是一夫用，书能知姓名，惠施不肯千万乘，卜式未必穷一经。还须黑头取方伯，莫谩白首为儒生。④

---

① 〔宋〕郭茂倩编：《乐府诗集》，中华书局1979年版，第619页。
② 〔宋〕郭茂倩编：《乐府诗集》，中华书局1979年版，第1008页。
③ 赵昌平：《李白诗选评》，上海古籍出版社2005年版，"导言"第4页。
④ 〔宋〕郭茂倩编：《乐府诗集》，中华书局1979年版，第898—899页。

王瑶先生道出饮酒的真谛:"酒中趣即是自然,一种在冥想中超脱现实世界的幻觉。"① 因为饮酒对诗人来说,能够促进心中激情的爆发、真情的奔涌、才艺的激活,类似以酒治疗现实生活遮盖的文人才情、内心懦弱、行为迟钝等。"人生须达命,有酒且长歌"②,酒和文人之间就有了更多的意味:提升创作的审美水平,借此救治本真的自我。从唐朝灿若星河的诗人和诗作中可发现,与酒结缘成就了诗歌的灵性、真情、妙语等,也成就了唐诗笑傲古今的独特文学景观。

第十三章　相术和文人诗

对命运的掌控关涉个人、集体或族群乃至整个国家的核心利益,如何使命运向好的方向发展?人类一直在思考这个问题,并为之不断努力。远古时代人们用相术来预测未来的命运,大凡个人外在形体——面相、言行都是判断吉凶的征兆。"谷也食子,难也收子。谷也丰下,必有后于鲁国"③,这是根据春秋鲁国大夫公孙敖两个儿子面相而言;"是豺狼之声也。狼子野心。非是,莫丧羊舌氏矣"④,这是凭借晋国大夫叔向儿子伯石的声音做出的预言,甚至整个国运也可以预计,从而把握更好的走向;"晋之公室其将遂卑矣。君幼弱,六卿强而奢傲,将因是以习,习实为常,能无卑乎"⑤,这是子服于昭公十六年(前526)出访,认为整个晋国会变弱。据此,相术虽然给人以神秘感,但并不是任意而为,古人坚信相术占卜的背后是对人生命运吉凶的把握。文学艺术作为时代的产物也会有相应的审美判断,这就是从相术的视角考察文人诗。

---

① 王瑶:《中古文学史论》,北京大学出版社1998年版,第173页。
② 〔唐〕王昌龄:《长歌行》,见〔宋〕郭茂倩编《乐府诗集》,中华书局1979年版,第446页。
③ 杨伯峻编著:《春秋左传注》,中华书局1981年版,第510页。
④ 杨伯峻编著:《春秋左传注》,中华书局1981年版,第1493页。
⑤ 杨伯峻编著:《春秋左传注》,中华书局1981年版,第1382页。

一、相术和文人叙事诗

叙事诗一般具有写实性，大都描摹事件发生的原委、经过、结果等本来面目，完全能够告诉读者与事件相关的人物、时间、地点等要素，使其从中认识到这是个什么样的社会，可谓折射社会环境的一面镜子。关于相术领域的内容，早在《左传》中就记载了相术、相士，并已有相关的理论基础。新旧《唐书》更有精确的相术记载，宋代传言麻衣道者的《麻衣神相》系统总结了各家相术，大清鸿儒曾国藩著有这方面的心得《冰鉴》。相术可以说一直影响社会各个层面，在民间更为突出。依据现存的实际面目做出判断，是叙事诗和相术的结合点。

（一）相术和汉代文人叙事诗

对于相术，西方学者也很重视，亚里士多德在《芬克与瓦格诺尔斯新标准百科》中说："在面部特征和表情与思想的品行品质和习惯之间有着密切的联系。这种观相术由来已久，流传极广。"[①] 瑞士神学家约翰·卡斯帕·拉瓦特在1789年发表的《观相术文选》中分析了人的习性、性格和面貌的相关性。美国哈佛大学自20世纪30年代起针对观相术进行研究，其中"奈特、邓拉普以及其他一些学者也对面部表情，尤其是对嘴部的形状及特征进行了研究"[②]。这和我国古代相术本质上毫无二致。从人的面相读出性格特征和生活习性，从而预知人的命运，这就把性格和习性与命运联系起来。

1. 汉代相术

汉代开国皇帝刘邦和皇后吕雉早就经过相术，被预言为大富大贵之人。贵为皇帝的刘邦当初为亭长，地位低下还好酒色，却为吕公主动嫁女，就是因为其富贵面相：

---

① ［美］利奥波德·贝拉克、萨姆·辛克莱尔·贝克著：《解读面孔》，蔡曙光等译，社会科学文献出版社2008年版，第235页。
② ［美］利奥波德·贝拉克、萨姆·辛克莱尔·贝克著：《解读面孔》，蔡曙光等译，社会科学文献出版社2008年版，第236页。

> 酒阑，吕公因目固留高祖。竟酒，后。吕公曰："臣少好相人，相人多矣，无如季相，愿季自爱。臣有息女，愿为箕帚妾。"①

而婚后，"吕后与两子居田中，有一老父过请饮，吕后因餔之"②。贵人落难有人相助，也有人及时鼓励，老父没有无故受恩，而是给吕后及其家人观相：

> 老父相后曰："夫人天下贵人也。"令相两子，见孝惠帝，曰："夫人所以贵者，乃此男也。"相鲁元公主，亦皆贵。老父已去，高祖适从旁舍来，吕后具言客有过，相我子母皆大贵。高祖问，曰："未远。"乃追及，问老父。老父曰："乡者夫人儿子皆以君，君相贵不可言。"高祖乃谢曰："诚如父言，不敢忘德。"及高祖贵，遂不知老父处。③

相术不仅根据人的面相，还依据人的性格来判断其命运。从取材于较为真实事件的文人诗来看，因为作者特有的遭遇，诗意大都是从心中奔涌而出，语句朴实自然。

2. 女性文人诗与远嫁叙事

汉代文人诗表现婚姻的无奈、女性的不幸命运有很感人的反映：蔡琰《胡笳十八拍》第二拍写被迫入胡："戎羯逼我兮为室家，将我行兮向天涯。云山万重兮归路遐，疾风千里兮扬尘沙。人多暴猛兮如虫蛇，控弦被甲兮为骄奢。两拍张悬兮弦欲绝，志摧心折兮自悲嗟。"④乌孙公主歌曰："吾家嫁我兮天一方，远托异国兮乌孙王。穹庐为室兮旃为墙，以肉为食兮酪为浆。"⑤汉朝公主远嫁外族，是为了汉朝江山稳固和百姓安居乐业，公主的个人命运无法和王朝的命运抗争，她婚姻的不幸是汉初国力不强的表现。王昭君的故事特别为后世文人反复书写，至于其北嫁匈奴，路上所见，心中所思，则化为四言诗句："高山峨峨，河水泱泱。父兮母兮，道

---

① 〔汉〕班固：《汉书·高帝纪上》，中华书局1962年版，第4页。
② 〔汉〕班固：《汉书·高帝纪上》，中华书局1962年版，第5页。
③ 〔汉〕班固：《汉书·高帝纪上》，中华书局1962年版，第5页。
④ 〔宋〕郭茂倩编：《乐府诗集》，中华书局1979年版，第861页。
⑤ 〔宋〕郭茂倩编：《乐府诗集》，中华书局1979年版，第1186页。

里悠长。"①

观这些女子的遭遇可知,其不幸不仅是个人的不幸,也是国家的不幸。为了挽回汉朝的荣誉,《乐府解题》曰:"单于死,子世达立,昭君谓之曰:'为胡者妻母,为秦者更娶。'世达曰:'欲作胡礼。'昭君乃吞药而死。"② 而《汉书》并没有这样的记载。

(二) 相术和魏晋南北朝文人叙事诗

汉末到三国时期,相术反映到文学艺术世界里。汉使刘琬称"吾遍观孙氏兄弟,虽各才气秀达,然皆禄祚不终。惟仲谋形貌奇伟,骨格非常,乃大贵之表,又享高寿:众皆不及也"③。邓飏"筋不束骨,脉不制肉,起立倾倚,若无手足"④,何晏则"魂不守宅,血不华色,精爽烟浮,容若槁木"⑤。

《乐府诗集》文人诗记述的事件多属于纪实类历史性大事件,有卷十八缪袭《魏鼓吹曲》,引《晋书·乐志》曰:"魏武帝使缪袭造鼓吹十二曲以代汉曲:一曰《楚之平》,二曰《战荥阳》,三曰《获吕布》,四曰《克官渡》,五曰《旧邦》,六曰《定武功》,七曰《屠柳城》,八曰《平南荆》,九曰《平关中》,十曰《应帝期》,十一曰《邕熙》,十二曰《太和》。"⑥ 又韦昭《吴鼓吹曲》引《晋书·乐志》曰:"吴使韦昭制鼓吹十二曲:一曰《炎精缺》,二曰《汉之季》,三曰《摅武师》,四曰《伐乌林》,五曰《秋风》,六曰《克皖城》,七曰《关背德》,八曰《通荆门》,九曰《章洪德》,十曰《从历数》,十一曰《承天命》,十二曰《玄化》。"⑦ 其中,《汉之季》主要是三言,叙述了这段史实:

>　　汉之季,董卓乱。桓桓武烈,应时运。义兵兴,云旗建。厉六师,罗八阵。飞鸣镝,接白刃。轻骑发,介士奋。丑虏震,使众散。

---

① 〔宋〕郭茂倩编:《乐府诗集》,中华书局1979年版,第854页。
② 〔宋〕郭茂倩编:《乐府诗集》,中华书局1979年版,第853页。
③ 〔明〕罗贯中:《三国演义》,人民文学出版社1973年版,第259页。
④ 〔明〕罗贯中:《三国演义》,人民文学出版社1973年版,第925页。
⑤ 〔明〕罗贯中:《三国演义》,人民文学出版社1973年版,第926页。
⑥ 〔宋〕郭茂倩编:《乐府诗集》,中华书局1979年版,第264页。
⑦ 〔宋〕郭茂倩编:《乐府诗集》,中华书局1979年版,第269页。

劫汉主,迁西馆。雄豪怒,元恶债。赫赫皇祖,功名闻。①

同样的事情,曹操应用成熟的五言诗,大胆用《蒿里》(原为泣丧歌,又称挽歌)拓展了写作的题材,放眼整个时局,忠实地概述了兴兵讨伐董卓的尴尬,汲取了民歌的清新语句,由个人从军的不顺提升到对万千被波及而不幸死亡的百姓的哀悼:

关东有义士,兴兵讨群凶。初期会盟津,乃心在咸阳。军合力不齐,踌躇而雁行。势利使人争,嗣还自相戕。淮南弟称号,刻玺于北方。铠甲生虮虱,万姓以死亡。白骨露于野,千里无鸡鸣。生民百遗一,念之断人肠。②

左延年《秦女休行》写为宗复仇杀人,以生动的故事情节、慷慨激昂的对话,完整地展开了整个过程:

始出上西门,遥望秦氏庐。秦氏有好女,自名为女休。休年十四五,为宗行报仇。左执白杨刃,右据宛鲁矛。仇家便东南,仆僵秦女休。女休西上山,上山四五里。关吏呵问女休,女休前置辞:"平生为燕王妇,于今为诏狱囚。平生衣参差,当今无领襦。明知杀人当死,兄言快快,弟言无道忧。女休坚辞为宗报仇,死不疑。"杀人都市中,徼我都巷西。丞卿罗东向坐,女休凄凄曳梏前。两徒夹我,持刀刀五尺余。刀未下,朣胧击鼓赦书下。③

范静妻沈氏作为一名女诗人,其《晨风行》深情讲述了送行的缠绵不舍:

理楫令舟人,停舻息旅薄河津。念君劬劳冒风尘,临路挥袂泪沾巾。飙流劲澍逝若飞,山高帆急绝音徽。留子句句独言归,中心茕茕

---

① 〔宋〕郭茂倩编:《乐府诗集》,中华书局1979年版,第270页。
② 〔宋〕郭茂倩编:《乐府诗集》,中华书局1979年版,第398页。
③ 〔宋〕郭茂倩编:《乐府诗集》,中华书局1979年版,第886-887页。

将依谁。风弭叶落永离索，神往形返情错漠。循带易缓愁难却，心之忧矣巨销铄。①

从以上叙事诗来看，无论是反映社会重大事件，还是模拟人物行事，南朝文人诗创作均倾向于语言的华丽，特别擅长渲染一种温情的色调，如陈后主《采莲曲》被归于艳情一类，尽力描摹外在的美感："相催暗中起，妆前日已光。随宜巧注口，薄落点花黄。风住疑衫密，船小畏裾长。波文散动楫，荚花拂度航。低荷乱翠影，采袖新莲香。归时会被唤，且试入兰房。"② 这种手段的应用和相术竭尽所能再现人的特性是一致的。相术对人的容貌的观看，侧重于外在的五官的美观、形体的匀称、举止的得体等，都是对人的美的承认，而叙事诗则将写作对象诉诸文字呈现出来。

（三）相术和唐代文人叙事诗

1. 唐代相术

唐朝大一统政权集中全国人力、物力、财力开创了大唐气象：胸襟之博大能够吸纳儒释道三家之言，行事之变通女子可以为皇帝。之所以有这样的结果源于对自身命运的极大信心，这在历史典籍中有很好的记载：

> 则天初在襁褓，天纲来至第中，谓其母曰："唯夫人骨法，必生贵子。"乃召诸子，令天纲相之。见元庆、元爽曰："此二子皆保家之主，官可至三品。"见韩国夫人曰："此女亦大贵，然不利其夫。"乳母时抱则天，衣男子之服，天纲曰："此郎君子神色爽彻，不可易知，试令行看。"于是步于床前，仍令举目，天纲大惊曰："此郎君子龙睛凤颈，贵人之极也。"更转侧视之，又惊曰："必若是女，实不可窥测，后当为天下之主矣。"③

男子顶多富贵，要是女子当为人主，相师天纲就是这样坚信。这样的心声迥异于皇帝是上天之子（男儿身）的规定，这种创造性思维是出于对人

---

① 〔宋〕郭茂倩编：《乐府诗集》，中华书局1979年版，第983页。
② 〔宋〕郭茂倩编：《乐府诗集》，中华书局1979年版，第732页。
③ 〔后晋〕刘昫等：《旧唐书·袁天纲传》，中华书局1975年版，第5093—5094页。

的价值的尊重，文人叙事诗也不是照搬社会生活，而是叙述中自然表达个人的观点。

关于相人之术，皮日休在其著作《相解》中提出了反思："将今之人，言其貌类禽兽则喜，真人形则怒；言其行类禽兽则怒，真人心则喜。夫以凤为禽耶？凤则仁义之禽也。以驺虞为兽耶？则驺虞仁义之兽也。今之人也，仁义能符是哉？是行又不若于禽兽也，宜矣。"① 强调为人在世注重言行和仁义相符，这在他的诗歌创作中也有表现，《橡媪叹》就是渴望天下实施仁政：

> 秋深橡子熟，散落榛芜岗。伛伛黄发媪，拾之践晨霜。移时始盈掬，尽日方满筐。几曝复几蒸，用作三冬粮。山前有熟稻，紫穗袭人香。细获又精舂，粒粒如玉珰。持之纳于官，私室无仓箱。如何一石余，只作五斗量！狡吏不畏刑，贪官不避赃。农时作私债，农毕归官仓。自冬及于春，橡实诳饥肠。吾闻田成子，诈仁犹自王。吁嗟逢橡媪，不觉泪沾裳。②

2. 唐代文人诗叙事

唐太宗李世民曾经试探群臣对诸皇子的评议：

> 太宗尝问群臣曰："朕子弟孰贤？"魏征曰："臣愚不尽知其能，唯吴王数与臣言，未尝不自失。"帝曰："朕亦器之，然卿以为前代孰比？"对曰："经学文雅，汉河间、东平也。至孝行，曾、闵不能过。"帝由是遇益厚。③

可以说，这样的结论是客观的成分较多，也更符合人物的言行实际，这种求实的意识反映在文学艺术中也就有了崭新的表现。真正标榜大唐雄伟气象的莫过于强大的实力，维护政权的稳定的军事行动在诗人眼里却是不祥之兆，给万千家庭带来无尽的灾难和悲痛，杜甫《兵车行》是其中的

---

① 〔唐〕皮日休著，萧涤非整理：《皮子文薮·相解》，中华书局1959年版，第69页。
② 〔宋〕郭茂倩编：《乐府诗集》，中华书局1979年版，第1402—1403页。
③ 〔宋〕欧阳修、宋祁：《新唐书·高祖诸子》，中华书局1975年版，第3553页。

第三部分 文人诗研究

佳作：

> 车辚辚，马萧萧，行人弓箭各在腰。爷娘妻子走相送，尘埃不见咸阳桥。牵衣顿足拦道哭，哭声直上干云霄。道傍过者问行人，行人但云点行频。或从十五北防河，便至四十西营田。去时里正与裹头，归来头白还戍边。边亭流血成海水，武皇开边意未已。君不闻汉家山东二百州，千村万落生荆杞。纵有健妇把锄犁，禾生陇亩无东西。况复秦兵耐苦战，被驱不异犬与鸡。长者虽有问，役夫敢申恨。且如今年冬，未休关西卒。县官急索租，租税从何出。信知生男恶，反是生女好。生女犹是嫁比邻，生男埋没随百草。君不见青海头，古来白骨无人收。新鬼烦冤旧鬼哭，天阴雨湿声啾啾。①

张籍《筑城曲》取法《诗经》中的现实关怀，如实地记录官家军吏草菅人命的惨情，为天下苍生卑微的无辜生命发出怒吼：

> 筑城去，千人万人齐抱杵。重重土坚试行锥，军吏执鞭催作迟。来时一年深碛里，着尽短衣渴无水。力尽不得抛杵声，杵声未定人皆死。家家养男当门户，今日作君城下土。②

王昌龄《采莲曲》三首，前两首是七言诗，后一首是五言诗，应该说明显受到南朝徒歌的影响，不同的是格调十分清新，描写了在如诗如画的环境里活动的一个青春美丽的采莲女，还有她的心理：

> 吴姬越艳楚王妃，争弄莲舟水湿衣。来时浦口花迎入，采罢江头月送归。
>
> 荷叶罗裙一色裁，芙蓉向脸两边开。乱入池中看不见，闻歌始觉有人来。
>
> 越女作桂舟，还将桂为楫。湖上水渺漫，清江初可涉。摘取芙蓉

---

① 〔宋〕郭茂倩编：《乐府诗集》，中华书局1979年版，第1283页。
② 〔宋〕郭茂倩编：《乐府诗集》，中华书局1979年版，第1060页。

花，莫摘芙蓉叶。将归问夫婿，颜色何如妾。①

叙事诗是将具体事件放到诗人笔下诗意地表现出来，一般是结合时代背景传递出特有的审美价值。诗圣杜甫创造了诗歌美学的艺术世界，通过观行人听其声洞察整个社会；筑城不但描述了眼前所见，更是推测将来的命运；而采莲姑娘动作轻盈，神态和心理都在她们的一笑一颦中，由此也容易知道她们对美满幸福爱情的向往。这不是借助外观获取内在的情感活动吗？文人诗将对整个社会的现实关怀通过审美显现出来，这不是诗歌现实主义的美学原则吗？而相术无非由外观揭示人未来的命运，这两者有相似之处。

二、相术和文人抒情诗

"相学也称相术，是通过观察人的身形、骨法、相貌、气色、皮纹等以测定人的性格、命运、福寿的方术。"② 而文学体裁之一的诗歌却是诗人感物移情之作。所谓感物就是因现实生活中的所见所闻所感，将内在强烈的情感通过想象、虚拟等艺术加工而变为文字。这两者都需要来自外在的观察，一个是由人的外形容貌、声音气色等探知人的命相，一个是来自生活的感悟，由语言文字呈现内心的思想感情。两者的内在文化意蕴就是全面展示人的本真，揭示人生活的内在价值。

（一）相术和汉代文人抒情诗

汉武帝相信面相，元光五年，"太常令所征儒士各对策，百余人，弘第居下。策奏，天子擢弘对为第一。召入见，状貌甚丽，拜为博士"③。

命运弄人，由相术应验与牵扯到儿子为天子的问题。许负相薄姬儿子为天子，确实如此，相术应验，儿子即是后来的汉文帝，只是这与前夫魏王豹无关。魏王豹战败，连妻子薄姬都成为他人的战利品，当天子的儿子就是薄姬和刘邦所生。

---

① 〔宋〕郭茂倩编：《乐府诗集》，中华书局1979年版，第734页。
② 宋会群：《中国术数文化史》，河南大学出版社1999年版，第299页。
③ 〔汉〕司马迁：《史记·平津侯主父列传》，中华书局1959年版，第2949页。

媪之许负所相，相薄姬，云当生天子。是时项羽方与汉王相距荥阳，天下未有所定。豹初与汉击楚，及闻许负言，心独喜，因背汉而畔，中立，更与楚连和。汉使曹参等击虏魏王豹，以其国为郡，而薄姬输织室。豹已死，汉王入织室，见薄姬有色，诏内后宫，岁余不得幸。始姬少时，与管夫人、赵子儿相爱，约曰："先贵无相忘。"已而管夫人、赵子儿先幸汉王。汉王坐河南宫成皋台，此两美人相与笑薄姬初时约。汉王闻之，问其故，两人具以实告汉王。汉王心惨然，怜薄姬，是日召而幸之。薄姬曰："昨暮夜妾梦苍龙据吾腹。"高帝曰："此贵征也，吾为女遂成之。"一幸生男，是为代王。①

蔡琰《胡笳十八拍·第十四拍》描写的是一个母亲要远离亲生儿子，很可能是永远不能相见，母爱的本性喷涌而出。这种离别类似生死永别，悲痛程度甚至超过生死之别，因为活着的母亲会时时刻刻挂念自己的儿子，可是又不知道儿子到底如何，强烈的母爱自分离后只能在梦中得以寄托。千百年来读此诗，浓浓的母爱仍会滚滚而来：

身归国兮儿莫知随，心悬悬兮长如饥。四时万物兮有盛衰，唯有愁苦兮不暂移。山高地阔兮见汝无期，更深夜阑兮梦汝来斯。梦中执手兮一喜一悲，觉后痛吾心兮无休歇时。十有四拍兮涕泪交垂，河水东流兮心是思。②

女诗人的不幸主要是由国家的不幸造成的，所以分析作品要考虑时代的因素，国家的命运也是个人的命运，于女诗人身上应验了。

相术注重以外貌美作为才华的标志，赏心悦目就成为心中审美的标准。汉武帝《瓠子歌》第一首精心观察，对水患的描写入木三分，同时表达了内心渴望仁义泽惠天下：

瓠子决兮将奈何？浩浩洋洋兮虑殚为河。殚为河兮地不得宁，功无已时兮吾山平。吾山平兮钜野溢，鱼弗郁兮柏冬日。正道弛兮离常

---

① 〔汉〕司马迁：《史记·外戚世家》，中华书局1959年版，第1970—1971页。
② 〔宋〕郭茂倩编：《乐府诗集》，中华书局1979年版，第864页。

流,蛟龙骋兮方远游。归旧川兮神哉沛,不封禅兮安知外。为我谓河伯兮何不仁,泛滥不止兮愁吾人。啮桑浮兮淮泗满,久不反兮水维缓。①

文人抒情诗是内心深处情感的强烈诉求,一般借助外在之物,无论是视觉所及、听觉所闻、触觉所感都能移情诗句主旨,这和相术通过外在的表象推测人的命运相似。抒情诗的真情来自对生活的感悟,相术应验来自生活中的观察。

(二) 相术和魏晋南北朝文人抒情诗

1. 魏晋南北朝人物品藻

魏晋时期社会上出现了品评人物仪表和风度的思潮,特别以人的外貌推测未来的生命形态。品藻之于相术更进一步提升了生活的审美乐趣,并使人相信这种判断让人们诉求命运吉凶是可行的,杜恕《体论臣第二》云:"凡人臣之于其君也。犹四肢之戴元首,耳目之为心使也,皆相须而成为体,相得而后为治者也。"②《晋书·宣帝纪》记载司马懿特殊的形体:"魏武察帝有雄豪志,闻有狼顾相,欲验之。乃召使前行,令反顾,面正向后而身不动。"③ 而皇帝有时候甚至对传宗接代也依据身体外形来推算,东晋简文帝司马昱通过身体外形找到生子的妃子:"乃令善相者召诸爱妾而示之,皆云其非人,又悉以诸婢媵示焉。时后为宫人,在织坊中,形长而色黑,宫人皆谓之昆仑。既至,相者惊云:'此其人也!'帝以大计,召之侍寝。"④ 后来果然有了两个儿子(孝武帝及会稽文孝王)和一个女儿(鄱阳长公主)。

魏刘劭《人物志·九征》中说:"故曰,物生有形,形有神精,能知精神,则穷理尽性。"⑤ 这里强调相术是由"形"到"神"方能知晓全部,即把握其精神可谓清楚命运的可能结果。"此时的所谓精神,或神,实际是生活情调上的,加上了感情的意味;这是在艺术活动中所必然会具

---

① 〔宋〕郭茂倩编:《乐府诗集》,中华书局1979年版,第1187页。
② 〔清〕严可均辑:《全三国文》,商务印书馆1958年版,第429页。
③ 〔唐〕房玄龄等:《晋书·宣帝纪》,中华书局1974年版,第20页。
④ 〔唐〕房玄龄等:《晋书·孝武文李太后传》,中华书局1974年版,第981页。
⑤ 〔魏〕刘劭:《人物志》,红旗出版社1996年版,第17页。

第三部分　文人诗研究

备的。因此,'神'亦称为'神情'。"①

2. 文人抒情诗

文人抒情诗就是由一事物引发感受,抒发文人真实的思想感情,以示文人内心深处的情感投放,这就完全解读了文人诗篇的话语意蕴。曹操《苦寒行》就因眼前所见触动了内心的审美意识,并把全部的哀情融于外在的景色描写中:

> 北上太行山,艰哉何巍巍!羊肠坂诘屈,车轮为之摧。树木何萧瑟,北风声正悲。熊罴对我蹲,虎豹夹路啼。溪谷少人民,雪落何霏霏。延颈长叹息,远行多所怀。我心何怫郁,思欲一东归,水深桥梁绝,中路正徘徊。迷惑失故路,薄暮无宿栖。行行日已远,人马同时饥,担囊行取薪,斧冰持作糜。悲彼《东山诗》,悠悠令我哀。②

曹操的五言诗获得了"五言腾踊"的高度评价,之所以这样,就在于曹魏时期的诗人对外在的景物能够抒发创造性的个人情感。齐僧宝月《行路难十八首》虽说是模拟之作,却也深谙抒情诗创作的真谛,将个人情感投放到空旷寂寞的月夜,抒发了年年相思的苦情,令人动容:

> 君不见孤雁关外发,酸嘶度扬越。空城客子心肠断,幽闺思妇气欲绝。凝霜夜下拂罗衣,浮云中断开明月。夜夜遥遥徒相思,年年望望情不歇。寄我匣中青铜镜,倩人为君除白发。行路难,行路难,夜闻南城汉使度,使我流泪忆长安。③

庾信《燕歌行》以高超的手法,描绘了代表边塞风情的一幅幅画面,边塞征夫与家乡思妇两地相思,内心的悲苦无法宣泄:

> 代北云气昼昏昏,千里飞蓬无复根。寒雁丁丁渡辽水,桑叶纷纷落蓟门。晋阳山头无箭竹,疏勒城中乏水源。属国征戍久离居,阳关

---

① 徐复观:《中国艺术精神》,华东师范大学出版社2001年版,第93页。
② 〔宋〕郭茂倩编:《乐府诗集》,中华书局1979年版,第496页。
③ 〔宋〕郭茂倩编:《乐府诗集》,中华书局1979年版,第1001页。

音信绝能疏。愿得鲁连飞一箭，持寄思归燕将书。渡辽本自有将军，寒风萧萧生水纹。妾惊甘泉足烽火，君讶渔阳少阵云。自从将军出细柳，荡子空床难独守。盘龙明镜饷秦嘉，辟恶生香寄韩寿。春分燕来能几日，二月蚕眠不复久。洛阳游丝百丈连，黄河春冰千片穿。桃花颜色好如马。榆荚新开巧似钱。蒲桃一杯千日醉，无事九转学神仙。定取金丹作几服，能令华表得千年。①

"庾子山《燕歌行》开唐初七古，《乌夜啼》开唐七律，其他体为唐五绝、五律、五排所本者，亦不可胜举。"② 这是清代学者很中肯的评价。北周滕王宇文逌也认识到庾信的创作成就："妙善文词，尤工诗赋，穷缘情之绮靡，尽体物之浏亮，谏夺安仁之美，碑有伯阶之情，箴似扬雄，书同阮籍。"③ 但是，金代王若虚认为，"庾氏诸赋，类不足观"，"堆垛故实以寓时事，虽记闻为富，笔力亦壮，而荒芜不雅，了无足观"。④ 为何历史上会形成如此对立的两极评价呢？主要原因不是从文本作品出发，而是联系到庾信特殊的身世。诗人原本是南朝梁萧纲文学集团的主要成员，其宫体诗和徐陵风格类似，并称"徐庾体"，侯景兵乱改变了时局，诗人先逃亡后出使西魏，自此被羁留在北方，再经北周无法回归故土，因之受到部分士人的嘲讽，诗人内心的悲情始终无法言说，只得借助诗歌聊以自慰。

（三）相术和唐代文人抒情诗

古代相术可以根据人的气色预知未来，《逸周记》云："王子曰：'……且吾闻汝之人年长短，告吾！'师旷对曰：'汝声清污，汝色赤白。火色不寿。'"⑤ 声音难听则遇事不祥，《左传》载："楚司马子良生子越椒，子文曰：'必杀之！是子也，熊虎之状而豺狼之声，弗杀，必灭若敖

---

① 〔宋〕郭茂倩编：《乐府诗集》，中华书局1979年版，第473页。
② 〔清〕刘熙载：《艺概》，上海古籍出版社1978年版，第57页。
③ 〔北周〕庾信撰，〔清〕倪璠注，许逸民校点：《庾子山集注》，中华书局1980年版，"滕王逌原序"第53页。
④ 〔金〕王若虚著，胡传志、李定乾校注：《滹南遗老集校注》卷三四《文辨》，辽海出版社2006年版，第389页。
⑤ 黄怀信：《逸周书校补注译》，西北大学出版社1996年版，第407页。

氏矣。谚曰:"狼子野心。"是乃狼也,其可畜乎?'子良不可。子文以为大戚,及将死,聚其族,曰:'椒也知政,乃速行矣,无及于难。'"①《史记》中也有类似的记载。尉缭曰:"秦王为人,蜂准,长目,挚鸟膺,豺声,少恩而虎狼心,居约易出人下,得志亦轻食人。我布衣,然见我常身自下我。诚使秦王得志于天下,天下皆为虏矣。"② 相术注重声音和命运的对应关系,这点和诗歌蕴含的文人心声有相通之意,大唐文人内心激昂,发出振奋、进取、成功的声调,为社稷江山、天下苍生大声疾呼。

初唐诗人刘希夷《白头吟》是七言诗,语句清新明快,由时光无情感叹生死无常,整个人生的规律在宇宙中就是这样,如何更好地活着?诗人的心中之情启发读者思考:

> 洛阳城东桃李花,飞来飞去落谁家?洛阳女儿惜颜色,行逢落花长叹息。今年花落颜色改,明年花开复谁在?已见松柏摧为薪,更闻桑田变成海。古人无复洛城东,今人还对落花风。年年岁岁花相似,岁岁年年人不同。寄言全盛红颜子,须怜半死白头翁。此翁白头真可怜,伊昔红颜美少年。公子王孙芳树下,清歌妙舞落花前。光禄池台文锦绣,将军楼阁画神仙。一朝卧病无人识,三春行乐在谁边?宛转蛾眉能几时,须臾白发乱如丝。但看旧来歌舞地,唯有黄昏鸟雀悲。③

该七言诗通过观看眼前之景,感叹岁月变化,由此生发时光宝贵之感。

盛唐诗人李白《江夏行》是五言长诗,"按白此篇及《长干行》,并为商人妇咏,而其源似出西曲。盖古者吴俗好贾,荆、郢、樊、邓间尤盛。男女怨旷,哀吟清商,诸《西曲》所繇作也"④。诗人情怀高尚,没有拒绝社会上的任何人,就连商人妇内心的哀怨也真实地描述出来:

> 忆昔娇小姿,春心亦自持。为言嫁夫婿,得免长相思。谁知嫁商

---

① 杨伯峻:《春秋左传注》,中华书局2000年版,第679页。
② 〔汉〕司马迁:《史记·秦始皇本纪》,中华书局1959年版,第230页。
③ 〔宋〕郭茂倩编:《乐府诗集》,中华书局1979年版,第601—602页。
④ 詹锳主编:《李白全集校注汇释集评》,百花文艺出版社1996年版,第1215页。

> 贾，令人却愁苦。自从为夫妻，何曾在乡土。去年下扬州，相送黄鹤楼。眼看帆去远，心逐江水流。只言期一载，谁为历三秋。使妾肠欲断，恨君情悠悠。东家西舍同时发，北去南来不逾月。未知行李游何方，作个音书能断绝。适来往南浦，欲问西江船。正见当垆女，红妆二八年。一种为人妻，独自多悲凄。对镜便垂泪，逢人只欲啼。不如轻薄儿，旦暮长追随。悔作商人妇，青春长别离。如今正好同欢乐，君去容华谁得知。①

此五言诗刻画的人物形象融合了特有的婚恋之情，将商妇独特的情感体验表达得淋漓尽致。

中唐诗人白居易《上阳白发人》属于新乐府诗，"为君、为臣、为民、为物、为事而作，不为文而作也"②。直面社会现实生活，为宫女鸣不平，为她们表达心中的悲苦：

> 上阳人，红颜暗老白发新。绿衣监使守宫门，一闭上阳多少春。玄宗末岁初选入，入时十六今六十。同时采择百余人，零落年深残此身。忆昔吞悲别亲族，扶入车中不教哭。皆云入内便承恩，脸似芙蓉胸似玉。未容君王得见面，已被杨妃遥侧目。妒令潜配上阳宫，一生遂向空房宿。秋夜长，夜长无寐天不明。耿耿残灯背壁影，萧萧暗雨打窗声。春日迟，日迟独坐天难暮。宫莺百啭愁厌闻，梁燕双栖老休妒。莺归燕去长悄然，春往秋来不记年。唯向深宫望明月，东西四五百回圆。今日宫中年最老，大家遥赐尚书号。小头鞋履窄衣裳，青黛点眉眉细长。外人不见见应笑，天宝末年时世妆。上阳人，苦最多。少亦苦，老亦苦，少苦老苦两如何！君不见，昔时吕向《美人赋》，又不见，今日《上阳宫人白发歌》。③

宫女是职业特殊的女子，在民间地位很高，但在爱情和婚姻上遭遇很大的不幸，诗人抒发的同情就表现在诗中。

---

① 〔宋〕郭茂倩编：《乐府诗集》，中华书局1979年版，第1273页。
② 〔唐〕白居易著，顾学颉校点：《白居易集》，中华书局1979年版，第52页。
③ 〔宋〕郭茂倩编：《乐府诗集》，中华书局1979年版，第1364—1365页。

晚唐诗人温庭筠善写男女艳情，其《杨柳枝》八首的前两首，将秀美的景色、温和的春风融景于情，渲染了相思之情，让人回味：

宜春苑外最长条，闲袅春风伴舞腰。正是玉人肠断处，一渠春水赤栏桥。

南内墙东御路傍，预知春色柳丝黄。杏花未肯无情思，何事情人最断肠。①

"相者，盖性命之著乎形骨，吉凶之表乎气貌，亦犹事先谋而后动，心先动而后应，表里相感，莫知所以然。"② 外在的形象和内在的心灵吻合，不仅是相术判断的依据，也是抒情诗创作的奥妙：诗人感受外在的生活世界，抒发内心世界的真情，成就读者的审美艺术情趣。

三、相术和文人哲理诗

《淮南子·修务训》明确指出面相和帝王的德行有关："若夫尧眉八彩，九窍通洞，而公正无私，一言而万民齐。舜二瞳子，是谓重明，作事成法，出言成章。禹耳参漏，是谓大通，兴利除害，疏河决江。文王四乳，是谓大仁，天下所归，百姓所亲。皋陶马喙，是谓至信，决狱明白，察于人情。"③ 想象远古帝王的奇异相貌对应的是天下治理，并能总结出一番道理，这里相貌就有了特殊的寓意。哲理诗来自生活实践，是对人生经验或教训有价值的概括。

（一）相术和汉代文人哲理诗

汉代李延年精通音律歌舞，写有诗句："北方有佳人，绝世而独立。一顾倾人城，再顾倾人国。宁不知倾城与倾国，佳人难再得。"④ "一顾倾人城，再顾倾人国"这两句不知他当时意识到没有，我国历史上形成了

---

① 〔宋〕郭茂倩编：《乐府诗集》，中华书局 1979 年版，第 1145 页。
② 〔清〕严可均辑：《全三国文》，商务印书馆 1958 年版，第 496 页。
③ 何文典撰：《淮南子集释》，中华书局 1998 年版，第 1335—1336 页。
④ 〔宋〕郭茂倩编：《乐府诗集》，中华书局 1979 年版，第 1181 页。

女色误国的结论,虽然一再为历史学家和女权主义者所否决,但帝王之侧的绝色女子在人们头脑里往往妇德不存,女子的美德往往不会和美貌联系在一起,这样的道理可能出乎李延年的预料。佳人不仅美貌而且端庄,是品行俱佳之人,这倒符合相术里容貌靓丽者多为有福之人的说法。

容貌和命运相连,这在我国古代文学作品中常见,一般塑造人物有一套好人或坏人、正面人物或反面人物之分的范式。正面人物大都相貌堂堂,男的高大英俊,女的美丽动人,他们性格坚强刚毅,智勇双全,会战胜各种困难取得既定目标的成功;反面人物一般猥琐丑陋,男的獐头鼠目,女的妖里妖气,他们性格固执死板,狡诈奸邪,最终定会手段用尽而身败名裂。历史人物在真实的基础上经过民间审美理想的建构有所创新,如家喻户晓的三国人物:"《三国演义》中张飞刚出场就写他'豹头环眼',按相术这是不能长寿的象征,后张飞果然被害。'燕颔虎须'又为贵相,相术有所谓'虎头燕颔,男子定登将相'之说,这也在张飞身上得到应验。关羽出场时,写其相貌有须髯过腹之语,依照相术,须长过腹,名为倒挂,必主兵厄。后来这应验于关羽兵败罹难。刘备的两耳垂肩,双手过膝,也预示其帝王之运。"①

汉武帝《秋风辞》眼见秋风落叶、云飞雁归,大自然面貌发生改变,想起水中楼船嬉戏,乐歌妙音,感到时光不再,大有及时行乐之意。佳人美丽,理应顺利、吉祥、美好,可是佳人不再,当然是哀情凄楚。佳人代指美好时光:

秋风起兮白云飞,草木黄落兮雁南归。兰有秀兮菊有芳,怀佳人兮不能忘。泛楼船兮济汾河,横中流兮扬素波。箫鼓鸣兮发棹歌,欢乐极兮哀情多,少壮几时兮奈老何。②

蔡琰《胡笳十八拍》也有关于时光流逝的感想,《第九拍》见到天地无边,如此旷达的空间,更加突出人的渺小,越显得时光匆匆,人生的道理就是这样,无论命运如何,欢乐还是悲哀,为人当珍惜余下的岁月:

---

① 陈才训、时世平:《古典小说预叙发达的文化解读》,载《西华师范大学学报》(哲学社会科学版) 2006年第2期,第29页。

② 〔宋〕郭茂倩编:《乐府诗集》,中华书局1979年版,第1180页。

> 天无涯兮地无边,我心愁兮亦复然。人生倏忽兮如白驹之过隙,然不得欢乐兮当我之盛年。怨兮欲问天,天苍苍兮上无缘。举头仰望兮空云烟,九拍怀情兮谁为传。①

外在的情况,如大自然的天气状况、随季节转换发生变化的景物等,都能让人感悟到时光的流逝。如何才能拥有有意义的人生,这和相术预知人的命运相通,期待命运的好转,把握余下时光,开创美好的人生。

(二) 相术和魏晋南北朝文人哲理诗

1. 魏晋南北朝相术

相术判断吉凶的依据是什么,有没有道理?《三国志》载:"(管)辰尝欲从辂学卜及仰观事,辂言:'……夫卜非至精不能见其数,非至妙不能睹其道,《孝经》《诗》《论》,足为三公,无用知之也。'……子弟无能传其术者。"② 管辂针对自己理解的相术,认为需要至精至妙方可,再来看史籍中他相人应验的道理:

> 辂族兄孝国,居在斥丘,辂往从之,与二客会。客去后,辂谓孝国曰:"此二人天庭及口耳之间同有凶气,异变俱起,双魂无宅,流魂于海,骨归于家,少许时当并死也。"复数十日,二人饮酒醉,夜共载车。牛惊下道入漳河中,皆即溺死也。③

主要是观察他们面上的气色,即察言观色。外在的形体变化与人的身体直接相关,是否健康、有无吉凶可以此作为依据。

2. 相术与文人诗

天赋曹植英才,王士禛说:"汉、魏以来,二千余年间,以诗名其家者众矣。顾所号为仙才者,唯曹子建、李太白、苏子瞻三人而已。"④ 其本人生于富贵之家,无论从哪个角度讲,曹植都不会是平庸之辈,他在

---

① 〔宋〕郭茂倩编:《乐府诗集》,中华书局1979年版,第863页。
② 〔晋〕陈寿撰,〔南朝宋〕裴松之注:《三国志》,中华书局1975年版,第827页。
③ 卢弼著:《三国志集解·魏书·管辂传》,中华书局1982年版,第669-670页。
④ 河北师范学院中文系古典文学教研组编:《三曹资料汇编》,中华书局1980年版,第171页。

《与杨德祖书》就显示了成就事业的雄心:"辞赋小道,固未足以揄扬大义,彰示来世也。昔杨子云先朝执戟之臣耳,犹称壮夫不为也。吾虽薄德,位为藩侯,犹庶几勠力上国,流惠下民,建永世之业,流金石之功,岂徒以翰墨为勋绩,辞赋为君子哉!"① 可是,命运难以把握,和其兄曹丕争太子败北,特别是曹操去世后,曹植的处境和地位岌岌可危,不求名利只求自保,根据真实经历的感悟总结的诗句出现在《当事君行》:

  人生有所贵尚,出门各异情。朱紫更相夺色,雅郑异音声。好恶随所爱憎,追举逐虚名。百心可事一君,巧诈宁拙诚。②

魏国缪袭《挽歌》是对生与死的思考,极其深沉地告知人们珍惜生命的道理:

  生时游国都,死没弃中野。朝发高堂上,暮宿黄泉下。白日入虞渊,悬车息驷马。造化虽神明,安能复存我。形容稍歇灭,齿发行当堕。自古皆有然,谁能离此者。③

宋代鲍照《夜坐吟》情调温馨浪漫,真心相知相爱不在于语言的表白,而在于真正拥有真情,"不贵声,贵意深",揭示了男女之情的实质:

  冬夜沉沉夜坐吟,含情未发已知心。霜入幕,风度林。朱灯灭,朱颜寻。体君歌,逐君音。不贵声,贵意深。④

相术可以是在哲学层面思考的一种观念,依据人的外在形态和内在性格的表现做出合乎道理的评判,而魏晋时期的人物品藻似可视作名士相术的变体,更增添了人生的审美趣味;哲理诗是对社会生活感受的人生感悟,通过精心完成的诗歌艺术来呈现,便和相术一样,为提升诗意生活水

---

① 〔魏〕曹植著,赵幼文校注:《曹植集校注》,人民文学出版社1998年版,第154页。
② 〔宋〕郭茂倩编:《乐府诗集》,中华书局1979年版,第888页。
③ 〔宋〕郭茂倩编:《乐府诗集》,中华书局1979年版,第399页。
④ 〔宋〕郭茂倩编:《乐府诗集》,中华书局1979年版,第1073页。

平做了很好的艺术尝试。

(三) 相术和唐代文人哲理诗

1. 唐代相术与文人诗的关联

对于唐代相术，皮日休的分析入木三分："今之相工，言人相者，必曰某相类龙，某相类凤，某相类牛马，某至公侯，某至卿相。是其相类禽兽则富贵也。噫，立形于天地，分性于万物，其贵者，不过人乎。人有真人形而贱贫，类禽兽而富贵哉。"① 他认为"人"是世间最可宝贵的，真正处理好人的问题是相术最大的问题，相由心生，心中思辨人的价值。唐代文人诗上升到哲理的高度，刘禹锡《天论》就有关于哲学思考的问答，问者曰："天果以有形而不能逃乎数，彼无形者，子安所寓其数邪？"答曰："若所谓无形者，非空乎？空者，形之希微者也。……所谓晦而幽者，目有所不能烛耳。彼狸、狌、犬、鼠之目，庸谓晦为幽邪？吾固曰：以目而视，得形之粗者也；以智而视，得形之微者也。乌有天地之内有无形者耶？古所谓无形，盖无常形耳，必因物而后见耳。乌能逃乎数耶？"② 唐代为后来的中国人所倾心和赞赏，特别是盛唐不只国力雄厚、疆域广阔、人才辈出、天下祥和、民生满足，还针对整个人类命运有反思精神和诉求。既然有形就可以探知其规律，那么包括整个宇宙在内都要从人的价值出发，一切考量都要定位于利于人，从而总结出宇宙运行的规律和道理。而文人哲理诗就是以艺术的形式、诗意的语言浓缩人生启迪的道理。

2. 文人诗与哲理

僧贯休《白雪曲》认为天下人没有贵贱："为人无贵贱，莫学鸡狗肥。斯言如不忘，别更无光辉。斯言如或忘，即安用人为。"③ 王涯、张仲素《太平乐》第二首以为天下太平就是最大的德行："圣德超千古，皇威静四方。苍生今息战，无事觉时长。"④ 白居易《太平乐》二首，心中所想、口中所歌就是认为世间最乐在人和：

---

① 〔唐〕皮日休著，萧涤非整理：《皮子文薮·相解》，中华书局1959年版，第68-69页。
② 赵娟、姜剑云解评：《刘禹锡集》，山西古籍出版社2004年版，第218页。
③ 〔宋〕郭茂倩编：《乐府诗集》，中华书局1979年版，第823页。
④ 〔宋〕郭茂倩编：《乐府诗集》，中华书局1979年版，第1152页。

> 岁丰仍节俭，时泰更销兵。圣念长如此，何忧不太平。湛露浮尧酒，薰风起舜歌。愿同尧舜意，所乐在人和。①

这样构建天下太平、收成丰厚、生活节俭、人人和乐的理想社会，李白有诗《战城南》也是对战争的反思，万不得已不用刀兵，希望天下苍生得享太平岁月：

> 去年战，桑乾源；今年战，葱河道。洗兵条支海上波，放马天山雪中草。万里长征战，三军尽衰老。匈奴以杀戮为耕作，古来唯见白骨黄沙田。秦家筑城备胡处，汉家还有烽火然。烽火然不息，征战无已时。野战格斗死，败马号鸣向天悲。乌鸢啄人肠，衔飞上挂枯树枝。士卒涂草莽，将军空尔为。乃知兵者是凶器，圣人不得已而用之。②

反映在诗歌中就有了哲思的内容，陆龟蒙《别离曲》论及男子如何对待离情别意，如何体现真正的丈夫职责：

> 丈夫非无泪，不洒离别间。仗剑对樽酒，耻为游子颜。蝮蛇一螫手，壮士疾解腕。所思在功名，离别何足叹。③

刘叉《怨诗》则言贞妇不在外表，丈夫不能好色失义：

> 君莫嫌丑妇，丑妇死守贞。山头一怪石，长作望夫名。鸟有并翼飞，兽有比肩行。丈夫不立义，岂如鸟兽情。④

王充《论衡》涉及相术，讲道："何（相）隐匿微妙之表也。相或在内，或在外，或在形体，或在声气。"⑤ 判断人的命运应该从各个方面入

---

① 〔宋〕郭茂倩编：《乐府诗集》，中华书局1979年版，第1152页。
② 〔宋〕郭茂倩编：《乐府诗集》，中华书局1979年版，第237页。
③ 〔宋〕郭茂倩编：《乐府诗集》，中华书局1979年版，第1027页。
④ 〔宋〕郭茂倩编：《乐府诗集》，中华书局1979年版，第615页。
⑤ 黄晖：《论衡校释》，中华书局1990年版，第122–123页。

手，才可能得到真正有价值的东西。唐代皮日休反复强调人的价值最大，从哲学意义上讲，相术就是为人将来的吉凶做有意义的指引，顺应宇宙运行规律造福天下人。而美好的意识反映在乐府诗也是透露出乐观、积极、健康的情调，刘禹锡《竹枝》受民歌影响，代表了大多人的情怀，坚信人类的未来美好无比："杨柳青青江水平，闻郎江上唱歌声。东边日出西边雨，道是无情还有情。"①

第十四章　人神信仰和文人诗

钟敬文主编的《中国民俗史》认为："信仰民俗是深深地植根于民间的特殊文化现象，其思想意识的核心是信仰鬼神，相信神灵能支配人生，福佑信仰者。"② 儒家文化注重实际功用的思维使得信仰鬼神只是一种寄托。在此需要指出，我国传统信仰民俗有一个突出的特色，就是将人上升为神灵的高度，即人格神，信仰的主体与信仰的客体都是人——其实就是对人自我的信仰，这就是我国信仰民俗特色鲜明的文化表征：不过分将人类自身命运拱手交给虚幻空洞的鬼神，而是转借给生前在世间创造深远影响的人，死后根据其生前所做之事推向相应功效的神祇位置，成为人格神就能合情合理地为天下苍生排忧解难，禳灾祈福。

人格神是我国最为常见的是祖宗神，每家祖宗神以祖宗灵位护佑着后代子孙，炎黄子孙的共同祖宗神当然是至高位上的黄帝和炎帝。《乐府诗集》中的祖宗神大多在郊庙歌辞中，文人诗论述就不再作为重点。

文人诗的重点在人格神信仰中的神仙信仰、英雄信仰、爱神信仰、农神信仰等，具体言之，相对应的是西王母等神仙歌咏、霍嫖姚等英雄崇拜、张氏女等爱神信仰、神农种植相关的生产习俗。文人诗借助人格神吟咏性情，把信仰习俗和现实观感、内心体验合而为一，更加丰富了诗歌真情的诉求，同时增加了文化的内蕴和厚重。

---

① 〔宋〕郭茂倩编：《乐府诗集》，中华书局1979年版，第1141页。
② 钟敬文主编，郭必恒等著：《中国民俗史》（汉魏卷），人民出版社2008年版，第381页。

一、神仙信仰和文人诗

《释名·释长幼》曰："老而不死曰仙。"① 神仙与凡人显著的不同，就是对时间的掌控。仙人能够与时间同在，生命的形体和灵魂可以做到永远存活，而凡人只能得到有限的生命时间，生老病死种种不测，随时可能夺去凡人的生命，其肉体会腐烂，所寄托的精神也会消失，在我国有文字记载的历史中，除了极少的人还能留在人们的文字、记忆中，大多数人都像草木一样腐朽不见。所以，对于求仙者，成为仙人不但能得到长生，也能让其承担的事情延续下去。文人诗吟诵的神仙，主要是西王母、淮南王、王子乔三位。

他们之间存在什么关系呢？笔者以为崇拜西王母就是把个人命运交给上天，这是人们单纯地渴望不可战胜的上天能够拯救世人；而淮南王却是世上之人，由于修道成功飞仙而去，这就看出人们的智慧有了极大的变化，认为改变命运的不仅是神仙，还有人自身；王子乔更能说明这个问题，他不采药、不炼丹，完全是自然而然悟道升天。西王母、淮南王、王子乔三者先后存在由信仰上天到相信自身的逻辑关系。

（一）西王母崇拜

西王母在我国古代指昆仑山女神，《山海经》就将其描绘成猛兽的非人模样，《西次三经》云："又西三百五十里，曰玉山，是西王母所居也。西王母其状如人，豹尾虎齿而善啸，蓬发戴胜，是司天之厉及五残。"② 在《大荒西经》中又出现了类似的句子："有人戴胜，虎齿，有豹尾，穴处，名曰西王母。"③ 上古传说的西王母集合了陆地虎齿、豹尾，显示其力大过人，是朴素的人神崇拜的思维反映。这个女神有长生仙桃、不死之药，所以引得凡间世人无不渴望得到仙桃、仙药。

1. 仙桃与求仙

神仙只有特殊人物才有缘一见，汉武帝雄才大略，不但功勋卓著，还

---

① 〔清〕王先谦撰集：《释名疏证补》（上），上海书店1937年版，第148页。
② 〔清〕郝懿行笺疏：《山海经笺疏》，中国书店1991年版，第90–91页。
③ 〔清〕郝懿行笺疏：《山海经笺疏》，中国书店1991年版，第448页。

第三部分　文人诗研究

以执着追求成仙而闻名后世,这种真实的言行在史书中被神话化。班固写汉武帝不仅成功与西王母会面,甚至还吃到了她的仙桃:"……帝不能名也。又命侍女索桃,须臾以盘盛桃七枚,大如鸭子,形圆,色青,以呈王母。母以四枚与帝,自食三桃。桃之甘美,口有盈味。帝食,辄录核。母问:录核何为?帝曰:欲种之耳。母曰:此桃三千年一生实耳,中夏地薄,种之不生,如何?帝乃止。"① 应该说神话不是单纯的虚构,而是世俗世界普遍存在修仙集体无意识的再现,梁简文帝《升仙篇》云"灵桃恒可饵,几回三千年"②,就把仙桃与长生联系起来。刘禹锡《步虚词》第一首也是这样看待仙桃的:"阿母种桃云海际,花落子成二千岁。海风吹折最繁枝,跪捧琼盘献天帝。"③

汉皇求仙在神话传说中成为令人羡慕的素材,但在诗人笔下更多了一层理智的反思:

　　汉皇欲作飞仙子,年年采药东海里。蓬莱无路海无边,方士舟中相就死。招摇在天回白日,甘泉玉树无仙实。九皇真人终不下,空向离宫祠太一。丹田有气凝素华,君能保之升绛霞。④

以上诗歌为唐代张籍所作《求仙行》,借汉皇求仙告诫世人,不用无谓地追求不存在的仙界,做好自己也就等于有了类似神仙的世界。其实,求仙除了求仙桃,就像诗中所言,更为诗人所关注的是仙药。

2. 仙药与求仙

"昔常娥以西王母不死之药服之,遂奔月为月精。"⑤ 服食西王母的仙药会让凡人飞升为仙。南朝陈张正见《神仙篇》就为读者描绘了令人陶醉的仙人生活:"玄都府内驾青牛,紫盖山中乘白鹤。浔阳杏花终难朽,武陵桃花未曾落。已见玉女笑投壶,复睹仙童欣六博。同甘玉文枣,俱饮

---

① 〔汉〕班固撰,〔清〕钱熙祚校:《汉武帝内传》,见《丛书集成初编》,据守山阁丛书本排印,商务印书馆1937年版,第2—3页。
② 〔宋〕郭茂倩编:《乐府诗集》,中华书局1979年版,第926页。
③ 〔宋〕郭茂倩编:《乐府诗集》,中华书局1979年版,第1103页。
④ 〔宋〕郭茂倩编:《乐府诗集》,中华书局1979年版,第1327页。
⑤ 〔南朝梁〕萧统选辑,〔唐〕李善注:《文选》(第1册),上海古籍出版社1986年版,第2609页。

流霞药。鸾歌凤舞集天台,金阙银宫相向开。西王已令青鸟去,东梅还驭赤虬来。魏武还车逢汉女,荆王因梦识阳台。凤盖随云聊蔽日,霓裳杂雨复乘雷。神岳吹笙遥谢手,当知福地有神才。"① 这是诗歌塑造了时间永恒——打破时间界限、自由自在地飞升——打破空间限制的神仙才有的神力,而曹植《飞龙篇》却独辟蹊径,乘飞龙上天获取神药:"西登玉堂,金楼复道。授我仙药,神皇所造。教我服食,还精补脑。寿同金石,永世难老。"② 仙药在李白诗中是白兔所造,"造天关,闻天语,长云河车载玉女。载玉女,过紫皇,紫皇乃赐白兔所捣之药方,后天而老凋三光"③。仙药当然归于天上神药,其实在修道之人看来,也可以在地上寻找,凡间修道高人所炼之丹,也可以做到让人长生不老。这里难得的是由求神变为求己,在人的认知方面有了极大的提升:"煎金丹未熟,醒酒药初开。乍应观海变,谁肯畏年颓。"④

但就神仙崇拜来说,西王母绝对是文人诗吟咏的神祇,南朝齐王融《神仙篇》云:

命驾瑶池侧,过息嬴女台。长袖何靡靡,箫管清且哀。璧门凉月举,珠殿秋风回。青鸟鹜高羽,王母停玉杯。举手暂为别,千年将复来。⑤

唐代李贺《神仙曲》对王母的崇拜出乎内心:

碧峰海面藏灵书,上帝拣作神仙居。晴时笑语闻空虚,斗乘巨浪骑鲸鱼。春罗剪字邀王母,共宴红楼最深处。鹤羽冲风过海迟,不如却使青龙去。犹疑王母不相许,垂露娃鬟更传语。⑥

以上主要是西王母有供人成仙的仙桃、仙药,所以神话传说、文人诗

---

① 〔宋〕郭茂倩编:《乐府诗集》,中华书局1979年版,第925页。
② 〔宋〕郭茂倩编:《乐府诗集》,中华书局1979年版,第927页。
③ 〔宋〕郭茂倩编:《乐府诗集》,中华书局1979年版,第871页。
④ 〔宋〕郭茂倩编:《乐府诗集》,中华书局1979年版,第925-926页。
⑤ 〔宋〕郭茂倩编:《乐府诗集》,中华书局1979年版,第924页。
⑥ 〔宋〕郭茂倩编:《乐府诗集》,中华书局1979年版,第926页。

第三部分　文人诗研究

歌都有这方面的描写。想成为神仙就只能想办法获得西王母的恩赐，人力无法达到这种高度，汉武帝也是在神话中得到了仙桃。文人诗在歌颂西王母时，也讲到了通过其他途径获得仙药，如人间炼丹也是修仙的一种假设。这里就有了中古时期神仙崇拜的真正反思：命运是交给神仙，还是交给人类自己？

（二）淮南王崇拜

比较上文，淮南王的身份首先界定不是皇帝，也不是神仙，而是曾生活在世间的人，只不过这个人生在帝王之家，受封为淮南王，好黄老之术，后世视为修仙得道，被文人诗作为仙长歌咏。《乐府诗集》所引班固《汉武故事》曰："淮南王安好神仙，招方术之士，能为云雨。百姓传云：'淮南王得天子，寿无极。'帝心恶之，使觇王，云：'能致仙人，与共游处，变化无常，又能隐形飞行，服气不食。'帝闻而喜，欲受其道，王不肯传。帝怒，将诛焉。王知之，出令与群臣，因不知所之。"联系历史得知此人应该是刘安，就其一生察之，文人所作的游仙诗中就有隐含的内容需要仔细审读：

> 淮南王，自言尊，百尺高楼与天连。后园凿井银作床，金瓶素绠汲寒浆。汲寒浆，饮少年，少年窈窕何能贤。扬声悲歌音绝天。我欲渡河河无梁，愿化双黄鹄，还故乡。还故乡，入故里，徘徊故乡，苦身不已。繁舞寄声无不泰，徘徊桑梓游天外。

就像《乐府解题》所说："古词云：'淮南王，自言尊。'实言安仙去。"①

淮南王在文学艺术中华丽转身成为神仙，这就是民间或文人用瑰丽的想象力弥补现实世界之不足，因为历史上的刘安是为汉武帝猜忌被迫自杀身死的。什么原因呢？第一，从刘安个人思想来看，他崇尚无为的黄老之术，不扰民，受到属国子民的爱戴，此为皇帝所忌讳。《淮南子》一书就有相当关系，此书是刘安在其封地招揽文人方士等门客完成的，内容庞杂，包罗万象，却集中突出了道家文化色彩，这一点就与汉武帝独尊儒术非常不同。这也是两种主导思想的交锋，毫无疑问，皇帝是掌管最大权力

---

① 〔宋〕郭茂倩编：《乐府诗集》，中华书局1979年版，第792页。

者，无论是舆论掌控，还是军队实力，胜利的天平都会倒向皇帝。第二，汉朝开国初分封刘氏宗亲为王，结果高祖时朝廷就只能直辖全国42个大郡中的15个。在实行"推恩令"剥夺诸王实权，解决多年让皇帝头疼的藩国问题时，当然也会拿有实力的刘安开刀，"列侯、二千石、豪杰数千人，皆以罪轻重受诛"①。第三，宫廷权力导致骨肉相残，也许强权者获胜，但公道自在人间，尤其民间往往会用特有的艺术形式表达出来，联系到喜好道家的淮南王一生，民间或文人用想象让这位不幸者得道成仙去了。淮南王修仙并不寂寞，他有八公相助。

刘安自作《八公操》，一曰《淮南操》。文本引《古今乐录》曰："淮南王好道，正月上辛，八公来降，王作此歌。"谢希逸《琴论》曰："《八公操》，淮南王作也。"② 就是修道得以飞升，体验神仙美好的世界：

煌煌上天，照下土兮。知我好道，公来下兮。公将与余，生毛羽兮。超腾青云，蹈梁甫兮。观见瑶光，过北斗兮。驰乘风云，使玉女兮。含精吐气，嚼芝草兮。悠悠将将，天相保兮。③

又，《淮南王篇》引崔豹《古今注》也谈到八公："淮南王服食求仙，遍礼方士，遂与八公相携俱去，莫知所往。小山之徒，思恋不已，乃作《淮南王曲》焉。"④ 刘安本人的这种奇思幻想，也与其死后被视为神仙有了自然的关联。

南朝宋鲍照《淮南王二首》就虚拟了神仙的美妙之处，更与众不同的是由神仙居所联想到男女相爱永远：

淮南王，好长生，服食炼气读仙经。琉璃药碗牙作盘，金鼎玉匕合神丹。合神丹，赐紫房，紫房彩女弄明珰，鸾歌凤舞断君肠。朱门九重门九闺，愿逐明月入君怀。入君怀，结君佩，怨君恨君恃君爱。筑城思坚剑思利，同盛同衰莫相弃。⑤

---

① 〔汉〕班固：《汉书·淮南衡山济北王传》，中华书局1962年版，第2152页。
② 〔宋〕郭茂倩编：《乐府诗集》，中华书局1979年版，第851页。
③ 〔宋〕郭茂倩编：《乐府诗集》，中华书局1979年版，第852页。
④ 〔宋〕郭茂倩编：《乐府诗集》，中华书局1979年版，第792页。
⑤ 〔宋〕郭茂倩编：《乐府诗集》，中华书局1979年版，第797页。

这里需要重视的就是游仙诗一般都是刻画美妙无比的类似天堂的世界，更要生动描述所见景物及神人，主要诉求是生命无限，来去自由地遨游；可是鲍照的诗歌明显不一样，第二首在描写神仙神力的基础上转到了男女之爱，诗歌自然运用比喻，希望真爱能与神仙法力一样战胜时间，做到不离不弃直到永远，这真是绝妙的联想。

（三）王子乔崇拜

修炼成仙在民间传说中比比皆是，而王子乔悟道飞仙却更符合人们的预期，唐代宋之问有诗记事："王子乔，爱神仙，七月七日上宾天，白虎摇瑟凤吹笙，乘骑云气吸日精。"① 刘向《列仙传》曰："王子乔者，周灵王太子晋也，好吹笙作凤鸣。游伊、洛之间，道人浮丘公接以上嵩高山。三十余年后，求之于山上，见桓良曰：'告我家，七月七日待我于缑氏山头。'至时，果乘白鹤驻山头，望之不得到，举手谢时人，数日而去。为立祠于缑氏山下及嵩高之首焉。"② 这是一个尘世间长期通过自身悟道而成功者，也就给求仙飞升者提供了新的路径。就上面分析来看，西王母能赏赐仙桃和仙药，而人间淮南王机缘巧合通过服食仙药，以凡人肉身飞仙而去，但这里的王子乔是人间肉身，不用服食仙药等灵物获得神力，而是执着于无我的空灵状态，就在忘却名利时，自然而然得道成仙。

其一，王子乔得道成仙在于自然。江淹在《王子乔》同题诗中特别推崇："子乔好轻举，不待炼银丹。"高允生也赞扬其成仙的自然之道："仙化非常道，其义出自然。"③ 这样就可以归纳凡人修仙完全在于自然悟道，参透天地自然奥妙，汲取日月精华，导致肉体不再是沉重的肉身，而是幻化为另一种举重若轻的仙体随意翱翔，身形无拘无束，灵魂不死不灭，身心达到了超越生死的最佳自由状态。这也许是王子乔不同于淮南王的地方，他更看重的是人自身的价值。曹操《秋胡行五解》第三解就有对人的独到见解："明明日月光，何所不光昭。明明日月光，何所不光昭。二仪合圣化，贵者独人不。万国率土，莫非王臣。仁义为名，礼乐为

---

① 〔宋〕郭茂倩编：《乐府诗集》，中华书局1979年版，第439页。
② 〔宋〕郭茂倩编：《乐府诗集》，中华书局1979年版，第437页。
③ 〔宋〕郭茂倩编：《乐府诗集》，中华书局1979年版，第438页。

荣。歌以言志。明明日月光。"① 这是曹操在乐府诗的基础上有了自我创新之处，又歌颂秋胡妻的高洁而改写游仙诗。

其二，与王子乔相关的游仙诗更多的是关注现实。《王子乔》古辞中不但生动描述了他驾白鹿邀游云端的情景，也关注了地上人间的现实情况："结仙宫，过谒三台，东游四海五岳，上过蓬莱紫云台。三王五帝不足令，令我圣明应太平。养民若子事父明，当究天禄永康宁。玉女罗坐吹笛箫。嗟行圣人游八极，鸣吐衔福翔殿侧。圣主享万年。悲吟皇帝延寿命。"② 这与曹丕《秋胡行三首》第一首何其相似："尧任舜禹，当复何为？百兽率舞，凤皇来仪。得人则安，失人则危。唯贤知贤，人不易知。歌以咏言，诚不易移。鸣条之役，万举必全。明德通灵，降福自天。"③ 真正的求仙除了出于个人的美好夙愿，还要把世上黎民百姓的福祉放在心上，而不是置之于自身利益之外。所以，成仙的境界就是自然而然让天下苍生都有美好的归宿。

审视王子乔游仙诗的思想内容可知，求仙是对美好生活自然而然的召唤，不在于哪种形式，而在于自身执着追求，这特别符合道家自然无为的思想，不但有个人突破原有现实生活的诉求，还有为世俗社会开创天子圣明、贤者咸集、百姓和乐的盛世的美好愿望。既然这样，曹丕上面写游仙诗，下面就诉说相思之苦，这种二人世界不也是神仙世界吗？

> 朝与佳人期，日夕殊不来。嘉肴不尝，旨酒停杯。寄言飞鸟，告余不能。俯折兰英，仰结桂枝。佳人不在，结之何为？从尔何所之？乃在大海隅。灵若道言，贻尔明珠。企予望之，步立踟蹰。佳人不来，何得何须。④

综上，文人游仙诗由西王母高不可攀到世间淮南王、王子乔修仙成功，逐步由天上神仙到人间凡人，这样渐渐过渡到人自身的力量上来，又从借助赏赐的仙桃、仙药才能飞升，再到世间肉身自然而然飞仙成功，这

---

① 〔宋〕郭茂倩编：《乐府诗集》，中华书局1979年版，第527页。
② 〔宋〕郭茂倩编：《乐府诗集》，中华书局1979年版，第437–438页。
③ 〔宋〕郭茂倩编：《乐府诗集》，中华书局1979年版，第528页。
④ 〔宋〕郭茂倩编：《乐府诗集》，中华书局1979年版，第528页。

里的逻辑关系就是强调世间凡人只要真心修炼，就能实现美好的愿景，突出了人的主导力量，而不只是寄希望于天上神仙，并表达了对现实生活的美好祝愿。

二、英雄崇拜和文人诗

民间文学中的神话故事往往更能凸显英雄的作用，他们往往凭借一己之力达到普通人无法实现的目标，当然，更多的是靠高高在上的超人神力。而在《乐府诗集》文人诗中，英雄更多的是一个符号，代表了神勇之力，或者为国为君而战，或者为天下安宁而战，或者为个人快意恩仇而战，而文人借对英雄的种种个人体验表达内心深处的英雄情结。

（一）英雄霍嫖姚

霍嫖姚即霍去病，《史记·卫将军骠骑列传》载，霍去病元朔六年（前123）受封嫖姚校尉，元狩二年（前121）被汉武帝封为骠骑将军，他最值得后人赞赏的是其"匈奴未灭，无以家为也"的信念，以及深入狼居胥山祭天、姑衍山祭地的传奇，他为汉朝立了赫赫战功。① 这位英雄的传奇经历成为后代文人诗反复咏叹的符号，就连宫廷诗人陈后主也会借用来抒情，其《紫骝马》云："嫖姚紫塞归，蹀躞红尘飞。玉珂鸣广路，金络耀晨辉。盖转时移影，香动屡惊衣。禁门犹未闭，连骑恣相追。"② 所以，僧贯休《胡无人行》写到英雄一出谁与争锋："霍嫖姚，赵充国，天子将之平朔漠。肉胡之肉，燂胡帐幄。千里万里，惟留胡之空壳。边风萧萧，榆叶初落。杀气昼赤，枯骨夜哭。将军既立殊勋，遂有《胡无人》曲。……"③ 而唐代大诗人李白《胡无人行》亦大赞霍去病的威武："汉家战士三十万，将军兼领霍嫖姚。流星白羽腰间插，剑花秋莲光出匣。"④

南朝齐孔稚珪《白马篇二首》第一首展示将军沙场却敌的场面：

---

① 参见〔汉〕司马迁《史记》，中华书局1959年版，第2939页。
② 〔宋〕郭茂倩编：《乐府诗集》，中华书局1979年版，第353页。
③ 〔宋〕郭茂倩编：《乐府诗集》，中华书局1979年版，第598页。
④ 〔宋〕郭茂倩编：《乐府诗集》，中华书局1979年版，第598页。

骥子蹋且鸣,铁阵与云平。汉家嫖姚将,驰突匈奴庭。少年斗猛气,怒发为君征。雄戟摩白日,长剑断流星。早出飞狐塞,晚泊楼烦城。虏骑四山合,胡尘千里惊。嘶笳振地响,吹角沸天声。左碎呼韩阵,右破休屠兵。横行绝漠表,饮马瀚海清。陇树枯无色,沙草不常青。勒石燕然道,凯归长安亭。县官知我健,四海谁不倾。但使强胡灭,何须甲第成?当令丈夫志,独为上古英。①

(二)霍嫖姚与"从军行"

英雄有很强的感召力,带来了更多的建功立业者,对此文人墨客似乎有一种从军情结,原因是《从军行》作为同题诗歌唱和被收录在《乐府诗集》卷三十二、卷三十三,唐前计有 25 首,唐代计有 25 首,共计 50 首。从创作心理活动分析,文人自身的优势不在于身强力壮,而在于舞文弄墨,靠着敏感的情感刺激写出各种作品,而与英雄从军行相关的诗歌则在一定程度上满足了创作发泄的愿望。同时,又弥补了缺憾,也许终生不能从军,但至少能在诗歌中体验从军的壮举,并把诗人身份改换成军人将士,如三国魏王粲认为领军将领至关重要:"从军有苦乐,但问所从谁。所从神且武,焉得久劳师。"②吴均更是欣喜地欢歌:"男儿亦可怜,立功在北边。"③唐代诗人卢纶有"二十在边城,军中得勇名"④的诗句。诗人并不是盲目追求军旅生涯,而是还有一种现实情怀在里面,以"苦哉远征人"为主旨的诗人就有晋陆机、南朝宋颜延之、南朝梁沈约,而唐代诗人诗歌题写有了明显的变化,鲍溶《苦哉远征人》曰:"去日姑束发,今来发成霜。虚名乃闲事,生见父母乡。掩抑《大风歌》,徘徊少年场。诚哉古人言,鸟尽良弓藏。"其诗题解曰:"晋陆机《从军行》曰:'苦哉远征人,飘飘穷四遐。'宋颜延《从军行》曰:'苦哉远征人,毕力干时艰。'盖苦天下征伐也。又有《苦哉行》《远征人》,皆出于《从军行》也。"⑤

---

① 〔宋〕郭茂倩编:《乐府诗集》,中华书局 1979 年版,第 916 页。
② 〔宋〕郭茂倩编:《乐府诗集》,中华书局 1979 年版,第 475 页。
③ 〔宋〕郭茂倩编:《乐府诗集》,中华书局 1979 年版,第 479 页。
④ 〔宋〕郭茂倩编:《乐府诗集》,中华书局 1979 年版,第 488 页。
⑤ 〔宋〕郭茂倩编:《乐府诗集》,中华书局 1979 年版,第 492 页。

江淹《从军行》第二首多了凄凉的语调，渲染了边关从军的真实个人体验：

> 从军出陇北，长望阴山云。泾渭各异流，恩情于此分。故人赠宝剑，镂以瑶华文。一言凤独立，再说鸾无群。何得晨风起，悠哉凌翠氛。黄鹄去千里，垂涕为报君。①

刘长卿《从军行》第六首写的是从军一生的现状，该诗情景交融，给人深沉的悲壮感受：

> 黄沙一万里，白首无人怜。报国剑已折，归乡身幸全。单于古台下，边色寒苍然。②

（三）侠客刘生崇拜

1. 侠客刘生

有一种英雄叫侠客，他们来去自由，仗剑独行，或为大义，或为名声，或为财富，或为仇恨，以其独有的行事方式称道于世。《乐府诗集》有刘生题诗，引《乐府解题》曰："刘生不知何代人，齐梁已来为《刘生》辞者，皆称其任侠豪放，周游五陵三秦之地。或云抱剑专征为符节官，所未详也。"按《古今乐录》曰："梁鼓角横吹曲，有《东平刘生歌》，疑即此《刘生》也。"③

这位刘生被称作任侠，他武艺高强，富甲一方，风流潇洒。江晖赞其曰："刘生代豪荡，标举独荣华。宝剑长三尺，金樽满百花。唯当重意气，何处有骄奢？"④他还是当时佳丽女子心中的情郎："任侠有刘生，然诺重西京。扶风好惊坐，长安恒借名。榴花聊夜饮，竹叶解朝醒。结交李都尉，邀游佳丽城。"⑤ 这位侠客身上被文人寄予了丰富的想象，江总认

---

① 〔宋〕郭茂倩编：《乐府诗集》，中华书局1979年版，第480页。
② 〔宋〕郭茂倩编：《乐府诗集》，中华书局1979年版，第488页。
③ 〔宋〕郭茂倩编：《乐府诗集》，中华书局1979年版，第359页。
④ 〔宋〕郭茂倩编：《乐府诗集》，中华书局1979年版，第360页。
⑤ 〔宋〕郭茂倩编：《乐府诗集》，中华书局1979年版，第359页。

为他是"干戈倜傥用,笔砚纵横才"①。只是武功高强不算什么,他还得是精通文墨、出口成章、下笔千言的饱学才子才行。唐卢照邻写诗赞叹其以死守节:"刘生气不平,抱剑欲专征。报恩为豪侠,死难在横行。翠羽装剑鞘,黄金饰马缨。但令一顾重,不吝百身轻。"②任侠、豪侠都属于侠客,他们为道义而战,在特别美好的情感中,尤其是民间往往视他们为公平正义的化身。

2. 侠客与"复仇"

当世俗社会不平之事无法解决时,底层百姓一般喜欢想象侠客能为之出头,而这种特别的情感寄托更容易存在于文学艺术作品中,《乐府诗集》收录相关少年行、侠客行之类的作品很多,主要赞赏武功高强之人能够杀人复仇,这比起文人通过文字诅咒效果明显得多。所以,对于胸有是非感的诗人来说,侠客复仇为正义张目,成为他们羡慕的写作对象。《结客少年场行》引《广题》曰:"汉长安少年杀吏,受财报仇,相与探丸为弹,探得赤丸斫武吏,探得黑丸杀文吏。尹赏为长安令,尽捕之。长安中为之歌曰:'何处求子死,桓东少年场。生时谅不谨,枯骨复何葬?'按《结客少年场》,言少年时结任侠之客,为游乐之场,终而无成,故作此曲也。"鲍照诗歌就是此意:"失意杯酒间,白刃起相仇。追兵一旦至,负剑远行游。"③李白五言诗中轻快的语言透露出心中的赞赏:"十步杀一人,千里不留行。事了拂衣去,深藏身与名。"④

晋张华《游侠篇》结合史实,借魏信陵、赵平原、齐孟尝、楚春申四公子竟为游侠,写诗赞美侠客超越普通意义的个体行为,为国消除忧患,为民谋取太平:"食客三千余,门下多豪英。游说朝夕至,辩士自从横。孟尝东出关,济身由鸡鸣。信陵西反魏,秦人不窥兵。赵胜南诎楚,乃与毛遂行。黄歇北适秦,太子还入荆。美哉游侠士,何以尚四卿。"⑤由此,就需要明确侠客由个人恩怨上升到国家利益的高度,郑锡《邯郸少年行》云:"霞鞍金口骝,豹袖紫貂裘。家住丛台下,门前漳水流。唤

---

① 〔宋〕郭茂倩编:《乐府诗集》,中华书局1979年版,第361页。
② 〔宋〕郭茂倩编:《乐府诗集》,中华书局1979年版,第361页。
③ 〔宋〕郭茂倩编:《乐府诗集》,中华书局1979年版,第948页。
④ 〔宋〕郭茂倩编:《乐府诗集》,中华书局1979年版,第968页。
⑤ 〔宋〕郭茂倩编:《乐府诗集》,中华书局1979年版,第967页。

人呈楚舞,借客试吴钩。见说秦兵至,甘心赴国仇。"① 曹植《白马篇》是五言诗优秀之作,留下了千古名句,游侠由个人英雄转变成为国赴难的国家英雄:

> 白马饰金羁,连翩西北驰。借问谁家子,幽并游侠儿。少小去乡邑,扬声沙漠垂。宿昔秉良弓,楛矢何参差。控弦破左的,右发摧月支。仰手接飞猱,俯身散马蹄。狡捷过猿猴,勇剽若豹螭。边城多警急,胡虏数迁移。羽檄从北来,厉马登高堤。长驱蹈匈奴,左顾陵鲜卑。寄身锋刃端,性命安可怀。父母且不顾,何言子与妻。名编壮士籍,不得中顾私。捐躯赴国难,视死忽如归。②

(四) 从军与现实民生

唐代诗人杜甫之所以为后人所钦佩,是因为他高超的诗歌艺术将现实的唐朝写活了。对于安史之乱带来的社会动荡,底层民间支持官军作战,出现了母送子、妻送郎的悲壮场面,诗人以民生作为关注的焦点,更能触动读者的心灵。

杜甫《兵车行》就细致描述了从军后的村民生活:"君不闻汉家山东二百州,千村万落生荆杞。纵有健妇把锄犁,禾生陇亩无东西。况复秦兵耐苦战,被驱不异犬与鸡。长者虽有问,役夫敢申恨。且如今年冬,未休关西卒。县官急索租,租税从何出?"③ 因为战乱,百姓要从军,缺少青壮年的农户苦不堪言,收成不保还要上交租税,人力、物力都做了贡献,"边亭流血成海水,武皇开边意未已"。戍边卫国,不但随时需要浴血奋战,还要在各个方面做好准备,筑城防卫也是很重要的一项工作。

《乐府诗集》卷七十五引马缟《中华古今注》曰:"秦始皇三十二年,得谶书云:'亡秦者胡。'乃使蒙恬击胡,筑长城以备之。"《淮南子》曰:"秦发卒五十万筑修城,西属流沙,北系辽水,东结朝鲜,中国内郡輓车而饷之。后因有《筑城曲》,言筑长城以限胡虏也。又有《筑城睢阳曲》,

---

① 〔宋〕郭茂倩编:《乐府诗集》,中华书局1979年版,第962页。
② 〔宋〕郭茂倩编:《乐府诗集》,中华书局1979年版,第914-915页。
③ 〔宋〕郭茂倩编:《乐府诗集》,中华书局1979年版,第1283页。

与此不同。"《古今乐录》曰:"筑城相杵者,出自汉梁孝王。孝王筑睢阳城,方十二里。造唱声,以小鼓为节,筑者下杵以和之。后世谓此声为《睢阳曲》。"① 唐代诗人元稹《筑城曲五解》第一解如实写道:"年年塞下丁,长作出塞兵。自从冒顿强,官筑遮虏城。筑城须努力,城高遮得贼。"陆龟蒙心中感慨:"莫叹筑城劳,将军要却敌。城高功亦高,尔命何劳惜?"② 唐张籍同类作品完整诗篇引述如下:

筑城去,千人万人齐抱杵。重重土坚试行锥,军吏执鞭催作迟。来时一年深碛里,着尽短衣渴无水。力尽不得抛杵声,杵声未定人皆死。家家养男当门户,今日作君城下土。③

对于家乡的女子来说,夫君从军远征,其生命安全就足够让人担心,还有无尽的思念,这些男女之情放置在杀敌报国的维度上,就有了特别的人生价值,尤其是诗人代言女子赋诗,柔弱的女子和远征的男子呈现了阴柔和阳刚气质的对比,女子刻骨铭心的情感煎熬让从军远征的母题添加了更多的内涵,唐代诗人吟唱较多。张籍《思远人》云:"野桥春水清,桥上送君行。去去人应老,年年草自生。出门看远道,无信向边城。"④ 孟郊《望远曲》云:"庭花开尽复几时,春光骀荡阻佳期。愁来望远烟尘隔,空怜绿鬓风吹白。"⑤ 元稹《夫远征》联系史实,从军充满了恐怖,让家中女子提心吊胆,深切地哭诉:

赵卒四十万,尽为坑中鬼。赵王未信赵母言,犹点新兵更填死。填死之兵兵气索,秦强赵破括敌起。括虽专命起尚轻,何况牵肘之人牵不已。坑中之鬼妻在营,壁麻戴经鹅雁鸣。送夫之妇又行哭,哭声送死非送行。夫远征,远征不必戍长城,出门便不知死生。⑥

---

① 〔宋〕郭茂倩编:《乐府诗集》,中华书局1979年版,第1060页。
② 〔宋〕郭茂倩编:《乐府诗集》,中华书局1979年版,第1061页。
③ 〔宋〕郭茂倩编:《乐府诗集》,中华书局1979年版,第1060页。
④ 〔宋〕郭茂倩编:《乐府诗集》,中华书局1979年版,第1312页。
⑤ 〔宋〕郭茂倩编:《乐府诗集》,中华书局1979年版,第1313页。
⑥ 〔宋〕郭茂倩编:《乐府诗集》,中华书局1979年版,第1313页。

第三部分　文人诗研究

英雄引起了人们对从军的向往，但诗人的思路不只是停留在这一层，而是深刻挖掘建功立业背后的家庭不幸：为战筑城、远征也许终生不回，为国捐躯成为英雄，等等。这些拓宽了文人诗的素材。关注民生，为底层民众呐喊，唱出他们心中的悲苦才是现实关怀的最佳意义。

英雄崇拜赋予了主体对象完美的人格，甚而提升到神格的信仰程度。以霍去病为例，霍去病不只是一个能征善战的武将军，还是一个高洁之士，这又和文人有了相似之处，《汉武故事》就有这样的记载：

> 汉武帝起柏梁台以处神君。神君者，长陵女，嫁为人妻。生一男，数岁死。女悼痛之，岁中亦死。死而有灵，其姒宛若祠之。遂闻言：宛若为主，民人多往请福，说人家小事，颇有验。平原君亦事之，其后子孙尊显。以为神君力，益尊贵。武帝即位，太后迎于宫中祭之。闻其言，不见其人。至是神君求出，乃营柏梁台舍之。初，霍去病微时，数自祷神。神君乃见其形，自修饰，欲与去病交接。去病不肯，责神君曰："吾以神君清洁，故斋戒祈福。今欲为淫，此非神明也。"自绝不复往，神君亦惭。及去病疾笃，上令祷神君。神君曰："霍将军精气少，命不长。吾尝欲以太一精补之，可得延年。霍将军不晓此意，乃见断绝。今不可救也。"去病竟卒。①

汉代社会到汉武帝独尊儒术就扩大了礼乐文化的影响，人们心目中的英雄是什么样的，已有了符合伦理道德标准的尺度，反映在文学作品中，无论是文人创作，还是民间传说都给了英雄正面的、高大的、积极的塑造，这也是社会心理意识在文学创作中的正常体现。一般来讲，文人诗就是将心中所想、胸有所思的梦幻进行合理化、明确化的解读，而文人或民间完成的文学艺术形态就是这种社会心理的集体无意识的艺术化圆梦。作为大家心目中的英雄，既武功高强、运筹帷幄、纵马边疆，又拥有高洁之质，后代文人诗自然将其作为赞颂的英雄符号。

刘生也是这样。他出身豪门贵族，健美俊朗，仗义疏财，挥金如土，维护公平，仗剑复仇，来去自由，潇洒风流，引发了文人诗篇唱和，侠客系列文人诗对这位英雄大加赞赏。

---

① 〔明〕陆辑编：《古今说海》"说纂一"《逸事》，巴蜀书社1996年版，第4页。

三、女性人物传说和文人诗

女性人物，基于她们是生命的孕育者，以母亲的名义能让她们所做的一切都神圣起来，现实生活中母亲这一身份意味着她之外至少还有孩子，从这个新的生命可以联系到一个家庭。所以，母亲和孩子就与家庭产生了不可割舍的关系，特别是在文学艺术作品中这种关系往往和婚恋重合在一起。因为一个成年女子只有通过婚恋才能与孩子有牵连，而婚恋要让一个成年女子超越亲情接受一份终生的情感，甜蜜与幸运、痛苦与不幸等就最容易被文人墨客关注。文人诗对女性对象是不加区分的，既有皇亲国戚，又有黎民百姓，也同样会对人类之上的神祇拨动内在真诚的心弦，唱出感人至深的精美诗篇。

文人诗歌与乐府关联要符合社会期待，一是为高层礼制文化所接受，符合帝王将相、名士才子等的认知，二是能保障满足民间的心理需求，特别是文本的主旨、词句满足底层民众的欣赏审美。女性神祇超越人之外，但是其身上寄托的情感更能达到这个目的。这里主要选取的人神代表是西施和张氏女，就其表现可以视为爱神，以下将分别结合诗歌内容做出评判。

（一）西施的传说

西施是一个为国牺牲的传奇女子。《乐府诗集》卷四十八录梁元帝《乌栖曲六首》，其三载："沙棠作船桂为楫，夜渡江南采莲叶。复值西施新浣纱，共向江干眺月华。"[1] 卷四十五录李白《子夜四时歌四首》之《夏歌》："镜湖三百里，菡萏发荷花。五月西施采，人看隘若耶。回舟不待月，归去越王家。"[2] 这两首作品，一个提到西施是为浣纱，一个是为采莲，西施因为身担复国的大任注定成为王妃而没有爱情，可是女性天生又看重婚恋。那么，民间文学是如何让她成为神灵并寻求爱情的呢？这就是文人诗所包含的深刻寓意。

《太平广记·异闻录》就特别生动传神地描述了人神相恋的缠绵

---

[1] 〔宋〕郭茂倩编：《乐府诗集》，中华书局1979年版，第696页。
[2] 〔宋〕郭茂倩编：《乐府诗集》，中华书局1979年版，第653页。

第三部分　文人诗研究

之事：

> 女曰："闻先生心怀异道，以简洁为心，不用车舆，乘风而至。"思遇曰："若浣沙来，得非西施乎？"女回顾二童而笑，复问先生何以知之？思遇曰："不必虑怀，应就寝耳。"及天晚将别，女以金钏子一只留诀。思遇称无物叙情，又曰："但有此心不忘。"夫人曰："此最珍奇。"思遇曰："夫人此去，何时来？"女乃掩涕曰："未敢有期，空劳情意。"思遇亦怆然。言讫，遂乘风而去。须臾不见，唯闻香气犹在寝室。时陈文帝天嘉元年二月二日也。①

故事的主人公是西施，《太平广记·鬼·刘导》也有"西施谓导曰：'妾本浣纱之女。'"②的记载。这里神女西施主动求欢，似乎完全脱离了吴越争锋时的家国大义、民族气节，这是为什么呢？神话故事属于民俗学的范畴，更多地反映民间底层的心声，西施这位深明大义的奇女子不能没有满意的爱情，这里带有文人创作痕迹的传说就成全了文字世界里的西施爱情。

1. 宫怨文人诗

皇宫王府有没有爱情，对于青春美貌的女子来说，荣华富贵不是生命中的幸福依赖，而内心深处的真情才是生命的寄托，文人诗的价值也就在这里。宫怨题材非常容易引起诗人的歌咏，《乐府诗集》卷三十一同题《铜雀台》收入诗歌十首、《铜雀妓》十六首、《雀台怨》两首，均对铜雀台的女子表达深深的同情。陈朝诗人张正见有："凄凉铜雀晚，摇落墓田通。……可惜年将泪，俱尽望陵中。"③唐代诗人王无竞同是如此："北登铜雀上，西望青松郭。……妾怨在朝露，君恩岂中薄。高台奏曲终，曲终泪横落。"④这里需交代铜雀台的由来："魏武帝遗命诸子曰：'吾死之后，葬于邺之西岗上，与西门豹祠相近，无藏金玉珠宝。余香可分诸夫人，不命祭吾。妾与伎人，皆著铜雀台，台上施六尺床，下繐帐，朝晡上

---

① 〔宋〕李昉等编：《太平广记》，中华书局1961年版，第2595–2596页。
② 〔宋〕李昉等编：《太平广记》，中华书局1961年版，第2588页。
③ 〔宋〕郭茂倩编：《乐府诗集》，中华书局1979年版，第454页。
④ 〔宋〕郭茂倩编：《乐府诗集》，中华书局1979年版，第455页。

酒脯粳糒之属。每月朝十五，辄向帐前作伎。汝等时登台，望吾西陵墓田。'故陆机《吊魏武帝文》曰：'挥清弦而独奏，荐脯糒而谁尝？悼缞帐之冥漠，怨西陵之茫茫。登雀台而群悲，仼美目其何望。'"① 由此就领会了文人作品的婚恋主题，唐代程氏长文的七言诗更能传递这种真情实意：

  君王去后行人绝，箫笙不响歌喉咽。雄剑无威光彩沈，宝瑟零落金星灭。玉阶寂寂坠秋露，月照当时歌舞处。当时歌舞人不回，化为今日西陵灰。②

2. 普通女子的情怨

  结合西施的经历，就能理解为什么在民间想象中她被赋予神祇身份并得以与凡夫俗子相恋。"（王轩）泊舟苎萝山际，题西施石曰：'岭上千峰秀，江边细草春。今逢浣纱石，不见浣纱人。'题诗毕，俄而见一女郎，振琼珰，扶石笋，低回而谢曰：'妾自吴宫还越国，素衣千载无人识。当时心比金石坚，今日为君坚不得。'既为鸳鸯之会，仍为恨别之词。"③ 乐府文人诗所观照的视野更加宏大，并不只是着眼于宫怨，纠缠帝王妃子的情感，而是转向了广大的世俗社会，底层民间也同样存在女子情感问题。《乐府诗集》卷七十五杂曲歌辞收录"三台"系列十首，引刘禹锡《嘉话录》曰："三台送酒，盖因北齐高洋毁铜雀台，筑三个台。宫人拍手呼上台送酒，因名其曲为《三台》。"④ 可以说与曹操的铜雀台相关联，可是这里的文人诗已由王宫转向了整个社会，特别是六言诗的使用更别有一番滋味。王建《江南三台四首》所写即是六言诗，第一首写面对时光流逝的商人、女子的情感："扬州桥边小妇，长干市里商人。三年不得消息，各自拜鬼求神。"本来六言诗诵读不太符合中国人的口语节奏，但是对于深陷情感旋涡的女子来讲很适合她的心意，一字一顿方能显示这对情侣的真情实意。第三首借三台抒发人去情何在的感慨："树头花落花开，道上人

---

① 〔宋〕郭茂倩编：《乐府诗集》，中华书局1979年版，第454页。
② 〔宋〕郭茂倩编：《乐府诗集》，中华书局1979年版，第461页。
③ 〔唐〕范摅：《云溪友议》卷上"苎萝遇"条，见《唐五代笔记小说大观》（下册），上海古籍出版社2000年版，第1261页。
④ 〔宋〕郭茂倩编：《乐府诗集》，中华书局1979年版，第1057页。

去人来。朝愁暮愁即老，百年几度三台。"① 这组六言诗由相关的铜雀台扩展到了宫外民间，女子婚恋的情怨让诗人用明白如话的诗句自然清新地表达出来。

（二）张氏女的传说

张氏女在乐府诗中出现值得深究，南朝宋僧惠休《怨诗行》云："暮兰不待岁，离华能几芳。愿作张女引，流悲绕君堂。"② 这里的"张女"是人们寄托情感的女子。梁吴均《行路难四首》，其一也写到"张女"："帝王见赏不见忘，提携把握登建章。掩抑摧藏张女弹，殷勤促柱楚明光。"③ 这里谈到的"张女"是什么人？

"张女"，有天师道教主张鲁之女之说，《水经注》载："南有女郎山，山下（按：应为上）有女郎冢……下有女郎（庙）及捣衣石，言张鲁女也。有小水北流入汉，谓之女郎水。"④ 这里的"张女"也是浣纱而孕，并孕育龙子，和上文西施神女所不同的是，前面只为爱而婚配，这里孕而生子，《太平御览》引《郡国志》张鲁女儿：

> 梁州女郎山，张鲁女浣衣石上，女便怀孕。鲁谓邪淫，乃放之。后生二龙。及女死，将殡，柩车忽腾跃升此山，遂葬焉。其水傍浣衣石犹在，谓之女郎山。⑤

《太平寰宇记》云：

> 张鲁女尝浣于山下，有雾蒙身，遂孕。后耻之，投汉水而死。鲁因葬女于龙冈山顶，后有龙子，数来游母墓前，遂成蹊径。⑥

---

① 〔宋〕郭茂倩编：《乐府诗集》，中华书局 1979 年版，第 1057 页。
② 〔宋〕郭茂倩编：《乐府诗集》，中华书局 1979 年版，第 612 页。
③ 〔宋〕郭茂倩编：《乐府诗集》，中华书局 1979 年版，第 1002 页。
④ 〔北魏〕郦道元著，陈桥驿校释：《水经注校释》，杭州大学出版社 1999 年版，第 488 页。
⑤ 〔宋〕李昉等编：《太平御览》，中华书局 1960 年版，第 253 页。
⑥ 〔宋〕乐史：《太平寰宇记》卷一三三引《道家杂记》，见《景印文渊阁四库全书》，台湾商务印书馆 2008 年版，第 293 页。

作为生育龙子的张氏女肯定不是凡人,加之其父是天师道教主,《太平寰宇记》云:"张女郎祠。故老相传云:'汉张鲁女死于此,时人为立祠,民祈祷有验。'"① 张氏女就成为人们朝拜的神灵,上面所讲张氏女浣纱而孕其实涉及古代民俗,未婚少女莫名而孕,这类传闻一般是女子在河边浣纱时发生的:

  长沙有人,忘其姓名,家住江边。有女子,渚次浣衣,觉身中有异,后不以为患,遂妊身,生三物,皆如鲮鱼。女以己所生,甚怜异之,乃著澡盘水中养之。经三月,此物遂大,乃是蛟子。②

还有一例,也大致如此:

  褒女者,汉中人也,褒君之后,因以为姓。居汉沔二水之间。幼而好道,冲静无营。既笄,浣纱于洓水上,云雨晦冥,若有所感而孕。③

古代上巳节日有祓禊的民俗,表现为水滨沐浴洁身、采兰嬉游等。社会纵情风气容易为青年男女野合提供机会,导致女子怀有身孕,却往往以神力言其因神灵受孕,其实是为爱情而自发婚配的结果。浣纱与追求爱情没有直接的关系,但是多情美丽的年轻女子可以凭借浣纱外出,与心上人幽会,借此实现朝思暮想的爱情梦想。

1. 浣纱与爱情想象

爱情是最容易让人陶醉的,故而春梦一说就是界定男女深陷爱情之中。而妙龄女郎成为想象中的梦幻情人,绝对不是色彩艳丽的仕女图中的美女,而是一个活动中的手脚勤快的青春女子。梁元帝《乌栖曲六首》第三首:"沙棠作船桂为楫,夜渡江南采莲叶。复值西施新浣纱,共向江干眺月华。"④ 王维《洛阳女儿行》对比享受富贵女子,诗人由衷地赞叹

---

① 〔宋〕乐史:《太平寰宇记》,见《景印文渊阁四库全书》,台湾商务印书馆2008年版,第278页。
② 〔晋〕陶潜撰,汪绍楹校注:《搜神后记》,中华书局1981年版,第65页。
③ 〔宋〕李昉等编:《太平广记》,中华书局1961年版,第381页。
④ 〔宋〕郭茂倩编:《乐府诗集》,中华书局1979年版,第696页。

和同情:"谁怜越女颜如玉,贫贱江头自浣沙。"① 为什么这样的女子容易成为帝王、文人心中的好女子,这里需要理解的是浣纱女子是文人心中的美丽形象,不但勤劳能干,而且这个水乡女子因水的清洁也会让人想到其对爱情忠贞不贰。所以,应该从现实生活的视角考察,浣纱女子虽说为小家碧玉,却是持家的难得妻子人选。唐代张若虚《春江花月夜》描绘了月夜江面瑰丽的景象,在视觉上刻画了动态的美丽画卷,更让人在听觉中领略了浣纱女子的别样美丽:"林花发岸口,气色动江新。此夜江中月,流光花上春。分明石潭里,宜照浣纱人。"②

浣纱女子成为男子心中的圣女,文学艺术中王子和美女是塑造爱情神话的一大模式,然而文人诗的深度就在于它不停留在爱情的表面上,而是从女子深情中寻找婚恋的真谛,这也是千百年来文人诗打动读者的原因。李嘉祐《江上曲》云:

> 江上澹澹芙蓉花,江口蛾眉独浣纱。可怜应是阳台女,坐对鸀鹉娇不语。掩面羞看北地人,回首忽作空山雨。苍梧秋色不堪论,千载依依帝子魂。君看峰上斑斑竹,尽是湘妃泣泪痕。③

2. 捣衣曲与远征

上文写浣纱,女子劳作习俗与爱情联系在一起。其实与浣纱相似的还有洗衣,成年女子浣纱、洗衣不再是劳动分工,在文学艺术作品中还赋予了女子的全部深情。洗衣古代又称捣衣,爱情、婚姻的美好让女子敢于追求,甚至成为主动的一方。因为将来做母亲的生命感应,文人诗中的女性更多了现实生活的气息。战争题材的诗歌也与男性军旅生涯表现完全不一样。看似只是一件衣物,其实寄予了女子细腻、丰富的情义,女子捣衣就是这样的例子。《乐府诗集》卷九十四引班婕妤《捣素赋》曰:"广储县月,晖木流清。桂露朝满,凉衿夕轻。改容饰而相命,卷霜帛而下庭。于是投香杵,加纹砧,择鸾声,争凤音。"又曰:"调无定律,声无定本。任落手之参差,从风飙之远近。或连跃而更投,或暂舒而长卷。"盖言捣

---

① 〔宋〕郭茂倩编:《乐府诗集》,中华书局1979年版,第1272页。
② 〔宋〕郭茂倩编:《乐府诗集》,中华书局1979年版,第679页。
③ 〔宋〕郭茂倩编:《乐府诗集》,中华书局1979年版,第1082页。

素裁衣,缄封寄远也。捣衣就是洗衣,只不过就古代实际状况言之,捣衣不仅见其动作,还闻其声,特别符合多情女子对远方情郎的深情思念。"月明中庭捣衣石,掩帷下堂来捣帛。……夜深月落冷如刀,湿著一双纤手痛。……重烧熨斗帖两头,与郎裁作迎寒裘。"① 那么,送衣就更能体现女子的贴心和温情。自古就有千里追夫之说,不怕山河阻隔,不怕艰难险阻,一步一步远离了故土,却一步一步接近了心上人。王建的《送衣曲》更能反衬战乱带给千家万户的悲痛:"去秋送衣渡黄河,今秋送衣上陇坂。妇人不知道径处,但闻新移军近远。半年著道经雨湿,开笼见风衣领急。旧来十月初点衣,与郎著向营中集。絮时厚厚绵纂纂,贵欲征人身上暖。愿郎莫著裹尸归,愿妾不死长送衣。"②

女性神祇与世上女子在婚恋维度上保持了高度一致,西施、张氏女都是由凡人被后人改造为神祇的,从弥补的心理意识出发,文学艺术更愿意为她们提供情爱的诗歌吟唱,真正的恋情、甜蜜的婚姻是文人诗所传神赞颂的永恒主题。

四、神农信仰和文人诗

古代先民的智慧不在于构筑多少动人的神话来提升自信,而在于这些神话能够启迪后人,特别是劳作神话在传承中会时时提醒,勤劳如何在生活中成为必要的谋生手段。神农就是神话中勤劳种植的大神,《乐府诗集》卷九十六《丰年》云:"猗太帝兮,其智如神,分草实兮,济我生人。猗太帝兮,其功如天,均四时兮,成我丰年。"其题解曰:"神农氏之乐歌也,其义盖称神农教人种植之功。"③ 这位与世俗生活密切关联的是农耕文明所重视的种植,上古传说中还是人首牛身,作为当时人们的首脑不但智慧出众,还像大牛一样力大无穷,这更便于耕种,"春始东耕于藉田,官祠先农。先农即神农炎帝也。祠以一太牢,百官皆从,大赐三辅二百里孝悌、力田、三老帛。种百谷万斛,为立藉田仓,置令、丞。谷皆

---

① 〔宋〕郭茂倩编:《乐府诗集》,中华书局1979年版,第1317页。
② 〔宋〕郭茂倩编:《乐府诗集》,中华书局1979年版,第1318页。
③ 〔宋〕郭茂倩编:《乐府诗集》,中华书局1979年版,第1342页。

以给祭天地、宗庙、群神之祀,以为粢盛。皇帝躬秉耒耜而耕,古为甸师官"①。因此,这类神祇多的是丰衣足食的灵气,绝不是不食烟火的神气,文人诗不是照搬生活的劳作,而是以种植劳作来关切劳动者的命运。

神农关乎的是种田人家的命运。同样是皇帝,但他们笔下的田家生活各不相同。梁简文帝《上留田行》云:"正月土膏初欲发,天马照耀动农祥。田家斗酒群相劳,为歌长安金凤皇。"②这体现的是皇室贵人欣赏的口吻,不一定符合田家真实的生活。魏文帝《上留田行》云:"居世一何不同,上留田。富人食稻与粱,上留田。贫子食糟与糠,上留田。贫贱亦何伤,上留田。禄命悬在苍天,上留田。今尔叹息将欲谁怨?上留田。"③很明显这里和富人相比,田家只能是贫贱之人,无法掌控自己的现世生活,也只能问天叹息。

1. 关于田家种植

文人诗中有反映现实生活的种植生活的,但更多的是反映其后面深层的寓意,或者讥讽社会黑白颠倒、正邪不分,或者为田家不合理的赋税鸣不平,关注人生存的命运是诗歌的动情所在。元稹《田头狐兔行》以田家耕种颠倒批判社会的不公:"种豆耘锄,种禾沟甽。禾苗豆甲,狐撑兔剪。割鹄喂鹰,烹麟啖犬,鹰怕兔毫,犬被狐引。狐兔相须,鹰犬相尽。日暗天寒,禾稀豆损。鹰犬就烹,狐兔俱咍。"④四言诗来自《诗经》传统的句式,继承了现实批判主义的创作风格。唐诗更代表了我国古代诗歌成熟期的最高成就,其五言、七言各体都应用自如,新乐府诗不但成为创作革新的标志,更多的是关乎社稷民生。皮日休新乐府题解:"正乐府,皮日休所作也。其意以乐府者,盖古圣王采天下之诗,欲以观民风之美恶,而被之管弦,以为训戒,非特以魏、晋之侈丽,梁、陈之浮艳,而谓之乐府也。故取其可悲可惧者著于歌咏,凡十篇,名之曰正乐府。"⑤第四首《农父谣》描写了农父的艰辛:"农父冤苦辛,向我述其情。难将一人农,可备十人征。如何江淮粟,輓漕输咸京。黄河水如电,一半沉与倾。均输利其事,职司安敢评。三川岂不农,三辅岂不耕?奚不车其粟,

---

① 〔南朝宋〕范晔撰,〔唐〕李贤等注:《后汉书》,中华书局1965年版,第3107页。
② 〔宋〕郭茂倩编:《乐府诗集》,中华书局1979年版,第564页。
③ 〔宋〕郭茂倩编:《乐府诗集》,中华书局1979年版,第563页。
④ 〔宋〕郭茂倩编:《乐府诗集》,中华书局1979年版,第1330页。
⑤ 〔宋〕郭茂倩编:《乐府诗集》,中华书局1979年版,第1402页。

用以供天兵。美哉农父言，何计达王程？"① 王建七言诗《田家行》依然针对田家过重的负担："麦收上场绢在轴，的知输得官家足。不愿入口复上身，且免向城卖黄犊。田家衣食无厚薄，不见县门身即乐。"② 文人诗叙写田家种植，关怀现实底层生活，直面社会民生。

2. 关于田家女性

上文谈的种豆，主要面对的是整个田家的命运。南朝齐陆厥《南郡歌》还写了另外的麻："江南可采莲，莲生荷已大。旅雁向南飞，浮云复如盖。望美积风露，疏麻成襟带。双珠惑汉皋，蛾眉迷下蔡。玉齿徒粲然，谁与启含贝？"③ 与种麻相关的是纺织，这是与田家女直接有关的工作，诗人为女性代言，只有爱情才让怀春的少女矜持的样子更加娇艳可人。由于日常生活的需要，古人不只是看重耕种，还特别重视纺织，因为温饱本是一体，耕种是为了获得吃食，纺织是为了穿衣取暖。因此，采桑养蚕、种麻纺织特别重要，耕种、纺织让田家男女都承担了稳定社稷的重任。孟郊《织妇词》云："夫是田中郎，妾是田中女。当年嫁得君，为君秉机杼。筋力日已疲，不息窗下机。"④ 可是，底层民众其实无法改变自己的命运。

勤劳纺织的女子竟然成了工具，日夜劳累。唐王建《织锦曲》云："一梭声尽重一梭，玉腕不停罗袖卷。窗中夜久睡髻偏，横钗欲堕垂著肩。合衣卧时参没后，停灯起在鸡鸣前。"⑤ 唐元稹《织妇词》写纺织女无法摆脱官家的赋税，以致无法出嫁："织妇何太忙，蚕经三卧行欲老。蚕神女圣早成丝，今年丝税抽征早。……东家头白双女儿，为解挑纹嫁不得。"⑥ 所以，唐诗人王建不得不哀叹："贫家女为富家织，父母隔墙不得力。水寒手涩丝脆断，续来续去心肠烂。草虫促促机下啼，两日催成一匹半。输官上头有零落，姑未得衣身不著。当窗却羡青楼倡，十指不动衣盈箱。"⑦ 这是多么可怕的对比，纺织女悲惨的命运使其无法顾及儒家道德

---

① 〔宋〕郭茂倩编：《乐府诗集》，中华书局1979年版，第1403页。
② 〔宋〕郭茂倩编：《乐府诗集》，中华书局1979年版，第1311页。
③ 〔宋〕郭茂倩编：《乐府诗集》，中华书局1979年版，第1029页。
④ 〔宋〕郭茂倩编：《乐府诗集》，中华书局1979年版，第1315页。
⑤ 〔宋〕郭茂倩编：《乐府诗集》，中华书局1979年版，第1316页。
⑥ 〔宋〕郭茂倩编：《乐府诗集》，中华书局1979年版，第1315页。
⑦ 〔宋〕郭茂倩编：《乐府诗集》，中华书局1979年版，第1317页。

伦理。

文人诗作为情之所至，志之所至，是建立在现实生活基础上的审美提升。文人诗中由种葛也会联想到夫妻二人长久厮守，曹植《种葛篇》五言诗即有此意，从眼前所见葛物到出门看见成双成对的动物，触人心弦，使人不由控诉怀有异心的一方：

> 种葛南山下，葛藟自成阴。与君初婚时，结发恩义深。欢爱在枕席，宿昔同衣衾。窃慕《棠棣》篇，好乐和瑟琴。行年将晚暮，佳人怀异心。恩纪旷不接，我情遂抑沉。出门当何顾，徘徊步北林。下有交颈兽，仰见双栖禽。攀枝长叹息，泪下沾罗襟。良马知我悲，延颈代我吟。昔为同池鱼，今为商与参。往古皆欢遇，我独困于今。弃置委天命，悠悠安可任。①

在文人看来，除了写田家女纺织，还有更富有女性色彩的诗歌值得书写，如织锦就与男女恩爱联系起来了，心灵手巧的美丽女子一针一线投入的是对情郎忠贞不渝的爱情。唐朝诗人温庭筠的《织锦词》七言诗绘声绘色地刻画了多幅动人的画卷，多情、美丽、勤劳的女子心中的温情全部被倾注到鸳鸯合欢被里：

> 丁东细漏侵琼瑟，影转高梧月初出。蒺藜金梭万缕红，鸳鸯艳锦初成匹。锦中百结皆同心，蕊乱云盘相间深。此意欲传传不得，玫瑰作柱朱弦琴。为君裁破合欢被，星斗迢迢共千里。象尺薰炉未觉秋，碧池中有新莲子。②

文人诗由田家耕种写到女性劳作，由控诉繁重的赋税，再写到婚恋情爱，其高超的诗歌艺术为乐府诗创作增添了些许审美意味。

---

① 〔宋〕郭茂倩编：《乐府诗集》，中华书局1979年版，第929页。
② 〔宋〕郭茂倩编：《乐府诗集》，中华书局1979年版，第1316页。

综上，文人诗涉及西王母、王子乔等神仙崇拜，霍嫖姚、刘生等英雄崇拜，西施、张氏女等爱神信仰。人神信仰突出了人格神既有神祇的法力，又结合现实情况赋予其世俗社会的生活气息，不但丰富了乐府诗的创作素材，并且在抒发内心情感的同时，又呈现了诗歌的审美意味以及厚重的文化内蕴。

结　　语

俗与礼当为民间积习的风俗和上层社会规范的礼仪，前者在民间大众中盛行，后者为精英士人所倡导，由俗入礼是为综合民间、上层社会生活普遍接受的行为准则。《乐府诗集》主要以诗歌形态传承礼乐文化的精髓，既有民间底层文化的俗风，又有庙堂上层文化的雅乐，用诗、歌、舞、乐等形式潜移默化地引导观众或读者实现生活世俗社会建构符合礼制的礼乐认同。

一、关于贵族诗

贵族诗主要以诗歌形态强化礼的认识，属于皇室宫廷御用诗文，目的就是引导天下百姓接受天赋皇权、拥护天子皇帝的合法统治。民间为祭祖拜神，皇室当是祭天封禅，民间风俗不许越过朝廷礼制。

（一）祖先和天神的关系

祖先崇拜在郊庙歌辞等贵族诗中有了礼乐意义的内涵，汉代诗篇中就有祖神和天神合二为一的祭拜，在固定时间、指定地点形成仪式化的皇室祭祀活动，此之谓"以接人神之欢者，其金石之响，歌舞之容，以各因其功业治乱之所起，而本其风俗之所由"①。所以，赞颂上天等同于歌颂皇族先人，两者相合也就是赞颂皇权天命。为了证实先祖是顺应天命，代天行使皇权，就用种种祥瑞来表现上天之子——皇帝不同于凡人的神秘现象，这些属于强化皇权合法性相对温和的表征。纵观华夏历史，马上争天下的流血牺牲比比皆是，如何让生灵涂炭、烽火狼烟转化为命中注定的皇权天定，移风易俗而被上层社会改良成礼乐，也属于同样的手段。无论后

---

① 〔宋〕郭茂倩编：《乐府诗集》，中华书局1979年版，第1页。

人如何描写文学想象中的司马懿、司马师父子的奸诈、阴险，都毫不影响他们被追封为晋高祖宣皇帝、晋世宗景皇帝，他们在晋朝当然享有歌舞乐的礼祭庙飨。

（二）德治和孝行的关系

礼乐文化其实具有温和地调和社会矛盾的功能，马上夺天下不能马上治天下，民间万千家庭温馨甜蜜，整个社会就和谐有序，由此生发家与国的必然关系。民间子民信奉孝道足以保障家庭和睦，皇帝讲究德政可以开创太平盛世，家国同构注重子女对家长的孝敬、顺从，从而造就世俗民间的孝行、朝廷贵族的德行，"孝"是风靡民间的世风，而"德"就是上层精英向往的礼乐文化，两者相辅相成构成了和平盛世的文化标志。因此，文本所载诗什歌颂孝、德者随处可见，从汉代到唐代无不以为孝、德值得大颂特颂。对于皇帝来说，他既是天之子，也是人之子，故而要求他德孝两全。皇后母仪天下也成为礼乐文化的一部分，《汉安世房中歌》为高祖唐山夫人所作，南朝宋制作《宣太后歌》，唐代所作皇后乐章更多，就是立足人子孝心，让皇帝这个代表天帝的掌权者多了人的价值取向。上行下效成就君德子孝无非是构建一个路不拾遗、夜不闭户的理想社会。

（三）社稷、蚕神和释奠祭孔

礼乐体系不仅具有概念的逻辑推理，还具有生活美满的意旨所归。官民都信仰雨神、风神，祈祷风调雨顺就是展现农耕社会的实际需求，信仰龙神、祭祀龙王在周代就成为民间习俗。唐代有完整的祀风师、祀雨师乐章，就是让皇命在身的天子向上天祈求耕种所需的雨水。"民以食为天"五个字应被视为解答中国历史上王朝兴亡秘诀的最佳答案，因此，祭祀社稷成为天下君民都必须应对的大事，祈求大地上五谷丰登，保障天下黎民的一日三餐。同时，祭祀蚕神在唐代是由皇后亲为，代表妇女养蚕生丝，解决穿衣大事。在解决温饱后就出现了提升自身文化修养的问题，有汉以来释奠祭孔成为上层精英文化的必备项目，也被看作礼乐文化兴盛的标识，尊周制立学由皇太子亲释奠，唐代郊庙歌辞制作组歌宣扬孔夫子的思想，教化万民。如此，天下苍生有余力学习圣贤教化之道，社稷稳定、民富国强引得四夷归服，这才是中央大国天下太平的最好局面。

（四）天子求仙和皇位的关系

信仰鬼神的主体是世俗中的人，目的是获取超越自身的法力，尤其是追求长生不死，飞升成仙。天子和庶民求仙不同，普通百姓需要加强修道，如此才有可能得到长生的机会，而天子可以动用国家力量推进求仙之路。汉武帝留下了求仙被方士哄骗的笑柄，但是汉代郊庙歌辞仍然描述了大量仙界迷人的景观；魏晋南北朝战乱不止，瘟疫四起，更添加了求仙长生的心理渴盼，也就有了更多的乐章表达对仙界的向往；唐代和道教建立了宗亲关系，大力扶持道教，《唐太清宫乐章》就是向道教致礼的艺术诗篇。实际上，人无法长生不死，皇帝期待与天地永生是不可能实现的，于是凭借登山封禅求上天护佑子孙万代黄袍加身，期待子子孙孙皇位永存。

确实，郊庙歌辞等贵族诗雷同化、形式化特别明显，缺少了文学艺术灵动的生气、修辞的神韵，倒也符合宫廷御用典章的要求。大量骈偶语句和楹联有很多相似之处，而楹联源于崇拜桃符的习俗。代表皇室文化的贵族诗显示了庄肃之美、中和之美、典雅之美。

二、关于民间诗

民歌是民俗学研究的内容之一，《乐府诗集》收录了汉代民歌、南北朝民歌。在此归为民间诗，因为通过乐府机构加工整理润色，由纯粹的底层民间诗歌蜕变为被社会精英接纳的乐府诗，既带有清新自然的民歌特色，又具有文人的高雅气质，印证了俗文学为雅文学吸收改造的过程，属于民歌和文人诗合二为一的再创造，凸显了底层民众的真挚情感和精英文化的高雅文采。

（一）汉代民间诗

民间诗源于民间歌谣，同时又源于乐府机构整理加工后的成果，这样就巧妙地建构了礼俗互动的模式。由底层民间见闻感受生发的歌谣属于俗文学的范畴，一旦通过采风活动进入上层社会、国家层面就具备了礼制的特性。传神形象的文字叙事、抒情把民众寄托的情志不知不觉地传递给观众和读者，事实上是把社会规训的人之责任灌输进去，但没有生硬的说教、死板的规劝，这就是诗教要达到的效果。

汉代民歌《焦仲卿妻》在婚俗和礼制方面就体现了二者统合而又割裂的微妙关系。汉代婚姻有一定的自主性，庶民寒士和皇室贵族都享有选择婚配的自由，烦琐的六礼婚制又强化了婚姻的忠诚和持久。当时有男女恋爱讲究盟誓的习俗，当然也是看重婚恋的忠贞。结婚后夫妇承担必要的职责，但就《乐府诗集》的文本而言，女子成为持家、育子、劳作的主角。《陌上桑》自然演绎了罗敷惊艳的出场效果，特别是侧面刻画其服饰的精美，衬托出一位世上无双的青春丽人，服饰之美和女子之贞相互辉映；而男子服饰的豪华又与为官之道联系起来。汉代民歌"缘事而发"，一则来自民间底层所见所思所感，二则为官府乐府接纳成为教化礼制的诗教内容，带有民间大众真挚思想感情的民歌旨意和国家上层礼制规范整合，达到礼俗互动的目的。就其效果看，文本存在国家礼制和民间习俗在诗歌形态上既有统合之效，又有错位之感。

（二）吴声和西曲

南朝民间诗主要指吴声歌、西曲歌，均属于反映市井繁荣、城市文化的艳歌，主要表现出偏安一隅的达官贵人、商人声色犬马的感官刺激。吴声其实源于民间徒歌，大量江南俚语让其具有了传播接受的优势，顺应上层社会精英求新求变的实际需求，吴声慢慢从民间陋巷走向城中闹市，在歌舞升平中呈现出浓烈的情欲、热烈的色情意味，成为城市酒肆、官府宴饮等专门娱乐煽情的产物。西曲歌同样流行在商业城市，商人游走各地，主要在城市进行商贸活动，西曲成为估客和歌女之间的交际中介，估客乐就是当时歌舞享受的感慨。就其文本观之，既有繁华城市青年男女踏歌习俗，又有大堤欢娱的夜生活。而达官贵人蓄养家伎也是当时社会的习俗，声色俱佳的家伎成为交际的重要资源，王侯将相的热衷又让其成了炫耀性的消费，民歌所包含的爱情成分也就有了商业气息、娱乐工具的性质，即使歌女和客人有了爱情，在文本中也大多是构建成痴情女和负心汉的模式。

（三）《神弦歌》和生育女神

《神弦歌》被王运熙先生论证为祭拜的神祇是太阳女神，笔者受其启发，从收录的十一曲歌辞中逐一分析，认为明姑当为生育大神，圣郎与娇女、白石郎与青溪小姑两两对应，象征婚恋对象，而湖就大姑、湖就仲姑作为两个求子的女子，采莲童、明下童两个童子有祈求成功后多子多福、儿孙满堂之意。《华山畿》属于生不同婚、死能同穴的爱情华章，从民俗视角考察，是冥婚习俗在文学作品中的反映。自曹魏时期就有曹操为爱子苍舒聘亡女合葬，其后王公大臣为子女合葬者在文献中也能够查阅到。为何要为早死者举办冥婚呢？这是为了让早亡女之亡灵凭借婚配超生投胎。真正具有爱情价值的合葬文学当属"梁祝"传说，比较而言，《华山畿》只是具有爱情的概念形式上的合葬文学原型。

（四）北朝民间诗

北朝民间诗体现了英雄的色彩，主要表现在尚武文化。马背上的民族善于征战，刀器崇拜、战马崇拜、英雄崇拜成为社会习俗的一部分。需要指出的是，北朝民歌和南朝民歌女性角色的显著不同，北朝女性历史上能征惯战者很多，在民歌中也完全突出了这一点，《李波小妹歌曲》发自内心深处由衷地对英雄女子发出赞赏之音，并将其与男子作比，可见北朝英雄没有性别区分。北朝战乱、天灾使得人口亟须弥补，早婚就成为鲜明的婚姻习俗，婚龄一般是十三四岁，皇室贵族和黎民百姓全部一样，甚至还出现了童婚的现象。在此种境况下，北朝情歌表现出女子主动求爱、求嫁的特色，用语措辞干脆利落。《木兰诗》就其内容而言被认为是北朝民歌，属于文人加工虚构的传奇故事。《木兰诗》中的花木兰是民歌塑造的顶天立地的英雄，但可以从历史文献中找到原型，既符合北方英雄崇拜的对象，又具备了中原礼仪规范的标准，结合其言行可以当作南北文化融合的英雄史诗。

三、关于文人诗

民俗学研究的对象离不开社会文化知识，而在文人诗中却是以特有的文学想象来建构审美的艺术世界，因而民俗事象深深烙上了加工、变换的印记，即文人诗创作不是为民俗服务，而是以民俗文化作为抒怀或描摹的对象。由此，民俗学研究就要在诗人沉醉的审美世界中探讨，文人群体所创造的诗歌天地，既有诗人足迹遍及之处所见的习俗，也有诗人饮酒作对的风雅之事，还有占卜表示圆梦的渴望，相术民俗与诗歌记言融为一体，展示了文人丰富的内心世界。

（一）行旅与文人诗

行旅被民众重视，游子出门主要考虑安全问题，因此民俗就与择日、择向的吉凶祸福产生关联。因为地域风俗存在极大的不同，特别是女子远嫁就需要改变原有的生活习俗，不仅饮食、服饰不同，还更有极大的排斥心理，如汉代乌孙公主、王蔷、蔡琰等女诗人以内心真实体验作歌表达游子在外的悲怆。魏晋时期祭祀路神，并在路旁饮酒作别，游子离乡而为征夫，在征战不休的行旅中表达的是思乡、渴望立功、回归之情。在唐代，为顺应大国战略诉求，将民俗中的祓祭上升为正式的军礼，目的就是激励在外的将士奋勇杀敌。佳人离情在汉代文人诗中主要集中在后宫佳丽，班婕妤以团扇自喻，含蓄地揭示了后宫佳丽被冷落的礼制，而在民间则有采桑野合的习俗，这些很容易成为文人的诗歌题材。魏晋南北朝时期折杨柳送别成为诗歌特别的意象，文人尝试四言、五言、七言咏叹离情别恨；唐代折柳赠别更有了固定的说法，诗人吟诵杨柳既有美人作比，更有相思、寄远之意。丧葬民俗意味着人生之旅特别的生死之别，乐府诗中的汉代皇族在文人诗中，表达了对故去妃子的深情，体现了社会上形成的以挽歌送别逝者的风俗；魏晋南北朝突出了文人诗的成熟特点，将天下兴亡与百姓生存放在同一维度思考，表达了珍爱生命、期盼社稷稳定的博大胸怀；唐代对征战死者用衣帽招魂，并有完整的丧葬虞祭奠礼，但是对普通百姓只有文人诗歌为之招魂。

（二）饮酒与文人诗

饮酒习俗源远流长，汉代制定了上层文化需求的礼仪，祖先崇拜中遗留了对长者、智慧的认可，天子也要向三老敬酒，如刘邦成为皇帝之后，归乡与父老子弟佐酒，歌唱《大风歌》。《乐府诗集》选取汉代相关的诗歌，既有反映朝廷饮酒礼制的作品，也有酒后歌舞的作品，还有关于酒食礼制的作品。魏晋南北朝时期，酒成为人不可或缺的伴侣，甚至等同于魏晋风度，一句话，离开了酒也就没有了魏晋名士风流。三国时期，曹操不但进献造酒之法，还借酒抒发一统天下的感慨，而作为富家子弟的文人墨客当然书写宴饮欢乐，同时也能够注意到世情的现状；晋代饮酒以醉为荣，而醉后诗篇却是充满人生更多的悲情；南北朝民族大融合，引进了西域的葡萄酒，饮酒更成为诗人表达相思、记载欢庆、渲染情感的素材。唐代认为酒能助人长寿，菊花酒能调适人的性情，还出现了金樽等贵重酒器，饮酒送行也成为诗人笔下的素材，而以李白为代表的文人更是借饮酒抒发人生建功立业的豪情。

（三）相术与文人诗

相术带有神秘的色彩，是根据人的面相推断人的未来命运。俗话说的贵人相就是特别好的面相，贵人又与高位相关。汉代文人诗主要围绕宫廷权力争斗，特别是皇后吕雉和其他妃子的斗争展开。在诗歌作品的渲染下，吕雉的面相为大富大贵，而开国皇帝刘邦这个草根之人，由于早就被预言为大富大贵之人，所以才能娶吕雉为妻，无法预料的是他驾崩之后王室内骨肉相残、刀光相见。魏晋南北朝观人知相，出现了品评人物仪表和风度的思潮，在诗歌作品中记叙史实有关的话题特别明显，诗人借题发挥表达更多情绪。唐朝也崇信贵人之相，平民百姓的悲惨命运在诗人笔下更是让人心酸。相术既观外相，又知内心，而文人抒情诗就是表露内在情感的产物，汉代诗歌就有命运弄人之意；魏晋南北朝讲究品藻，并能深入内心，文人诗面对眼前景物表现的是内心世界的情感；唐代诗人感慨青春年华逝去、白发老年宫女的凄凉人生。哲理诗属于总结人生道理的诗篇，汉代武帝、蔡琰结合自身经历书写人生无奈；魏晋南北朝更是看重人生利益冲突，对生死有更多的感性认识；唐代相术与哲理诗被提升到整个社会和人生认识的高度，让动人的诗句触动读者的心弦，引起读者思考。

（四）人神信仰与文人诗

这里主要信仰的对象是人格神，包括神话和传说中的英杰，结合文人诗探究分为四类：一是神仙信仰，选取的是西王母、淮南王和王子乔三位仙人。论及西王母崇拜相关的仙桃和仙药，说明要想成仙只有虔诚崇拜，个人的命运完全由西王母代表的天神所掌握；淮南王属于由人修道成仙之士，从而例证不用完全凭借天上神仙，只要用心修炼就有服食仙药成仙之机缘；王子乔既不服药，也不强求，是自然而然飞仙而去，由此总结文人诗信仰由神到人的逻辑思辨，突出了人的主导价值。二是英雄崇拜，以霍嫖姚、刘生为代表。霍嫖姚成为后世文人诗吟咏的英雄符号，与《从军行》有了直接的关联，既写了建功报国，又写了从军的艰险和悲壮；刘生为侠客，既有个人复仇之举，又有报国赴难之举。三是女性传说人物，她们可以被看作爱神。西施在文学艺术作品中成为追求爱情的主动者,由此联系文人诗探究宫怨题材,并把视野扩展到普通女子身上,婚恋中的情怨让诗篇包含过多的诉求;张女在传说中未婚而孕,由浣纱习俗联想到自由爱情,更由捣衣之歌联想到远征现状中的女子相思,再由送衣歌曲联想到女子痴情。四是神农信仰。神农为炎帝。我国作为农耕大国,传统上重视农业生产,特别是粮食丰产与否关乎整个社会的稳定。文人诗关注现实民生,既为田家承担过重的赋税鸣不平,又对勤劳纺织的田家女寄予深深的同情,显示了高超的诗歌创作艺术。人神信仰和文人诗结合不但呈现了社会心理诉求,而且丰富了文化内涵的审美诗意。

从文学和民俗的关系视角研究《乐府诗集》,注重礼俗互动,笔者认为所呈现的诗、歌、乐、舞等具备了礼乐文化的意义,属于民间底层文化和国家上层文化统合归一的成果,只不过以特有的礼制赋予了诗歌审美表现的形态。

参考文献

专著

[1] 董仲舒. 春秋繁露 [M]. 北京：中华书局，1975.

[2] 班固. 汉书 [M]. 北京：中华书局，1962.

[3] 司马迁. 史记 [M]. 北京：中华书局，1959.

[4] 荀悦，袁宏. 两汉纪 [M]. 张烈，点校. 北京：中华书局，2002.

[5] 何休，徐彦. 春秋公羊传注疏 [M]. 北京：中华书局，1957.

[6] 刘向，何建章. 战国策注释 [M]. 北京：中华书局，1990.

[7] 魏收. 魏书 [M]. 北京：中华书局，1974.

[8] 沈约. 宋书 [M]. 北京：中华书局，1974.

[9] 刘昫，等. 旧唐书 [M]. 北京：中华书局，1975.

[10] 范晔. 后汉书 [M]. 李贤，等注. 北京：中华书局，1965.

[11] 陈寿. 三国志 [M]. 裴松之，注. 北京：中华书局，1959.

[12] 令狐德棻，等. 周书 [M]. 中华书局1971.

[13] 李延寿. 南史 [M]. 北京：中华书局，1975.

[14] 李延寿. 北史 [M]. 北京：中华书局，1974.

[15] 姚思廉. 梁书 [M]. 北京：中华书局，1973.

[16] 房玄龄，等. 晋书 [M]. 北京：中华书局，1974.

[17] 魏征，等. 隋书 [M]. 北京：中华书局，1973.

[18] 杜佑. 通典 [M]. 北京：中华书局，1988.

[19] 欧阳询. 艺文类聚 [M]. 上海：上海古籍出版社，1982.

[20] 吴兢. 贞观政要 [M]. 长沙：岳麓书社，1991.

[21] 王溥. 唐会要 [M]. 北京：中华书局，1955.

[22] 司马光. 资治通鉴 [M]. 北京：中华书局，1956.

[23] 脱脱，等. 宋史 [M]. 北京：中华书局，1977.

[24] 欧阳修，宋祁. 新唐书 [M]. 北京：中华书局，1997.

[25] 王钦若，等. 册府元龟 [M]. 台北：中华书局，1996.
[26] 郭茂倩. 乐府诗集 [M]. 北京：中华书局，1979.
[27] 刘珍，等. 东观汉记校注 [M]. 吴树平，校注. 北京：中华书局，2008.
[28] 应劭. 风俗通义校注 [M]. 王利器，校注. 北京：中华书局，1981.
[29] 刘向. 列女传 [M]. 刘晓东，校点. 沈阳：辽宁教育出版社，1998.
[30] 郑元，贾公彦. 仪礼注疏 [M]//阮元. 十三经注疏. 北京：中华书局，1980.
[31] 蔡邕，叶德辉. 月令章句 [M]. 刻本. 长沙：长沙叶氏观古堂，1935.
[32] 郑玄，孔颖达. 礼记正义 [M]. 北京：北京大学出版社，1999.
[33] 应劭. 风俗通义校释 [M]. 吴树平，校释. 天津：天津人民出版社，1980.
[34] 杨衒之. 洛阳伽蓝记校释 [M]. 周祖谟，校释. 北京：中华书局，2010.
[35] 贾思勰. 齐民要术校释 [M]. 缪启愉，校释. 北京：农业出版社，1982.
[36] 庾信，倪璠. 庾子山集注 [M]. 许逸民，校点. 北京：中华书局，1980.
[37] 杨上善. 黄帝内经太素 [M]. 北京：人民卫生出版社，1965.
[38] 郑玄，孔颖达. 礼记正义 [M]//阮元. 十三经注疏. 北京：中华书局，1980.
[39] 朱熹. 四书章句集注 [M]. 北京：中华书局，1983.
[40] 王先谦. 荀子集解 [M]. 沈啸寰，王星贤，点校. 北京：中华书局，1988.
[41] 孙希旦. 礼记集解 [M]. 沈啸寰，王星贤，点校. 北京：中华书局，1989.
[42] 孙诒让. 周礼正义 [M]. 王文锦，陈玉霞，点校. 北京：中华书局，1987.
[43] 王聘珍. 大戴礼记解诂 [M]. 王文锦，点校. 北京：中华书

局，1983.

[44] 朱彬. 礼记训纂 [M]. 北京：中华书局，1996.

[45] 胡应麟. 诗薮 [M]. 上海：上海古籍出版社，1979.

[46] 皮日休. 皮子文薮 [M]. 萧涤非，整理. 北京：中华书局，1959.

[47] 王若虚. 滹南遗老集校注 [M]. 胡传志，李定乾，校注. 沈阳：辽海出版社，2006.

[48] 彭定求，等. 全唐诗 [M]. 北京：中华书局，1960.

[49] 刘熙载. 艺概 [M]. 上海：上海古籍出版社，1978.

[50] 袁枚. 随园诗话 [M]. 北京：人民文学出版社，1960.

[51] 沈复. 浮生六记注 [M]. 傅昌泽，注释. 俞平伯，校点. 北京：北京师范学院出版社，1992.

[52] 张英，王士祯，等. 渊鉴类函 [M]. 北京：北京市中国书店，1985.

[53] 李冗. 独异志 [M]. 北京：中华书局，1983.

[54] 李民，王健. 尚书译注 [M]. 上海：上海古籍出版社，2004.

[55] 杨照明. 抱朴子外篇校笺 [M]. 北京：中华书局，1991.

[56] 洪迈. 容斋随笔 [M]. 段青峰，选译. 武汉：崇文书局，2007.

[57] 萧统. 陶渊明文集序 [M] //袁行霈. 陶渊明集笺注. 北京：中华书局，2003.

[58] 宗懔. 荆楚岁时记 [M]. 宋金龙，校注. 太原：山西人民出版社，1987.

[59] 刘勰. 文心雕龙注 [M]. 范文澜，注. 北京：人民文学出版社，1962.

[60] 陈桥驿. 水经注校释 [M]. 杭州：杭州大学出版社，1999.

[61] 刘义庆. 幽明录 [M]. 郑晚晴，辑注. 北京：文化艺术出版社，1988.

[62] 刘义庆. 世说新语笺疏 [M]. 余嘉锡，笺疏. 北京：中华书局 2007.

[63] 白居易. 白居易集 [M]. 顾学颉，校点. 北京：中华书局，1979.

[64] 严可均. 全晋文 [M]. 北京：中华书局，1995.

[65] 严可均. 全三国文 [M]. 北京：商务印书馆，1958.

[66] 干宝. 搜神记 [M]. 汪绍楹，校注. 北京：中华书局，1979.

[67] 葛洪. 西京杂记 [M]. 北京：中华书局, 1985.
[68] 唐临. 冥报记 [M]. 方诗铭, 辑校. 北京：中华书局, 1992.
[69] 张读. 宣室志 [M] //上海古籍出版社. 唐五代笔记小说大观. 上海：上海古籍出版社, 2000.
[70] 徐坚, 等. 初学记 [M]. 北京：中华书局, 1962.
[71] 段成式. 酉阳杂俎 [M]. 方南生, 点校. 北京：中华书局, 1981.
[72] 乐史. 太平寰宇记 [M] //纪昀. 景印文渊阁四库全书. 台北：台湾商务印书馆, 2008.
[73] 王谠. 唐语林 [M]. 北京：中华书局, 1985.
[74] 李昉, 等. 太平广记 [M]. 北京：中华书局, 1961.
[75] 张载. 张子正蒙 [M]. 王夫之, 注. 上海：上海古籍出版社, 2000.
[76] 谢守灏. 混元圣纪 [M] //上海书店出版社. 道藏：第 17 册. 上海：上海书店出版社, 1988.
[77] 张唐英. 蜀梼杌 [M]. 北京：中华书局, 1985.
[78] 王祯. 农书 [M]. 北京：中华书局. 1985.
[79] 崔豹. 古今注 [M] //上海古籍出版社. 汉魏六朝笔记小说大观. 上海：上海古籍出版社, 1999.
[80] 陶潜. 搜神后记 [M]. 汪绍楹, 校注. 北京：中华书局, 1981.
[81] 王嘉, 萧琦. 拾遗记 [M]. 齐治平, 校注. 北京：中华书局, 1981.
[82] 胡应麟. 少室山房笔丛 [M]. 上海：上海书店出版社, 2001.
[83] 冯梦龙, 蔡元放. 东周列国志 [M]. 上海：上海古籍出版社, 1995.
[84] 褚人获. 隋唐演义 [M]. 长沙：岳麓书社, 2005.
[85] 汪灏, 等. 佩文斋广群芳谱卷 [M] //纪昀. 景印文渊阁四库全书, 台北：台湾商务印书馆, 1986.
[86] 徐道. 历代神仙通鉴 [M]. 台北：学生书局, 1983.
[87] 王昶. 金石萃编 [M]. 北京：北京市中国书店, 1985.
[88] 王念孙. 广雅疏证 [M]. 钟宇讯, 点校. 北京：中华书局, 1983.
[89] 陆增祥. 八琼室金石补正 [M]. 北京：文物出版社, 1985.
[90] 钱大昕. 嘉定钱大昕全集 [M]. 南京：江苏古籍出版社, 1997.

[91] 曾国藩. 曾国藩全集：日记三［M］. 萧守英，等，整理. 长沙：岳麓书社，1988.

[92] 章炳麟. 文学总论［M］//国故论衡：中卷. 上海：汉文书屋，1933.

[93] 梁启超. 饮冰室合集［M］. 北京：中华书局，1989.

[94] 梁启超. 中国之美文及其历史［M］. 北京：东方出版社，1996.

[95] 鲁迅. 鲁迅全集：第3卷［M］. 北京：人民文学出版社，2005.

[96] 金湖花隐. 青楼梦序［M］//俞达. 青楼梦. 太原：山西古籍出版社，1996.

[97] 鲁迅. 古小说钩沉［M］. 济南：齐鲁书社，1997.

[98] 鲁迅. 唐宋传奇集［M］. 哈尔滨：北方文艺出版社，2006.

[99] 郭沫若. 甲骨文合集［M］. 北京：中华书局1978.

[100] 陈寅恪. 金明馆丛稿二编［M］. 上海：上海古籍出版社，1980.

[101] 陈寅恪. 元白诗笺证稿［M］. 上海：上海古籍出版社，1978.

[102] 胡适. 白话文学史［M］. 北京：商务印书馆，1934.

[103] 闻一多. 乐府诗笺［M］//闻一多. 闻一多全集. 北京：生活·读书·新知三联书店，1982.

[104] 郑振铎. 插图本中国文学史［M］. 北京：朴社，1932.

[105] 朱自清. 中国歌谣［M］. 上海：复旦大学出版社，2004.

[106] 徐陵. 玉台新咏笺注［M］. 穆克宏，点校. 北京：中华书局，1985.

[107] 商承祚. 殷契佚存［M］. 南京：金陵大学中国文化研究所，1933.

[108] 何宁. 淮南子集释［M］. 北京：中华书局，1998.

[109] 周振甫. 周易译注［M］. 北京：中华书局，1991.

[110] 王灼. 碧鸡漫志校正［M］. 岳珍，校正. 成都：巴蜀书社，2000.

[111] 卢弼. 三国志集解［M］. 北京：中华书局，1982.

[112] 杨天宇. 周礼译注［M］. 上海：上海古籍出版社，2004.

[113] 萧涤非. 汉魏六朝乐府文学史［M］. 北京：人民文学出版社，1984.

[114] 罗根泽. 乐府文学史［M］. 上海：上海书店，1989.

[115] 王易. 乐府通论 [M]. 上海：上海书店，1992.

[116] 余冠英. 乐府诗选 [M]. 北京：人民文学出版社，1953.

[117] 余冠英. 汉魏六朝诗论丛 [M]. 上海：古典文学出版社，1956.

[118] 姚大业. 汉乐府小论 [M]. 天津：百花文艺出版社，1984.

[119] 王汝弼. 乐府散论 [M]. 西安：陕西人民出版社，1984.

[120] 杨生枝. 乐府诗史 [M]. 西宁：青海人民出版社，1985.

[121] 张永鑫. 汉乐府研究 [M]. 南京：江苏古籍出版社，1992.

[122] 赵敏俐. 汉代诗歌史论 [M]. 长春：吉林教育出版社，1995.

[123] 王昆吾. 隋唐五代燕乐杂言歌辞研究 [M]. 北京：中华书局，1996.

[124] 任半塘. 唐声诗 [M]. 上海：上海古籍出版社，2006.

[125] 杨伯峻. 列子集释 [M]. 北京：中华书局，1979.

[126] 宗白华. 美学散步 [M]. 上海：上海人民出版社，1981.

[127] 王瑶. 中古文学史论 [M]. 2版. 北京：北京大学出版社，1998.

[128] 陈鼓应. 老子注译及评介 [M]. 北京：中华书局，1984.

[129] 王先谦. 庄子集解 [M]. 北京：中华书局，1987.

[130] 黄晖. 论衡校释 [M]. 北京：中华书局，1990.

[131] 詹锳. 李白全集校注汇释集评 [M]. 天津：百花文艺出版社，1996.

[132] 陈立. 白虎通疏证 [M]. 吴则虞，点校. 北京：中华书局，1994.

[133] 赵昌平. 李白诗选评 [M]. 上海：上海古籍出版社，2002.

[134] 杨伯峻. 春秋左传注 [M]. 北京：中华书局，1981.

[135] 黄怀信. 逸周书校补注译 [M]. 西安：西北大学出版社，1996.

[136] 王利器. 颜氏家训集解：增补本 [M]. 北京：中华书局，1993.

[137] 戴明扬. 嵇康集校注 [M]. 北京：人民文学出版社，1962.

[138] 王文锦. 礼记译解 [M]. 北京：中华书局，2001.

[139] 顾观光. 神农本草经 [M]. 杨鹏举，校注. 3版. 北京：学苑出版社，2007.

[140] 董志翘.《观世音应验记三种》译注 [M]. 南京：江苏古籍出版社，2002.

[141] 傅增湘. 藏园群书题记 [M]. 上海：上海古籍出版社，1989.

[142] 朱一新. 无邪堂答问［M］. 吕鸿儒，张长法，点校. 北京：中华书局，2000.

[143] 睡虎地秦墓竹简整理小组. 睡虎地秦墓竹简［M］. 北京：文物出版社，1990.

[144] 王水照. 历代文话［M］. 上海：复旦大学出版社，2007.

[145] 孙作云. 诗经与周代社会研究［M］. 北京：中华书局，1966.

[146] 钱钟书. 谈艺录：补订本［M］. 北京：中华书局，1984.

[147] 袁珂. 山海经校注［M］. 上海：上海古籍出版社，1980.

[148] 姚淦铭，王燕. 王国维文集［M］. 北京：中国文史出版社，1997.

[149] 赵娟，姜剑云. 刘禹锡集［M］. 太原：山西古籍出版社，2004.

[150] 曹植. 曹植集校注［M］. 赵幼文，校注. 北京：人民文学出版社，1998.

[151] 程千帆. 程千帆全集：第7卷［M］. 石家庄：河北教育出版社，2000.

[152] 钟敬文. 民俗学概论［M］. 上海：上海文艺出版社，1998.

[153] 李如森. 汉代丧葬礼俗［M］. 沈阳：沈阳出版社，2003.

[154] 顾平旦，曾保泉. 对联欣赏［M］. 北京：文化艺术出版社，1982.

[155] 李金明，廖大珂. 中国古代海外贸易史［M］. 南宁：广西人民出版社，1995.

[156] 赵和平. 敦煌表状笺启书仪辑校［M］. 南京：江苏古籍出版社，1997.

[157] 宋会群. 中国术数文化史［M］. 开封：河南大学出版社，1999.

[158] 吕宗力，栾保群. 中国民间诸神［M］. 石家庄：河北教育出版社，2001.

[159] 徐复观. 向孔子思想性格的回归［M］//胡晓明，王守雪. 中国人的生命精神：徐复观自述. 上海：华东师范大学出版社，2004.

[160] 陈垣. 道家金石略［M］. 陈智超，曾庆瑛，校补. 北京：文物出版社，1988.

[161] 孔祥星，刘一曼. 中国铜镜铭文［M］. 北京：文物出版社，1997.

[162] 安居香山，中村璋八. 纬书集成 [M]. 石家庄：河北人民出版社，1994.

[163] 李斌诚. 唐代文化 [M]. 北京：中国社会科学出版社，2002.

[164] 陈立旭. 都市文化与都市精神：中外城市文化比较 [M]. 南京：东南大学出版社，2002.

[165] 王重民，王庆菽，向达，等. 敦煌变文集 [M]. 北京：人民文学出版社，1957.

[166] 刘航. 汉唐乐府中的民俗因素解析 [M]. 北京：商务印书馆，2011.

[167] 柏拉图. 柏拉图全集 [M]. 王晓朝，译. 北京：人民出版社，2003.

[168] 亚里士多德. 物理学 [M]. 张竹明，译. 北京：商务印书馆，1982.

[169] 泰勒. 原始文化：神话、宗教、哲学、语言、艺术和习俗发展之研究 [M]. 连树声，译. 上海：上海文艺出版社，1992.

[170] 希克. 宗教之解释：人类对超越者的回应 [M]. 王志成，译. 成都：四川人民出版社，1998.

[171] 霭理士. 性心理学 [M]. 潘光旦，译注. 北京：生活·读书·新知三联书店，1987.

[172] 史宗. 20世纪西方宗教人类学文选 [M]. 金泽，宋立道，徐大建，等译. 上海：上海三联书店，1995.

[173] 丹纳. 艺术哲学 [M]. 傅雷，译. 北京：人民文学出版社，1963.

[174] 涂尔干. 宗教生活的基本形式 [M]. 渠东，汲喆，译. 上海：上海人民出版社，1999.

[175] 卡西尔. 人论 [M]. 甘阳，译. 上海：上海译文出版社，1985.

[176] 叔本华. 爱与生的苦恼 [M]. 金铃，译. 北京：光明日报出版社，2006.

[177] 列维-布留尔. 原始思维 [M]. 丁由，译. 北京：商务印书馆，1981.

[178] 安吉尔. 野兽之美：生命本质的重新审视 [M]. 李斯，胡冬霞，译. 北京：时事出版社，1997.

[179] 弗洛伊德. 性爱与文明 [M]. 滕守尧，等译. 合肥：安徽文艺出版社，1996.
[180] 贝拉克，贝克. 解读面孔 [M]. 蔡曙光，等译. 2版. 北京：社会科学文献出版社，2008.
[181] 希尔斯. 论传统 [M]. 傅铿，吕乐，译. 上海：上海人民出版社，1991.
[182] 怀特. 文化的科学：人类与文明研究 [M]. 沈原，黄克克，黄玲伊，译. 济南：山东人民出版社，1988.
[183] 爱因斯坦. 狭义与广义相对论浅说 [M]. 杨润殷，译. 上海：上海科学技术出版社，1964.
[184] 贝克尔. 拒斥死亡 [M]. 林和生，译. 北京：华夏出版社，2000.
[185] 怀特. 后现代历史叙事学 [M]. 陈永国，张万娟，译. 北京：中国社会科学出版社，2003.
[186] 史密斯. 中国人德行 [M]. 张梦阳，王丽娟，译. 北京：新世界出版社，2005.
[187] 弗里. 口头诗学：帕里－洛德理论 [M]. 朝戈金，译. 北京：社会科学文献出版社，2000.
[188] 伊利亚德. 神圣与世俗 [M]. 王建光，译. 北京：华夏出版社，2002.
[189] 仓野宪司. 古事记 [M]. 东京：岩波书店，1963.
[190] 舍人亲王，等. 日本书纪 [M]. 东京：吉川弘文馆，1986.
[191] 直江广治. 中国民俗文化 [M]. 王建朗，等译. 上海：上海古籍出版社，1991.
[192] 铃木虎雄. 中国诗论史 [M]. 洪顺隆，译. 台北：商务印书馆，1972.
[193] 金富轼. 三国史记 [M]. 孙文范，等校勘. 长春：吉林文史出版社，2003.

期刊论文

[1] 姚名达. 哀余断忆之二 [J]. 国学月报，1927 (10).
[2] 齐天举. 《木兰诗》的著录及时代问题续证 [J]. 文学遗产，1984 (1).

[3] 张亚新. 魏晋南北朝民歌简论 [J]. 贵州文史丛刊, 1984 (2).

[4] 贺润坤. 论李建成在建唐中的历史作用 [J]. 陕西师范大学学报（哲学社会科学版）, 1987 (1).

[5] 曹道衡. 南朝政局与"吴声歌""西曲歌"的兴盛 [J]. 社会科学战线, 1988 (2).

[6] 冯修齐. 《桑间野合》画像砖考释 [J]. 四川文物, 1995 (3).

[7] 修海林. 魏晋南北朝时期的音乐教育 [J]. 音乐艺术, 1997 (2).

[8] 洛阳市文物工作队. 洛阳李屯东汉元嘉二年墓发掘简报 [J]. 考古与文物, 1997 (2).

[9] 李雄飞. 《木兰辞》是十六国时期陕北地区的民间叙事诗 [J]. 西北民族学院学报（哲学社会科学版）, 1999 (1).

[10] 刘明澜. 魏氏三祖的音乐观与魏晋清商乐的艺术形式 [J]. 中国音乐学, 1999 (4).

[11] 游振群. 马王堆三号汉墓帛画 [J]. 东南文化, 2000 (4).

[12] 唐明贵. 武则天封禅嵩山论略 [J]. 山东科技大学学报（社会科学版）, 2004 (3).

[13] 黄景春. 论我国冥婚的历史、现状及根源：兼与姚平教授商榷唐代冥婚问题 [J]. 民间文化论坛, 2005 (5).

[14] 陈才训, 时世平. 古典小说预叙发达的文化解读 [J]. 西华师范大学学报（哲学社会科学版）, 2006 (2).

[15] 王水照. 在第六届中国宋代文学国际学术研讨会开幕式上的讲话 [J]. 文学遗产, 2009 (4).

[16] 刘跃进. 文学史研究的多种可能性：从木斋《古诗十九首与建安诗歌研究》说起 [J]. 社会科学研究, 2010 (2).

[17] 刘跃进. 文学史研究的多种可能性 [J]. 山东师范大学学报（人文社会科学版）, 2011 (4).

[18] 刘跃进. 文学史研究的多种可能性："新世十年"论坛致辞 [J]. 文学遗产, 2011 (5).

[19] 廖可斌. 古代文学研究的国际化 [J]. 文学遗产, 2011 (6).

[20] 葛晓音. 读懂文本为一切学问之关键 [N]. 羊城晚报, 2012 - 07 - 08 (B2).

学位论文

[1] 刘加夫. 南朝文人乐府诗研究［D］. 济南：山东大学，2001.
[2] 喻意志.《乐府诗集》成书研究［D］. 上海：上海师范大学，2002.
[3] 曾智安. 清商曲辞研究［D］. 北京：首都师范大学，2006.
[4] 沈意. 南朝文学集团与南朝文学［D］. 西安：陕西师范大学，2007.
[5] 杨璞.《离骚》的多维透视［D］. 兰州：西北师范大学，2010.
[6] 杨雨.《风俗通义》的民俗学研究［D］. 昆明：云南大学，2011.
[7] 王翠翠. 山东竹枝词民俗词语研究［D］. 济南：山东大学，2011.
[8] 戴培毅. 民俗学视角下的元代"涉案剧"研究［D］. 上海：上海师范大学，2012.

后　记

　　本书是在我的博士论文《〈乐府诗集〉中的文学与民俗关系研究》的基础上修订而成的。

　　广西师范大学是一片神奇的学术沃土，文学院是个群贤聚集的学术殿堂，我真正意义上读书、学习、科研就是在广西师范大学读博期间。三年时间很快过去，我要感谢洞察学术奥妙、锐意创新的胡大雷教授，儒家风范、视野开阔的王德明教授，博古通今、亲切和蔼的杜海军教授，中西并进、扎实渊博的张立群教授，壮学权威、研究独特的覃德清教授……对各位先生，我心中始终充满敬意，衷心感谢并祝愿各位先生身体健康，万事如意，生活快乐！

　　我更要感谢我的导师杨树喆先生，从论文选题到定题再到整体写作，先生每时每刻都尽心尽力给予指导，特别鼓励我大胆创新。论文至此初具模样，但感到离导师的严格要求还差很远，面对学术心中充满敬畏以致老是战战兢兢。先生承担学院行政管理事务，又要精心从事教学科研工作，可以说忙碌不休，没有节假日。即使这样，自入学开始，先生就设法引导我用心学习和做科研，并鼓励我积极参与科研课题，还帮助我申报了国家课题、广西区课题各一次。虽然没有成功，但我得到了锻炼，积累了经验。我想说，学习、科研、做人每取得丁点儿进步，都是先生热情扶持、耐心辅导的结果。我不止一次在心中对先生表达谢意，在此，我还要说："谢谢老师，您辛苦了！"再祝先生一切如意，心想事成！

　　出来读书离不开亲人的理解和支持。父母已年过六旬，他们留给我最大的财富就是吃苦能干、自立自强的精神。我以辛勤实干的父母为荣，这作为一种信仰激励我坚持读书，我相信这种力量能够让我战胜遇到的各种困难，并能换回人生中更加灿烂的明天。

　　感谢朝夕相处的同学：李凯旋、杨匡和、郭玉、张作栋、郑国岱、任永刚、莫秋凡、严绘、董灵超、黄国乐……他们的善良热情、积极进取让

后　记

我感动，谢谢他们的无私帮助，真诚祝愿各位同学在新的一天工作事业更上一层楼，家庭幸福到永远！

　　漓江的水奔流不息，恰如我心中对母校、老师、家人、同窗、好友永远的祝福！独秀峰与日月同辉，一如我心中永存对他们的敬意和谢意！